MIKE STEINHAUSEN
Ruhrpiraten

MIKE STEINHAUSEN
Ruhrpiraten
Roman

Bisherige Veröffentlichungen im Gmeiner-Verlag:
Fliegenschmaus (2017), Rachebrüder (2015),
Schlagwetter (2014), Operation Villa Hügel (2013)

Personen und Handlung sind frei erfunden.
Ähnlichkeiten mit lebenden oder toten Personen
sind rein zufällig und nicht beabsichtigt.

Besuchen Sie uns im Internet:
www.gmeiner-verlag.de

© 2018 – Gmeiner-Verlag GmbH
Im Ehnried 5, 88605 Meßkirch
Telefon 0 75 75 / 20 95 - 0
info@gmeiner-verlag.de
Alle Rechte vorbehalten
1. Auflage 2018

Lektorat: Sven Lang
Herstellung: Mirjam Hecht
Umschlaggestaltung: U.O.R.G. Lutz Eberle, Stuttgart
unter Verwendung eines Fotos von: © ullstein bild – mauritius
Alle Innenfotos stammen von: © Stiftung Hambacher Schloss
Druck: GGP Media GmbH, Pößneck
Printed in Germany
ISBN 978-3-8392-2252-2

Für meinen Vater
Du hast Großartiges geleistet

»Nichts ist schwieriger und nichts erfordert mehr Charakter, als sich im offenen Gegensatz zu seiner Zeit zu befinden und laut zu sagen: Nein!«

(Kurt Tucholsky)

FRÜHJAHR 1942

Es sah alles aus, wie sonst auch. Bis auf die Ruine neben ihrem Haus. Das Gebäude, welches vor einigen Tagen einen Treffer abbekommen hatte. Die Bilder der Toten, die man geborgen hatte, verblassten bereits. Es waren ohnehin nur Körperteile, die man aus den Trümmern gezogen hatte und als solche nicht mal mehr richtig zu erkennen. Zerfetzte Leiber, verbrannte Überreste, durch die Wucht der Bomben ihrer Persönlichkeit, ihrer Identität beraubt. Zu viele Opfer hatten die Angriffe auf das Ruhrgebiet in den letzten Monaten bereits gefordert, als dass sich das Entsetzen hätte dauerhaft in die zunehmend abgestumpften Seelen der Menschen brennen können. Wie durch ein Wunder war ihr Haus nur leicht beschädigt worden. Es zogen sich seitdem dicke Risse durch das Mauerwerk und der Putz blätterte ab, aber es stand und sein Dach war einigermaßen dicht. Mit langsamen Schritten ging Egon Siepmann an dem zerstörten Gebäude vorbei, dessen Reste der Ziegelfassade sich bizarr in die Höhe reckten und deren verrußte Steine nahtlos in das schwere Grau des Himmels übergingen, als gäbe es in dieser Welt keine Farben mehr. Eine Welt der Grautöne. Egon stand früh morgens auf, betrat eine graue Welt, fuhr durch die Schwärze der Erde hinunter zu den Stollen, deren Decken und Wände im Licht der Grubenlampen grau und silbern schimmerten, um nach zähen Stunden quälender Schufterei mit Kohlenstaub bedecktem Gesicht nach oben zu kommen. Nun lief er zurück in seiner grauen Kleidung, durch die graue Dämmerung, über das dreckig-graue Kopfsteinpflaster vorbei an den grauen Fassaden, über denen der Mond stand, dessen Gelb in diesen Zeiten ebenso farblos wirkte wie die ausgemergelten Gesichter der Menschen. Die Welt bestand nur aus der Eintönigkeit der Arbeit, fernab jeglichen Vergnügens und jeglicher Sehnsüchte. Das Leben war nichts weiter als eine jämmerliche, banale Existenz, bestehend aus dem fortwährenden Kampf nach einer Mahlzeit und dem verzweifelten Versuch, nicht vor die Hunde zu gehen. Hässlich, freudlos, ohne Offenbarung oder gar Gnade. Wie jeden Abend, wenn Egon mit müden Beinen und schweren Schritten nach Hause kam, blickte er hoch zu dem kleinen Fenster unterhalb des alten Giebels. Er betrachtete das schummrige Licht der Kerze hinter dem schweren Leinenvorhang. Es war kaum zu erahnen und wurde von dem Zug der Luft, der durch die Spalten der Wände und unter den Türen zog und den er in der Nacht unangenehm auf seinem Gesicht spürte, in ein unruhiges Flackern versetzt.

Und wie an den Abenden davor, an den Abenden der vielen Wochen und Monate, auf die er zurückblickte, verspürte er auch jetzt noch dieses Unbehagen, diese Beklemmung, die sich stets eingestellt hatte, wenn er zu diesem Fenster hochgesehen hatte. Gefühle, die sich mit jedem Schritt auf den ausgetretenen Holzstufen des heruntergekommenen Hausflurs verstärkt und die ihn zielgerichtet dorthin geführt hatten, wo sein Zuhause war. Ein Ort voller Boshaftigkeit, voller Gewalt und von dem er sich trotzdem nicht hatte lösen können. Aber das war nun vorbei. Für immer vorbei.

Zu keinem Zeitpunkt hatte er es verstanden, wie Mutter ausgerechnet ihn hatte aufnehmen können: Erich Balzer. Ein nichtsnutziger Versager, der soff und sie schlug. Und dann auch ihn. Irgendwann täglich. Zunächst mit der flachen Hand, teils ins Gesicht, später immer öfter mit der Faust. Es war zu einem abendlichen Ritual geworden, bis zu dem Tag, an dem er sich gewehrt, an dem er sich aus dem tiefen Tal der Demütigung erhoben und ihm die Stirn geboten hatte. Die schweißtreibende Plackerei auf der Zeche hatte Egons Arme stark werden lassen. Seit einem Jahr arbeitete er auf Bonifacius als Hauerlehrling. Zunächst in den verschiedensten Werkstätten, seit einem halben Jahr unter Tage. Eine Stelle, die er der Tatsache zu verdanken hatte, dass sein Vater mit dem Steiger gut ausgekommen war. Außerdem war Vater in der Gewerkschaft gewesen, bevor man sie verboten hatte, und später in der Partei. Egons Arme waren die eines Mannes. Und auch in seinem Gesicht zeigten sich die ersten Anzeichen eines Bartwuchses. Egon beobachtete, wie sich jedes einzelne Flaumhaar nach und nach in eine kräftige Borste verwandelte. Er genoss das raue Gefühl, wenn er mit den Fingerspitzen gegen die Wuchsrichtung strich. Egon hatte erkennbar die Welt der Männer betreten und er fühlte sich ihr zugehörig. Doch er hatte Balzer noch nicht besiegen können. Trotz des steifen Beins, das diesem Säufer einen stets schwankenden Gang verlieh. Ein Überbleibsel von der Front und der Grund, warum er nicht erneut eingezogen wurde. Aber er war kampferfahren. Hinterhältig hatte er auf seine Chance gewartet. Anders als Egon, der unüberlegt nach vorn gestürmt war. Das hatte Balzer den Sieg gebracht. Doch unabhängig dieser Niederlage hatte Egon ihm gezeigt, dass er trotz seiner 16 Jahre nicht mehr gewillt war, sich verprügeln zu lassen. Mutter hatte ihm das Blut aus dem Gesicht gewaschen und die Prellungen mit Kohlblättern verbunden, während Erich sich in einer Ecke hatte volllaufen lassen. Ihr Gesicht vom inneren Schmerz gezeichnet, hatte sie doch nichts gesagt. Nie hatte sie etwas gesagt. Das war der Teil an ihr, den er hasste. Seit diesem Tag jedoch hatte Erich nicht mehr versucht, Egon zu schlagen, beschränkte sich aufs Fluchen. Auf Beleidigungen und Drohungen. Mutter verprügelte er trotzdem weiter. Sie hatte es ihm nicht gesagt. Aber die blauen Flecken an den Handgelenken waren nicht zu übersehen. Wenn sie die Wäsche im Hof auf die Leinen hing, rutschten ihre Ärmel nach oben. Nur Annemarie hatte er nicht angerührt. Weil er wohl geahnt hatte, dass er damit eine Grenze überschritten hätte.

Wenn Egon nachts mit Annemarie im Bett lag, das er mit ihr teilte, in dem leeren und trostlosem Zimmer, das in den Wintermonaten so kalt und klamm gewesen war, dass die Fensterscheibe beschlug, drückte sie sich ganz eng in der Dunkelheit des Raumes an ihn. Und wie jeden Abend fragte sie ihn, wann Vater nach Hause kommen würde und dass sie ihn fürchterlich vermisste. Annemarie wusste nicht, dass Vater nicht mehr nach Hause kommen würde. Die Benachrichtigung über den heldenhaften Tod, den Vater an der Ostfront im Februar 1942 in der Nähe der ihm unbekannten russischen Stadt Rschew für den Führer und dem deutschen Vaterland gefunden hatte, erfolgte in aller Frühe, als Annemarie noch geschlafen hatte. Mutter hatte nicht geweint. Auch nicht, als man ihr die Briefe überreicht hatte, die er ihr in den Schützengräben geschrieben hatte. Die einzige Regung, die Egon an ihr wahrgenommen hatte, war das Aufeinanderpressen ihrer Lippen, bis diese ihm beinahe blutleer erschienen waren. Sonst war da nichts gewesen. Etwas, was Egon zutiefst verletzt hatte. Nicht mal zwei Minuten hatte das Überbringen der Nachricht gedauert. Zwei Minuten gespielten Bedauerns. Dann waren die Kameraden der NSDAP wieder weg gewesen. Schon im Hausflur hatte er sie bereits wieder lachen gehört. Es war erst wenige Wochen her und mehrmals schon hatte ihn Panik übermannt, weil er sich manchmal das Gesicht des Vaters nicht mehr vorstellen konnte. Es verblasste in seinen Träumen wie die Gesichter der Toten aus dem Nachbarhaus. Und das der unzähligen Toten, die er auf den Straßen gesehen hatte. Und so nahm er jeden Abend nach dem Zubettgehen Annemaries kleine Hände, streichelte in der Dunkelheit jeden einzelnen ihrer winzigen, so zerbrechlichen Finger und erzählte ihr von den wenigen Erlebnissen mit ihrem Vater, an die er sich erinnern konnte, und erfand Geschichten, um sie zu beruhigen. Um sich zu beruhigen. Anschließend zündeten sie eine Kerze in der kleinen Blechlaterne an, die auf der schmalen Fensterbank vor ihrem Giebelfenster stand, und betrachten gemeinsam in ihrem unruhigen Schein das vergilbte Foto ihres Vaters. Das Foto, welches man ihnen von der Front mitgebracht hatte und welches der Vater in seiner Jacke an seinem Herzen getragen hatte, als er gestorben war. Die Aufnahme zeigte, wie sie alle hinter dem Haus im Garten standen, Vater voller Stolz in seiner Wehrmachtsuniform, und gemeinsam malten sie sich aus, was sie nur alles unternehmen würden, wenn der Krieg aus wäre und Vater endlich heimkehrte. Dann löschte er mit angenässten Fingerkuppen die Kerze, damit sie seine Tränen nicht sah. Und jedes Mal lag er lange wach und lauschte ihrem vertrauten Atem.

Egon lief vorbei an der Erdgeschosswohnung des alten Wolfram Gaßner und seiner Frau, die schon seit langer Zeit einen schwindenden Geist hatte und niemanden mehr erkannte. Der alte Gaßner war früher Goldschmied gewesen und erzählte bei jeder Gelegenheit langatmige Geschichten darüber, sodass Egon ihm nach Möglichkeit aus dem Weg ging. Im ersten Stock lebte der kriegsversehrte Hartmut Glöckner, der im Ersten Weltkrieg ein Bein verloren hatte und immerzu davon sprach, dass er es noch spürte und dass es ihm schmerzte. Er bekam eine kleine Invalidenrente, aber die reichte ihm hinten und vorn nicht, sodass seine Mutter immer wieder mal etwas brachte.

Hinter der Tür hörte Egon Frauenstimmen. Er klopfte, vernahm Schritte auf den alten Holzbohlen, und augenblicklich wurde der Sperrriegel umgelegt.

Gertrud Schiller, die Nachbarin, lugte durch den Spalt, öffnete die Tür ganz und sah ihn an, als wäre sie von seinem Auftauchen überrascht. Dabei kam Egon immer zur gleichen Zeit. Er trat in die bescheidene, kleine Wohnung, vorbei an der Freundin seiner Mutter, die ihm die Tür noch immer aufhielt und ihm dabei nachsah, als hätte sie nicht mit seinem Erscheinen rechnen können. Mutter stand am Herd. Als sie ihn erblickte, schöpfte sie lächelnd dampfenden Haferschleim aus einem alten, schwarzen Topf und befüllte einen Teller. Der Hafer war mit Wasser aufgesetzt, bis er weich geworden war. Anschließend fügte sie immer einen Schuss Büchsenmilch hinzu. Und manchmal auch etwas Zucker, wenn es welchen gab. Meist war es Birkenzucker oder brauner Zucker aus Rüben, den sie selbst ausgekocht hatte. Er war nicht so süß wie richtiger Zucker und er hatte einen eigentümlichen Nachgeschmack nach Erde, wie er fand. Egon trat ein, ignorierte Gertrud, die er nicht ausstehen konnte, gab seiner Mutter einen Kuss auf die Wange und stellte den Beutel mit den Kohlebruchstücken und seinen blechernen Henkelmann neben den Ofen. Obwohl es in der letzten Zeit kaum etwas anderes gab als Haferschleim, verspürte Egon einen unbändigen Hunger. Die harte Arbeit unter Tage forderte seinen wachsenden Körper und wenn er nicht an Schlaf dachte, bestimmte Appetit sein Denken. Er setzte sich, legte seine Schirmmütze aus schwerem Kord auf den Stuhl und streute etwas grobes Salz über sein Essen, welches er anschließend wortlos in sich hineinschaufelte.

»Sieh dir an, wie dein Egon schlingt. Der futtert dir noch die Haare vom Kopf. Will er denn nicht den Erich begrüßen?« Gertrud sah den jungen Mann vor sich kopfschüttelnd an, wobei sie ihre Hände in die Hüften gestemmt hatte. Egon tat ihr nicht den Gefallen und sah nicht zu ihr auf. Er wusste auch so, dass ihre Augen tadelnd auf ihm ruhten.

Gertrud Schiller wischte ihre Hände an der Schürze ab und fuhr sich anschließend über ihr schulterlanges, braunes Haar, in dem deutliche graue Strähnen durchschimmerten und sie deutlich älter erscheinen ließen, als sie möglicherweise war. Noch ein paar Jahre und sie würde genauso grau gelockt wie Mutter sein. Gertrud hatte keinen Mann mehr. Er war nicht im Krieg gefallen, sondern hatte Tuberkulose gehabt. Egon vermutete, dass sie Balzer nur pflegte, weil sie voller Hoffnung war. Im Krieg waren Männer rar. Da konnte eine Frau nicht sonderlich wählerisch sein.

»Der arme Mann. Liegt in seinem Fieber ...« Ihr Blick wandte sich von Egon ab und richtete sich zu der kleinen Kammer aus, in welcher der Erkrankte lag.

Egon erwiderte nichts. Hoffentlich verreckt das Schwein, dachte er sich. Er aß auf, brachte seinen Teller zum Waschtrog und kratzte anschließend mit dem Löffel die Reste aus dem Topf.

Die Tür ging auf und Annemarie kam herein. Sie sah ihren Bruder und rannte mit ausgebreiteten Armen auf ihn zu, wobei sie lächelte und den Blick auf die breite Zahnlücke im Oberkiefer freigab. Egon legte den Löffel beiseite, fing sie auf, hob sie hoch und drehte sich mit ihr im Kreis. »Da ist ja mein Liebchen! Ja, sag mal, wo warst du denn?«

Sie gab Egon einen dicken Kuss auf die Wange, wobei sie ihre Lippen mit aller Kraft gegen ihn drückte. Dabei schlang sie ihre dünnen Ärmchen um seinen Hals und drückte so fest, wie sie nur konnte. Egon grunzte und tat, als erwürgte sie ihn.

»Bei Margot! Sie näht mir ein Kleid für Lula.« Margot Schiller war Gertruds Tochter und kümmerte sich oft um Annemarie, wenn Mutter sich mit den Lebensmittelmarken anstellte, einer Tagelöhnerarbeit nachging oder auf dem Schwarzmarkt die Kohle, die er heimbrachte, gegen Essen tauschte. Margot hatte ihr eine Puppe aus alten Lumpen gebastelt, die Augen aus Knöpfen. Annemarie hütete sie wie einen Schatz. Lula war ihre beste Freundin. Sie verstand Annemarie, tröstete sie und öffnete ihr ein Tor zu einer Fantasiewelt, die ihre kindliche Seele vor der unbarmherzigen Wirklichkeit schützte. In letzter Zeit sprach Annemarie viel mit Lula. Über Vater und dass die Bomben ihr Angst machten. Egon wurde immer ganz mulmig zumute, wenn er auf Margot traf, und jedes Mal, wenn sie auf der Türschwelle erschien, hüpfte sein Herz. Regelmäßig trat ihr Bild in seine Gedanken, dessen Zauber körperlich spürbar war. Sie hatte grüne, anziehend unschuldige Augen und kräftiges, haselnussbraunes Haar, welches sie unter einem Tuch verbarg. Wenn sie es ablegte, fielen ihre schweren Locken um die Schultern. Einmal hatten sie sich geküsst. Es war an einem Sonntag gewesen. Die anderen waren auf den Äckern auf der Suche nach gekeimten Saatkartoffeln gewesen. Neben der Kohleförderung war der Stadtteil durch Landwirtschaft geprägt und beinahe jeder nutzte diesen Umstand aus. Zahlreiche Höfe in der nahen Umgebung betrieben Ackerbau und nach der Ernte sammelte die Bevölkerung das auf, was zurückgeblieben war, obwohl die Knechte die Äcker mittlerweile mit Hunden bewachten. Als Fliegeralarm ertönte und kurz darauf die Bomber gekommen waren und die Einschläge die Gegend erzittern hatten, waren sie in den Keller gelaufen. Der Donner war ohrenbetäubend gewesen. Die Erde hatte gebebt und Dreck und Putz war von der Decke gerieselt. Margot hatte sich, die Hände vor die Ohren gepresst, ängstlich eng an ihn gelehnt und als der Lärm abgeebbt war, waren sich ihre Gesichter ganz nah gewesen. Als sich ihre Lippen berührten, hatte sie ihre Zunge fordernd zwischen seine Zähne geschoben, in seinen Mund gedrängt. Egon war darüber total überrascht gewesen und hatte nicht gewusst, wie er darauf reagieren sollte. Schließlich hatte er sich entschlossen, die Bewegungen mitzumachen. Anschließend hatte sie seine Hand ergriffen und sie sich auf die Brust gelegt, wobei sie zart gestöhnt hatte, während er sie massiert hatte. Egon erinnerte sich an die weiche, pralle Form, daran, wie sie sich ihm entgegengedrängt und wie sein Herz im Hals getrommelt hatte. Und wie sich dieses angenehm unanständige Gefühl in seiner Hose ausgebreitet hatte. Ein Gefühl, was sich auch heute noch einstellte, wenn er an die Situation dachte. Eigentlich dachte er immer daran, wenn er sie sah. Oft hatte er ihre Nähe gesucht. Margot jedoch tat stets so, als wäre nie etwas gewesen. Sie war mittlerweile 17 und sah bereits mehr wie eine Frau aus. Egon hatte sich gefragt, ob Gertrud auch einmal hübsch gewesen war. Vor dem Krieg. Sie hatte auch einen großen Busen. Und er hatte sich schon oft dabei ertappt, dass er darauf starrte, wenn sie den Holzfußboden auf den Knien schrubbte. Aber er hatte sich dann immer vor sich selbst geschämt. Weil er es als unanständig empfunden hatte, wenn es ihn erregte. Vielleicht war er Margot zu jung, dachte Egon und jedes Mal wurde er wütend über diesen Gedanken. Er war kein Kind mehr. Immerhin ernährte er die Familie. Er verdiente nicht viel, aber er trug dazu bei, dass sie über die Runden kamen. Außerdem brachte er täglich einen Beutel Kohle mit, mit dem Mutter kochen oder die Stube heizen konnte. Und im Winter war Kohle bares Geld.

»Guck mal! Wackelt.« Annemarie ergriff einen der Milchzähne im Unterkiefer und rüttelte mit den Fingern daran.

Egon legte die Spitze seines Zeigefingers auf den Zahn und bewegte ihn behutsam hin und her. »Na, mein Liebchen wird groß! Bist beinahe schon ein Fräulein.« Egon setzte seine Schwester ab, gab ihr einen Klaps auf den Hintern und sah ihr lächelnd nach, wie sie aus der Wohnung rannte.

Gertrud kam aus der kleinen Kammer, in der Erich Balzer lag. »Das Tuch ist glühend heiß«, sagte sie besorgt und zeigte auf den Stoff, der in der alten Emailleschale im Wasser lag. »Er braucht einen Doktor.«

Mutter stand mit dem Rücken zu ihr und trocknete Egons Teller ab.

»Hast du verstanden, Martha? Das Fieber steigt.«

»Wir können uns den nicht leisten, Gertrud.«

»Was ist mit dem alten Brockhaus? Schick Egon nach ihm.«

Egons Blick sprang zwischen den beiden Frauen hin und her. »Der alte ist ein Quacksalber. Der verkauft seine eigene Pisse als Medizin! Außerdem ist der bestimmt schon wieder besoffen«, polterte es aus ihm heraus. Egon wusste, Brockhaus war kein Arzt. Man hatte die meisten Ärzte als Offiziere zur Front entsandt. Brockhaus war Arztassistent und nutzte Egons Einschätzung nach die Notlagen der Menschen aus. Er tat so, als ob er eine Diagnose stellen konnte, doch wenn man gezielt fragte, wich er aus. Verlor sich geschickt in allerhand Schilderungen, bei denen er immer lächelte und seine gelbbraunen Zähne entblößte. Als medizinisch Sachkundiger bezeichnete er sich. Für Egon stand fest, dass dieser Kerl ein Hochstapler war.

Egon drängte sich rüde an Gertrud vorbei. Das Wasser schwappte aus der Schüssel und sie schimpfte ihn. Vor dem Zimmer blieb Egon stehen, zögerte, dann schob er den provisorischen Vorhang beiseite und schritt in die fensterlose Kammer. Sie war gerade so winzig, dass ein schmales Bett und ein kleines, wurmstichiges Beistelltischchen hineinpassten. Auf ihm lag eine Bibel. Es handelte sich um ein ausgesprochen kleines Buch, welches bei genauerer Betrachtung alt und abgegriffen wirkte. Es war in einem festen, lederbezogenen Karton gebunden, auf dessen Vorderseite ein schlichtes Kreuz geprägt worden war. An der Längswand, mittig über der Lagerstätte, hatte Mutter ein ebenso schlichtes Holzkreuz angebracht. Erich lag auf dem Rücken. Der Raum war unangenehm warm, die Luft stickig. Es roch nach Schweiß und Eiter. Egon trat an das Kopfende des schmalen Bettes. Beinahe hätte er Erich nicht erkannt. Das Gesicht war aschfahl, wirkte stark eingefallen und die dünnen Lippen hoben sich farblich kaum ab. Egon trat einen Schritt näher heran. Erichs Atmung war flach und ging schnell, auf seiner Stirn stand der Schweiß, und er hatte das Gefühl, die Hitze fühlen zu können, die von diesem Körper ausging. Als hätte er die Anwesenheit gespürt, schlug Erich die Augen auf. Ihre Blicke trafen sich. Obwohl er sehr schwach war, wirkten seine Augen klar. Egons Mimik blieb regungslos. Selbst jetzt noch wirkte Balzers Gesicht trotz der Schmerzen überheblich und unerschütterlich, dachte Egon. Womit hatte er es verdient, dass man sich um ihn kümmerte? Dieser Säufer, der nie für etwas gut war. Mit welchem Recht lag er hier und machte seiner Mutter das Leben schwerer, als es ohnehin schon war? Nur wenige Tage nach Vaters Todesnachricht war er zu ihnen gezogen. »Mein Bruder wohnt ab jetzt bei uns«, war das Einzige, was Mutter gesagt hatte. Egon hatte es nicht gewollt, aber sie hatte ihm jede weitere Erklärung verweigert. Sogar Vaters Sachen hatte er an sich genommen. Seinen guten Mantel. Den Mantel, den Egon bekommen hätte und der ihm in wenigen Monaten sicher gepasst hätte, wenn er weiter so wuchs. Egon hasste den Anblick, ihn in Vaters Kleidung zu sehen. Seine Augen wanderten nach unten. Betrachteten das bandagierte Bein. Der

Unfall war vor einer Woche passiert. Mutter hatte gesagt, Erich wäre auf dem Schwarzmarkt gewesen, als die Polizei gekommen war. Wahrscheinlich hatte sich dieser Säufer wieder Schnaps besorgen wollen, dachte Egon. Bei der Flucht war er in einen Sprengtrichter gestürzt und eine rostige Metallstrebe, die aus einem der Trümmerteile geragt hatte, hatte sich tief in das Fleisch seines linken Unterschenkels gebohrt. Die Wunde entzündete sich. Gertrud drängte sich an Egon vorbei, legte ihre Hand hinter Erichs Nacken und hob den Kopf etwas an, während sie ihm in kleinen Schlucken Wasser einflößte. »Steh nicht im Weg!«, fuhr sie ihn harsch an.

Egon kehrte in die Stube zurück. Seine Mutter saß am Tisch. Sie sah erschöpft aus. Er setzte sich zu ihr, nahm ihre Hand, drückte sie kurz und lehnte sich dann zurück. Mutter fuhr sich über ihre Stirn, stützte den Kopf, den sie mit geschlossenen Augen schüttelte. Anschließend lehnte auch sie sich zurück und streifte ihr Kleid mit den Händen glatt, während sie ihren Sohn sorgenvoll anschaute.

»Du siehst müde aus, Mutter.«

»Was erwartest du«, bemerkte Gertrud, die aus der Kammer trat. »Was haben wir eine Arbeit gehabt, in den letzten Tagen. Wir haben seine Wunde versorgt, ihn gewaschen, das Bett gesäubert und ihn angekleidet.«

Egon sah sie missbilligend an. »Er schafft es ohnehin nicht.«

Gertrud verengte die Lippen zu einem Schlitz. »Solange er lebt, soll es ihm wenigstens an nichts fehlen.«

Mutter legte Egon eine Hand auf den Unterarm. »Lass gut sein, Junge. Gertrud ist mir eine große Hilfe. Uns allen. Der liebe Gott weiß, was sie alles getan hat.« Sie sah Gertrud an. »Du wirst deinen Lohn gewiss in der Ewigkeit empfangen, meine Liebe.«

Egons Augen ruhten wieder auf dem Gesicht seiner Mutter. »Wir können uns keinen Arzt leisten. Brockhaus ist ein Betrüger.«

»Dann stirbt er!« Wieder war es Gertrud, die sprach.

»Wir haben Krieg«, antwortete Egon knapp. »Jeden Tag sterben Menschen sinnlos.«

Mutter schüttelte den Kopf. »Trotzdem müssen wir ihm helfen.«

Egon sprang wutentbrannt auf und erhob die Stimme. »Nach all dem, was er dir angetan hat?« Er zeigte in Richtung der Kammer, während er seine Mutter anstarrte. »Nach all dem, was er uns angetan hat?«

Seine Mutter sprach mit leiser Stimme. »Das entbindet uns nicht von unseren christlichen Pflichten, mein Sohn. Außerdem ist und bleibt er mein Bruder.« Er spürte den Tadel in ihren Augen, doch vermochte dieser Blick es nicht, seine Wut zu mildern.

»Komm mir nicht wieder mit Gottes Wille! Ich kann es nicht mehr hören. Sieh nach draußen. Sie auf diese verdammten Trümmer. Auf die unzähligen Toten. Sieh es dir an!«

Mutter erhob sich, trat auf ihn zu und hob die Hand. Leicht zog er seinen Kopf ein, als fürchtete er, sie würde ihn ohrfeigen. Stattdessen streichelte sie seine Wange und lächelte milde. »Mein großer Egon.« Sie legte den Kopf leicht schief und betrachtete ihn, wie nur eine Mutter schauen konnte.

»Du hast es so unsagbar schwer, mein Junge. Dieser Krieg hat dich deiner Kindheit beraubt. Dir deinen Vater genommen. Und du bist so tapfer.« Generell war es Egon unangenehm, wenn sie ihn wie einen kleinen Jungen behandelte, aber davon ließ wohl keine Mutter ab, egal wie alt man war.

Sie nahm die Hand zurück und setzte sich wieder. »Ich kann dir nicht sagen, wo wir in all dem Gottes Willen erkennen sollen. Aber ich weiß, dass er deinen Zorn versteht.«

»Dann hol einen Pfarrer. Vielleicht kann der ihm ja helfen. Zumindest kostet er kein Geld.« Egon wich dem enttäuschten Gesicht seiner Mutter aus. Er war zu weit gegangen, das wusste er, und augenblicklich tat es ihm leid. Sie erhob sich, drehte sich um und ging zur Kochnische. Dort nahm sie einen blechernen Henkelmann und öffnete ihn. »Hier«, sagte sie und hielt Egon eine Brosche hin. Es war die Brosche der Großmutter. »Gib das dem Brockhaus. Er soll zu uns kommen.«

Egons Augen weiteten sich. »Mutter! Das kannst du nicht tun. Das ist …«

»Ich habe dich nicht um deine Meinung gebeten, Egon Siepmann.« Resolut trat sie an ihn heran, nahm seine Hand, legte das Schmuckstück hinein und sah ihn streng an.

»Geh, und tu, was ich dir aufgetragen habe. Und widersprich deiner Mutter nicht.« Ihr ernster Ton war nicht misszuverstehen.

Das angespannte Schweigen, welches sich im Zimmer ausbreitete, verbündete sich mit dem tadelnden Ausdruck in den Augen seiner Mutter. Egon sah sie mit pulsierenden Kaumuskeln an. Wortlos drehte er sich um und verließ den Raum.

*

Der Lohdiekweg in Kray, in der Nähe zu Königssteele, war eine eher ruhige Straße. Egon kletterte vorsichtig über den Schuttberg eines Hauses, das in einer der letzten Nächte offenbar einen Volltreffer erhalten hatte. Egon überlegte, ob er nicht einen anderen Weg wählen sollte, entschloss sich dann aber, weiterzugehen. Er musste aufpassen, wo er seinen Fuß hinsetzte. Der Mond war nicht mal halb voll und die kompakte Wolkendecke machte die Sicht nicht besser. Spätestens, seit die Briten sich mit ihren Luftangriffen mehr und mehr auf das Ruhrgebiet konzentrierten, befolgten die meisten Menschen die Anweisungen und ließen ihre Stuben im Dunkeln. Egon sah abwägend nach oben. Die Gebäudefront konnte jeden Moment in sich zusammenfallen, ihn begraben, und die schwer beschädigten Nachbarhäuser sahen nicht besser aus. Noch immer stieg Rauch aus den Trümmern und der Brandgeruch lag wie eine schwere Decke über dem Viertel. Das Ruhrgebiet wurde seit Wochen arg gebeutelt und beinahe jeden Abend, wenn die Dämmerung einsetzte, begannen die großen Suchscheinwerfer die Schwärze des Himmels mit ihren dicken Lichtstrahlen zu durchschneiden. Ein Kutscher versuchte unaufhörlich, sein Pferd durch die Wucht seiner Peitsche dazu zu bewegen, einen Karren mit Habseligkeiten aus einem der Trichter zu ziehen, in dem sich der Wagen festgefahren hatte. Er drosch auf das ausgemergelte Tier, das sich mit angstvoll aufgerissenen Augen und schmerzerfülltem Wiehern aufbäumte. Egon vermutete, dass der Mann ein Plünderer war und seine Beute so schnell wie möglich beiseiteschaffen wollte. Wie wild schlugen die Vorderhufe des Rappen auf das Pflaster, doch so sehr sich das schweißnasse Tier unter den Hieben auch bemühte, der Karren bewegte sich nicht. Egon erkannte im Vorbeigehen feuchte Kleider, einen Kinderwagen und andere Sachen. Dinge, die ihren ehemaligen Besitzern vertraut gewesen waren, behaftet mit Erinnerungen, und die nun hastig und unordentlich auf die Ladefläche geschmissen worden waren.

Am Ende der Straße, kurz vor der Kreuzung zum Lohmühlental, blieb er vor einem sechsstöckigen Haus stehen. Es hob sich in der Häuserzeile nicht von den anderen ab, und wie die übrigen Gebäude sah auch dieses ihn mit skeptischem, rußgefärbtem Gesicht an. Die Fenster des Erdgeschosses hatte jemand mit Brettern zugenagelt. Höchstwahrscheinlich waren die Fensterscheiben aufgrund der Druckwellen herausgeschlagen worden und die Bewohner wollten sich so vor Diebstählen schützen. Und der kalten Luft, die zum Abend hin in die ungeheizten Stuben und wenig später in die Knochen der hungrigen und immer frierenden Menschen kroch. Drei Treppen waren es bis zur kunstvoll verzierten Haustür. Egon drückte gegen das raue und spröde Türblatt und stellte fest, dass sie nicht verschlossen war. Im Hausflur empfing ihn muffige Luft, angereichert mit Schimmelsporen, die sich aus den feuchten Wänden gelöst hatten und den typischen Geruch alter verfallener Gebäude verbreiteten. Rechts klaffte ein großes Loch in der Wand und gab einen Blick auf die roten Ziegel frei. Die Briefkästen hatte man herausgestemmt und das Metall in irgendetwas Brauchbares getauscht. Egons schlurfende Schritte hallten an den nackten Wänden wider, als er über den schuttbedeckten Steinboden ging. In der Stille des Hauses kam er sich wie ein Eindringling vor. Langsam schritt er die alten, ausgetretenen Stufen hinauf. Das dumpfe Geräusch seiner Schuhe erinnerte ihn bei jedem Schritt an das weit entfernte Einschlagen von Fliegerbomben. Vielleicht lag es auch daran, dass ihm in den Zeiten des Krieges die Fähigkeit zu differenzieren abhandengekommen war. Es gab nur das unerträgliche Geräusch der Detonationen, das hohe Brüllen der Bomben. Mark und Bein erschütternde Geräusche der Sirenen. Das Trommeln der Flugabwehrgeschütze, die sich im gesamten Stadtgebiet befanden, das hohe Kreischen und Pfeifen ihrer Geschosse, wenn sie die Luft durchschnitten und die omnipräsente Stille, die sich danach über die gelähmte Stadt ausbreitete und die nur von den Signalhörnern der Feuerwehren unterbrochen wurde. Das Geländer hatte man abmontiert und höchst wahrscheinlich verfeuert. Auf der Zwischenetage sah er durch ein zerstörtes Fenster in den Hof, in dem Reste eines ehemaligen Gartens zu erkennen waren. Die alten Obstbäume hatte man gefällt, sodass die Stämme wie amputierte Stümpfe wirkten. Ein leichter Wind trieb ihm den Geruch stinkenden Abfalls und menschlicher Fäkalien in die Nase, der sich mit dem allgegenwärtigen Duft verbrannten Kokses verband.

Egon schritt die letzten Stufen empor und blieb an der Türschwelle stehen. Dreimal klopfte er mit den Knöcheln seines Mittelfingers.

»Die Tür ist auf. Tretet ein!«

Egon drehte den Knauf und die Tür öffnete sich erstaunlich leicht.

Günter Brockhaus saß an einem Tisch und speiste. Er war ein großer und schlanker Mann, der, zumindest aus einer gewissen Entfernung betrachtet, durchaus eine imposante Erscheinung war. Trat man näher heran, sah man violettes Venengeflecht auf der Nase und unterhalb der Augen durch die Haut schimmern, wie es die Kerle hatten, die regelmäßig zu viel Alkohol tranken. Brockhaus hatte einen schlechten Leumund. Trotzdem hatte er es mit einer gewissen Geschicklichkeit und Beredsamkeit fertiggebracht, dass die Leute seinen Rat suchten. Und dafür bezahlten. Nur wenige gebildete Leute verfügten über solche Fähigkeiten. Vor Brockhaus stand ein Tablett, auf dem ein herrlich knusprig gebratenes Huhn lag. Der Duft stieg Egon in die Nase. Sofort schoss ihm Speichel in den Mund und sein Magen zog sich rhythmisch zusammen. Egon hatte beinahe vergessen, wie köstlich gebratenes Fleisch roch. Das Geflügel war zur Hälfte verspeist. Brockhaus würdigte Egon keines Blickes. Er legte in aller Ruhe das Besteck auf den Teller, tupfte sich mit einem Tuch vornehm den Mund und seinen gezwirbelten Schnauzer ab, um anschließend ein edles Stielglas anzuheben. Er drehte das Glas einige Male unter seine Nase, betrachtete den Inhalt fachmännisch, bevor er es zum Mund führte und von der dunkelroten Flüssigkeit kostete. Egon war sich sicher, dass es sich um Wein handelte. Er hatte noch nie Wein getrunken. Nur Bier. Und selbst gemachten Schnaps, den einige Kumpel aus Kartoffelresten brannten und heimlich auf der Zeche anboten. Egon fand den Geschmack widerlich. Das Zeug brannte sich förmlich in seine Schleimhäute, aber er wollte sich keine Blöße vor den anderen geben. Nachdem Brockhaus das Glas abgestellt hatte, drehte er sich zu seinem ungebetenen Gast. Egon, der noch immer wie gebannt auf dieses unwirkliche Mahl starrte, riss sich aus seinen Gedanken und nahm seine Mütze ab, die er verlegen mit beiden Händen vor sich hielt und unbewusst durchwalkte.

Brockhaus lehnte sich zurück und überschlug die Beine. »Junger Mann. Es wäre angebracht, wenn du deinen Mund schließen und mir mitteilen würdest, warum du mich um diese Zeit bei meiner Mahlzeit störst.« Seine Tonfarbe klang hochtrabend.

»Meine Mutter schickt mich. Martha Siepmann. Aus dem Sammelband.«

»Siepmann, sagst du?« Brockhaus tat nachdenklich und legte den Kopf leicht schief. »Siepmann. Siepmann …«

»Der Erich hat sich verletzt. Er hat Fieber. Mutter glaubt, er stirbt.«

»Erich? Das sagt mir nichts. Ist das dein Vater?«

Egon fühlte, wie eine Welle der Wut in ihm aufstieg. »Er ist nicht mein Vater!« Es gelang ihm nicht, den Anflug der Empörung aus seiner Stimme zu drängen.

»Mäßige deinen Ton! Wenn du flapsig wirst, kannst du dich direkt verabschieden. Und nun sag: Was willst du genau?«

Egon nahm sich zusammen. »Wie gesagt. Meine Mutter schickt mich. Sie lässt fragen, ob Sie sich den Erich mal ansehen könnten.«

Brockhaus schmatzte einige Male und fuhr sich mit einem Fingernagel zwischen die gelben Zähne.

»Was hat er denn, euer Erich?« Er betrachtete das, was er mit seinem Nagel erbeutet hatte, und wischte sich den Finger anschließend an der Hose ab.

»Er hat sich das Bein verletzt. Und nun hat er Fieber. Schreckliches Fieber.«

Der große Mann nickte selbstgefällig. »Die Wunde. Riecht sie? Ist sie entzündet? Also, fühlt sie sich heiß an?«

Egon zuckte mit den Schultern. »Keine Ahnung. Hab sie nicht gesehen. Aber es stinkt in der Kammer. Wie ... nach einer toten Katze.«

Brockhaus stellte die Beine wieder nebeneinander und drehte sich seinem Teller zu. »Es tut mir leid. Ich kann nichts für ihn tun.«

»Aber ... Sie haben ihn sich doch noch gar nicht angesehen. Sie sind doch ... Arzt.«

Brockhaus wandte sich wieder dem jungen Besucher zu. Sein überheblicher Ausdruck ließ nicht erkennen, dass er die Anrede ihm gegenüber möglicher Weise als unangemessen empfand.

»Na, was soll er schon haben? Wenn sich die Wunde entzündet hat und er fiebrig ist, wird er sich Wundbrand eingehandelt haben.«

»Können Sie denn nichts dagegen tun?«

»Sicher. Aber das kostet. Und du machst mir nicht den Eindruck, als ob du mich bezahlen könntest.«

Egon fasste in seine Hosentasche und holte die Brosche hervor. »Meine Mutter gibt Ihnen das. Als Bezahlung.«

Brockhaus griff in die aufgesetzte Tasche seines Rocks und beförderte ein Monokel hervor, das an einer Kette aus Messing hing und das er sich auf das linke Auge setzte. »Na komm schon. Lass mich mal sehen.«

Egon trat einige Schritte vor und überreichte ihm das Schmuckstück. Brockhaus betrachtete es zunächst ausgiebig von allen Seiten, bis er es nahe an sein Sehglas führte. Anschließend wog er es in seiner Hand. »Na ja«, sagte er schließlich. »Nichts Besonderes.« Brockhaus steckte die Brosche in seine Brusttasche und wandte sich wieder seinem Essen zu.

»Was soll das?« Egon blickte irritiert.

Günter Brockhaus sah ihn finster an. »Was meinst du denn, Junge?«, tat er verwundert. »Ich benötige Medikamente, um euren Erich helfen zu können. Glaubst du, die bekomme ich kostenlos? Oder sehe ich aus wie ein dreckiger Jud, bei dem man sich Geld leihen kann?« Missbilligend schüttelte er den Kopf und drehte sich wieder zum Tisch. Egon wusste nichts zu erwidern. Daran hatte er tatsächlich nicht gedacht. Brockhaus nahm das Glas und tat einen kräftigen Schluck. »Sag deiner Mutter, ich werde mich bei ihr vorstellen, sobald ich die Medizin habe. Es sei denn, du bestehst auf die Herausgabe dieses wertlosen Metalls. Es wird ohnehin schwer, das dafür zu bekommen, was ich benötige.«

»Aber …«, begann Egon stotternd. »Sie wissen doch gar nicht, wo wir wohnen.«

Brockhaus fuhr zur Seite und sein Blick legte sich tadelnd auf Egons Gesicht. »Du hast gesagt, dass ihr im Sammelband wohnt. Es werden wohl nicht unzählige Familien mit dem Namen Siepmann dort hausen, bei denen ein Erich lebt, oder?« Brockhaus machte eine abwehrende Handbewegung, als verscheuchte er ein lästiges Insekt. »Und nun stör mich nicht weiter, unverschämter Bengel.«

Egon hatte ein mulmiges Gefühl, als er die Treppe des Hausflures nach unten schritt. Mehrmals blieb er stehen und drehte sich um. Aber was blieb ihm übrig? Brockhaus hatte wohl recht. Egal, was Egon von ihm hielt. Erich hatte offenbar tatsächlich Wundbrand. Er hatte schon davon gehört, dass so etwas vorkam, wenn sich eine Wunde entzündete. »Das kommt von dem Dreck«, hatte ihm ein Knappe auf Bonifacius mal gesagt, als ein Kumpel gestorben war, der sich unter Tage versehentlich mit der Spitzhacke in den Fuß geschlagen hatte. Man hatte ihm erst den Unterschenkel amputiert, aber der Wundbrand hatte schon den ganzen Körper vergiftet. Egon hatte beobachtet, wie man einem Mann, der sich in der Werkstatt ein rostiges Werkzeug in die Hand getrieben hatte, mit einem glühenden Eisen behandelte, das man ihm direkt auf die Wunde presste. Der Mann hatte fürchterlich geschrien und es hatte drei gestandener Kumpels bedurft, um ihn festzuhalten. Das wäre zur Desinfizierung, hatte man ihm gesagt, damit sich die Wunde nicht entzündet. Trotzdem war ihm unwohl zumute. Er traute diesem Brockhaus nicht.

Egon verließ das Gebäude und stieg erneut über den Schuttberg. Der Pferdekutscher war nicht mehr zu sehen. Seine Augen wanderten nach oben. Die Flakabwehr hatte begonnen, den Himmel mit ihren großen Scheinwerfern abzutasten. In wilden Zickzackbahnen suchten die breiten Lichtstrahlen den schwarzen Himmel ab. Offiziell begann die Ausgangssperre um 20 Uhr und endete gegen 5 Uhr in der Früh. Es sei denn, man hatte eine Sondergenehmigung. Die Polizei wollte damit Plünderungen verhindern. Einmal war Egon angehalten worden. Der Polizist hatte ihm gesagt, dass die Polizei die Befugnis hätte, Verdächtige zu erschießen. Aber das mit der Ausgangssperre wurde nicht so genau genommen. Schlimmer war es, wenn man gegen die allabendliche Verdunklung verstieß. Er hatte mal von einem Soldaten gehört, dass man so ein beleuchtetes Fenster noch in einem Kilometer Höhe sehen konnte.

Egon lief die Krayer Straße ein Stück hinauf, vorbei an zerstörten Häusern, über die Trümmer auf dem schmutzigen Gehweg und konzentrierte sich auf das rhythmisch monotone Geräusch seiner Schuhe. Bis nach Hause war es mindestens eine halbe Stunde. Seine Laune sank. Er war hundemüde, es begann zu nieseln und das allgegenwärtige Gefühl des Hungers drängte sich in sein Denken. Er schlug den Kragen seines abgewetzten Mantels hoch und zog sich die Mütze tiefer ins Gesicht. Nach ungefähr einem Kilometer bog er in die Joachimstraße. Er würde die Abkürzung über die Gleise nehmen. Er war noch nicht um die Eck, als er eine Männerstimme rufen hörte: »Stehen bleiben! Polizei.«

Egon erstarrte vor Schreck. Er vernahm sich schnell nähernde Schritte. Jemand rannte. Direkt auf ihn zu. Schon schälte sich aus der Dunkelheit eine Gestalt. Egons Herz klopfte ihm bis zum Hals. Er trat etwas zurück und drückte sich in einen dunklen Hauseingang. Die Gestalt war im Nu auf seiner Höhe, rannte an ihm vorbei und blieb stehen. Wieder schrie jemand, diesmal aus der anderen Richtung und unmittelbar darauf ertönte das schrille Geräusch einer Schutzmannspfeife. Sie nahmen den Flüchtenden in die Zange. Die Person sah sich wie ein gehetztes Wild hektisch in alle Richtungen um, drehte sich und rannte zurück. Seine Schlägermütze flog ihm vom Kopf. Egon sah, dass es ein junger Kerl war. Vielleicht in seinem Alter. Vielleicht etwas älter. Seine Kleidung war schäbig und die Jacke zu groß. Einen kurzen Moment zögerte er, überlegte offenbar, ob er seine Kopfbedeckung aufheben sollte. Er entschloss sich, stattdessen zur gegenüberliegenden Einfahrt zu laufen. Wenige Wimpernschläge später war er auf dem dahinterliegenden Hof verschwunden. Egon blieb in dem Hauseingang stehen. Er hoffte, dass man ihn nicht sah. Doch schon bald war er sich da nicht so sicher. Von allen Seiten hörte er plötzlich das Pfeifen der Schutzmänner lauter werden. Hier würde man ihn finden. Er wurde von einer plötzlichen Angst erfasst, die mit jeder Sekunde wuchs, obwohl er sich nichts vorzuwerfen hatte. Egon nahm all seinen Mut zusammen, stieß sich ab und rannte ebenfalls hinüber zu der Toreinfahrt. Zu seinem Entsetzen kam er nicht weiter. Der Hof endete in einer Sackgasse. Umgeben von Mauern, die viel zu hoch waren, als dass man sie ohne Leiter hätte überwinden können.

»Hände hoch!«, hörte er plötzlich einen Mann. Ganz langsam hob Egon die Arme. Hinter ihm erhellte ein Lichtschein die Umgebung. »Umdrehen, Freundchen!«, bellte die Stimme. Egon war starr vor Angst.

»Umdrehen! Wird's bald?«

Egon hob die Hände noch höher. So hoch er konnte. Vorsichtig, darauf bedacht, keine falsche Bewegung zu machen, drehte er sich. Für einen winzigen Moment fiel der Strahl der Lampe dabei auf eine niedrige Hecke direkt vor ihm und erhellte das Gesicht des Jungen, der dort kauerte und ihn mit weit aufgerissenen Augen anstarrte.

»Haben wir dich!«

Egon vollendete die Drehung. Das Licht blendete ihn und er sah nichts. Plötzlich erfasste ihn jemand am Revers und drückte ihn hart gegen die Mauer. »Hände an die Wand und Beine breit!«

Egon gehorchte. Mehrere Hände tasteten ihn ab. Jemand zog ihm seine Papiere aus der Jacke, eine andere Hand erfasste ihn an der Schulter und riss ihn rüde herum. Drei Polizisten grinsten ihn an. Einer richtete eine Maschinenpistole auf ihn und ließ ihn nicht aus den Augen. Ein anderer blätterte langsam und sorgfältig in seiner Kennkarte.

»Dann wollen wir mal sehen, wen wir hier haben.« Der dritte Beamte richtete seine Lampe weiter auf Egon, der mit halb zugekniffenen Augen versuchte, etwas zu erkennen. »Egon Siepmann. Schön, Egon. Dann erzähl mal. Wer war noch mit von der Partie?«

»Ich weiß gar nicht, worum ...«

Die Ohrfeige riss Egons Kopf zur Seite. Seine Lippe schwoll in Sekundenbruchteilen an und in der gesamten Gesichtshälfte machte sich ein brennendes Gefühl breit.

»Hältst dich wohl für einen ganz Schlauen, was? Mal sehen, ob du noch so 'ne große Schnauze hast, wenn wir dich aufs Revier bringen.«

»Aber ich weiß es doch wirklich nicht.« Schützend hielt Egon die Arme hoch.

»Ach 'ne? Und warum biste dann abgehauen?«

Egon blinzelte über seine Hände, die er noch immer vor seinem Gesicht hielt. »Wissen Sie, Herr Wachtmeister …«

Wieder traf ihn eine Ohrfeige. Dieses Mal nicht so hart.

»Oberwachtmeister Leineweber! Schreib dir das gefälligst hinter die Ohren, du Rotzbengel. Also. Noch mal. Warum bist du flitzen gegangen?«

»Na, weil ich die Pfeifen gehört habe. Und weil da so ein Kerl auf mich zugerannt kam.«

»Was für ein Kerl?«

»Na der, der von da unten kam. Vom Bahnhof. Ich hatte Muffensausen.«

Der Schutzpolizist vor ihm senkte die Lampe etwas, sodass sie Egon nicht mehr blendete. Der Beamte vor ihm war schon älter. Er hatte einen breiten Schnauzer wie der von Kaiser Wilhelm. Er betrachtete Egon misstrauisch und immer wieder wanderten seine Augen zwischen dem Bild auf Egons Kennkarte und dem Gesicht des Jungen hin und her.

»Du kannst mir viel erzählen«, sagte er schon nicht mehr ganz so streng.

»Es stimmt aber. Ich war bei dem Brockhaus. Im Lohdiekweg. Kennen Sie den? Mutter hat mich geschickt, weil ihr Bruder krank ist. Sie können ihn ja fragen.«

Der Schutzpolizist vor ihm sah ihn abwägend an. »Brockhaus? Wer soll das sein?«

Erst jetzt bemerkte Egon, dass er seine Arme noch immer schützend erhoben hatte. Langsam senkte er sie. »Der Kerl ist so etwas wie ein Arzt. Zumindest sagt er das.«

»Jetzt weiß ich, wen er meint«, fuhr der Beamte links des Alten dazwischen. Er war deutlich jünger und Egon meinte, ihn schon einmal gesehen zu haben. »Der Kerl ist ein Betrüger und zieht den Leuten das Geld aus der Tasche.«

Egon nickte eifrig.

Der ältere Polizist warf seinem Kollegen einen fragenden Blick zu, bevor er sich wieder Egon zuwandte. »Ist dir das bekannt?«

»Schon.« Egon zuckte mit den Schultern. »Aber Mutter bestand darauf. Weil der Erich … das ist ihr Bruder … nun, dem geht es nicht gut. Wenn Sie mich fragen, schafft er's nicht.«

Der Schupo klappte Egons Kennkarte zusammen, hielt sie aber weiter fest. »Du sagst also, du hättest dir beinahe in die Hose geschissen und hast dich deshalb versteckt?«

Egon rieb seine gerötete Wange. Der Schmerz war in ein unangenehmes Taubheitsgefühl übergegangen. »Klar. Weiß ich, was der angestellt hat? Umsonst werden Sie ihm ja nicht hinterher sein.«

»Wo ist er denn hin?« Der Beamte schlug Egon mit dem Ausweis auf die Kappe.

»Na, da hoch. Richtung Krayer.«

Der Polizist zog eine Augenbraue nach oben und beließ sie in dieser Position. »Hermann. Du bist doch von der Krayer Straße gekommen. Ist dir da jemand entgegengelaufen?« Er sah seinen Kollegen nicht an, während er ihn fragte.

»Hätte ich gesehen«, antwortete der Beamte mit der Maschinenpistole.

Der Ältere sah Egon mindestens zehn Sekunden lang an, ohne ein Wort zu sagen. Eine Ewigkeit, in der Egons Unbehagen derart stieg, dass er kurz davor war, in Panik zu geraten.

»Gut, Egon. So wie ich das sehe, gibt es nicht viele Möglichkeiten. Du lügst uns an, versuchst, jemanden zu decken, oder der Flüchtige hat sich in Luft aufgelöst. Da ich an Letzteres nicht glaube, muss er dann noch hier im Hof sein.«

Erst jetzt merkte Egon, dass er die Luft angehalten hatte. Er versuchte normal zu atmen, damit er seine Unsicherheit nicht verriet, aber es gelang ihm nicht. »Was ist denn überhaupt passiert?«, platzte es aus ihm heraus, um Zeit zu gewinnen.

»Der Täter hat eine verräterische Parole an das Gebäude des Bahnhofes gepinselt. Ein aufmerksamer und anständiger Bürger hat ihn dabei beobachtet und uns angesprochen. Wir verweilten zufällig in der Nähe.«

»Zeig mir deine Hände!«, befahl der Beamte mit der Maschinenpistole.

Langsam streckte Egon sie aus.

»Und jetzt umdrehen.«

Egon tat, was ihm befohlen wurde.

»Und jetzt zeig mir deine Schuhe. Ich will deine Sohlen sehen.«

Egon drehte sich, stützte sich mit den Händen an der Mauer ab und hob nacheinander die Füße an.

»Er hat keine Farbe an den Händen. Und seine Sohlen sind auch sauber«, hörte er hinter sich den bewaffneten Schupo. Egon drehte sich wieder vorsichtig um.

Der Beamte mit dem Kaiser-Wilhelm-Bart überlegte. Er schien sich nicht mehr so sicher.

»Muss nichts heißen. Er kann mit diesem Pack trotzdem unter einer Decke stecken. Vielleicht hat er Schmiere gestanden. Dieter! Hermann! Durchsucht den Hof«, befahl er, wobei er weiter auf den jungen Burschen vor sich starrte. »Wehe, Freundchen, wenn wir hier was finden.«

Egons Herz schlug ihm bis zum Hals. Seine Därme verkrampften und er hatte das Gefühl, sich jeden Moment in die Hose zu machen. Er setzte alles auf eine Karte.

»Sehen Sie ruhig nach, Herr Wachtmeister. Aber ich glaube nicht, dass Sie hier was finden. Der ist nämlich noch ein Stück die Straße hoch.«

»Du glaubst doch wohl nicht, dass ich so dumm bin und dir einfach so glaube.«

Egon zuckte mit den Schultern. »Ich meine ja nur. Der hat weiter oben seine Mütze verloren. Müsste bestimmt noch da liegen.«

Der mit dem Kaiserbart kniff wie zu einer Warnung die Augen zusammen. »Hermann! Sieh nach.«

Sofort setzte sich der Mann in Bewegung, während der andere Beamte das Licht seiner Lampe über den Hinterhof gleiten ließ. Egon schielte zur Seite. Er sah, wie der Lichtschein zitternd, beinahe tanzend langsam die Hecke des Hofes abtastete und sich dabei dem Punkt näherte, wo der Junge sich versteckt hielt. Egon spürte, wie sich seine Kiefermuskeln verspannten und er innerlich erschauderte. In einer solchen Situation konnte eine Sekunde eine Ewigkeit sein. Und diese wenigen Augenblicke fühlten sich schrecklich lang an. Genau in dem Moment, als der Polizist die Lampe auf die Stelle richtete, wo der Junge saß, ertönte der gellende Pfiff aus der Schutzmannspfeife. Der Beamte auf dem Hof fuhr herum.

Der Lichtstrahl glitt über Egons Gesicht und richtete sich auf die Straße aus. Der eine Beamte drückte ihm seine Kennkarte vor die Brust und noch ehe Egon reagierte, fiel sie zu Boden. Unmittelbar darauf rannten die beiden Schutzpolizisten los.

Egon atmete einige Male tief ein und aus. Das flaue Gefühl im Magen wollte nicht abebben und seine Därme baten eindringlich um Erleichterung. Mit zittrigen Knien hob Egon den Ausweis auf, ging zur Straße und sah in die Richtung, in welche die Schupos gerannt waren. Sie waren nicht mehr zu sehen. Egon drehte sich um und winkte in Richtung Hecke. Der Hof war stockdunkel, er erkannte nichts. Fast wie aus dem Nichts bildeten sich plötzlich Konturen ab. Nochmals spähte Egon in alle Richtungen.

»Keiner zu sehen«, flüsterte er. Der Junge trat aus der Dunkelheit. Einen flüchtigen Moment sahen sich die beiden jungen Männer an. Egon konnte sich nicht daran erinnern, ihn jemals zuvor gesehen zu haben. Er hatte eine Narbe, die sich neben dem rechten Auge befand und eine Form hatte, die Egon an eine Mondsichel erinnerte.

»Danke«, nickte der andere und lächelte. Dann lief er los und wurde nach wenigen Metern von der Nacht verschluckt.

*

Mit einem geradezu Angst einflößenden Donnern kam der Förderkorb an die Oberfläche. Ein metallenes Monster, das Bergleute und tonnenschweres Material tief in den Schoß von Mutter Erde brachte. Obwohl Egon schon beinahe sechs Monate täglich einfuhr, hatte sich der Respekt, den er beim Betrachten des imposanten, 1910 errichteten und beinahe 35 Meter hohen Malakowturms empfand, nicht gelegt. Noch immer sah er beim Betreten des Zechengeländes ehrfurchtsvoll auf die riesige Treibscheibe, die auf ihrem stählernen Gerüst wie ein Mahnmal wirkte und das Gesicht dieser Gegend prägte.

An seinem ersten Tag war ihm das Gelände als der Vorhof zur Hölle erschienen. Die rußgeschwärzten Gesichter der Kumpel. Überall Flammen, ein unerträglicher Krach, Dreck, Kohlenstaub.

Nachdem Egon seine Kleidung in der Weißkaue an dem Püngelhaken unter die Decke gezogen hatte, dicht an dicht neben unzähligen Bündeln anderer Kumpels, hatte er sich seine Bergmannskluft aus schwerem Leinen in der Schwarzkaue angezogen. Dazu sein Arschleder und seine Knieschoner. Anschließend war er zunächst zur Lampenstube gegangen und hatte sein Geleucht, seine persönliche Grubenlampe, abgeholt. Nun stand er mit den Kumpel der Frühschicht zur Seilfahrt an. Zur Förderung wurden vier Körbe übereinander mit je zwei hintereinanderstehenden Wagen verwendet, in denen bei jeder Seilfahrt bis zu 68 Bergleute pro Korb transportiert werden konnten.

Die Tür aus Metalldraht wurde geöffnet und eine schier unerschöpfliche Anzahl an pechschwarzen Bergleuten drang hinaus. Nur ihre Zähne, das Weiß ihrer Augäpfel und die tiefen Falten in ihren Gesichtern hoben sich bizarr ab. Die Nachtschicht begrüßte die Kumpel der Folgeschicht mit erschöpften Gesichtern und einem ehrlichen »Glück auf!«. Die gierige Rüstungsindustrie verlangte allen Übermenschliches ab und viele waren der Meinung, dass es pures Glück war, dass ihnen in der zurückliegenden Schicht nichts passiert war. Aber auch ohne die vielen Gefahren waren die meisten Kumpel mit Mitte 40 bergfertig. Ihre geschundenen Körper und Lungen alterten durch die Strapazen, dass selbst junge Kerle nach wenigen Jahren wie alte Männer wirkten. Egon und die anderen machten Platz und das Klappern der Grubenlampen und der Henkelmänner, die in der Enge aneinanderstießen, begleitete die Männer hin zur Waschkaue. Es roch nach Schweiß, nach Dreck und Kohle, deren Staub sich über alles und jeden legte. Schon drängte die Menge der eigenen Schicht Egon von hinten weiter. Der Kumpel, der sie einwies, stieß sie rüde zurück und winkte einen nach dem anderen in die Kabine. Egon betrat den Korb und versuchte seine Schultern breit zu machen, um sich etwas vor der Enge zu schützen, die sich nicht nur gegen seinen Körper richtete. Sie legte sich nach wie vor noch immer auf sein Gemüt und formte eine Empfindung tiefer Beklemmung. Das Tor wurde mit einem lauten Poltern zugeschlagen. Ketten rasselten und sicherten es mit einem mächtigen Schloss, das der Einweiser nochmals kontrollierte. Anschließend ertönte eine Schelle und der Förderkorb setzte sich mit einem Ruck in Bewegung. Sogleich erfasste ihn beinahe das Gefühl des freien Falls und ihm war, als würden seine Füße vom Boden abheben. Der Korb raste mit beängstigender Geschwindigkeit durch die schwarz-silberne Röhre. Jedes Mal war es ihm, als fiele er in die Schwärze eines bodenlosen Loches. Wie immer sprachen die Männer kein Wort, standen still, fast unbeweglich. Die Kabine schwankte und das Stahlseil über ihnen ächzte unter der Last. Der Fahrtwind erfasst ihn, fuhr ihm von unten ins Gesicht, sodass seine Augen tränten. Zunächst noch kühl, verwandelte er sich mit jedem weiteren Meter in einen warmen und zuletzt stickigen Strom. Egon hielt sich die Nase zu und presste Luft, um seine Ohren von dem stetig zunehmenden Druck zu befreien, der sich wie festgestopfte Watte in seinen Gehörgängen anfühlte. Nach gefühlt unendlich langer Zeit griffen die Bremsen kurz vor Erreichen der Sohle und Egons Gewicht schien sich zu verdoppeln. »Wenn du dir bei der Seilfahrt in die Hose scheißt, kommt es dir spätestens beim Anschlag am Kragen wieder raus«, hatte ihm ein Hauer gesagt, als er vor seiner ersten Seilfahrt gestanden hatte.

Das stählerne Gatter wurde geöffnet und die Männer strömten aus dem Förderkorb. Einige Male holte Egon tief Luft. Es war heiß, das Thermometer zeigte über 30 Grad an und die Luftfeuchtigkeit war so hoch, dass die ersten Kumpel bereits damit begannen, ihre Oberbekleidung für den folgenden Marsch auszuziehen. Egon tat es den anderen Männern gleich und schaltete seine Lampe ein. Gemeinsam liefen sie, wie eine lange Schlange leuchtender Lichter, vom Füllort aus in Richtung der Flöze. Egon war gerade mal 16 Jahre alt und eigentlich hätte er nach den Schutzbestimmungen noch nicht unter Tage Arbeiten eines Hauers verrichten dürfen. Grubenjungs wurden durchaus von erfahrenen Hauern mitgenommen, aber höchstens als Pferdejunge, Wagenstößer oder als Helfer in der Förderung. Aber mit den Bestimmungen nahm man es seit einiger Zeit nicht mehr so genau. Jeder wehrfähige Mann wurde zur Ostfront entsandt und die Reihen der Bergleute lichteten sich in einem atemberaubenden Tempo. Die Zechen im Ruhrgebiet fuhren Sonderschichten, um den Hunger der Rüstungsindustrie nach dem schwarzen Gold zu befriedigen. Außerdem waren junge Burschen gefragt. Sie konnten in die engen Flöze, teils liegend und über Kopf arbeitend, und das schon, bevor man die Grubenstempel eingebracht hatte, um das Hangende über ihren Köpfen zu sichern.

Seit einiger Zeit fuhren vermehrt Polen und Russen ein. Sie waren getrennt von den anderen. Verbrecher, Bastarde seien es, so hatte man ihnen gesagt, die eigentlich an den Galgen gehörten. Sie trugen andere Kleidung. Keine Bergmannskluft. Viele hatten gestreifte Sträflingskleidung an, andere normale Straßenkleidung. Sie schufteten zusammen mit einigen Juden, die sogar unter Tage ihre Judensterne trugen. Egon hatte gesehen, wie sie die großen Kohlestücke im Kohlebunker zerschlagen mussten, damit der Bruch durch den Gitterrost passte. Sie waren dünn. Nur Haut und Knochen. Egon hatte sich gewundert, wie sie die harte Arbeit überhaupt durchhalten konnten. Egons Vorarbeiter, Fred Messerschmidt, nannten alle wegen seines Namens nur Mackie Messer. Und weil er mit seiner Brille so ähnlich wie der junge Berthold Brecht aussah, obwohl Egon eigentlich nicht wusste, wer Berthold Brecht war und was das wiederum mit einem Mackie Messer zu tun hatte. Ursprünglich hatte er als Hauer auf Zeche Centrum in Wattenscheid malocht, hatte sich dort aber mit dem Steiger verworfen und war nach Bonifacius gewechselt. Mackie war ungefähr 25 Jahre alt und hatte hellblondes Haar, was nass, wie bei fast allen Blonden, beinahe schütter wirkte, dazu trug er in der Regel einen rotblonden Dreitagebart. Unter Tage setzte er seine Lederkappe immer lässig zur Seite auf. »Die Frauen lieben meine unschuldigen Augen«, hatte er immer angegeben und in der Tat konnte er dreinblicken wie ein geprügelter Hund. Egon mochte ihn, weil er ihn nicht anders behandelte als die anderen Männer und er ihn auch nicht fortschickte, wenn er von nackten Frauen sprach und davon, was er mit ihnen so anstellte. Er wusste nur, dass Mackie gern trank und dabei wohl öfter über die Stränge schlug. Auf jeden Fall hatte Mackie ihm gesagt, dass die Juden aus Steele kamen. Im April war auf dem Gelände der ehemaligen Zeche Johann Deimelsberg, am Holbecks Hof in Königssteele, ein Barackenlager errichtet worden. Dort mussten auf Anweisung der Gestapo alle Juden aus Essen hin. Zumindest hatte Mackie ihm das gesagt. Warum sie dort leben mussten, wusste Mackie angeblich nicht. Vielleicht wollte er es nicht sagen. Außerdem, hatte er immer gesagt, mache er sich eigentlich nichts aus Politik. Hier zählte nur, ob einer seinen Mann stehen konnte. Das reichte, um als guter Kerl zu gelten. Die da oben wüssten schon, was zu tun wäre. Es müsste ja einen Grund geben. Egon wusste nur, dass das Lager mit Stacheldraht eingezäunt war und dass die Gestapo es bewachte. Es gab unter den Kumpel Gerüchte. Man munkelte, dass alle Juden nach Osten gebracht wurden und dass man das sicher nicht tat, um ihnen einen Urlaub zu spendieren. Egon selbst hatte schon mehrfach mitbekommen, wie einige jüdische Familien aus der Nachbarschaft mit Koffern auf Lkw klettern mussten und von der Polizei weggebracht wurden. Die Beamten waren dabei nicht gerade zimperlich mit ihnen umgegangen. Auch nicht mit den Frauen und den Kindern. Er war erst elf Jahre alt gewesen, als man überall die Fensterscheiben der jüdischen Geschäfte eingeschlagen und die Läden in Brand gesetzt hatte. Sogar die alte Synagoge an der Steeler Straße hatte gebrannt. Und überall hatte man Schilder gesehen, auf denen gestanden hatte, dass man sich wehren und nicht bei Juden kaufen sollte. In der Schule hatte man ihnen gesagt, dass die Juden die gerechte Strafe für ihre Schandtaten erhalten hätten. Sie hätten es zu weit getrieben und das deutsche Volk hätte sich erhoben. Egon wusste allerdings nicht genau, was man ihnen konkret vorwarf. In der fünften Klasse der Volksschule hatte ihnen der Lehrer etwas über Rassenkunde erzählt. Über Blutreinheit und Volksentartung und darüber, dass Juden nicht der arischen Rasse angehörten. Sie waren von Natur aus hinterlistig und feige. In der Regel dunkelhaarig mit ebenso dunklen Augen und Hakennasen. Obwohl Egon selbst nach dem Rassenatlas, den seine Schule besaß, nicht in allen Punkten arisch zu sein schien – er hatte keine blauen Augen, sie waren mehr grünbraun, und sein Haar war eher braun als dunkelblond –, hatte ihn der Lehrer vor der Klasse als typischen Arier ausgewiesen. Etwas, was Egon zugegebenermaßen stolz gemacht hatte. Er hatte mit Vater darüber geredet. Er hatte gemeint, dass sicher nicht alle Juden schlecht wären, aber man generell keinen Umgang mit ihnen pflegen sollte, da die meisten von ihnen nicht dem Vaterland dienen würden. Sie wären generell ein eigenartiges Volk. Wie sie sich kleideten, mit ihren schwarzen Hüten, unter denen diese für Männer inakzeptablen Locken hervorlugten, ihrer schwarzen Kleidung und ihrer seltsamen Art, mit wippendem und vorgebeugtem Oberkörper zu beten. Vater war überzeugt, dass es erheblich zu viele Juden gab. Viel mehr, als für die Heimat gut war. Deutschland sei ein christlich geprägtes Land und da könnte man fremdartige religiöse Ansichten nur bedingt tolerieren. Außerdem wären die Juden Schuld an dem Krieg. Stets hatte das zu einem heftigen Streit mit Mutter geführt, die den politischen Ansichten des Vaters stets mit Skepsis entgegengetreten war. Egon hatte dann die Stube verlassen müssen, wenn sie darüber gestritten hatten. Wenn es darauf ankam, konnte Mutter eine wahre Kämpfernatur sein. Egon hatte nur den alten Leew Weizmann gekannt, der auf der Krayer Straße einen Laden gehabt hatte. Er hatte ihn als freundlichen Mann in Erinnerung. Sein Alter hatte man schlecht schätzen können, da er einen grauen Rauschebart trug, der Teile seines Gesichtes verdeckte. Egon hatte mit seinen Schulkameraden dort öfter für einige Pfennige, die sie zusammengeschmissen hatten, eine Tüte gemischte Bonbons gekauft. Es war nie leicht gewesen, das Richtige für alle auszusuchen, und manchmal hatten sie lange überlegen müssen. Weizmann aber war nie ungeduldig geworden und hatte immer freundlich gelächelt. Und meist hatte er ein Lied gesummt, während sie sich nicht hatten entscheiden können. Seine Frau, die er immer Zimmes genannt hatte, was wohl ein Kosename gewesen war, hatte dort manchmal selbst gebackenes Brot angeboten, das Challa hieß und das voller Sultaninen gewesen war. Zumindest hatte das der alte Leew immer erklärt, wenn er ein Stück über die Theke gereicht hatte, damit die Jungs davon kosten konnten. Egon erinnerte sich noch daran, dass es warm gewesen war und herrlich süß geschmeckt hatte. Auch Weizmanns Geschäft war vor ein paar Jahren zerstört worden. Egon hatte die Weizmanns danach nie wieder gesehen.

Hier unten, in mehreren hundert Metern Tiefe, spielte Politik keine große Rolle. Obwohl einige der Überzeugung waren, dass der Einfluss der Gestapo bis in den letzten Winkel eines Flözes reichte. Nur der Steiger war derjenige, der anstelle von Glück auf »Heil Hitler« zur Begrüßung benutzte oder es zumindest hinten dranhängte. Egon folgte dem schwankenden Tross. Bis zum Flöz waren es gut und gern 15 Minuten Fußmarsch. Schon der Weg in dieser sauerstoffarmen Luft war mühsam und der Schweiß strömte den Männern aus allen Poren. Der Boden war feucht, in einigen Senken stand das Wasser knöcheltief und manchmal tropfte es von oben.

Neben Egon ging ein alter Bergmann. Sein Kreuz war breit, doch er lief gebückt und hustete immerzu. Wie viele alte Kumpel war er durch den jahrelangen, körperlichen Raubbau gezeichnet. Alle alten Bergleute, die er kannte, husteten. Auch Vater hatte bereits gehustet, obwohl er nicht so alt gewesen war. Das komme von dem Staub, hatte er gesagt. Von dem Steinstaub. Die Kohle konnte man leicht abhusten. Aber der Steinstaub setzte sich in der Lunge fest. Außerdem wäre da etwas in dem Staub, das die Lunge auflöste, hatte Vater ihm gesagt. Irgendein Zeug, was in den Steinen war und von dem man Silikose oder so ähnlich bekam und das sich auch nach Jahren noch durch das Gewebe fraß.

Egon war übel gelaunt. Zunächst hatte es geheißen, dass er zum Band sollte. Im Schacht II hatte man 1935 eine elektrische Fördermaschine in Betrieb genommen, die bis zu 14 Tonnen Kohle bei einer Geschwindigkeit von 20 Metern pro Sekunde abtransportieren konnte. Er war von solcher Technik begeistert und wünschte sich insgeheim, später einmal solche Maschinen entwickeln zu können. Oder Sprengmeister zu werden. Das war auch etwas, was ihm später gefallen könnte. Er hatte beinahe eine Woche zur Unterstützung ausgeholfen und obwohl er die ersten Tage höllischen Respekt vor dem Dynamit gehabt hatte, hatte er mehr und mehr Gefallen an der Arbeit gefunden. Der Sprengmeister hieß Justus Braun. Er war ein sehr umsichtiger Mann, der Egon viel über die Gefahren des Bergbaus berichtet hatte. Die rechte Gesichtshälfte des alten Sprengmeisters war verbrannt. Eine große Narbenfläche, die, wie erkaltetes Wachs wirkend, mit der Umgebungshaut verschmolzen schien. Es war damals gewesen, hatte Justus ihm geschildert. Am 31. August 1936. Auf der 9. Sohle der Zeche Vereinigte Präsident in Bochum-Hamme.

28 Kumpel waren ums Leben gekommen. Brauns Worte hallten noch immer in seinem Kopf: »Die Verpuffung des Gases ist schon schlimm. Aber die Explosionen des Kohlestaubes öffnen das Tor zur Hölle. Die Gewalt der Methangasexplosion wirbelt den Staub auf. Er ist überall. In den Flözen, den Schächten. Auf den Transportbändern, in den Strecken und Streben. Überall ist dieser Staub. Und wenn das Methangas zündet und eine offene Flamme gebärt, entzündet sich die Kohle in der Luft. Die Gewalt ist mit nichts unter Tage zu vergleichen. Die größte Katastrophe, die eine Zeche ereilen kann. Unbeschreiblich. Neuer Staub wird aufgewirbelt und entzündet sich ebenfalls. Eine Kettenreaktion treibt den brennend heißen Kohlenstaub durch die Flöze und Stollen. Nichts von Menschenhand Geschaffenes kann dieser Urgewalt standhalten. Und wenn dann das Flöz in Brand gerät, frisst sich eine Glut von bis zu 2.000 Grad durch den Berg. Tage, manchmal monatelang brennt es, ohne dass man das Feuer löschen kann.«

Doch nun hatte man Egon zu seiner Überraschung zur Streckenauffahrung eingeteilt. Einer Tätigkeit, die dazu diente, auf einer vorgeschriebenen Länge Gestein abzutransportieren, um einen Grubenbau zu errichten. Diese Baue waren im Grunde genommen zunächst nichts weiter als

Hohlräume, die später zu unterschiedlichsten Zwecken verwandt und ausgebaut wurden. Im Bergbau sprach man eine eigene Sprache, die sich jedem, der nicht auf dem Pütt arbeitete, weitestgehend verschloss. Noch immer wurde er mit Ausdrücken konfrontiert, die er nicht verstand. Nachdem die Männer ihren Arbeitsplatz erreicht hatten und endlich vor Ort waren, erhielt Egon eine kurzstielige Pannschüppe und wurde anschließend einer Gruppe zugeteilt, von denen er viele nicht kannte. Zu seinem Erschrecken sah er plötzlich das Gesicht von Harald Köhler, der ihn dämlich grinsend anblickte und der der gleichen Truppe zugeteilt worden war. Sofort erschien dahinter dessen Bruder Ludger, sich lässig mit dem Unterarm auf der Schulter von Harald aufstützend, und der ebenfalls in seine Richtung schaute. Egons Unbehagen wuchs. Die Köhlerbrüder waren Zwillinge, obwohl man das nicht sah. Sie waren in allem grundverschieden. Die Köhler waren bereits 17 Jahre alt. Harald war stellvertretender Kameradschaftsführer in der Hitlerjugend. Sie hatten es schon seit einer Weile auf ihn abgesehen, weil er sich seit längerer Zeit vor dem Dienst in der HJ drückte. Eigentlich hatten sie jeden neuen, der schwächer als sie war, auf dem Kieker. Sowohl bei der Arbeit, als auch beim Pflichtdienst in der HJ. Harald war schlanker als sein Bruder. Aber Ludger wirkte wie ein Riese. Allein seine schiere Größe schüchterte die meisten ein. Egon fand, Ludger war dumm wie Brot, aber bei Harald musste man aufpassen. Er war ein gerissener Hund. Doch im Grunde genommen versteckte er sich immer hinter seinem Bruder.

Egon und die anderen Jungs hatten die Aufgabe, das Gestein, welches die Männer im vorderen Teil der Baue abtrugen und nach hinten weiterreichten, in große Kübel zu füllen und zum Hunt, einem offenen Förderwagen, zu bringen. Schon bald war das Einzige, was man hörte, das

Geräusch aufladender Spaten. Die harte, körperliche Arbeit bei dieser Hitze und die stickige Luft ließen keine Kraft für Gespräche. Niemand verspürte Lust, sich zu unterhalten. Selbst der alte Gisbert, ein hünenhafter Hauer mit Händen wie Bratpfannen und einem grauen Rauschebart, dem Egon bei seiner ersten Fahrt unter Tage zugeteilt worden war, sang nicht. Normalerweise sang Gisbert immer bei der Arbeit und Egon hatte sich schon oft gefragt, woher er bei dieser Plackerei und bei dieser dünnen Luft die Kraft hernahm, um zu singen. Der alte Gisbert hatte Egons Angst gespürt, als er das erste Mal eingefahren war. Anders als die anderen Kumpel hatte er sich nicht über ihn lustig gemacht. Vielmehr hatte er die anderen angeraunzt, sie sollten die Klappe halten. Offenbar hatte niemand ernsthaftes Interesse daran gehabt, sich mit Gisbert anzulegen, und so hatten sie ihn in Ruhe gelassen.

Alle Männer schufteten mit nackten, glänzenden Oberkörper. Der Stollen war erfüllt von Schweißgeruch.

Schon nach kurzer Zeit hatte der Staub sich wie eine Patina auf ihre Gesichter und ihre glänzenden Körper gelegt und ihnen dieses typische, dämonenhafte Aussehen beschert. Egon arbeitete mechanisch. Er stieß das Spatenblatt in die Kohle und füllte den Kübel. Den ganzen Tag schon begleitete ihn eine stetig aufkochende Wut. Brockhaus hatte sich nicht blicken lassen. Erich Balzer ging es zunehmend schlechter und wenn nicht ein Wunder geschah, würde er es tatsächlich nicht schaffen. Obwohl Egon wusste, dass es unanständig war, so zu denken, machte ihn die Tatsache, dass dieser Betrüger Mutters Brosche eingesackt hatte, wütender als der Umstand, dass der alte Balzer möglicherweise verreckte. Egon hob seinen schweren Kübel an und drehte sich um, als er das Gleichgewicht verlor und lang hinschlug.

»Oh, ist der Kleine auf die Schnauze gefallen?«

Egon hob den Kopf und sah in das grinsende Gesicht von Harald Köhler, der ihm ein Bein gestellt hatte.

»Was ist hier los?« Mackie Messer baute sich breitbeinig auf und stützte die Arme demonstrativ in die Hüften.

Harald Köhler zuckte mit dem Schultern. »Ist wohl gefallen, der Kleine. Nicht aufgepasst. Oder der Eimer ist ihm zu schwer.«

Hinter Harald baute sich Ludger auf, der lauthals lachte.

Mackies Blick sprang zwischen den Jungs hin und her. Egon machte einen Schritt nach vorn. Messerschmidt stellte sich ihm in den Weg und hielt ihn auf eine Armlänge Abstand. »Dass ihr mir hier ja keinen Ärger macht.« Er drehte sich um. »Zurück an die Arbeit, Köhler! Und du Egon, heb deinen Arsch hoch und räum die Sauerei aus dem Weg. Sonst bricht sich noch einer die Knochen.«

Egon erhob sich. Sein Gesicht war dunkel vor Ärger und Demütigung. Die Köhlerbrüder kehrten an ihren Platz zurück, wobei sie sich umdrehten und ihm zuzwinkerten. Irgendwann, dachte Egon, würde er Harald ohne seinen gehirnamputierten Bruder erwischen.

Egons Wut trieb ihn zu Höchstleistungen an, welche ihn in den folgenden Stunden beinahe die harte Arbeit und die Schmerzen in Armen und Schultern vergessen ließ. In der Pause setzte er sich mit dem Rücken an die Steinwand und aß die mitgebrachten Brote im Licht seiner Grubenlampe, die er an einen der unzähligen dicken Nägel gehangen hatte. Die Pfeiler waren voll davon. Die Männer hatten sie in die Balken getrieben und hängten hier nicht nur ihre Lampen auf. Auch ihre Kleidung und andere Dinge fanden hier Halt, damit sie nicht in den Kohlenschlamm und die Pfützen fielen oder die Ratten sie nicht annagten. Der leichte Wind der Bewetterung fuhr ihm angenehm über das Gesicht. Ihm war nicht nach Lachen, den derben und kräftigen Scherzen zumute und er hatte auch kein Interesse an Mackies unflätigen Weibergeschichten, denen er sonst interessiert lauschte und die ihm in seiner Fantasie leidenschaftliche Szenen mit Margot bescherten. Die Köhlerbrüder saßen in der anderen Ecke. Ein- oder zweimal erkannte er im trüben Licht, dass sie zu ihm rübergrinsten. Egon versuchte sie zu ignorieren und biss in sein Brot. Mutter hatte Schmalz besorgt und viel Salz aufgestreut, weil ein Hauer viel schwitzte, trotzdem schnürte ihm seine Wut beinahe den Hals zu und er verspürte kaum Appetit. Ein junger Bursche, ihm gegenüber, starrte ihn ausdruckslos an. Egon hatte ihn noch nie gesehen. Er mochte vielleicht so alt wie er selbst sein. Ein kräftiger Kerl mit einem auffallenden Bürstenhaarschnitt, der seinen Kopf fast eckig erscheinen ließ. Egon verstaute den Rest seines Brotes und nahm einen großen Schluck aus seiner Wasserflasche. Er stand auf und ging die Schienen der Förderwagen entlang zum Abortkübel. Dort tauchte er eine Blechschüssel in das große Wasserfass und schüttete sich das lauwarme Nass über den Kopf. Anschließend trat er hinter die Bretterwand, die an die hölzernen Stempel angenagelt war, die das Hangende sicherten. Er atmete einige Male tief ein und aus, hielt anschließend die Luft an, bevor er den Deckel anhob. Schließlich wusste man nie, wann das Loch zuletzt gereinigt worden war. Mackie hatte ihm geraten, sich nicht hinzusetzen, da viele Bergleute Würmer hätten. Egon beeilte sich, sein Geschäft zu beenden. Die Pause musste fast vorüber sein.

Er trat ums Eck, als ihn plötzlich jemand hart gegen die Trennwand stieß. Egon erstarrte.

»Wen haben wir denn hier?« Ludger Köhler grinste Egon gefährlich an. Seine Hand ruhte auf Egons Brust und drückte ihn nach hinten. Schon tauchte hinter Ludgers mächtigem

Kreuz dessen Bruder auf. Furcht erfasste Egon. Hektisch sah er sich in alle Richtungen um, stellte zu seinem Entsetzen fest, dass er mutterseelenallein war.

Egon ergriff Ludgers Hand, die ihn noch immer gegen die Holzwand presste und versuchte vergeblich, sie beiseitezustoßen. Ludgers Hand hatte die Kraft eines Schraubstocks. »Lass mich gefälligst los, Köhler.«

Die Ohrfeige traf ihn mit einer solchen Wucht, dass er für einen Moment auf dem linken Ohr nichts hörte. Tränen der Wut, des Schmerzens und der Hilflosigkeit schossen ihm in die Augen.

»Willst frech werden, was?«

Ludger erfasste ihn erneut und drehte ihm den Arm auf den Rücken. Die nächste Ohrfeige traf seine andere Gesichtshälfte.

»Och. Der Kleine heult. Willst wohl zu deiner Mami?« Harald Köhler griff in Egons Haar und zog dessen Kopf zurück.

»Was … was wollt ihr?« Egons Stimme zitterte brüchig.

Harald Köhler grinste gehässig. Er kam jetzt ganz nah an ihn heran. »Wer sagt denn, dass wir was wollen? Vielleicht gefällt uns einfach deine Fresse nicht.«

Wieder traf Egon eine Ohrfeige und seine Kappe flog ihm vom Kopf.

»Lasst den Jungen los!«

Egon sah, ebenso wie die Köhlerbrüder, zur Seite. Durch den Schleier seiner Tränen erkannte er schemenhaft den Burschen, der ihm bei der Pause gegenübergesessen hatte. Egon blinzelte einige Male, um besser sehen zu können.

Harald Köhler drehte sich zu dem Unbekannten. »Was … was sagst du?«

Der Junge mit dem Bürstenhaarschnitt blieb so gelassen, dass es Egon imponierte. »Hast du nicht verstanden? Ich dachte, du wärst der Hellere von euch beiden. Hab mich wohl getäuscht.«

Haralds Gesicht lief rot an. Ohne seinen Bruder anzusehen, tippte er ihm auf die Schulter. Ludger ließ Egon los und wandte sich dem Burschen zu.

»Hast du das gehört, Ludger? Der hält uns beide für doof.«

Wieder formte sich in Ludgers Gesicht ein hässliches Grinsen. Er ballte eine Faust und drückte mit der anderen Hand gegen die Knöchel, dass es nur so knackte, während er langsam auf den Fremden zuschritt. Der andere schien völlig unbeeindruckt. Egons Magen zog sich zusammen. Er wusste, dass der Junge nun ein mächtiges Problem hatte. Ludger war immerzu auf der Suche nach einer Auseinandersetzung und wenn er dazu Gelegenheit bekam, konnte ihn nichts davon abhalten.

»Na los! Schlag ihm den Schädel ein«, hallte Haralds Stimme durch den Stollen.

Ludger war auf Reichweite heran. Er holte aus und seine große Faust schoss in Richtung seines Opfers. Was Egon dann sah, raubte ihm den Atem. Wenige Zentimeter, bevor ihn Ludger traf, tauchte der Junge blitzschnell zur Seite weg, seine rechte Faust beschleunigte ansatzlos und traf Ludger Köhlers Rippen. Sofort krümmte dieser sich unter Schmerzen und taumelte zurück, wobei er sich die getroffene Stelle hielt. Haralds Mund stand offen.

Ludger holte einige Male tief Luft. Sein Ausdruck verriet, dass es sich um eine empfindliche Stelle gehandelt haben musste, denn noch immer zeichneten sich Schmerz und Überraschung in seinen Zügen ab. Der Fremde hatte sie alle überrumpelt.

Harald fing sich wieder. »Was ist los mit dir? Willst du dir das etwa gefallen lassen?« Seine Stimme überschlug sich. »Mach den fertig!« Ludger reagierte wie ein Hund, dem man ein Kommando gegeben hatte. Tollpatschig lief er los und brüllte dabei, dass Egon angst und bange wurde. Der Bursche mit dem Bürstenhaarschnitt wirkte auf ihn so, als ginge ihn das alles nichts an. Er tänzelte Ludger aus und trat ihm von hinten in den Hintern, dass dieser nach vorn stolperte. Blind vor Wut fuhr Ludger rum. Erneut stürmte er los. Dieses Mal blieb der Junge stehen. Unmittelbar vor Ludger fuhr seine Faust nach vorn. Ansatzlos. So schnell, wie es Egon noch nie zuvor gesehen hatte. Der Hieb auf die Nase stoppte Ludger abrupt.

»Er hat mir … er hat mir die Nase gebrochen«, hörte Egon Ludgers nasale Stimme. Mit beiden Händen hielt er sich das Gesicht. Blut tropfte zwischen seinen Fingern zu Boden. Harald sah seinen Bruder ungläubig an. Einige Male wechselte sein Blick hektisch zwischen Egon und den beiden Kontrahenten. Dann rannte er los, den Stollen zurück in Richtung der Baue.

»Warte, Harald!« Ludger hielt sich mit einer Hand weiter die blutende Nase, während er unbeholfen hinter seinem Bruder her stampfte.

»Danke«, sagte Egon knapp.

Der andere nickte. »Hab bemerkt, dass die beiden ein Auge auf dich hatten.«

Egon wirkte verlegen.

»Ich bin der Fritz«, sagte der Junge und streckte Egon die Hand hin. »Fritz Gärtner.«

Egon nickte. »Egon. Egon Siepmann.« Die beiden Jungen sahen sich wortlos an.

»Das war … woher …?«

Fritz grinste. »Mein Bruder war Boxer. Im BC Steele. Hab mit ihm ein bisschen trainiert.« Dann schlug er Egon auf die Schulter und zeigte mit dem Kopf in Richtung Arbeitsstätte. »Wir sollten zurück. Die Pause ist um.«

*

Elektroingenieur Kurt Baumeister stand am Fenster, hinter dem schweren Vorhang, dessen staubiger Geruch ihm in die Nase drang, und blickte auf die menschenleere Straße. Nur wenige Leute hatte er in der vergangenen halben Stunde gesehen. Früher war die Straße voller Leben gewesen. Erfüllt von dem unbeschwerten Lachen der Kinder, die auf dem grauen Pflaster mit bunten Tonmurmeln oder mit selbst gebauten Pfeilen und Bögen Indianer gespielt hatten und die erst aufgeschreckt waren, wenn der Kutscher seine Stimme erhoben oder ein Auto gehupt hatte. Es waren unbekümmerte Zeiten gewesen, wo die Frauen an den Türen ihrer schmucken Zechenhäuschen ein Pläuschken gehalten hatten. Gespräche, in denen sie sich verloren und sich scheinbar unendlich lang über so alltägliche und banale Dinge unterhalten hatten wie Mode aus dem fernen Paris oder das Austauschen von Rezepten und Sachen, über die ein Mann nur den Kopf schütteln konnte. Sie waren damals alle glücklicher gewesen. Doch das alles war lange her. Vor dem Krieg. Gerissen aus bürgerlicher Tradition, aus einer ethischen und moralischen Ordnung, vermisste Kurt Baumeister das Vertraute schmerzlich. In seinen Augen regierten das Chaos und die Gewalt, als hätte die Welt sich von allen menschlichen und christlichen Werten abgewandt. Nun spielten keine Kinder mehr auf der Straße und viele der Nachbarn waren tot, hatten ihr Heim verlassen, und manche hatte man nie wieder gesehen, nachdem die Polizei sie abgeholt hatte. Schwermut erfasste Kurt Baumeister, der sich stets dem Wohl seines Vaterlandes und seiner Mitmenschen verpflichtet gefühlt hatte. Verdammt zur Passivität war er gezwungen, würdelos und in einer selbsterniedrigenden Art und Weise dem Verfall dessen zuzusehen, was er stets als von Gott gewollt betrachtet hatte.

Noch mehr als das jedoch verletzte ihn der Umstand, dass die Nationalsozialisten in den Werten, an denen er sich als evangelischer Presbyter stets orientiert hatte, eine Rechtfertigung ihres Handelns sahen, indem sie sich auf die antisemitistischen Worte Luthers beriefen; seinen offen dargelegten Antijudaismus zitierten, den er in seinen Schriften »Von Juden und ihren Lügen« aus dem Jahr 1543 zum Ausdruck gebracht hatte. Sie bedienten sich ausgewählter Textpassagen, untermauerten sie mit reißerischen Bildern, auf deren Grundlagen sie ihr menschenverachtendes, willkürliches Handeln im Kampf gegen das Judentum begründeten. Ihn zu einer unabdingbaren Notwendigkeit zum Schutze des deutschen Volkes und der arischen Rasse erhoben. Als ehemaligem Sozialdemokraten war ihm ein aktives oppositionelles Handeln seit dem Verbot der Sozialdemokratischen Partei 1933 nicht mehr möglich. Und so beschränkte sich sein Tun darauf, Hinterbliebenen und Trauernden in den schweren Zeiten des Verlustes Mitgefühl zu vermitteln, Trost zu spenden. Und auf das Ziel, dem Einfluss der Deutschen Christen in den Gemeinden entgegenzuwirken. In seiner Gesamtheit erschien ihm die Bekennende Kirche zu schweigsam, doch wusste er um die Ängste der Gemeindemitglieder. Eine Furcht, welche die Nationalsozialisten gekonnt schürten und für ihre Zwecke missbrauchten. Kurt Baumeister führte einen Kampf gegen das Glaubenszerstörende. Einen Kampf durch die Bindung an die wahre, heilige Schrift, gegen die allgegenwärtigen, geistigen Verführungen. Gegen die Zuwendung hin zu einer staatlich geförderten ideologischen Weltanschauung.

Wieder starrte er auf seine Taschenuhr und blickte anschließend voller Ungeduld und Sorge nach draußen. Den ganzen Tag über war es windig gewesen und nun, zum Abend hin, setzte leichter Regen ein. Weitere, unsagbar lange 15 Minuten dauerte es, bis Erika endlich um die Ecke kam. Kurt Baumeister stieß einen langen und tiefen Seufzer der Erleichterung aus. Er war voller Zorn, als er sie die Holztreppen im

Hausflur heraufschreiten hörte. Doch als sie die Tür öffnete, ihn liebevoll ansah, erinnerte sie ihn wieder an ihre Mutter. Die gleichen Augen, die gleichen vollen Lippen, dazu die beiden Grübchen auf ihren rosigen Wangen, die sich immer dann bildeten, wenn sie lächelte. Wasser tropfte von ihrem blonden Haar, das stets das Bestreben hatte, sich in widerspenstigen Locken auf ihren Schultern niederzulassen. Sein Herz zog sich zusammen und formte jenen Schmerz, den ein Mensch nur verspüren konnte, wenn ihm das Liebste genommen worden war.

»Mein Kind, ich habe mir größte Sorgen gemacht. Musst du deinen Vater denn immerzu solche Ängste ausstehen lassen?«

Erika zog ihren Mantel aus und gab ihrem Vater einen Kuss auf die Wange.

»Papa. Ich bin kein kleines Mädchen mehr. Ich bin 16.«

Kurt nahm seiner Tochter den Mantel ab und hängte in an die Garderobe.

»Das weiß ich, mein Engel. Aber es sind schwere Zeiten.«

Sie setzte sich und zog ihre Schuhe aus. »Ich kann schon auf mich aufpassen.«

Kurt Baumeister betrachtete seine Tochter. Ein Mädchen auf dem Weg zur Frau. Wie sehr wünschte er ihr diese Unbekümmertheit, welche die Zeit des Heranwachsens mit sich brachte. Dieser Krieg hatte ihr nicht nur die Mutter genommen. Sie hatte ihr einen Teil ihrer Jugend geraubt. Er schüttelte den so unerträglichen Gedanken ab, sie verlieren zu können.

»Das Jugendamt war da«, erwähnte er knapp. Erika reagierte nicht. Er drehte an den Enden seines akkurat geschnittenen Schnauzers. »Erika. Hast du mich gehört? Wir müssen reden.«

Sie sah auf und sofort erkannte er diesen aufbegehrenden Ausdruck, den wohl alle Pubertierenden aufsetzten, wenn sich ein Konfliktgespräch anbahnte.

»Es geht um deinen Dienst im BDM. Und um dein Verhalten.«

Erika lehnte sich zurück, legte ihren Unterarm auf den Tisch und trommelte gereizt mit den Fingern auf die Platte. Kurt Baumeister sah kurz auf ihre lackierten Nägel, ignorierte sie jedoch.

»Das Jugendamt sieht bei deiner derzeitigen Entwicklung die Gefahr einer Verwahrlosung. Verstehst du? Ich weiß nicht, wie lange ich die Beamten noch davon überzeugen kann, dass du … dass wir unter dem Verlust von Mutter stehen … dass es nur eine vorübergehende Phase ist.«

Erika sah ihren Vater mit zusammengepressten Lippen an und erwiderte nichts.

»Du warst wieder bei diesen Jungs, habe ich recht, Erika? Bei diesen Swingern.«

»Na und? Wir tun doch nichts! Wir hören nur Musik. Was ist daran so schlecht?«

Baumeister setzte sich ihr gegenüber. »Ich sage doch nicht, dass dies schlecht ist, mein Kind.« Er griff über den Tisch, nahm ihre Hand und zog sie ein Stück zu sich heran. »Ich bin nicht in der Partei. Es ist ohnehin schon schwer genug«, erklärte er, während er ihre Finger mit seinem Daumen streichelte. »Ich bekomme kaum Aufträge. Wir leben jetzt schon von der Hand in den Mund. Wir können es uns nicht erlauben, weiter negativ aufzufallen. Wenn sie einen Grund suchen, finden sie ihn.«

Erika zog ihre Hand weg und lehnte sich mit überkreuzten Armen zurück. »Ich werde nicht zum BDM-Dienst gehen. Keine zehn Pferde bringen mich dahin.«

Baumeister atmete tief aus. »Ich verstehe dich ja. Aber kannst du zumindest aufhören, dich mit diesen …«

»Diesen Kriminellen zu treffen, die nur entartete Niggermusik hören? Meinst du das?«

»Herrgott noch mal!« Kurt Baumeister schlug wutentbrannt auf den Tisch, bereute es aber augenblicklich, laut geworden zu sein.

»Willst du denn nicht verstehen, Erika? Man wird dich mir wegnehmen, wenn du so weitermachst. Dich ... dich so anziehst und schminkst und solche Sachen.«

Erika sprang auf. »Ich will aber! Ich will so leben, wie ich es möchte. Und ich werde nicht nach deren Pfeife tanzen.«

Kurt Baumeister rieb sich erschöpft über das Gesicht. »Glaub mir, Kind«, sagte er und blickte seine Tochter verständnisvoll an. »Es gibt nichts, was ich dir lieber wünsche. Ich weiß nicht, ob es mal anders sein wird. Doch wir leben in einer Zeit, in der uns Gott auf eine harte Probe stellt. Ich kann es nicht zulassen, dass du dich weiter mit deinen Freunden triffst. Ob du es nun verstehst oder nicht. Ab sofort wirst du dich anders kleiden und dich nicht mehr ...«

»Niemals!«

»Du wirst! Ich verlange von dir ...«

Erika hörte nicht mehr zu. Sie zog ihre Schuhe an, schritt zur Tür, ergriff ihren Mantel und rannte aus dem Haus.

»Erika! Bleib hier.« Er lief ihr hinterher, doch Erika war bereits hinter der nächsten Ecke verschwunden.

Kurt Baumeister blieb auf der Straße stehen. Der Regen prasselte auf ihn herab. »Ich will dich doch nicht auch noch verlieren«, flüsterte er, während sich seine Tränen mit dem Regen vermischten.

*

Gesetz über die Hitlerjugend vom 01.12.1936
§2: Die gesamte deutsche Jugend ist außer in Elternhaus und Schule in der Hitlerjugend körperlich, geistig und sittlich im Geiste des Nationalso-

zialismus zum Dienst am Volk und zur Volksgemeinschaft zu erziehen.

Paul Schrader ließ seinen Blick über das riesige Lager der Hitlerjugend schweifen, das aus unzähligen weißen Zelten bestand, die in dem Licht der morgendlichen Sonne wie strahlende Pyramiden wirkten. Akkurat ausgerichtet hatte jeder der insgesamt vier Stämme sein eigenes Karree auf der Weide im Stadtteil Essen-Kray, unmittelbar an der Grenze zur Stadt Wattenscheid, errichtet. Das Gelände gehörte zur Bauernschaft Leithe. Ein weitläufiges Gebiet, welches von 15 Höfen bewirtschaftet wurde. Die Hitlerjugend hatte bei der Einbringung der Ernte geholfen, sodass die parteitreuen Bauern ihnen das Gelände für ihren Wettkampf gern zur Verfügung stellten.

Im Mai des letzten Jahres hatte man das Bann 173 aus Essen-Süd und das Bann 239 aus Essen-Nord zum Bann 173 zusammengefasst. Am heutigen Tag würden sich die Besten der einzelnen Stämme in einem Wettkampf gegeneinander messen. Die Fanfaren ertönten und die vier Stämme setzten sich, in Reih und Glied ausgerichtet, im Gleichschritt in Bewegung. Paul Schrader führte die fünf Auserwählten seiner Kameradschaft an, die regulär aus 15 Jungen bestand. Sie war Teil der Schar, die sich wiederum aus drei Kameradschaften zusammensetzte. Es folgte in der Hierarchie die Gefolgschaft, bestehend aus drei Scharen, der Stamm, der sich aus drei bis fünf Gefolgschaften zusammensetzte und letztendlich das Unterbann, welches in der Regel vier bis acht Stämme zusammenschloss. Über all dem stand das Bann.

Vor Pauls Stamm liefen die Fahnenträger aus dem deutschen Jungvolk, die ihre Pimpfenprobe, die Leistungsprüfung im Deutschen Jungvolk, bestanden hatten. Traditionsgemäß waren sie am Vorabend des 20. Aprils, des Geburtstages von Adolf Hitler, in das Jungvolk eingetreten, um exakt vier Jahre später in die eigentliche Hitlerjugend zu wechseln. Stolz hielten sie das weiß-rote Banner, in dessen Mitte ein schwarzes Hakenkreuz prangte. Dahinter folgten die Trommler mit ihren weißen Marschtrommeln, auf denen rote, emporzüngelnde Flammen aufgemalt waren. Die Jungs trugen die typische Sommerkleidung der Hitlerjugend. Ein braunes kurzärmliges Hemd, ein schwarzes Tuch, dreieckig gelegt und adrett gerollt, mit einem Lederknoten um den Kragen gebunden. Dazu ihre Hose aus schwarzem Kord und das Koppel mit silberner Schnalle. Besonders das Fahrtenmesser, auf dessen Scheide in großen Buchstaben »Blut und Ehre« graviert war, machte jeden stolz. Die Luft war erfüllt von dem Donner der Schlaginstrumente, als sie heeresgleich in das Lager einzogen. Paul Schrader spürte den Schall jedes einzelnen Paukenschlags, der sich durch seinen gesamten Körper ausbreitete. Links und rechts standen die anderen Kameraden sowie mehrere Mädelscharen, die sie begeistert empfingen. Die Mädchen vom BDM trugen ebenfalls ihre Uniformen. Ein weißes Hemd mit kurzen Ärmeln, dazu ihre dunklen Halstücher und ihre dunklen Röcke, die ihnen bis knapp über die Knie reichten. Sie hatten ihre Haare zu Zöpfen geflochten oder sie mit Spangen ordentlich frisiert, dass ihnen keine Strähne ins Gesicht fiel. Jubelnd winkten sie mit weißen Taschentüchern und kleinen Hakenkreuzfahnen, während die Jungs sich in ihren Anfeuerungsrufen überboten. Reporter der Essener Nationalzeitung waren anwesend, um von dem Großereignis zu berichten.

Sogar eine Abordnung der Gauleitung, der Reichsjugendführung und des Amtes für Volksgesundheit waren der Einladung gefolgt. Vertreter aller Ämter und Organisationen hatten zu Veranstaltungsbeginn eine flammende Rede gehalten und die Mitglieder der Hitlerjugend und des BDM erneut auf den Führer eingeschworen, dessen Antlitz auf einer übergroßen Leinwand hinter der Rednerbühne prangte. Selbst auf einem Bild übte Adolf Hitler auf Paul eine unbeschreibliche Faszination aus. Er verkörperte für ihn eine Art Religion, in der er ihn zu einer Gottheit erhob, für die er sein Leben lassen würde. Das inbrünstige »Sieg Heil« aus Hunderten von Kehlen gerufen, die vielen Kameraden, wie Soldaten militärisch ausgerichtet, einheitlich gekleidet, unter den wehenden Fahnen des Hakenkreuzes, bescherten Paul eine Gänsehaut, ein unsagbares Glücksgefühl. Und er, Paul Schrader, würde heute, unter den Augen des gesamten Bannes, seines Vaters und dessen Parteigenossen unter Beweis stellen, dass er das Zeug dazu hatte, in seinem Bann eine Führungsfunktion zu übernehmen. Pauls Vater war führendes Mitglied in der Partei und wenn es Paul gelang, sich bei dieser Veranstaltung als Wettkampfführer seiner Mannschaft zu empfehlen, konnte er später möglicherweise auf eine Beförderung zum Oberkameradschaftsführer und auf eine Ausbildung in der Gebietsführerschule hoffen. Seine Chancen standen nicht schlecht. Und das nicht nur aufgrund des Einflusses seines Vaters. Viele der älteren HJ-Führer hatten sich zu Beginn des Krieges freiwillig zur Wehrmacht gemeldet, weshalb die Reihen geeigneter Führungskräfte sich schneller lichtete, als dass man sie auffüllen konnte.

Die uniformierten Kameraden bildeten eine Gasse in perfekt einstudierten Schritten und gemeinsam mit seinen Mitstreitern schritt Paul Schrader vorbei an den salutierenden Scharführern hin zum Wettkampfplatz. Neun Mannschaften, bestehend aus jeweils fünf Mitgliedern einer Schar, stellten sich nebeneinander auf. Alle trugen ihre Sportkleidung. Ein weißes Trägeroberteil, dazu eine schwarze, kurze Hose und ihre schwarzen Sportschuhe.

Der Parcours war durchaus anspruchsvoll. Neben einer außerordentlich guten körperlichen Verfassung galt es zusammenzuarbeiten, wie es deutsche Soldaten in der Schlacht taten und was sie dem Feind gegenüber überlegen machte, wie man es ihnen gesagt hatte. Paul und seine Mitstreiter hatten sich gut auf diese Herausforderung vorbereitet und wochenlang für diesen Tag trainiert. Zunächst galt es, einen Kameraden auf einer Trage so schnell wie möglich 200 Meter weit zu transportieren. Danach ging es zum Hindernislauf. Zunächst musste man sich über ein Netz kämpfen, welches über einen hohen Rahmen gespannt war. Im Anschluss ging es über ein Gerüst aus Stämmen zu den Gräben, die es kriechend unter einem Geflecht aus Stacheldraht zu meistern galt. Der Boden darunter war zuvor mit einer Egge gelockert und anschließend gewässert worden, sodass man durch knöcheltiefen Matsch robben musste. Das Schwierige war, dass dabei ein Holzgewehr in Vorhalt mitgeführt werden musste, das nach Möglichkeit nicht beschmutzt werden durfte, um einer Zeitstrafe zu entgehen. In der Ferne ragte eine Wand in die Höhe. Ein aus Brettern gefertigtes, steiles Hindernis von beeindruckenden vier Metern Höhe. Die schräge Fläche war mit Schmierseife behandelt worden und bot den Schuhen kaum Halt. Man musste es mithilfe eines dicken Taus überwinden, welches als Kletterhilfe diente. Danach ging es in den Geländelauf. Eine Rundstrecke von 400 Metern hatten sie insgesamt vier Mal zurückzulegen, wobei jede Gruppe gemeinsam durch das Ziel laufen musste. Den Abschluss bildete das Schießen. Die Mannschaften würden zum Schießstand rennen, wo sie aus einer Entfernung von 15 Metern auf eine Zielscheibe jeweils fünf Schuss abgeben mussten. Nach jeden Schuss musste das Gewehr an den Nächsten übergeben und neu geladen werden. Für jeden Schuss, der danebenging, musste die gesamte Mannschaft eine Strafrunde von 50 Metern absolvieren.

Die Mannschaften positionierten sich an der Startlinie. Die Zuschauer strömten zum Gelände und stellten sich an den ausgewiesenen Stellen auf, während die Delegierten und Vorgesetzten auf der eigens errichteten Bühne Platz nahmen. Schon war die Luft erfüllt von den Anfeuerungsrufen. Paul stand in der Mitte. Links sah er Dieter Bürger und Roland Berghaus. Rechts von ihm standen Volkmar Beckstein und Wilfried Junker. Pauls Augen suchten die seiner Kameraden. Er ballte die Faust und brüllte gegen die Schreie der jubelnden Menge. Sofort erwiderten seine Mitstreiter seinen Ruf und ballten ebenfalls ihre Fäuste. Die Teilnehmer richteten sich nach vorn aus. Ein Kamerad an der Startlinie hob einen Revolver an und einen Wimpernschlag später ertönte der Schuss, der für einen kurzen Moment den Lärm der Menschen übertönte. Beinahe zeitgleich kamen die Mannschaften bei den 50 Meter entfernten Tragen an. Wilfried, der Leichteste aus Pauls Gruppe, sprang auf die Liegefläche und sogleich hoben seine Kameraden ihn hoch. Ehe er sich richtig hingelegt hatte, rannten sie los. Noch hatte sich keine der Mannschaften deutlich absetzen können, als sie an ihrem Zwischenziel ankamen. Gemeinsam liefen sie auf das Netz zu. Es war nur lasch gespannt und als die Hände in die Maschen griffen, begannen die rauen Taue wild hin und her zu schwingen. Der Rückstau, der sich vor dem Gerüst bildete, führte zu einem heillosen Durcheinander. Paul war einer der Ersten, der über die Giebellatte gelangte und die andere Seite erreichte. Voller Ungeduld wartete er auf seine Mitstreiter. Neben ihm hatte sich Wolfgang Spät positioniert, der die Mannschaft rechts von ihnen anführte. Er war bei fast allen Sportdisziplinen der Beste und beim Boxen bisher ungeschlagen. Selbst Ludger Köhler hatte ihn nur knapp im Ringen besiegen können. Seine Truppe war stark, das wusste Paul, und wenn ihnen jemand gefährlich werden konnte, dann Wolfgang und seine Jungs.

Roland Berghaus kam als Zweiter aus dem Netz. Direkt hinter ihm Volkmar Beckstein und Wilfried Junker. Dieter Bürger war der Schwächste von ihnen. Er hatte bereits zu Beginn Probleme gehabt, genügend Kraft aufzubringen, um sich an den schaukelnden Maschen hochzuziehen. Paul und die anderen liefen ihm entgegen und er fiel ihnen geradezu in die Arme. Gemeinsam rannten sie zu den ersten Hindernissen. Die grob gehobelten Stämme waren rutschig, doch die Jungs kamen zügig voran. Wieder war es Paul, der sich als Erster eines der Holzgewehre schnappte und in einen der Gräben tauchte. Er stützte seine Ellenbogen auf und robbte in Windeseile durch den Matsch. Als er sich erhob und zur Seite sah, erkannte er seinen unmittelbaren Konkurrenten Wolfgang. Dieser hatte das Hindernis bereits passiert und der zweite Mann aus seiner Mannschaft kroch soeben aus dem Graben. Zähe Sekunden vergingen, bis auch der Letzte aus Pauls Gruppe die Schlammgräben überwunden hatte. Erleichtert stellte er fest, dass die Schiedsrichter, die jedes Holzgewehr überprüften, ihnen keine Zeitstrafe aufbrummten. Gemeinsam rannten sie auf die Wand zu. Wolfgang und seine Kameraden waren bereits mit dem Aufstieg beschäftigt. Paul sah, wie sie abrutschten, sich in den Seilen drehten. Er wusste, hier kam es ausschließlich auf Kraft an. Es hatte keinen Zweck, mit den Füßen Halt zu suchen. Das Beste war, sich mit reiner Armkraft nach oben zu ziehen. Doch die Muskulatur der Unterarme war noch hart von den Netzen. Hinzukam, dass für jede Gruppe nur ein Tau zur Verfügung stand.

»Zieht euch nur mit den Armen hoch!«, schrie er nach hinten. Doch das war leichter gesagt als getan. Die Seile lagen auf der eingeseiften Fläche und waren von der Lauge durchtränkt. Immer wieder verloren die Jungs den Halt und rutschten nach unten. Wieder waren es Paul und Wolfgang Spät, die zuerst oben ankamen. Paul sah, wie sich Wolfgang auf den Bauch legte und einem seiner Kameraden die Hand entgegenstreckte. Doch die Finger waren zu glitschig und er rutschte nach unten. Wilfried Junker kämpfte sich als Nächster nach oben. Er war in Reichweite. Paul zog sein Trägerhemd aus und hielt es ihm entgegen. Und tatsächlich gelang es ihm so, Wilfried nach oben zu ziehen. Wolfgang warf ihm einen kurzen Blick zu, dann zog er ebenfalls hastig sein Hemd aus. Wieder lagen die beiden konkurrierenden Mannschaften fast gleichauf. Als Letzter kam Roland Berghaus das Hindernis herauf. Er griff nach Pauls Hemd. Doch das war mittlerweile komplett durchnässt. Er hatte es fast geschafft, als der Stoff durch seine Finger glitt und er auf seinem Hintern in die Tiefe schlitterte. Paul kochte vor Ärger und stieß einen wütenden Schrei aus. »Zieht eure Hemden aus!«, befahl er. Die anderen gehorchten. So schnell er konnte, knotete er die Oberteile zusammen. Roland trat derweil einige Schritte zurück und nahm Anlauf.

»Haltet mich an den Beinen fest!«, schrie Paul, legte sich auf den Bauch und beugte sich, so weit es ging, nach vorn. Roland kämpfte sich das Hindernis hinauf. Schließlich gelang es ihm, die Kletterhilfe zu fassen. »Zieht!«, rief Paul. »Zieht!« Roland war mit seinen Kräften am Ende. Mit Mühe klammerte er sich an das improvisierte Seil aus Hemden, während ihn seine Kameraden die Steilwand hinaufzogen. Als er oben ankam, sprang Paul auf und drehte sich. Wolfgangs Gruppe kletterte bereits die andere Seite hinunter. »Weiter!«, peitschte Paul seine Truppe in Richtung der Laufbahn. Den schwierigsten Teil hatten sie hinter sich. Jetzt kam der Bereich, wo es ausschließlich auf Konzentration und Ausdauer ankam.

Zusammen rannten sie zum Rundlauf. Der Bauer hatte mit seinem Traktor einen ovalen Weg in das abgeerntete Feld gearbeitet. Paul befand sich mit seinen Kameraden dicht hinter Wolfgangs Gruppe. In der ersten Runde gelang es ihnen nicht, zu Wolfgang aufzuschließen. Als sie zum ersten Mal an der jubelnden Menge vorbeikamen, trafen Pauls Augen die seines Vaters. Er saß in der ersten Reihe der extra errichteten Zuschauertribüne und hatte die Lippen aufeinandergepresst. Sein Blick ging ihm derart durch Mark und Bein, dass er für einen Moment sogar den ohrenbetäubenden Lärm um sich herum vergaß.

Paul wagte einen Blick über die Schulter. Volkmar und Dieter waren direkt hinter ihm. Roland vielleicht zwei Meter dahinter. Wilfried jedoch hatte bereits einige Meter Rückstand, während Wolfgangs Mannschaft geschlossen Schritt für Schritt die zweite Runde begin.

Paul ließ sich etwas zurückfallen. »Lauft weiter!«, fuhr er seine Kameraden an. Er verlangsamte sein Tempo noch etwas und allmählich schloss Wilfried zu ihm auf. »Beweg dich gefälligst, du faules Schwein!«, brüllte er den Jungen an. »Ich schwöre dir! Wenn ich wegen dir den Wettkampf verliere, wirst du deines Lebens nicht mehr froh.« Paul gab Wilfried einen Stoß. »Lauf!« brüllte er. Die zweite und dritte Runde brachte sie nicht näher an Wolfgangs Mannschaft heran. Als Paul sich erneut umblickte, erkannte er, dass einige der zurückliegenden Gruppen gefährlich nahe kamen. Wenn es beim Schießen zu Problemen kam, könnte es verdammt knapp werden. Die Lungen der jungen Männer brannten. Paul wusste, dass Wilfried alles aus sich herausholte. Er hoffte, dass er nicht zu erschöpft war und noch vor der Ziellinie zusammenbrach. Und das Schießen überstand. Sollten Wolfgangs Jungs mit dem Gewehr fehlerfreie Durchgänge hinlegen, würde eine Strafrunde von 50 Metern ihnen auf jeden Fall die Chance auf den Sieg nehmen. Doch auch Wolfgangs Gruppe zeigte erste Schwächen. Sie waren von Anfang an ein hohes Tempo gegangen, was sich nun rächte. Sie liefen nicht mehr nebeneinander, sondern hintereinander. Und die Abstände zwischen den einzelnen Läufern vergrößerten sich mit jedem weiteren Meter. Der lose Ackerboden zeigte erste Furchen und das Laufen erforderte zusätzliche Konzentration, um nicht zu stolpern oder umzuknicken. Offenbar hatte Wolfgang, der vorneweg lief, noch nicht mitbekommen, dass er etwas drosseln musste. Paul witterte eine Chance. Nochmals erhöhte er seine Geschwindigkeit, lief an seinen Kameraden vorbei, feuerte sie an und näherte sich Schritt für Schritt dem letzten Burschen aus Wolfgangs Gruppe. Wenige Meter weiter hatte er ihn eingeholt. Er setzte sich neben ihn. Eine kurze Distanz rannten die beiden nebeneinander. Paul sah nach vorn. 50 Meter vor ihnen und ungefähr 200 Meter vor der Ziellinie stand ein Anhänger voll mit Stroh, das man für den Bau des Wettkampfgeländes benutzt hatte. Paul hielt seine Position. Der Junge neben ihm schnaufte und würde sein Tempo auf den letzten Metern sicher nicht mehr erhöhen können. Noch 20 Meter bis zum Hänger. Kurz sah Paul nach hinten. Seine Gruppe lief nun relativ geschlossen zusammen. Trotzdem würde der Vorsprung von Wolfgangs Mannschaft auf der Laufbahn nicht mehr einzuholen sein. Noch zehn Meter. Paul ließ sich etwas zurückfallen und setzte sich hinter den Läufer vor ihm. Sie erreichten den Anhänger. Paul beschleunigte, schloss auf und trat dem Jungen in dem Moment von hinten in die Beine, als sie für einen winzigen Augenblick außer Sicht der Zuschauer waren. Dieser kam aus dem Tritt, trudelte und schlug lang hin.

»Dann mach doch Platz, du Idiot!«, schrie Paul nach hinten.

Sofort rappelte sich der andere auf. Doch bevor er wieder genügend Geschwindigkeit hatte aufnehmen können, war Pauls Gruppe zu ihm aufgeschlossen und positionierte sich um ihn. Paul sah nach vorn und erkannte, wie Wolfgang die Ziellinie überquerte. Gemeinsam mit seinen Mitstreitern blieb er schwer atmend an der Markierung stehen und feuerte den Nachzügler seiner Gruppe an, der gemeinsam mit Paul Schrader und seiner Gruppe ins Ziel kam.

Die Schießstände waren nur wenige Meter entfernt.

Volkmar war der beste Schütze. Er würde zuerst schießen und den anderen damit Sicherheit geben. Die Jungs eilten zu ihren zugewiesenen Plätzen. Normalerweise schossen nur die Pimpfe mit Luftgewehren. Die Hitlerjugend trainierte mit Kleinkalibergewehren. Doch trug man der Erschöpfung und der Nervosität Rechnung und verwendete bei diesem Wettkampf Luftdruckwaffen, um niemanden ernsthaft zu gefährden. Volkmar knickte den Kipplauf der Diana Model 27 um. Anschließend griff er mit zittrigen Fingerspitzen die Schale mit den Diabolos der Größe 4,5 Millimeter, fischte eines der Projektile hervor und steckte es in das Gewehr. Für einen winzigen Moment dachte Paul, er würde die Munition fallen lassen. Volkmar schloss den Lauf. Er presste sich den Kolben in die Schulter, kniff ein Auge zu, hielt die Luft an und zielte auf die Schießscheibe. Paul sah zur Seite. Wolfgangs Truppe übergab das Gewehr gerade an den zweiten Schützen. »Nun mach schon!«, zischte er. Volkmar betätigte den Abzug und öffnete das Auge. »Treffer!«, ertönte es von hinten, wo ein Kamerad mit einem Feldstecher zur Scheibe sah. Sofort sprang er auf und übergab die Waffe. Einer nach dem anderen schoss, und jedes Mal ertönte hinter ihnen: »Treffer.«

Der Schiedsrichter riss eine weiße Fahne in die Höhe. Das Zeichen dafür, dass der Wettkampf für Paul und seine Mannschaft beendet war. Pauls Kopf fuhr zur Seite. Im selben

Moment wurde die Fahne an Wolfgangs Stand nach oben gerissen.

»Waren wir schneller?«, fragte er und sah sich unsicher um. Dann fiel sein Blick auf die Tribüne mit den Ehrengästen. Er sah seinen Vater, der die Arme zum Jubel nach oben gerissen hatte. Noch immer ungläubig, suchten seine Augen einen Wettkampfleiter, irgendjemanden, der ihm signalisierte, dass sie gewonnen hatten. Plötzlich zog ihm etwas die Beine weg. Er stürzte, wurde aufgefangen und anschließend warfen ihn seine Kameraden unter dem frenetischen Jubel der Menge in die Höhe. Für einen flüchtigen Moment trafen sich sein Blick und der von Wolfgang. Und dann gab sich Paul dem berauschenden Gefühl des Sieges hin.

*

Egon und Fritz wuchteten mit angewidertem Gesicht und angehaltenem Atem den schweren Abortkübel auf den flachen Förderwagen. Die Brühe darin schwappte bedrohlich und der Gestank war unerträglich. Natürlich hatte Messerschmidt ihr Fehlen in der Pause bemerkt, und als Ludger mit gebrochener Nase abtreten musste, hatte er eins und eins zusammengezählt. Als er Egon und Fritz herbeizitiert hatte, hatte ein breites Grinsen seine Mundwinkel umspielt und er hatte anerkennend den rechten Daumen gehoben. Mackie war es gelungen, die Sache so weit herunterzuspielen, dass sie nur zum »Scheiße schippen« verdonnert worden waren, weil ja niemand die Auseinandersetzung gesehen hatte. Die Köhlerbrüder hatten dichtgehalten, weil es wahrscheinlich unter ihrer Ehre gewesen war zuzugeben, dass sie dieses Mal zweite Sieger geworden waren. Eine Schlägerei unter Tage war generell eine ernste Angelegenheit. Insbesondere wenn dadurch ein Mann für längere Zeit ausfiel. Streng genommen war das ein Kündigungsgrund. Und wenn man nicht flog, musste man für den Verlust, welcher der Zeche durch den Ausfall eines Kumpels entstand, mit dem eigenen Lohn herhalten. Das war allen bewusst. Deswegen suchten die Männer meist Nebenstollen für eine handfeste Auseinandersetzung auf, damit niemand etwas mitbekam oder damit die anderen Kumpel Schmiere stehen und die Kampfhähne warnen konnten, wenn der Steiger kam.

Egon nahm den neuen Kübel und füllte ihn mit Kalk, der Fliegeneier und Wurmlarven zerfraß und darüber hinaus den Geruch band.

»Ist 'ne ordentliche Scheiße, in die ich dich da reingezogen habe, was?«, sagte er, während er die Augen zusammenkniff und den Kopf leicht seitlich hielt, um den Kalkstaub nicht in die Schleimhäute zu bekommen.

»War es wert«, entgegnete Fritz.

Egon nickte. Es war seltsam. Eigentlich hätte er vor Wut schäumen müssen und in der Tat hatte es ihn zunächst enorme Überwindung gekostet, Mackie nicht zu sagen, wie es sich wirklich zugetragen hatte. Aber Fritz war ganz gelassen geblieben. Als könnte ihm jegliche Kritik oder ungerechte Behandlung nichts anhaben. Das hatte Egon insgeheim schwer imponiert. Mehr noch. Obwohl sie zu Unrecht die widerlichste aller Arbeiten als Strafe aufgebrummt bekommen hatten, machte es ihm nichts aus. Fritz war ein feiner Kerl. Das spürte er.

»Trotzdem hättest du das nicht tun müssen. Und du hast meinetwegen Ärger bekommen.«

Fritz sprang auf die Ladefläche des Förderwagens, setzte sich, schob mit einem Finger seine Lederkappe nach hinten und ließ die Beine baumeln. »Ich sehe das wie folgt: Solche Kerle machen immer Ärger. Egal, was du machst. Du kannst dir das also gefallen lassen oder du setzt dich zur Wehr.«

»Hast du keinen Schiss, dass die sich rächen? Die Köhlerbrüder werden sich das nicht gefallen lassen.«

Fritz zuckte mit den Schultern. »Die hätten früher oder später sowieso Stunk gesucht. Ich kenne so Typen. Denen kann man nicht lange aus dem Weg gehen. Mein Bruder hat immer gesagt: Setz dich zur Wehr, dann biste mehr.«

Egon nickte nachdenklich. Da hatte Fritz wohl recht. Er musste an Balzer denken und wie er ihm die Stirn geboten hatte.

»Harald ist Kameradschaftsführer im 173sten. Wie ich gehört habe, soll er stellvertretender Scharführer werden.«

Fritz sprang von der Ladefläche. »Mir egal. Ich geh ohnehin nicht zur HJ. Fehlte noch, dass mir so einer was zu sagen hätte.«

Egon grinste. Fritz war immer mehr nach seinem Geschmack. »Haben deine Eltern denn nichts dagegen?«, fragte er.

Fritz zog sich die Mütze wieder ins Gesicht. »An meinen Alten kann ich mich nicht erinnern. Ist gestorben, als ich noch klein war.«

»Was ist mit deinem Bruder?« Egon ballte die Fäuste und tänzelte, wie er es mal bei einem Boxkampf gesehen hatte.

Fritz wurde ernst. »Lass uns weitermachen«, antwortete er knapp und drehte sich um.

※

»Ah, mein lieber Müller!« Kriminalkommissar Heinrich Stahlschmied erhob sich und schritt um seinen wuchtigen Schreibtisch aus dunkler Eiche. »Heil Hitler!« Er deutete den Gruß nur an, indem er lediglich den Unterarm zackig hob. In der Art, wie der Führer es oftmals zu tun pflegte. Der anschließende Händedruck des 47-Jährigen war kräftig und passte zu seiner drahtigen Figur.

Der Leitende Gestapobeamte zeigte auf einen Stuhl vor seinem Arbeitsplatz. »Setzen Sie sich, mein lieber Müller. Zigarette?« Er hielt seinem jungen Kollegen eine hölzerne Schatulle hin, deren Deckel mit Intarsien verziert war.

Der Kriminalassistent hob ablehnend die Hand. Stahlschmied stellte die Zigaretten auf die Arbeitsplatte zurück und nahm wieder Platz.

»Und? Wie gefällt es Ihnen bei der Kriminalpolizei, Müller?«

»Über mangelnde Arbeit kann ich mich nicht beklagen. Im Gegenteil.«

Stahlschmied nickte und strich sich über sein glatt rasiertes Gesicht, das die tiefen Längsfalten neben den Mundwinkeln betonte. »Es sind momentan schwere Zeiten. Das Schlimmste ist, dass der Krieg uns derzeit nicht nur wichtige Männer nimmt. Wir bekommen keinen ausreichenden und vor allen Dingen qualifizierten Nachwuchs. Aber wem sag ich das?«

Horst Müller verstand nur zu gut, was Stahlschmied andeutete. Wie die Gestapo gehörte auch die Kriminalpolizei zur Sicherheitspolizei und litt wie sie erheblich unter dem Personalmangel. Es war nahezu unmöglich, allen Anforderungen gerecht zu werden.

Die Rekrutierungen für die Sicherheitspolizei hatten in den Jahren von 1933 bis 1941 stetig zugenommen. Doch das änderte sich ab September 1941 in einem Angst machenden Tempo. Die zunächst befristet abgeordneten Beamten, die zur Aufgabenwahrnehmung in den besetzten Gebieten Polens und der Sowjetunion abkommandiert wurden, wurden in der Regel nicht ersetzt, was riesige Lücken in die Personaldecke riss. Vor Kriegsbeginn rekrutierten sich die meisten Beamten der Sicherheitspolizei aus dem regulären Polizeidienst. Auch Horst Müller war auf diesem Weg zur Kriminalpolizei gekommen. Später sah man sich gezwungen, vermehrt auf Hilfspolizisten zurückzugreifen. Das ging so weit, dass in Anbetracht der knappen Arbeitskräfte, die für die rasant wachsende Rüstungsindustrie gebraucht wurden, vor geraumer Zeit eine Einschränkung der freien Arbeitsplatzwahl eingeführt wurde. Zur Sicherstellung des Kräftebedarfs für Aufgaben von besonderer staatspolitischer Bedeutung konnten Männer und Frauen aller Gesellschaftsschichten und Berufsstände notverpflichtet werden. Es erfolgte eine Überprüfung der Personen hinsichtlich der Festigkeit ihrer politischen Gesinnung, doch beschränkte sich das in der Regel auf die Informationen, welche von der zuständigen Ortsgruppe der NSDAP bereitgestellt wurden. Und nur weil jemand in der Partei war und als dem Staat loyal gegenüber angesehen wurde, bedeutete das nicht automatisch, dass er oder sie bereit war, jederzeit rückhaltlos für den Nationalsozialismus einzutreten. Vom fehlenden Fachwissen ganz zu schweigen. Müller musste Stahlschmied recht geben. Zuverlässiges und vor allen Dingen qualifiziertes Personal sah anders aus.

»Was führt Sie denn zu mir?« Stahlschmieds Haltung war kerzengerade. Militärisch, obwohl er keine Uniform trug. Anders als Horst Müller entsprach der erfahrene Gestapooffizier in nahezu allen Belangen dem, was allgemeinhin als arisch bezeichnet wurde: blond und geradezu stechend blaue Augen, dazu von schlanker, athletischer Gestalt. Müller hingegen war erkennbar europäischer Abstammung, verkörperte jedoch nicht die nordische Rasse, wie es sein Gegenüber tat. Er war kräftig, jedoch eher gedrungen, hatte haselnussbraunes Haar und grünbraune Augen, konnte glücklicherweise seine arische Abstammung über mehrere Generationen lückenlos nachweisen.

»Eine Beschwerde der Ortsgruppenleitung aus dem Bereich Königssteele und Kray.«

Stahlschmied lehnte sich zurück und zog ein misstrauisches Gesicht. »Gernot Schrader, habe ich recht?«

Kriminalassistent Müller nickte. »Wir beobachten in der letzten Zeit eine Zunahme von Verstößen gegen die Jugenddienstpflichtverordnung. Gerade bei den Geburtsjahrgängen von 1925 bis 1927. Die HJ-Standortführung hat sich an die Ortspolizei gewandt, weil man dem Heer an Dienstverweigerungen nicht mehr nachkommt.«

Stahlschmied zog fragend eine Augenbraue nach oben. »Meines Wissens nach bestehen seit Dezember 1940 explizite Handlungsanweisungen, wie die Standortführungen mit der Problematik umzugehen haben.«

»Ja«, bestätigte Müller. »Aber das Verfahren ist sehr zeit- und personalaufwendig. Wie Sie sicherlich wissen, müssen die Jugendlichen und die Eltern zunächst mehrfach schriftlich angemahnt werden. Und hier entstehen schon die ersten Probleme. Briefe werden in Kriegszeiten nicht immer zuverlässig zugestellt und in vielen Fällen heißt es in der Tat, dass man keine Post erhalten habe.«

Stahlschmied zuckte mit den Schultern. »Dann sollten die Mahnungen durch die HJ selbst zugestellt werden.«

»Das hat die Standortführung auch veranlasst, Herr Kommissar. Aber die Jungkameraden sind neben ihrer schulischen und beruflichen Tätigkeit vermehrt durch Hilfstätigkeiten gebunden. Viele sind als Flakhelfer aktiv und in den Bauernschaften müssen die Ernten eingebracht werden.«

Stahlschmied beugte sich nach vorn und legte die Arme auf die Tischplatte. »Ich kann beim allerbesten Willen nicht erkennen, warum sich die Geheime Staatspolizei mit derartigem … Kinderkram beschäftigen sollte.«

»Weil die Standortführungen die Verantwortung vermehrt der Polizei zuschustern«, konstatierte der Kriminalassistent. »Die Vorgaben aus Berlin sind eindeutig. Sind die Bemühungen der Standortführungen ergebnislos, ist die zuständige Ortspolizei angehalten, auf Ersuchen der Standortführungen einen uniformierten Revierbeamten zu dem Säumigen zu entsenden und ihn und seine Eltern auf die Pflicht der Dienstausübung mit Nachdruck hinzuweisen. Das ist schlichtweg personell nicht möglich. Was folgt, dürfte zumindest dann Ihr Interesse erhalten.«

Stahlschmied wusste, worauf Müller abzielte, der die Gedanken des Gestapomannes in Worte fasste.

»Es wird in der Folge Zwangshaft angeordnet. Und ab diesem Zeitpunkt ist es eine Sache der Gestapo.«

Müller überschlug die Beine. »Ich habe mit den Verantwortlichen gesprochen und mir die Unterlagen zeigen lassen. Das Problem ist größer, als ich es erahnt habe und es besteht offenbar schon seit längerer Zeit. Allein im November 1940 gab es über 200 Fälle allein in Essen, in denen man die Jugendlichen und deren Erziehungsberechtigte nacheinander dreimal angeschrieben und in letzter Konsequenz Zwangsmaßnahmen angedroht hatte.«

»Und warum hat sich niemand darum gekümmert, Müller?«

»Weil es nach wie vor aufseiten der Polizei niemanden gibt, der tatsächlich als Ansprechpartner für die Einhaltung und Überwachung der Durchführung der Gesetze über die Hitlerjugend fungiert. Die Standortführungen schlagen sich mit der Stadtverwaltung rum und diese wiederum mit den Ortsgruppen. Immerhin hat man bei der Stadt reagiert und einen Sachbearbeiterposten geschaffen, mit dem ich in engem Kontakt stehe und der mir Akteneinsicht gewähren konnte.«

»Zu welchem Ergebnis sind Sie gekommen, Müller?«

»Der Mann ist hoffnungslos überfordert. Seine gesamte Zeit geht bei der Koordinierung der Aufnahmelisten der kommenden Jungvölker drauf. Ich kann Ihnen versichern, die Anzahl der Verweigerer ist nicht geringer geworden. Ganz im Gegenteil.«

»Was genau will Schrader?«, fragte Stahlschmied sichtlich genervt.

»Tatsache ist, dass nach Meinung des Ortsgruppenvorstehers in Anbetracht der großen Anzahl pflichtsäumiger Jugenddienstpflichtiger ein akuter Handlungsbedarf besteht.«

»Herrgott noch mal!« Stahlschmied schmiss sich nach hinten. »Dann soll er die HJ-Streifendienste damit beauftragen.«

Diesmal war es Müller, der mit den Schultern zuckte. »Das hat man in Erwägung gezogen. Aber neben den ganzen Aufgaben, mit denen die HJ gebunden ist, befürchtet man, dass das öffentliche Ansehen der HJ damit Schaden nehmen könnte.«

Stahlschmied lächelte missbilligend. »Es scheint mir eher der Fall zu sein, dass die Reichsjugendführung in Berlin die Sache unterschätzt hat.«

»Wie auch immer, Herr Kommissar ... Tatsache ist, dass wir das auf Gauebene zu lösen haben. Zumindest ist man bei der Bezirksregierung in Düsseldorf dieser Meinung.«

»Was ist mit den Meldestellen? Ich meine diese öffentlichen Meldestellen, wo sich jeder Jugendliche freiwillig ... Wann war es noch gleich?«

»Ende Januar 1941«, antwortete Müller. »Der Erfolg war ... ich sage mal ... hat nicht die Erwartungen erfüllt.«

Müller seufzte und fuhr sich mit der flachen Hand über die Stirn. »Ich will ehrlich zu Ihnen sein, Herr Kommissar. Nach den mir vorliegenden Zahlen müssen wir mit einer Dienstverweigerungsrate von annähernd 50 Prozent in Teilbereichen unseres Bannes ausgehen. Und wo uns das hingeführt hat, zeigt uns die zunehmende Verwahrlosung unserer Jugend.«

»Sie spielen auf diese jugendlichen Subkulturen an?«, fragte Stahlschmied.

»Ja. Und das ist genau der zweite Grund, warum ich zu Ihnen gekommen bin. Dieses Phänomen nimmt unerträgliche Ausmaße an und birgt jede Menge Gefahren, wenn Sie mich fragen.«

Stahlschmied beugte sich vor, stützte seine Ellenbogen auf dem Schreibtisch ab und legte die Hände übereinander. »Es steht außer Frage, dass wir eine deutliche Zunahme an Jugendlichen haben, die den Dienst in der HJ verweigern und sich in verstärktem Maße in wilden Cliquen zusammenrotten.«

»Und eben diese Erscheinungen geben in der Ortsgruppe Anlass zur Sorge.«

»Für die ich durchaus Verständnis habe, Müller. Ich bezweifele aber, dass es sich größtenteils um ein oppositionelles Aufbegehren handelt.«

Müller überkreuzte die Beine und war bemüht, eine entspannte Haltung einzunehmen. Die Ausstrahlung des Gestapomannes wirkte beeindruckend auf ihn. Dieser galt als knallharter Hund und Müller spürte Unbehagen bei dem Gedanken daran, ihn als Gegner zu haben.

»Nicht?«

Stahlschmied machte eine ablehnende Geste. »Pubertäres Gehabe, gegen das man zweifelsohne vorgehen muss. Und wenn Sie meine Meinung dazu hören wollen … mit aller Härte. Wenn es nach mir ginge, würde ich sie alle in Schutzhaft nehmen, nach Moringen bringen und dort für lange Zeit inhaftieren lassen.« Mahnend hob er einen Finger. »Währet den Anfängen, lieber Müller. Das ist vergleichbar mit jungen Hunden. Was man in den ersten Prägewochen erzieherisch versaut, kriegt man später nur schwer wieder raus. Und dann meist nur mit Prügel. Aber man muss das vor dem Hintergrund der kriegsbedingten Abwesenheit vieler Väter und Führer der HJ bewerten. Da fehlt es an Zucht und Ordnung, die sich dann in dieser zunehmenden Verwahrlosung zeigt. Und sicher auch in der mangelnden Dienstbereitschaft. Hier schließt sich der Kreis.«

»Ich stelle Ihre fundierte Aussage selbstverständlich nicht infrage, Herr Kommissar. Jedoch befürchtet man eine starke Verlagerung hin zu einem anarchistischen, wenn nicht gar wehrkraftzersetzenden Verhalten.«

Die Augen des Gestapomannes verengten sich. »Wir machen durchaus unsere Hausaufgaben, Müller.«

Der Kriminalassistent spürte förmlich die plötzliche Eiseskälte, die von Stahlschmied ausging. Einige sprachlose Sekunden vergingen, in denen er nach den richtigen Worten suchte. »Herr Kommissar. Ich bitte Sie zur Kenntnis zu nehmen, dass ich mir jegliche Kritik an Ihrer Arbeit nicht anmaße. Sie wissen sicherlich, dass Schrader Ambitionen hat, sich als Kreisleiter zu empfehlen. Und genauso gut wissen Sie über seine … Beziehungen.«

In Stahlschmieds Gesicht zeigte sich nicht die kleinste Regung. Trotzdem war sich Müller sicher, dass der Gestapomann genau wusste, worauf er anspielte. Und dass exakt das gerade in seinem Kopf rotierte. Müller setzte nach.

»Man sagt Schrader gute Kontakte zu Fritz Schleßmann nach.« Müller vermied bewusst die Anrede Gauleiter. Schleßmann übte diese Funktion lediglich kommissarisch für den abwesenden Josef Terboven aus, der erst im Frühjahr 1940 zum Reichskommissar für Norwegen ernannt wurde. Man sagte Schleßmann hinter vorgehaltener Hand erhebliche Führungsschwächen nach und Müller konnte Stahlschmieds Einstellung zum stellvertretenden Gauleiter nicht einschätzen. Daher versuchte er bewusst, sich neutral zu äußern.

»Und darüber hinaus pflegt er freundschaftliche Kontakte

zu Max Henze«, fuhr er fort. »Der, wie man munkelt, als heißer Kandidat für die Nachfolge unseres geschätzten Polizeipräsidenten Karl Gutenberger gehandelt wird und möglicherweise noch dieses Jahr in dessen Fußstapfen tritt.«

Stahlschmied öffnete die Schatulle, entnahm eine Zigarette und zündete sie sich an. Anschließend lehnte er sich völlig entspannt zurück, überkreuzte die Beine und nahm einen tiefen Zug.

Der Gestapooffizier war ein Meister darin, sich nicht in die Karten schauen zu lassen. Er schuf sich so Zeit, um seine Antwort mit Bedacht wählen zu können. Gleichzeitig vermittelte er unerschütterliches Selbstbewusstsein, signalisierte, Herr der Lage zu sein.

»Soll mich das jetzt beeindrucken, Müller?«, flüsterte er gefährlich, während er die Spitze seiner Zigarette betrachtete.

»Das ist nicht das Ziel, mit dem ich zu Ihnen gekommen bin.«

Stahlschmied sah seinen Gesprächspartner an, wobei er den Kopf leicht schief legte.

»Gekommen? Oder hat man Sie nicht eher geschickt?«

Müller ignorierte den kleinen Seitenhieb, mit dem ihm Stahlschmied subtil unterstellte, lediglich Laufbursche zu sein. »Schrader ist empört über die Tatsache, dass jemand an den Bahnhof Kray-Nord anarchistische und staatsfeindliche Parolen geschmiert hat. Er hat wenig Interesse daran, dass man ihm eventuell unterstellen könnte, sein Einzugsgebiet als Ortsleiter nicht im Griff zu haben. Eine Polizeistreife hat den Täter überrascht. Ich denke, Sie werden meinen Bericht gelesen haben.«

Stahlschmied schnippte die Asche auf einen Unterteller und zog erneut an der Zigarette, sagte jedoch nichts.

»Der Beschreibung nach hatte es sich bei dem Täter um einen jungen Mann, möglicherweise einen Jugendlichen, gehandelt. Was Schrader natürlich in seiner Sichtweise bestärkt.«

Stahlschmied drückte die Zigarette aus und ließ den letzten Rauch langsam durch seine Nase strömen, während er Müller taxierte. Mit zu Schlitzen verengten Augen beugte er sich vor.

»Die Tat, respektive die Entdeckung, erfolgte zur Nachtzeit. Und das bei regnerischem Wetter. Die Stadt war verdunkelt. Laut Ihrer Aufzeichnung konnte der Täter entkommen. Eine brauchbare Beschreibung ist dem Bericht nicht beigefügt. Was ist mit dem Jungen, den man in diesem Zusammenhang kontrolliert hatte?«

Horst Müller war insgeheim beeindruckt, wie gut der Gestapobeamte informiert war. Und das, obwohl er Müllers Anliegen zuvor nicht gekannt hatte und sich somit nicht auf das Gespräch hatte vorbereiten können. Man sagte Stahlschmied einen messerscharfen Verstand und eine geradezu unheimliche Begabung nach, jede noch so kleine Unsicherheit eines Gesprächspartners zu erkennen und für seine Zwecke zu nutzen. Müller hegte keinen Zweifel daran, dass genau diese Fähigkeit Stahlschmied zu einem äußerst gefährlichen Mann machte.

»Wir können ihn bisher nicht mit der Tat in Verbindung bringen. Er schwänzt zwar den Dienst in der HJ, ist aber sonst unauffällig. Der Vater starb vor einigen Monaten an der Ostfront. Der Junge selbst macht eine Hauerlehre auf Bonifacius.«

»Schon mal polizeilich in Erscheinung getreten?«

Müller schüttelte den Kopf.

»Haben Sie die Familie vernommen?«, hakte Stahlschmied nach.

»Nein. Der Junge hatte ein Alibi. Er war bei einem Arzt. Na ja. Kein richtiger Arzt. Eher ein Scharlatan, der den Leuten das Geld aus der Tasche zieht. Aber wir haben es überprüft. Seine Angaben stimmen.«

»Nehmen Sie meinen Rat an, Müller, und lassen Sie sich zukünftig nicht auf solche Abwägungen ein. Unterschätzen Sie niemals die Raffinessen Ihrer Gegner. Treten Sie nach Möglichkeit immer an die Angehörigen heran. Mit aller Konsequenz und Härte. Das ist die verwundbarste Stelle unserer Feinde.« Der Gestapomann beugte sich wieder nach vorn. Die Schärfe in seinen Zügen schwand. »Ich verrate Ihnen etwas, mein junger Kollege. Essen hat annähernd 650.000 Einwohner. Wenn ich den ganzen Gau miteinbeziehe, sprechen wir von fast 1,9 Millionen Menschen. Haben Sie auch nur ansatzweise eine Vorstellung davon, wie viele Beamte ich in Essen habe? Was meinen Sie?« Stahlschmied wartete nicht auf eine Antwort. »Ich habe nicht mal 50 Beamte. Nicht mal 50, Kollege Müller.« Verärgerung zeichnete sich nun in seinen Zügen ab. »Wir kommen kaum noch dazu, tatsächliche Ermittlungsarbeit zu leisten. Allein die Überprüfung der zahlreichen Zwangsarbeiter und Kriegsgefangen bindet fast die Hälfte aller Beamten. Und nun die Judengeschichte. Pah!« Stahlschmied machte eine kurze Pause und blickte Müller an. Fast wirkte er an dieser Stelle resigniert.

»Unser Gestapoführer Kriminalrat Peter Nohles leitet die lokale Organisation der Judendeportationen in Essen. Wir haben in den letzten Monaten alle Juden, die sich in der Stadt noch verkrochen hatten, aus ihren Löchern geholt und ins Lager Holbeckshof in Königssteele verbracht.«

Stahlschmied öffnete eine Schublade und knallte einige Dokumente auf den Tisch. Resolut klopfte er mit einem Zeigefinger darauf. »Seit Oktober 1941 bindet uns dieser Mist.« Energisch blätterte er. »Hier! 27. Oktober 1941. 247 Juden Richtung Lodz. Am 10. November 128 nach Minsk. Dazu unzählige kleine Gruppen. Am 27. Juli dieses Jahres gehen knappe 300 Richtung Theresienstadt. Haben Sie auch nur annähernd eine Vorstellung davon, was das für einen logistischen und organisatorischen Aufwand bedeutet? Was das an Personal bindet?« Stahlschmied schüttelte bedächtig den Kopf. »Und nicht nur das. Die Bewachung dieses ganzen Judenpacks ist mit unseren Mitteln kaum zu leisten. Dieser ganze Aufwand. Nur Alte und Kranke. Wenn Sie mich fragen, sind sie die ganzen Kosten nicht wert. Man hätte sie an die Wand stellen sollen. Das hätte einen Tag und eine Handvoll Reichsmark gekostet.«

Stahlschmied erhob sich. Müller tat es ihm gleich. Er wusste, das Gespräch neigte sich dem Ende zu.

»Nur zur Ihrer Kenntnis, Müller. Wir haben bisher allein aus Essen schätzungsweise 120 Jugendliche verhört, die im Verdacht stehen, an bündischen Umtrieben beteiligt zu sein. Also Mitglieder der sogenannten Edelweißpiraten und Navajos oder wie auch immer man sie sonst noch bezeichnet. Gruppen, die vornehmlich im Bereich Essen-Borbeck und im Höltingsweg ihr Unwesen treiben sollen, der Swing-Jugend und der Kittelbachpiraten aus Essen-Kupferdreh. Wir stehen darüber hinaus in einem engen Austausch mit anderen Städten.«

»Wenn Sie mir die Frage erlauben? Zu welchen Ergebnissen ist man dort gekommen?«

Stahlschmied trat um seinen Schreibtisch. »Sowohl die Gestapo aus Wuppertal als auch die aus Wülfrath berichteten, dass man Jugendliche aus Essen aufgegriffen und verhört hatte. Der Ortsgruppenleiter Weil aus Wülfrath teilt meine Auffassung. Er schilderte, dass von einer Gesinnung, die auf eine Spaltung des Nationalsozialismus abzielt, keine Rede sein kann. Er ist zum Abschluss der Ermittlungen zu dem Ergebnis gekommen, dass es sich um eine Kriegserscheinung handelt, die ihren Ursprung in der Tatsache findet, dass es vielen dieser Jugendlichen an Erziehung mangelt. Es ist kein organisiertes oder zielgerichtetes

Sabotageverhalten. Von Wehrkraftzersetzung kann somit nicht die Rede sein.«

Stahlschmied öffnete die Tür. »Seien Sie versichert, dass wir jeden Sachverhalt aufs Genaueste würdigen. Aber auch für uns gilt, dass wir Prioritäten setzen müssen und uns nicht mit Aufgaben belasten, die originär in die Zuständigkeit der Standortführungen und Jugendämter gehören. Knöpfen Sie sich die Rädelsführer vor. Sie sollten auf das Härteste bestraft werden. Hausdurchsuchungen. Razzien. Verhöre. Das ist zielführend. Glauben Sie mir, Müller. Sie werde sehen, dass sich die Probleme mangelnder Dienstbeflissenheit und deren Folgen dann schnell von alleine lösen. Heil Hitler!«

*

Das Gitter des Förderkorbs öffnete sich. Der Lärm, der ihnen entgegenschlug, war ohrenbetäubend. Egon und Fritz schoben den schweren Hunt mit den Abortkübeln ins Freie. Weit kamen sie nicht. Vor ihnen stand eine Traube aus Kumpeln, die ihnen den Weg versperrte. Es wurde wild durcheinander geredet, hektisch gestikuliert und jemand rief nach einem Arzt.

Egon sah Fritz an. »Was ist denn hier los?«

Fritz zuckte nur mit den Schultern, während er sich auf die Zehenspitzen stellte und versuchte, einen Blick über die Köpfe der Männer hinweg zu erhaschen.

Plötzlich fasste jemand Egon am Kragen und drückte ihn nach vorn. »Junge, lauf zur Totenstube und sag, man soll den Arzt benachrichtigen! Sag ihm, es hat einen Unfall gegeben und es geht um Leben und Tod.«

Egon drehte sich und sah Reinhold Knöpke, Steiger der anderen Schicht. Ein groß gewachsener Kerl mit spitzer

Nase und scharfen Zügen, der die beiden Jungs um einen Kopf überragte. »Nun beeil dich!« Wieder erhielt er einen Stoß. Egon nahm seine Kappe ab und rannte los. Geradeaus in Richtung Kaue, vorbei an der dahinter anschließenden Lohnhalle, hin zum gegenüberliegenden, ehemaligen Sanitätshaus. Ursprünglich hatten sich hier ein Behandlungsraum und allerlei medizinisches Gerät befunden, mit denen man verletzten Bergleuten Erste Hilfe geleistet hatte. Täglich hatte man die unterschiedlichsten Verletzungen versorgt. Meist waren es Platzwunden, Quetschungen oder kleinere Brüche gewesen. Sogar einfache Operationen hatte man hier durchführen können. In dem Haus waren auch die Toten aufgebahrt worden, sodass die Kumpel das Gebäude immer noch Totenhalle nannten. Doch hatten die Verantwortlichen das Haus in den 20er-Jahren zu einer Elektrowerkstatt umfunktioniert. Nur in einem der Seitentrakte befand sich ein Krankenzimmer, in dem einfachste Untersuchungen und Vorsorgemaßnahmen wie Wurmkuren oder juckende Hintern durchgeführt wurden. Ohne anzuklopfen stieß Egon die Tür auf. Zwei Krankenschwestern, mit weißer Haube, hellblauem Hemd und weißer Kittelschürze sahen ihn erschrocken an.

»Wo ist der Arzt?«, rief Egon außer Atem? »Es geht um Leben und Tod, soll ich ihm sagen!«

»Was ist passiert?«, fragte die ältere der beiden. Eine korpulente Dame mit streng gebundenem Zopf und ebenso strengen Zügen.

»Keine Ahnung. Ein Unfall. Der Steiger schickt mich. Der Arzt. Er soll sofort kommen.«

»Der Arzt ist momentan nicht da.« Die Krankenschwester wischte beide Hände an der Schürze ab, rückte unsicher ihre Haube zurecht und überprüfte flüchtig das Zopfband, das ihr dickes Haar nur mühsam bändigen konnte. »Berta.

Beeil dich und informiere Dr. Luthermann«, sagte sie bestimmend zu der Jüngeren. Sie wandte sich wieder Egon zu. »Wo liegt der Patient?«

»Schacht zwei! Direkt vor dem Förderkorb.«

Nochmals drehte sich die kräftige Schwester zu ihrer Kollegin. »Du hast gehört. Nun lauf zu!« Anschließend griff sie beherzt nach einer medizinischen Notfalltasche, die sie Egon gegen den Brustkorb drückte. »Komm, Junge!« Sie stieß ihn gegen die Schulter, sodass er sich automatisch drehte, und gab ihm anschließend einen Klaps auf den Rücken. »Bring mich zu dem Verletzten!«

Der Mann lag auf dem Rücken. Sein Bein war offenbar an mehreren Stellen gebrochen. Die Hose war vom Knie bis zur Leiste aufgerissen. Zudem hatte er eine hässliche Wunde mit ausgefransten Wundrädern, die schwarz aussahen. So schwarz wie das Knochenbruchstück, welches aus dem Oberschenkel ragte. Ein Mann kniete vor dem Verletzten und zog einen Ledergürtel stramm, den er oberhalb der Leiste fixiert hatte. Seine Hände waren blutverschmiert. Der Boden zeigte dunkle Flecken. Das Blut hatte sich mit dem Kohlenstaub verbunden und war kaum als solches zu erkennen, was der Szene etwas von ihrem Schrecken nahm. Egon blieb stehen und sah wie die anderen Umherstehenden hilflos auf den Kumpel. Er hatte die Augen geöffnet, wirkte jedoch geistesabwesend. Egon kannte diesen Gesichtsausdruck. So sahen Menschen aus, die starben. Die Krankenschwester drängte sich an Egon vorbei und nahm ihm die Tasche ab, die sie neben den Verwundeten stellte. Der Mann, der Erste Hilfe leistete, schaute zu ihr auf. Egon sah, dass er einer der jüdischen Zwangsarbeiter war. Er trug die typische gestreifte Sträflingskleidung, auf der ein gelber Davidstern prangte. Die Sachen waren zu groß und er hatte die Hose provisorisch mit einer Kordel festgebunden. »Ich bin Arzt«, sagte er mit starkem osteuropäischem Akzent. Die Krankenschwester ignorierte ihn.

»Seine Schlagader ist verletzt. Sie muss abgeklemmt werden. Er verblutet sonst.«

Sie würdigte den Mann keines Blickes. »Bringt ihn ins Sanitätshaus! Und jemand soll den Krankenwagen rufen«, befahl sie schroff.

Reinhold Knöpke zeigte auf einige Männer. »Ihr da! Packt an.«

Zu viert hoben sie den verwundeten Bergmann an, während zwei weitere Männer ein Schalbrett unter den Verletzten schoben.

»Nun macht schon!«, trieb Knöpke die Helfer an.

Die anderen Kumpel standen im Halbkreis still da und schauten ihrem Kameraden nach.

»Was ist passiert?«, fragte Egon einen Kumpel neben sich.

»Ist unter einen Sargdeckel gekommen«, murmelte dieser, ohne den Jungen neben sich anzusehen. »Konnte wohl noch zur Seite springen. Aber eine scharfe Ecke des Gesteins hat sein Bein aufgeschlitzt.« Der Mann zuckte mit den Achseln und drehte sich schließlich um. »Glaub nicht, dass er es schafft.«

Fritz und Egon sahen dem Kumpel nach.

»Hast du 'ne Ahnung, was der mit Sargdeckel meint?« Fritz kratzte sich nachdenklich am Hinterkopf, wobei er seine Kappe etwas nach vor drückte.

»Wenn dir das Hangende auf die Rübe fällt. Dann ist das ein Sargdeckel.«

»Ergibt Sinn …«

»Genug gegafft! Seht zu, dass ihr unter die Erde kommt. An die Arbeit.« Reinhold Knöpke machte Bewegungen, als scheuche er einen Haufen Gänse vor sich her. »Und ihr beiden …«, er zeigte auf Egon und Fritz, »fahrt eure Scheiße aus dem Weg.«

Die beiden Jungen schoben den Hunt weiter, während die Kumpel sich zur Seilfahrt anstellten.

»Warte!«, flüsterte Egon zu Fritz. Egon sah sich kurz um, dann trat er zu Seite. Der jüdische Zwangsarbeiter kniete auf dem Boden und versuchte, sich das getrocknete Blut mit Sand von den aufgesprungenen und geschwollenen Händen zu reiben. Er war ein bis auf die Knochen abgemagertes Häufchen Elend.

»Sind Sie wirklich Arzt?«

Der Mann verharrte in der Bewegung und sah auf. Das Gesicht war voller grauer Bartstoppeln und das Weiß seiner Augen wirkte trüb und gelbstichig. Der Mann antwortete nicht. Er konzentrierte sich wieder auf seine Hände. Egon betrachtete ihn. Die Haut wirkte blass und dünn. Die Kopfhaut, die man unter dem schütteren, kurz geschorenen Haar erkannte, war voller Ekzeme.

»Mein … Stiefvater hat hohes Fieber. Er hat sich verletzt. Am Bein. Seine Wunde hat sich entzündet.«

»Dann wird er Wundbrand haben.« Der Mann sah weiter auf seine Hände.

»Und was kann man da machen?«

»Amputieren. Mehr wird man zu diesen Zeiten nicht machen können. Und jetzt geh, Junge. Ich will wegen dir keinen Ärger.«

»Sie meinen, ihm das Bein abschneiden?«

»Ja. Sonst stirbt er. Und nun geh endlich.« Egon hatte noch weitere Fragen, aber er sah, dass der Mann, dessen Alter er nur schwer schätzen konnte, zunehmend nervöser wurde. Mit einem Mal empfand er etwas, was er lange Zeit nicht mehr gespürt hatte. Der Mann tat ihm leid. Er griff in seine Tasche, zog sein letztes Butterbrot heraus und hielt es dem Zwangsarbeiter hin. Blitzschnell griff dieser danach und ließ es unter seinem dünnen Hemd verschwinden, um anschließend wieder seine Hände zu säubern.

Egon wandte sich beschämt ab und ging wieder zum Hunt. Er fühlte sich schlecht. Auf eine unerklärbare Art schlecht.

»Du kannst es versuchen«, hörte er unerwartet hinter sich. Egon drehte sich. Der Mann kniete noch immer. Ängstlich sah er in alle Richtungen, doch als er in Egons Augen blickte, umspielte so etwas wie ein Lächeln seine Mundwinkel. Ein Lächeln, das irgendwie misslang. So als hätte dieses Gesicht schon seit langer Zeit kein Lächeln mehr geformt.

»Besorg dir Tierblut und tränke einen Lappen damit.«

Egon kam etwas näher. »Tierblut? Wofür?«

»Häng den Lappen aus dem Fenster. In wenigen Stunden wird er voller Fliegeneier sein. Leg die Eier auf die Wundränder und decke die Verletzung mit Tüchern ab. Es muss Luft daran kommen.«

»Ich soll …?«

»Ja!« Der Jude erhob sich. Er blickte wie ein gehetztes Tier. Die Angst hatte zurück in seine Züge gefunden. Er nickte eifrig. »Die Maden fressen nur das kranke Gewebe. Keine Angst. Wenn sie die Wunde verlassen, wasche sie täglich mit Birkensud. Die Wunde muss zweimal täglich gesäubert und frisch verbunden werden. Hast du das verstanden? Sonst entzündet sie sich erneut. Und sieh zu, dass der Verband nicht verschmutzt.«

»Was macht ihr da!«

Ein breitschultriger Kerl in einem langen Ledermantel kam wutentbrannt auf sie zu. Instinktiv krümmte sich der Jude. Sein Köper nahm jene unterwürfige Haltung ein, in die ein Mensch sich flüchtete, der Prügel erwartete. Prügel gewohnt war.

»Es ist verboten, mit Gefangenen zu reden. Also schert euch davon, bevor ich Meldung mache.«

Egon wollte sich auflehnen, doch Fritz zog ihn zurück. »Komm. Lass gut sein, Egon.«

Nach ein paar Metern drehte sich Egon nochmals um. Er sah, wie der Unbekannte dem Juden mehrfach mit der Faust in den Nacken und auf den Rücken schlug und ihn wie Vieh vor sich her trieb. Er sah, wie dieser stürzte, von dem Aufpasser hochgehoben und nach vorn gestoßen wurde, als hätte er kein Gewicht. Egons Brot blieb im Dreck liegen.

»Mein Gott. Er hat es doch nur gut gemeint. Er hat …«

Fritz fasste Egon am Arm. »Lass uns Feierabend machen, Egon. Ist schon spät.«

*

Der Lärm im Raum weckte ihn. Egon erhob sich und rieb sich mit dem Mittelfinger den Sand aus den Augenwinkeln. Er fühlte sich erschöpft und benommen. In der letzten Nacht hatte sie der Fliegeralarm aus dem Schlaf gerissen. Die Alliierten hatten erneut einen Angriff auf das Ruhrgebiet geflogen. Wie in den Wochen davor hatten sich die Bombardements mehr auf den innerstädtischen Bereich konzentriert. Aber man wusste nie, was die Briten vorhatten oder ob sich nicht doch ein Flugzeug verirrte und seine todbringende Last über ihnen abwarf. So hatten sie ihre stets gepackten Notfallkoffer genommen und gemeinsam die Nacht im Gewölbekeller verbracht. Eng aneinander gekauert hatten sie ausgeharrt. Egon mit Annemarie unter dem Durchgangsbogen. Vater hatte ihnen erklärt, dass dies die stabilste Stelle im Haus war, wenn das Gebäude einstürzen sollte. Selbst hier, viele Kilometer entfernt, waren die Erschütterungen der Einschläge zu spüren gewesen. Nur Mutter war bei ihrem Bruder in der Wohnung geblieben. Balzer war ein zäher Hund. Das musste man ihm lassen. Über eine Woche war es her, dass er den Rat des jüdischen Arztes befolgt hatte. Zunächst gegen den heftigen Protest seiner Mutter und Gertrud, die sich zu seinem Ärger wie immer in die Familienbelange eingemischt hatte. Aber was hatten sie zu verlieren gehabt? Es war in der Tat eine ekelerregende Angelegenheit gewesen. Insbesondere als die Fliegenlarven geschlüpft waren und sich in der Wunde bewegt hatten. Beim ersten Verbandswechsel war Gertrud mit vor dem Mund gehaltener Hand nach draußen gerannt und hatte sich übergeben. Am dritten Tag hatte sie dann geschildert, dass die Wunde nicht mehr so stank und besser ausgesehen hatte. Und seitdem ging es Balzer von Tag zu Tag etwas besser. Er hatte nach wie vor hohes Fieber, aber keinen Schüttelfrost mehr und einige Male war er bei klarem Bewusstsein. Vielleicht würde er es ja tatsächlich schaffen.

Mutter kam aus der kleinen Kammer. Auch sie sah übermüdet aus. Die Strapazen der letzten Wochen und Monate hatten sich in ihren Zügen niedergelassen.

»Er hat keine Würmer mehr in der Wunde. Und sie eitert nicht mehr.« Jetzt nahm Egon auch den Geruch des Birkensuds wahr. Mutter hatte die Verletzung offenbar gewaschen. Überall auf den Schlackenhalden der Stadt wuchsen die Bäume mit den weißgrauen Stämmen. Egon hatte einen ganzen Korb Rinde angeschleppt. Dazu jede Menge frischer Brennnesseltriebe, die Mutter zu einem Spinatersatz verarbeitete. Einen Teil hatte sie getrocknet, um daraus Tee zu kochen. »Die reinigen das Blut«, hatte sie erklärt. Außerdem wusch Margot Annemarie damit die Haare. Weil sie danach so schön glänzten. Mutter zog den Vorhang beiseite und Sonnenlicht durchflutete das Zimmer. Egon hielt sich einen Moment schützend die Hand vor Augen. Er stand auf, zog sich seine abgenähte kurze Hose und sein kurzarmiges

Sommerhemd an und ging schlaftrunken durch den muffig riechenden Hausflur in den Hof. Nachdem er sich erleichtert hatte, kehrte er zurück und wusch sich in der Küche. Er putzte sich die Zähne mit einem Stück Baumwolltuch, welches er sich über den Zeigefinger stülpte, und spülte sich den Mund mit Wasser aus. Anschließend strich er sein widerborstiges Haar mit den nassen Fingern nach hinten und fuhr sich über sein Kinn. Er überprüfte seinen Bartwuchs in der Spiegelscherbe, die an der Wand hing und wägte wie jeden Tag ab, ob die Zeit gekommen war, sich einen Backenbart oder einen imposanten Schnauzer stehen zu lassen. Er fand, dass es einem Kerl so eine richtige, männliche Note verpasste. Egon säuberte die Waschschüssel, zog sich die Hosenträger über die Schulter und ging zum Tisch. Vorher gab er Annemarie einen Kuss auf die Stirn, die in der Raummitte saß und mit Lula spielte. Viel gab es nicht zu essen. Mutter hatte einige wurmstichige Äpfel organisiert. Egon nahm sich einen und rieb ihn kurz an seiner Hose, bevor er hungrig hineinbiss.

»Gertrud besorgt Mehl und versucht Eier für Kohle zu bekommen. Also iss nicht alle Äpfel weg«, ermahnte sie ihn. Obwohl sich Kohle im Frühjahr und Sommer nicht so gut tauschen ließ, weil man sie lediglich zum Kochen benötigte, bekam man trotzdem immer etwas dafür. Und wenn Gertrud Mehl und Eier besorgte, konnte das nur eins heißen: dass es Apfelpfannkuchen gab. Allein bei dem Gedanken daran lief ihm das Wasser im Mund zusammen. Egon nahm seine Kappe und ging Richtung Tür.

»Wo gehst du hin?«
»Treff mich mit Fritz.«
»Komm nicht so spät!«, rief sie ihm hinterher.

Egon tänzelte mit schnellen Schritten die Holztreppen hinunter. Es waren nicht mal zwei Wochen vergangen, seit er

Fritz kennengelernt hatte. Trotzdem war es ihm, als kannte er ihn schon sein halbes Leben. Er war ein wirklich feiner Kerl und ganz nach seinem Geschmack. Er tat, was ihm gefiel. An seinen freien Tagen ging er angeln, wie er erzählte, oder er traf sich mit Freunden. »Ich lasse mir mein Leben von niemandem vorschreiben«, hatte er gesagt. Egon fand, dass das eine gute Einstellung war. Dieser Augustsonntag versprach herrlich zu werden. Egon freute sich auf seinen freien Tag und jetzt, wo er mit Fritz um die Häuser ziehen würde, verflog seine Müdigkeit. Er würde … Egon verharrte in der Bewegung. Sein Blick fiel durch das kleine Flurfenster hinaus auf das Kopfsteinpflaster vor dem Gebäude.

»Scheiße!«, entfuhr es ihm. Instinktiv drehte er sich und sah hoch zur Wohnung in der Angst, Mutter könnte sein Fluchen gehört haben. Wieder richtete er seine Augen geradeaus. Es gab keinen Zweifel. Die Streife der Hitlerjugend stand vor der Haustür. Wie jeder Junge in seinem Alter hatte auch Egon die Pflicht, in seiner Freizeit seinen Dienst in der HJ abzuleisten. Er hasste die HJ. An seinem freien Tag einen Drill über sich ergehen lassen, dazu von Typen in seinem Alter, die ihm Befehle erteilten, ihn schikanierten, war das Letzte, wozu er Lust hatte. Dazu dieses ständige Geschwafel, dass es eine Ehre wäre, später für den Führer und das Vaterland in den Krieg zu ziehen. Egon wollte keinen Krieg. Er fragte sich, wie jemand, der sehenden Auges durch die zerbombten Straßen lief, dem Krieg was Gutes abgewinnen konnte. Schon gar nicht wollte er sich für Adolf Hitler erschießen lassen. Das war eine Ehre, auf die er verzichten konnte. Eigentlich wäre er am liebsten aus der HJ ausgetreten, doch dann hätte er niemals eine Lehrstelle erhalten. Und was hatte man ihm bei der Einstellung für Fragen gestellt. Wie er zum Führer stehen würde und solche Sachen. Egon hatte gelogen, dass sich die Balken bogen. Man hatte sich bei der HJ erkundigt, ob er regelmäßig seinen Dienst verrichtete, und ihn getadelt, weil er es mit der Pflicht nie so genau nahm. Sogar einen Ariernachweis hatten sie verlangt. Die letzten Monate hatte er den Dienst trotzdem immer geschwänzt. Irgendwann hatte die Stammführung die ersten Mahnungen geschickt. Mutter hatte dann angeführt, dass der Verlust des Vaters die Familie derzeit stark belastete und Egon später wieder zum Dienst erscheinen würde. Das ein oder andere Mal hatte sie ihn sogar krankgemeldet. Egon hätte wissen müssen, dass sich die HJ dauerhaft nicht damit zufriedengeben würde. Es war also nur eine Frage der Zeit, bis sie ihn abholten oder die Polizei ihn verhaftete. Trotzdem überraschte ihn das Auftauchen der Streife. Er drehte sich auf dem Absatz um und schlich auf Zehenspitzen hinauf zum Dachboden.

Egon zog die Luke herunter und klappte die Leiter auseinander. Jede einzelne Sprosse knarrte verräterisch, als er sie mit seinem Gewicht belastete. Er war sich sicher, dass man das Geräusch bis unten auf die Straße hörte. Schnell zog er die Leiter nach oben, faltete sie und schloss die Luke. Anschließend legte er sich auf den Bauch und öffnete sie erneut für einige Zentimeter. Unbeweglich lag er da und lauschte mit leicht schief gelegtem Kopf. Doch alles, was er hörte, war nur sein hämmerndes Herz und sein trockenes Schlucken. Dann vernahm er die Schritte mehrerer Personen, die die Treppen hinaufkamen. Jemand klopfte energisch gegen die Wohnungstür.

»Frau Siepmann?«, hörte er. »Paul Schrader. Hitlerjugend. Bitte öffnen Sie die Tür.«

Es dauerte einige Zeit, bis Mutter öffnete. Egon war sich sicher, dass sie die HJler bewusst warten ließ.

»Heil Hitler!«, hörte er den Kerl, der sich mit Paul Schrader vorgestellt hatte.

»Was wollt ihr?« Egon kannte diesen Unterton seiner Mutter. Wenn sie wollte, konnte sie Haare auf den Zähnen haben.

»Ist der Egon zu Hause?«

»Egon ist nicht da.«

»Wissen Sie, wo der Egon ist, Frau Siepmann?«

»Wenn ich es wüsste, würde ich es euch Bengeln nicht sagen.«

»Der Egon ist schon länger nicht mehr zum Dienst erschienen. Gemäß Paragraf …«

»Nun spar dir das Mal, Junge. Der Egon geht hart schuften. Sein Vater ist vor wenigen Monaten gefallen und wir pflegen hier seinen Onkel, der an der Front verwundet wurde. Er hat ganz andere Sorgen, als mit euch Pfadfinder zu spielen.«

»Wir sind keine Pfadfinder! Die Hitlerjugend übt einen unverzichtbaren Dienst für das Vater…«

»Wo du es schon erwähnst. Was macht denn dein Vater?«, fuhr Mutter ihm dazwischen.

»Mein Vater ist Gernot Schrader. Ortsvorsteher der Partei.« Egon meinte so etwas wie Stolz in den Worten des Jungen herauszuhören.

»Ah! Ortsvorsteher. Na, da gibt es schlimmere Posten im Krieg, was? Zumindest wird man hinter dem Schreibtisch nicht erschossen.«

»Was ist da los, Martha?«

Egon hörte die vertraute Stimme von Gertrud, die im Haus gegenüber wohnte und rüberrief. Im Anschluss vernahm er das Poltern ihrer Absätze auf den Holztreppen. Er sah sie beinahe vor seinem geistigen Auge, wie sie mit leicht angehobenem Kleid und wippendem Busen nach oben schritt.

»Bedrängen dich diese Jungs etwa?«, zeterte sie.

»Der Egon ist wiederholt nicht zum Dienst erschienen. Wir haben die Pflicht …«

»Die Pflicht, eine deutsche Witwe eines ehrenhaft gefallenen deutschen Soldaten zu bedrängen?«

»Wir bedrängen niemanden! Wir prüfen lediglich ...«

»Nicht bedrängen nennst du das? Den Fuß zwischen die Tür setzen.«

»Ich habe keinen Fuß zwischen ...«

»Hör doch auf!«, keifte Gertrud weiter in ihrem provokanten Ton. »Ich hab's doch gesehen. Weißt du was? Ich werde mich bei deinem Vorgesetzten beschweren.«

Für einige Augenblicke sagte niemand etwas.

»Wir werden Meldung machen«, äußerte der HJler betont laut. »Sie werden schon sehen, was Sie davon haben.«

»Ja, ja! Meld du mal. Und jetzt schert euch weg. Malt ein Bild oder baut ein paar Sandburgen, ihr Lausbuben.« Gertrud war in ihrem Element. Hoffentlich übertrieb sie es nicht, fuhr es ihm durch den Kopf. Dann hörte er, wie die Jungen die Treppe hinunterschritten und wenige Sekunden später die Haustür zufiel.

Egon schloss die Luke wieder, setzte sich auf und lehnte sich rücklings gegen den Kaminschacht. Die Streife der Hitlerjugend war bestimmt noch da. So leicht gaben die sich mit Sicherheit nicht geschlagen, dachte er. Nicht nach dieser Blamage. Was sollte er tun? Die Sache aussitzen? Es war sein einzig freier Tag in der Woche und er freute sich auf einen unbeschwerten Tag mit Fritz. Er stand auf, lief mit eingezogenem Kopf unter den gespannten Wäscheleinen zur anderen Giebelseite und öffnete das schmale Fenster. Er lugte hinaus, konnte jedoch nur einen Teil des Hofs einsehen, da die Dachkante ihm die Sicht nahm. Egon ergriff den seitlichen Rahmen, während er sein Knie auf dem unteren Fensterteil positionierte. Anschließend stellte er seine Füße auf und spähte in gehockter Stellung in die Tiefe, doch auch so konnte er nach wie vor nicht den gesamten Bereich überblicken. Er drehte sich, legte seine Handflächen stützend auf die Dachpfannen und richtete sich auf. Unmittelbar rechts von ihm befanden sich die schmalen metallenen Steigstreben für den Schornsteinfeger. Vorsichtig machte er einen Schritt zur Seite, belastete die Streben prüfend und kletterte anschließend bis zum Schlot. Langsam richtete er sich auf, während seine Augen gegen das Sonnenlicht ankämpften. Weiter die Straße runter erkannte er einen Jungen der Hitlerjugend. Er stand breitbeinig, die Hände in den Hosentaschen und sah in Richtung des Hauseingangs. Wie er es sich gedacht hatte. Egon erfasste die Ziegel des Dachfirstes und prüfte mit den Fußspitzen die Pfannen. Der Ton war alt und rau, voller Flechten und fühlte sich stumpf an. Vorsichtig bewegte er sich zur Seite. Seine Sohlen fanden sicheren Halt und er kam erstaunlich gut voran. Im Nu hatte er das zerstörte Nachbarhaus erreicht. Nochmals spähte er auf den Hof, den er jetzt besser einsehen konnte, und sah niemanden. Das Dach des angrenzenden Gebäudes war in weiten Teilen eingebrochen. Der Geruch verbrannten Holzes schlug ihm entgegen. Er kletterte über eingestürzte Zwischenwände und Geschossdecken hinunter bis in die erste Etage. Von hier aus sprang er über ein großes Loch, das auf der Rückseite klaffte, in den Hinterhof. Egon überwand einige Ziegelmauern und trat anschließend durch eine Einfahrt. Vorsichtig spähte er ums Eck.

Die Luft war rein. Er war spät dran. Hoffentlich war Fritz nicht schon weg, dachte er. Egon klopfte sich den Staub von seiner Kleidung, dann rannte er los.

*

Fritz hatte auf Egon am Bahnhof Kray Nord gewartet. Egon hatte ihm von der Geschichte mit der HJ-Streife berichtet und dabei hatte Fritz ihm anerkennend auf die Schulter geklopft. Gemeinsam liefen sie über die Krayer Straße in Richtung Königssteele. Fritz hüllte sich in Schweigen darüber, wo sie hingingen.

Es waren ungewöhnlich viele Leute auf der Straße, die in ungezwungener Leichtigkeit und in farbenfroher Kleidung über die Gehwege flanierten. Essen wirkte an diesem Tag nicht wie eine Stadt, die sich im Krieg befand. Wenngleich dies an jeder Ecke zu sehen war und die Fliegeralarme der vergangenen Nacht jedem im Gedächtnis waren. Doch heute wirkte es, als wäre der Krieg aus der Welt.

Auch Egon wurde von dieser Ausgelassenheit erfasst. Viel hatte sich verändert und das tat es noch immer. Stetig. Unvorhersehbar. Doch obwohl man sich dem Einfluss dieser Veränderungen, welche der Krieg in den letzten Jahren mit sich brachte, nicht entziehen konnte, schien die unbändige Lebenslust der Menschen, dieses tiefe Bedürfnis nach einer sorgenfreien Zeit, nach Normalität, an diesem Tag alles zu verdrängen. Sogar ein Leierkastenmann hatte in Höhe der St. Barbara Kirche Position bezogen. Seine fröhliche Musik, welche die ausgelassene Stimmung auf beinahe unwirkliche Art trug und ein junges Paar dazu animierte, einfach so auf der Fahrbahn zu tanzen, begleitete sie bis weit die Straße hinunter. Die vielen Kriegsmonate hatten die Region in ein dicht gesponnenes Netz aus Schwermut gehüllt, welches sich wie eine Last auf die Gemütern der Menschen legte und sie zu erdrücken schien. Aber heute, bei der Pracht auf den Straßen, dazu ein freier Tag mit Fritz, war kein Platz für Melancholie.

Nach einer guten halben Stunde Fußweg über Schutt und Trümmer, vorbei an Ruinen und leer stehenden Häusern, durchschritten sie den Ortskern von Steele und schlenderten danach in Richtung der Ruhr. Mehrmals hatte Egon versucht, Fritz das Geheimnis ihres Ziels zu entlocken, doch jedes Mal erhielt er nur ein knappes »Wart's ab« zur Antwort. Was in

Egons Augen irgendwie für Fritz sprach. Er war bestimmt jemand, der gut was für sich behalten konnte. Jemanden wie ihn als Freund zu haben, war schon was wert.

Kurze Zeit später näherten sie sich den Ruhrwiesen. Egon war lange nicht mehr hier gewesen. Das letzte Mal mit seinem Vater, als er Fronturlaub gehabt hatte und sie gemeinsam angeln waren. Egon war überrascht davon, wie hoch das Gras stand. Man konnte den Fluss dahinter nicht erahnen. Einige Male meinte er, die Ruhr in der Nase zu haben. Wie jeder Fluss hatte auch dieses Gewässer einen eigenen, charakteristischen Geruch. Fritz ging zielstrebig voran. Vor ihnen tat sich ein Trampelpfad auf und schon nach wenigen Metern wurden sie von der mannshohen Wand aus Pflanzen verschluckt. Der Weg war so schmal, dass sie hintereinander gehen mussten. Egons Spannung steigerte sich. Seine Neugier wuchs. Einen solchen Ort, so abgelegen, suchte man nur auf, wenn es einen triftigen Grund dafür gab. Dann endlich kamen sie zum Fluss. Fritz erkannte große Seerosenblätter an den Ufern, einige Stockenten, deren Erpel sich um ein Weibchen stritten. Hier war der Krieg, alles was ihn ausmachte, aus der Welt. Plötzlich nahm Egon den Geruch von Feuer wahr.

»Wir sind gleich da«, murmelte Fritz und schon sah Egon in einigen Metern Entfernung eine dünne weiße Rauchsäule, die sich in die Höhe erstreckte, von einer leichten Brise erfasst wurde und sich schon nach wenigen Metern auflöste.

»Sieh da! Der Fritz.«

Ein junger Bursche in ihrem Alter kam ihnen entgegen.

»Schönen guten Tag, der Herr«, antwortete Fritz, wobei er seine Kappe abnahm und eine Verbeugung machte. Es folgte ein lebhaftes Geplauder, dessen Inhalt Egon nicht folgen konnte und welches in einem fast krassen Gegensatz zu der sonstigen Wortkargheit Fritz' stand. Seine ganze Haltung hatte sich schlagartig verändert. Er wirkte mit einem Mal wie ein anderer Mensch. Als hätte er eine Maske abgelegt.

Der Junge war etwas kleiner als Fritz. Er hatte rötliches Haar, welches wie Kupferdraht in alle Richtungen abstand und dicke Sommersprossen. Automatisch musste Egon bei seinem Anblick an den Spruch aus seiner Klasse denken, mit denen sie ein rothaariges Mädchen geärgert hatten, und sofort meldete sich wieder sein schlechtes Gewissen. »Rote Haare, Sommersprossen, sind des Juden Volksgenossen«, hatten sie in den Pausen oft gesungen. Er selbst hatte mitgemacht, sich aber nichts dabei gedacht, obwohl er gespürt hatte, dass es das Mädchen verletzte.

»Wen haste denn da mitgebracht?«, fragte der Junge und wandte sich Egon zu.

»Das ist Egon. Ein Kumpel von mir.«

Der Junge kam näher und reichte Egon die Hand. »Tach, Egon. Ich bin der Jupp. Jupp Haumann. Aber die anderen nennen mich nur den Blauen. Hier!«

Jupp hielt Egon und Fritz eine Packung Zigaretten hin. »'ne verflucht feine Sorte. Amerikanisch.« Jupp sprach in dem typischen harten Ton eines Ruhrgebieters.

Fritz nahm sie und klopfte eine aus der schmalen Öffnung, die Jupp ins Papier geknibbelt hatte. Er steckte sich eine in den Mund und trat zum Feuer, wo er einen glimmenden Ast anhob, um sich die Zigarette mit einem zugekniffenen Auge anzuzünden.

»Wo hast du die denn her?«, fragte er mit anerkennendem Ausdruck. Anschließend hielt er Egon das Holz hin, der sich ebenfalls bediente, obwohl er eigentlich nicht rauchte. Einen Moment kämpfte er gegen den Schwindel. Den nächsten Zug inhalierte er nicht mehr so tief.

»Betriebsgeheimnis. Ah!« Jupp zeigte in Richtung Fluss. »Da kommen Karl und Bert.«

Zwei weitere Jungs näherten sich. Sie hatten selbst gebaute Angeln aus Weidenruten dabei und einer der beiden trug mehrere Fische, die er mit Schilf durch Maul und Kiemen zusammengebunden hatte. Sie waren bereits ausgenommen, wie Egon an den offenen Bäuchen sah. Der mit den Fischen ging zum Lagerfeuer und legte seine Beute ab, während der Junge, der Karl genannt wurde, auf die drei anderen zuschritt. Kurz nickte dieser Fritz zu. Dann fiel sein Blick auf Egon und er sah ihn eindringlich an.

»Das ist Egon«, sagte Fritz. »Der ist in Ordnung.«

Karl legte den Kopf leicht schief. Weitere Sekunden taxierte er Egon. Dann bildete sich ein Lächeln um seine Mundwinkel. »Ich weiß«, sagte er schließlich und hielt Egon die Hand hin, der weiter ungläubig auf die Narbe in Form einer Mondsichel starrte, die er neben Karls rechtem Auge erkannte.

SOMMER 1942

Die Tage vergingen wie im Flug und der Sommer stand vor der Tür. Egons neue Freunde pflegten eine Kameradschaft, die so ganz anders war, als man es ihm in der Hitlerjugend hatte beibringen wollen. Dieser Zusammenhalt war aufrichtig. Wie bei echten Brüdern. Und er hatte sich ihr Vertrauen nicht mal erarbeiten müssen. Sie hatten es ihm einfach entgegengebracht. Dass sie Karl Huber als ihren Anführer sahen, ergab sich von allein. Vielleicht lag es daran, dass er älter als die anderen wirkte und dass sein Gesicht nicht diese Heiterkeit besaß. Vieles, was die anderen erfreute, schien ihm trivial. Wenn er lachte, wirkte es manchmal gespielt. Oft zog er sich zurück und wenn man in diesen Momenten an ihn herantrat, war er tief in Gedanken versunken. Er war erwachsener als die anderen. Von einer Reife, von der Egon nicht wusste, ob er ihn darum beneiden sollte. Karl wirkte auf ihn wie ein Gefangener seiner rastlosen Gedanken, ohne die Leichtigkeit der Altersgenossen, die grenzenlos träumen und sich dieser Schwärmerei hingeben konnten.

Doch eigentlich waren alle gleichberechtigt. Niemand erteilte Befehle und wenn eine Entscheidung anstand, stimmten sie ab. Sie waren füreinander da und jeder trat für die anderen ein. Das galt sogar für Heinz Klemke, der auf seine Art anders war und der von allen nur »Klampfe« genannt wurde, weil er fast nie ohne seine Gitarre rausging. Ein Sonderling, schmächtig, mit feingliedrigen Händen, auffallend blass und beinahe einen Kopf kleiner als der »Blaue«, der Egon mit seinem feuerrotem Schopf nur bis zur Nasenspitze reichte. Außerdem war er seltsam in seinem Benehmen. Nie sprach er so roh wie die anderen. Heinz stotterte, insbesondere wenn er nervös war. Karl hatte ihm berichtet, dass Heinz in einem Haus gewesen war, in dem eine Bombe eingeschlagen war. Beinahe zwei Tage war er verschüttet gewesen, bis sie ihn gefunden hatten. Wie durch ein Wunder war er nicht verletzt gewesen. Bis auf ein paar Prellungen und Schürfwunden. Aber seitdem würde er nicht mehr »geradeaus sprechen«, wie er es immer nannte. Außerdem genierte sich Heinz. Er war merkwürdig, auf seine Art. Wenn sie gemeinsam baden gingen, blieb er stets am Ufer. Egon vermutete, dass er nicht schwimmen konnte. Und selbst wenn die Sonne einen heißen Tag versprach, bedeckte er sich mit langer Kleidung. Er zog sich nie aus. Der Blaue hatte ihm gesagt, dass Heinz nicht zur HJ musste, weil er Waise war und bei seiner Tante in Essen-Huttrop oben am Wasserturm wohnte. Außerdem wäre er bei der Musterung durchgefallen, weil er so ein Hänfling sei. Aber hier, in ihrer Gemeinschaft, war er ein gleichberechtigter Teil.

Egon verbrachte seine gesamte Freizeit mit seinen neuen Freunden, was zu heftigen Diskussionen mit Mutter führte, weil er meistens erst spät am Abend oder in der Nacht nach Hause kam – und manchmal erst am nächsten Morgen. Sie habe große Angst um ihn, und Annemarie würde ihn vermissen. Außerdem warf sie ihm vor, sich zu verändern. Egon schnitt sich seit geraumer Zeit nicht mehr die Haare. Er würde verlottert aussehen, was auch schon der ganzen Nachbarschaft aufgefallen sei. Auch auf der Zeche hatten ihn die Vorgesetzten angemahnt. Außerdem hätte sich die Stammführung gemeldet und berichtet, dass Egon seit längerer Zeit nicht mehr zum Pflichtdienst erschienen war. Doch für Egon stand fest, dass er nie wieder zur Hitlerjugend gehen würde. Seit er Fritz, Karl und die anderen kennengelernt hatte, war ihm klar geworden, dass er ein Leben in Freiheit, fernab jeglicher Bevormundung leben wollte. Was ihn in den letzten Wochen am meisten überrascht hatte, war die Feststellung, wie viele Jugendliche er traf, die so dachten wie er. Einmal waren sie bis nach Duisburg-Wedau zum Entenfang gereist, wo sie mit über hundert Leuten ein ganzes Wochenende verbracht hatten. Und einige Male waren sie nach Hattingen gefahren, um eine große Gruppe Gleichgesinnter zu treffen. Karl hatte auch noch frühere Treffen geschildert, die ihn zur Grafenmühle bei Gladbeck in der Recklinghauser Hardt geführt hatten. Als Erkennungsmerkmal diente ihnen die Kleidung. Alle zogen sich ähnlich an. Karierte Hemden, kurze Hose, möglichst aus Leder, und weiße Kniestrümpfe, die sie lässig bis zu den Knöcheln heruntergeschoben trugen. Immer war es Karl gewesen, der gewusst hatte, wo man hinkonnte und wo etwas los war. Meistens aber verbrachten sie ihre Zeit an der Ruhr oder am Strandbad »Haus Scheppen« am Baldeneysee. Egon, Karl und Heinz, der Blaue und Fritz. Dazu Berthold Reinhardts, der von allen nur »Bert« genannt wurde, und Dirk Eichholz und ein paar andere, die sporadisch immer mal dazustießen. Sie hatten gefischt und ein Lagerfeuer gemacht und sich über die tollsten Dinge unterhalten. Klampfe war ein begeisterter Karl-May-Leser. Er wusste mehr über Cowboys und Indianer als irgendjemand sonst und oft hatte er ihnen aus den Büchern vorgelesen. Er hatte eine ganze Bibliothek, wie er stolz behauptete. Erstaunlicherweise stotterte Heinz nicht, wenn er las oder zu seiner Gitarre sang. Als würde er zu einem Teil dieser Geschichten und Lieder werden. Wenn er las oder sang, dann tat er das mit einer solchen Hingabe, dass die anderen wie gebannt an seinen Lippen hingen. Am meisten faszinierte Egon der Roman »Der Schatz im Silbersee« und die Figur des Old Firehand. Überhaupt mochte er diese Cowboy-und-Indianer-Geschichten, während der Blaue lieber amerikanische Detektivgeschichten hörte. Weil da immer junge Frauen vorkamen. Und manchmal wurden auch deren Rundungen beschrieben. Jedenfalls freute sich Egon immer, wenn Heinz Lesestoff mitbrachte und er nahm sich vor, selbst mehr zu lesen. Der Blaue war ein Naturtalent, wenn es darum ging, etwas zu besorgen. Immer hatte er einen Beutel Kartoffeln, Brote, manchmal Würstchen dabei und einmal sogar einen ganzen Schinken und drei Flaschen Wein angeschleppt. Aber nie verriet er, woher er das alles hatte. Dirk Eichholz war ein Meister im Fallenstellen. Er benötigte lediglich eine Schlinge und einen biegsamen Stock, den er vor einem Karnickelbau anbrachte. Und davon gab es in den Ruhrwiesen Hunderte. Kaninchen auszunehmen, war denkbar einfach. Ihr Fell konnte man tatsächlich im Ganzen vom Körper ziehen. Und im Spätsommer waren sie alle vom frischen Grün gemästet, sodass ihr Fleisch noch besser schmeckte. Manchmal kamen auch andere Gruppen zu ihnen. Sogar aus anderen Städten, aus Wuppertal und vom Brügmannplatz aus Dortmund. Karl hatte mal gesagt, dass er in Köln gewesen sei. Dort würde jeder Zweite nicht zur HJ gehen. Meistens aber kamen die anderen aus Essen-Borbeck vom Höltingsweg. Sogar Mädchen waren dabei, was die Stimmung immer hob. Vor allem beim Blauen. Sie waren so anders als die Mädchen des BDM.

Die Streifen der HJ patrouillierten im Bereich des Borbecker Schlossparks verstärkt und mehr als einmal war es zu einer wüsten Schlägerei mit ihnen gekommen. Natürlich übertrieb die HJ, behauptete jedes Mal, einen großartigen Sieg errungen zu haben, obwohl sie oft genug den Arsch vollgekriegt hatten. Das hatte sich sogar bis nach Kray und Königssteele rumgesprochen. Das Ergebnis war, dass die Schutzpolizei vermehrt Druck ausübte und einige sogar von der Gestapo verhört worden waren. Egon mochte die Borbecker, mit denen sie sich häufig trafen. Einer hatte immer eine Gitarre dabei und gemeinsam sangen sie alte Lieder, die damals, vor Egons Zeit, in der Bündischen Jugend gesungen und mittlerweile verboten worden waren. Und später, wenn es dunkel wurde und die Funken über den Flammen stoben, sangen sie Lieder der Hitlerjugend, die sie umdichteten und mit denen sie diese Trottel aufs Korn nahmen. Jeden Abend wurden die Texte auf Neue verändert und jedes Mal wurden sie besser und das Lachen darüber lauter. An solchen Abenden war der Krieg vergessen und Egon fühlte sich glücklich.

Doch eines Tages hatte sich die Situation plötzlich geändert. Als sie wieder an der Ruhr gesessen und lauthals ihre Lieder gesungen hatten, war es passiert. Wie aus dem Nichts waren die HJler aus allen Richtungen auf sie zugestürmt. Es war so schnell gegangen, dass ihnen nur die heillose Flucht geblieben war. Geistesgegenwärtig hatte der Blaue einen Eimer Wasser umgetreten, der neben der Feuerstelle gestanden und in dem sie ihre Getränke gekühlt hatten, sodass es schlagartig dunkel geworden war. Ihr Vorteil war, dass sie sich in dem Bereich gut auskannten und schnell und vor allen Dingen unerkannt abhauen konnten. Einige entkamen den HJlern nicht und bekamen ein paar Hämatome und Prellungen ab. Der Blaue trug ein Veilchen davon, was hervorragenden Anlass bot, sich darüber lustig zu machen. Nur Fritz war sauer. Ihn wurmte es noch Tage, dass sie klein beigegeben hatten. Im Nachhinein hatte es Egon nicht gewundert. Bei dem Lärm, den sie verbreitet hatten, hatten sie eigentlich damit rechnen müssen, irgendwann einmal aufzufallen.

In der folgenden Zeit nahmen die Kontrollen der HJ-Streifen zu. Schließlich war es Karl, der das aussprach, was die meisten dachten.

»Wir können uns das nicht länger gefallen lassen.«

Fritz nickte zustimmend.

»Das an der Ruhr war kein Zufall«, fuhr Karl fort. »Das war eine geplante Aktion.«

»Genau!«, warf der Blaue ein. »Auge um Auge«, betonte er mit erhobenem Finger, was in Anbetracht seines mittlerweile eher violetten Veilchens zu Gelächter führte.

»Mischen wir sie mal so richtig auf!«, rief Dirk Eichholz, der dabei aufsprang und eine Faust ballte. »Was meinst du, Fritz?« Kräftig schlug er ihm auf den Rücken.

Karl hob die Hand, um dem Enthusiasmus seiner Freunde Einhalt zu gebieten. »Wir müssen das überlegt angehen.«

»Blödsinn!«, kam es von Dirk Eichholz, der noch immer stand. »Ich habe keine Angst vor denen.«

Heinz Klemke hob einen Finger. »Wie sagte Old Shatterhand? Nicht nach der Gestalt allein will ein Westmann beurteilt sein; der Geist hat weit höheren Wert.«

Karl lachte auf. »Du hast mich verstanden, Heinz.«

Dirk guckte irritiert. »Was soll denn der blöde Spruch? Ich meine, wir wollen denen aufs Maul hauen?«

Karl sagte nichts, bis die Ruhe im Raum auch Dirk erreichte und er sich wieder setzte.

»Es bringt niemandem etwas, wenn man uns erkennt. Was haben wir davon, wenn am nächsten Tag die Schupos bei uns vor der Tür stehen?« Karl sah jeden einzelnen an. »Wir müssen das überlegt angehen«, fuhr er fort.

Karls ernste Miene übertrug sich auf die anderen.

»Und was stellst du dir da so vor?«, fragte Jupp.

Ein boshaftes Grinsen umspielte Karls Mundwinkel. »Wir werden sie in einen Hinterhalt locken. Wo wir im Vorteil sind.

Dann schlagen wir zu. Kurz und hart. Und ehe sie überhaupt wissen, wie ihnen geschieht, sind wir wieder weg. Unüberlegter Angriff ist dumm.«

»Wann schlagen wir zu?«, kam es von Fritz.

»Samstag. Es wird Zeit, dass wir ihnen das Fürchten lehren.«

※

Aus einem Bericht der Reichsjugendführung: Die Angehörigen der Swing-Jugend stehen dem heutigen Deutschland und seiner Polizei, der Partei und ihren Gliederungen, der HJ, dem Arbeits- und Wehrdienst, samt dem Kriegsgeschehen ablehnend oder zumindest uninteressiert gegenüber. Sie empfinden die nationalsozialistischen Einrichtungen als einen »Massenzwang«. Das große Geschehen der Zeit rührt sie nicht, im Gegenteil, sie schwärmen für alles, was nicht deutsch, sondern englisch ist.«

»Swing Heil, ihr Lieben!«

Peter, oder Peter Boy, wie er genannt wurde, lupfte mit der rechten Hand seinen Hut, wobei er eine betont steife Verbeugung andeutete, während sein geschlossener Regenschirm lässig über dem linken Unterarm hing. Sein Blick schweifte über die gut und gern 30 Personen, die erwartungsvoll zu ihm hochschauten. Man hatte einige Tische zusammengestellt und eine Art improvisierte Bühne erschaffen, auf der er sich sichtlich wohlfühlte. Er sah sich gern als Entertainer und genoss diese Rolle.

Peter Boy legte seinen Schirm auf die Sitzfläche eines Stuhls und zog sein weit geschnittenes Jackett mit grobem schwarz-weißem Schottenkaro aus, welches er sorgsam über die Lehne hing. Es war sein Markenzeichen. Jeder der Jungs hatte seinen eigenen Stil. Dazu gehörte immer ein Jackett, wahlweise mit Schößen teils bis zu den Knien und Hosen mit betont weitem Schlag. In den kalten Jahreszeiten hüllte man sich in einen langen Mantel. Dazu trugen sie Hemden in dunkler Farbe, wobei Blau dominierte und eine eng gebundene helle Krawatte, um den amerikanischen Vorbildern so nahe wie möglich zu kommen. Wer die notwendigen Beziehungen und auch das Kleingeld besaß, rundete sein Erscheinungsbild mit einem Homburger Hut aus schwerem Filz ab. Ihr aller Erkennungszeichen aber war der zugeklappte Schirm, der selbst bei Regen nie aufgespannt wurde. Es war ihr Symbol, mit dem sie auf ihre Art die gewaltlose Rebellion gegen das System und gegen das Leben, welches man ihm vorschreiben wollte, zum Ausdruck brachten. Peter Boy wandte sich wieder seinem Publikum zu, das ihn mit fröhlichen Gesichtern gespannt ansah.

»Nun, sehr verehrte entartete, undeutsche … habe ich noch etwas vergessen?« Peter fuhr sich mit nachdenklichem Ausdruck über sein Haar. Eine angedeutete Geste, damit er die sorgsam gestaltete Frisur nicht ruinierte. Er hatte es mit Pomade nach hinten gekämmt. Es war so lang, dass es den Kragen berührte. Wer keine Pomade hatte, nahm in der Regel Zuckerwasser. Letztendlich war es egal, was die Frisur zusammenhielt. Wichtig war lediglich, dass das Haar bis zum Nacken reichte und nach Möglichkeit einen frisierten Entenschwanz aufwies.

Peter blieb neben einem Plakat stehen, das man offenbar auf der Straße entwendet hatte und welches jetzt die Wand hinter ihm schmückte. Es zeigte eine Karikatur. Einen

Schwarzen mit Zylinder, der Saxofon spielte. Auf seinem Revers war ein Judenstern erkennbar. Daneben stand in schwarzen Lettern: »Entartete Musik«.

»Ach ja!« Peter hob den Zeigefinger und zeigte anschließend auf das Bild. »Richtig. Kriminell. Wie konnte ich nur …?« Er tippte sich an die Stirn. »Ich beginne also noch mal von vorn. Sehr verehrte entartete, undeutsche und kriminelle Gäste. Ich verspreche euch an diesem heutigen Abend eine Negerbluttransfusion, wie ihr sie noch nie erlebt habt. Eine richtige Ami-Jazz-Party.«

»Nun mach es nicht so spannend, Peter«, kam es aus der Menge.

»Geduld, liebe Freunde. Geduld.« Peter Boy breitete seine Arme aus. »Dagmar, Baby! Komm zu mir.« Die Menge drehte sich und bildete eine Gasse. Wie die anderen Mädchen, trug auch Dagmar ihr Haar offen. Ihre grell geschminkten Lippen hoben sich deutlich von der vornehmen Blässe ihrer Haut ab und die nachgezogenen Augenbrauen betonten ihre hohe Stirn. Wie alle Swing-Girls war auch ihre Kleidung nicht nur Ausdruck der persönlichen Lebensart. Mit ihren eng anliegenden kurzen Röcken und Blusen, die ihre Weiblichkeit unterstrichen und hervorhoben, mit ihren geschminkten Gesichtern und grell lackierten Fingernägeln, brachten sie ihre Verachtung für die Rolle der Frau zum Ausdruck, wie sie die Nationalsozialisten einforderten. Dagmar hielt eine Tasche vor sich. Einer der Jungs zog schnell einen Stuhl herbei, den sie als Treppe nutzte. Feierlich betrat sie die Bühne und übergab mit einem angedeuteten Knicks die Tasche. Peter verbeugte sich kurz, nahm sie entgegen und legte sie auf den kleinen Beistelltisch, auf dem ein Koffergrammofon stand. Er zündete sich in aller Ruhe eine Zigarette an und schob lässig die linke Hand in die Hosentasche.

»In dieser Tasche hier …«, Peter klopfte leicht darauf, »befindet sich der Geist unseres Seins. Der Stoff, aus dem unsere Träume sind. Zwölf! Ich betone: Zwölf nagelneue Platten, die es auf verschlungenen und konspirativen Pfaden aus dem fernen Dänemark bis zu uns geschafft haben.«

Tosender Applaus und gellende Pfiffe ertönten.

Peter Boy machte einige beschwichtigende Handbewegungen. »Ich habe euch lange genug auf die Folter gespannt. Seid ihr bereit?«

»Ja!«, hallte es aus allen Kehlen.

Peter legte eine Hand an sein rechtes Ohr und beugte sich der Menge entgegen. »Seid ihr wirklich bereit?«

»Ja!«, schrien sie noch lauter.

Peter öffnete die Tasche und zog einen rechteckigen Karton hervor.

Alle Beteiligten stellten ihre Gläser ab und positionierten sich mitten in dem kahlen Raum. Die Mädchen links, die Jungs rechts. Die gespannte Stille, die sich einstellte, diese unbeschreibliche Vorfreude, war beinahe körperlich spürbar. Peter, der noch immer seine Zigarette lässig im Mundwinkel hatte, spannte das Federwerk des Koffergrammofons. Anschließend nahm er die Schellackplatte vorsichtig aus dem Schutzkarton, hielt sie für einen Moment wie eine Reliquie in die Höhe und legte sie fast schon ehrfürchtig auf den Plattenteller. Er löste die Sperre und die Feder übertrug ihre gespannte Kraft auf die drehende Scheibe mit dem schwarz glänzenden Tonträger. Vorsichtig senkte er den Nadelarm und setzte die Nadelspitze in die erste Rille. Für einen kurzen Augenblick war dieses Knistern aus dem blechern klingenden Lautsprecher zu hören, jener Vorbote dessen, was in diesen jungen Menschen diese aufrichtige Zuneigung aufflammen ließ, welche sie ihrer Musik gegenüber empfanden. Eine Musik, die ihren Ursprung in der Sklaverei und Unterjochung hatte und die auch für sie auf eine magische Art einen Akt der Befreiung darstellte. Als die ersten Taktschläge des Schlagzeuges den Raum erfüllten, lösten sich mit einem Mal ihre starren Glieder und ihre Arme und Beine explodierten. Mit ohrenbetäubendem Jubel begrüßten sie Benny Goodman, den King of Swing. Beide Seiten stürmten aufeinander zu, die Oberkörper nach vorn gelegt, mit ausladenden Sidekicks. Die Jungs fassten ihre Partnerinnen unter die Schulter, ergriffen ihre andere Hand und augenblicklich befanden sie sich im Sog eines wild umherwirbelnden Strudels. Die Paare lösten sich, hielten sich mit einer Hand, während sie sich mit schneller Schrittfolge voneinander entfernten, um sofort wieder aufeinander zuzustürmen. Eng umschlungen in temporeichen Pirouetten glitten sie durch den Raum. Wie auf Kommando trieb die Gruppe auseinander, bildete einen pulsierenden Kreis, der die Kraft des Liedes und das, was es in ihren Seelen auslöste, zu verstärken schien. Erika drehte sich um die eigene Achse, löste sich aus Fredis Führhand, entfernte sich von ihrem Tanzpartner, der sie am anderen Ende mit zuckenden Gesten lockte. Seine flinken Füße vollführten in einer atemberaubenden Leichtigkeit die schnellen Schrittfolgen, die Sidesteps, welche diesen Tanz Leben einhauchten. Der Zauber der Musik hatte von ihren Körpern Besitz ergriffen, lenkte jede einzelne ihrer Bewegungen, ließ sie mit dem Rhythmus der Trompeten, der Trommeln und Klarinetten verschmelzen. Alles, was sie tun mussten, war sich zu öffnen, sich gehen zu lassen und sich ganz ihren Gefühlen hinzugeben.

Erika hatte das Ende des Kreises erreicht. Sie drehte sich zu Fredi, wippte neckisch und frivol mit ihren wohlproportionierten Hüften, um sich augenblicklich abzustoßen. Mit wenigen geschmeidigen Schritten überwand sie die Distanz. Schon sprang sie auf Fredi zu. Er ergriff sie an der Taille, wich zur Seite aus und begleitete die Vorwärtsbewegung ihres schlanken Körpers. Unter dem frenetischen Beifall und Jubel der anderen drehten sich ihre Leiber um die eigenen Achsen. Fredi nutzte die Energie ihrer Bewegung und warf Erika in die Höhe. Blitzschnell stellte er sich breitbeinig, ergriff Erikas Hände im Flug, die mit gestrecktem Körper unter ihm hindurch glitt. Schon zog er sie kraftvoll zurück. Erika landete auf ihren Füßen und sofort fanden ihre Beine zurück zum Rhythmus der Musik.

Der Kreis fiel in sich zusammen und die Jungen und Mädchen eroberten mit weit rotierenden, ausgestreckten Armen und ausladenden Schritten erneut das stumpfe Parkett. Die Musik endete so kraftvoll, wie sie begonnen hatte und die Menge hob unter ohrenbetäubendem Jubel die Arme. Erika klatschte Fredi zu, der eine tiefe Verbeugung machte, als sich plötzlich jemand bei ihr einhakte und sie zur Seite zog. Erikas Kopf fuhr herum und ihre Augen fanden sich in dem heiteren Lachen von Beate Lackmann, die sie sanft, aber bestimmt zur Hintertür drängte, während das begeisterte Publikum lautstark eine Zugabe forderte. Die Kühle des Abends empfing sie, erfrischte angenehm ihre erhitzten Körper, während der Lärm aus dem Inneren der alten Gaststätte dumpf zu ihnen drang.

»Nun sag schon«, flüsterte Beate, obwohl sie allein waren, während sie sich verschwörerisch in alle Richtungen umsah.

»Was soll ich sagen?«

»Ach, Erika! Nun tu doch nicht so unschuldig.« Beate schüttelte mit tadelnder Miene den Kopf, um sogleich ihrer Freundin zuzuzwinkern. »Mit dir und Fredi«, fragte sie hoffnungsvoll.

Erika wurde verlegen, merkte, wie ihr die Röte ins Gesicht stieg. Sie fand ihre Reaktion unangemessen. Fredi war ein fescher Bursche, der ihr seit Langem den Hof machte. Er war höflich, zuvorkommend und voller guter Absichten. Und nebenbei war er ihr Tanzpartner. Doch konnte sie die Gefühle, die er für sie hegte, nicht erwidern. Das geheimnisvolle Grinsen verblieb in Beates sommersprossigem Gesicht, während ihre grünen Augen eine Antwort forderten. Erika sah ihre Freundin stumm an, hielt ihrem Blick jedoch nicht stand. Beinahe schüchtern senkte sie den Kopf.

Beate strich ihrer Freundin eine Haarsträhne hinter das Ohr. »Der Fredi ist doch ein Netter. Und er bemüht sich so um dich.«

»Ja, das ist er. Und ich mag ihn. Sogar sehr. Aber ...es ist nicht das, was ich mir vorstelle. Verstehst du?«

»Willst du denn immer allein bleiben? Du wirst bald 17. Man braucht doch jemanden, zu dem man Vertrauen haben kann.«

Erika lächelte ihre Freundin an, die es so gut mit ihr meinte. »Weißt du ... ich will mich richtig verlieben. Ich möchte, dass mir der Atem stockt, wenn ich ihm das erste Mal begegne. Ich will die Schmetterlinge im Bauch flattern spüren.« Erika drehte sich wie im Tanz um sich selbst. »Ich möchte das Gefühl kennenlernen, an nichts anderes mehr denken zu können. Wissen, wie es ist, wenn zwei Herzen im Einklang schlagen.«

»Ach! Du und deine Romantik«, erwiderte Beate, ergriff Erikas Hände und stoppte ihre Pirouetten. »Du bist doch nicht im Märchen, wo eines Tages der Ritter auf dem weißen Ross daherkommt. Gib dich nicht irgendwelchen Träumereien hin.«

Erika zog ihre Hände zurück. Das Unbeschwerte in ihren Zügen war gewichen. »Nichts anderes tun wir doch die ganze Zeit, Beate. Sieh dich um. Es ist Krieg. Jeden Tag sterben Leute. Jede Familie hat einen Angehörigen zu beklagen. Unzählige Väter, die nicht nach Hause kommen. Wer weiß, in welche Zukunft Adolf Hitler uns führen wird. Vielleicht gibt es keine Zukunft für uns. Das macht mir alles richtig Angst.«

Erika trat einen Schritt zurück und verschränkte die Arme vor der Brust. »Unsere Musik, unsere Art zu leben … das ist Träumerei, Beate.«

Beate ging auf ihre Freundin zu. Sanft nahm sie Erika in den Arm und hielt sie. »Du hast recht, meine Liebe. Ich wünsche mir doch nur so sehr für dich, dass du jemanden hast. Jemanden, der dir Trost spendet, für dich da ist. Dich zum Lachen bringt.«

Erika ließ Beates Zuneigung zu und lehnte ihren Kopf gegen ihre Schulter. »Das weiß ich. Aber ich liebe Fredi nicht. Es wäre ihm gegenüber nicht richtig.«

Beate strich ihr über den Kopf. »Ich verstehe dich. Und ich wollte dich zu nichts drängen. Vielleicht sollten wir …«

Erschrocken fuhr Beate herum. Aus dem Lokal ertönte wüster Lärm. Rufe. Schreie.

»Was ist da los?«, fragte Erika ängstlich.

»Ich weiß es nicht.«

In dem Moment riss jemand die Tür auf.

»Es gibt Ärger! Die HJ-Streife …«

Erika und Beate stürmten durch den alten Tanzsaal, hin zum leer stehenden Schankraum und von dort bis zum Eingang. Die doppelflügelige Tür stand offen. Die Streife der Hitlerjugend hatte sich im Halbkreis um die Swinger aufgestellt, die zahlenmäßig unterlegen waren. Erika sah Peter Boy. Sein Oberhemd war zerrissen und er blutete aus der Nase. Der Streifenführer hatte sich breitbeinig aufgebaut und die Hände in die Hüften gestemmt, während er breit grinsend in die Runde blickte. Ein Holzknüppel mit einer Lederschlaufe baumelte an seinem rechten Handgelenk.

»Paul?«, rief Erika entsetzt.

»Du kennst den?«, kam es von Beate.

Erika drängte sich zwischen die anderen hindurch. »Paul Schrader! Was machst du hier?« Wütend schritt sie auf den jungen Mann zu, der mit hochgezogener Augenbraue in ihre Richtung blickte.

»Wer ist das denn?«, fragte einer der Hitlerjungs. »Die Leitkuh von dieser Asozialentruppe?«

»Ah, Erika. Hat dir schon mal jemand gesagt, wie liebreizend du aussiehst, wenn du wütend bist?« Paul drehte sich ihr zu. Sein Grinsen wuchs.

»Was tust du hier?«, rief sie mit wachsender Empörung.

»Die Frage ist doch, was ihr hier tut? Was ... du hier tust?« Paul drehte sich langsam und sah jeden Einzelnen an. »Ich will von jedem hier den Personal- und den Mitgliedsausweis sehen!«

Niemand rührte sich.

Paul ließ seinen Blick weiter in die Runde schweifen. »Wie ihr wollt! Wir werden jetzt jeden durchsuchen. Und sollten wir feststellen, dass jemand von euch sich nicht ausweisen kann und sich der Verdacht erhärtet, dass er gegen die Dienstpflicht verstoßen hat, werden wir ihn der Ordnungspolizei übergeben.«

»Das darfst du gar nicht, du Staatsprothese!«

Paul Schrader fuhr herum. »Wer hat das gesagt?«, brüllte er.

»Dieser Schlappschwanz da! Mit den Pickeln.« Wilfried Junker zeigte auf einen Knaben neben Fredi. Langsam schritt Paul auf den Jungen zu, der ihm kühn entgegenstarrte. »Du kleiner, mieser Vaterlandsverräter hast mich wie genannt?« Schrader trat ganz nah an den Jungen heran, der so klein und zerbrechlich wirkte.

»Hey, lass gut sein!«, sagte Fredi beschwichtigend und legte seine Hand auf Schraders Brust. Dieser sah auf Fredis

Hand, dann hob er seinen Kopf und sah seinem Gegenüber direkt in die Augen. Fredi hielt Pauls Blick stand. »Beruhig dich. Er hat's nicht so gemeint.«

Paul legte den Kopf leicht schief. »Ach? Das Jüngelchen hat es nicht so gemeint? Wie hat er es denn gemeint? Ich habe dich was gefragt?« Ansatzlos schnellte der Schlagstock nach oben und traf den Jungen seitlich am Kopf. Er fiel wie ein Stein und Blut lief aus seiner aufgeplatzten Braue.

»Du Schwein!«, schrie Fredi und holte zum Schlag aus. Darauf hatte Schrader nur gewartet. Er rammte Fredi die Spitze des Knüppels in den Magen, noch ehe dessen Faust nach vorn beschleunigte. Sofort krümmte sich Fredi. Unmittelbar darauf schlug Paul ihm mit dem Handrücken mitten ins Gesicht. Fredi fiel auf den Rücken.

»Nein! Hört auf!« Erika rannte zu Fredi und kniete sich neben ihn. Vorsichtig versuchte sie, seinen Kopf zu stützen, doch Fredi stieß sie weg. Seine Unterlippe war aufgeplatzt und zwischen den Zahnreihen quoll Blut.

Schrader zeigte mit der Schlagstockspitze auf Erika. »Du hast einen falschen Umgang, Erika«, zischte er gefährlich. »Es wäre besser, wenn du dich darauf besinnst, dich wie ein deutsches Mädchen zu benehmen.«

Fredi hatte sich wieder erhoben und spie Blut und Speichel aus.

Zackig drehte sich Schrader. »Dieter! Roland! Durchsucht diese Bruchbude.« Wieder wandte er sich den Swingern zu. »Ich werde es nur einmal sagen. Ausweise raus!«

Selbstbewusst stellte sich Erika ihm in den Weg. »Und wenn nicht, Paul Schrader? Wirst du uns dann alle zusammenschlagen?«

»Paul!«, ertönte es aus dem Gebäude. Unmittelbar darauf kamen Dieter Bürger und Roland Berghaus aus der Gaststätte.

»Na, was haben wir denn da?« Pauls zorniger Ausdruck wechselte zu einem gehässigen Grinsen, während er auf das Koffergrammofon und die Schallplatten sah.

Die beiden Hitlerjungen stellten die Sachen vor ihm auf den Boden. Paul sah nach unten. Er hob eine der Platten auf und zog sie aus dem Schutzumschlag.

»Benny Goodman«, las er ab. »So eine entartete Scheiße.« Er sah Erika direkt in die Augen. Plötzlich ließ er die Platte fallen, macht einen Schritt nach vorn und trat auf den Tonträger. Das Knacken durchbrach die Stille.

»Du bist ein mieses Schwein, Paul!«, schrie Erika ihm ins Gesicht. Dieser hob die Hand. Doch Erika starrte ihn unbeeindruckt an.

»Wenn du dem Mädchen auch nur ein einziges Haar krümmst, Hitlerknabe, wirst du anschließend nur noch aus 'ner Schnabeltasse trinken können!«

Pauls Hand senkte sich in Zeitlupe, während er sich wie seine Gefolgsleute langsam umdrehte und mit offen stehendem Mund die vermummten Gestalten ansah, die wie aus dem Nichts hinter ihnen erschienen waren.

*

Lang hatten sie darüber diskutiert, wie sie vorgehen würden. Schließlich hatte man sich darauf geeinigt, an den freien Sonntagen, wenn man nicht gerade selbst etwas unternahm, eigene Streifen durchzuführen. Da es nicht ratsam war, als eine Gruppe durch die Straßen zu ziehen, hatten sie sich dazu entschlossen, versetzt in kleinen Trupps aufzubrechen. Karl hatte einen Stadtplan organisiert und gemeinsam hatten sie ihre Routen abgesprochen. Jedes Mitglied hatte ein schwarzes Tuch erhalten, das locker um den Hals getragen wurde und welches bei Bedarf schnell über die untere Gesichtshälfte gezogen werden konnte. Klampfe hatte gesagt, dass sie einen Namen bräuchten. Jede Bande würde sich einen Namen geben. Das wäre immer so. Quasi ein ungeschriebenes Gesetz.

»Gute Idee!«, hatte Dirk freudig erregt ausgerufen. »Einen Namen, vor dem sie zukünftig zittern sollen, wenn sie ihn hören!« Auch die anderen waren von der Idee angetan. Und nach einigem Hin und Her einigten sie sich auf »Ruhrpiraten«. Weil der Überfall der HJ an der Ruhr stattgefunden hatte und weil die Nazis die Bezeichnung Piraten oft benutzten, wenn sie von unangepassten Jugendgruppen sprachen. Und so hatten sie sich auf ihre Tücher das Akronym »RP« aufgemalt. Karl hatte eine Handvoll Pfeifen verteilt, die er selbst geschnitzt hatte und deren Ton unverwechselbar war. Einige hatten Knüppel dabei, die so kurz waren, dass man sie im Hemdsärmel verstecken konnte.

Der Streifendienst der Hitlerjugend hatte sich in der letzten Zeit vornehmlich auf die bekannten Treffpunkte konzentriert. Karl hatte die anderen davon überzeugt, dass man überlegt gegen die HJ vorgehen musste. »Viele von denen sind Schlappschwänze«, hatte er gesagt. »Aber die überzeugten Nazis sollte man nicht unterschätzen.« Und damit hatte er zweifelsohne recht. Fast alle hatten zeitweise bei der HJ Dienst verrichtet und wussten, dass auf körperliche Ertüchtigung sehr viel Wert gelegt wurde. Einige kernige Kerle hatte die HJ durchaus in ihren Reihen.

Insgesamt waren sie in drei Gruppen zu je vier Mann losgezogen. Egon war mit Karl, Dirk und einem weiteren Jungen unterwegs, der Jürgen hieß und der sich im Borbecker Schlosspark nicht mehr blicken lassen konnte, weil er dort einem HJler die Schneidezähne ausgeschlagen hatte. Es war ein seltsames Gefühl, während der Verdunklung durch die Straßen zu ziehen. Natürlich waren sie regelmäßig zu diesen Zeiten unterwegs gewesen. Dieses Mal war ihr Anliegen ein anderes. Sie wollten die HJ-Streife treffen, ihnen eine Abreibung verpassen. Und das führte bei allen zu einer deutlichen Anspannung. Beinahe schweigsam liefen sie nebeneinanderher und instinktiv zogen sie die Köpfe ein, wenn ihnen jemand entgegenkam. Nur Karl wirkte wie immer. Lässig und völlig unbeeindruckt. Er war schlank und groß gewachsen. Mindestens 180 Zentimeter, aber nicht im klassischen Sinne gut aussehend. Zumindest nicht in der Form, wie es Egon für sich definierte. Karl hatte lange Beine und einen drahtigen Oberkörper, was man in seinen abgetragenen Klamotten nicht sofort sah. Überhaupt achtete er nicht sonderlich auf sein Äußeres. Trotzdem wirkte er in seiner Gesamterscheinung auf Frauen attraktiv. Da war sich Egon sicher. Einmal hatten sie im Vorbeigehen Margot getroffen. Egon konnte sich nicht daran erinnern, dass er mal gesehen hatte, wie Margot errötete. Aber als er ihr Karl vorgestellt hatte, hatte sie ganz rosige Wangen bekommen. Etwas, was Egon im Innersten gewurmt hatte. Möglicherweise hatte es auch daran gelegen, dass Karl nicht das geringste Interesse an Margot gezeigt hatte. Konnte schon sein, dass etwas an Mackie Messerschmidts gepredigter Philosophie dran war. »Man muss Frauen zappeln lassen. Das macht die ganz kirre«, hatte er stets betont. Vielleicht war es auch keine Taktik. Karl wirkte stets unnahbar, wenngleich er auf eine ungewöhnlich distanzierte Art höflich war. Egon war aufgefallen, dass er generell nicht viel lächelte. Sein langes, dunkelblondes Haar reichte ihm bis auf die Schulter und an den Abenden, an denen ihnen Heinz aus den Karl-May-Büchern vorgelesen hatte, hatte Egon bei der Beschreibung von Old Shatterhand tatsächlich Karl vor Augen gehabt. Es stimmte schon. Karl hatte eine außergewöhnliche Art an sich, eine Art, die ihm imponierte und die er manchmal versuchte nachzuahmen.

Plötzlich gellte ein Pfiff. Zweimal kurz hintereinander. Es gab keinen Zweifel. Das abgemachte Signal. Der Ton kam von links. Also von Fritz, dem Blauen und ihren Jungs.

Ohne zu zögern rannten sie in ihre Richtung. Als sie an ihrem Ziel ankamen, machte sich Fritz lautlos bemerkbar. Mit einer Handbewegung deutet er an, dass sie leise sein sollten. Der Blaue stand am Straßeneck und lugte nach links.

»Da vorn ist 'ne alte Kneipe«, flüsterte Fritz.

»Die HJ-Streife lässt da gerade ein paar Jungs und Mädels stramm stehen. Einige haben schon Senge gekriegt.«

Karl nickte. »Wie viele?«, kam es kurz.

Fritz verzog abwägend den Mund. »Schätze, so um die 15.«

Die dritte Gruppe stieß zu ihnen. Auch ihnen gab Fritz zu verstehen, dass sie leise sein sollten. Karl ging zum Eck und machte sich ein Bild von der Lage. Anschließend trat er zu den anderen. »Es geht los, Leute«, sagte er, während er sein Halstuch bis über die Nase zog. »Der in der Mitte ist der Streifenführer. Den nehmen wir zuerst. Wenn er fällt, wird die Hälfte von denen Fersengeld geben.«

Alle taten es Karl gleich und zogen die Tücher hoch, darauf bedacht, dass man die Initialen auf dem Stoff erkennen konnte. Sie sollten sich merken, mit wem sie es zu tun bekamen. Egon spürte, wie sein Herz trommelte und seine Knie weich wurden. Dirk machte eine Faust. Er schien sich auf die Prügelei zu freuen. Egon beschloss, die Seite zu wechseln und sich neben Fritz zu stellen. Karl machte ein Zeichen und alle setzten sich langsam in Bewegung. Die HJ-Streife stand im Halbkreis um die Jugendlichen. Egon erkannte, dass es eine der Gruppen war, welche diese englische Musik gut fanden und die sich so anzogen wie die Leute aus dem amerikanischen Filmen. Der Streifenführer stand mittig vor einem blonden Mädchen. Karl machte ein Zeichen und die Jungs stoppten, während er noch drei weitere Schritte tat.

Plötzlich hob der Streifenführer die Hand.

»Wenn du dem Mädchen auch nur ein einziges Haar krümmst, Hitlerknabe, wirst du anschließend nur noch aus 'ner Schnabeltasse trinken können!«, hörte Egon Karl selbstbewusst. Die Mitglieder der HJ-Streife drehten sich um. Dann brach die Hölle los.

*

Seit der Auseinandersetzung mit der Hitlerstreife war eine Woche vergangen. Nachdem sie zum Angriff übergegangen waren, hatten sie von den Swingern Unterstützung erhalten. Alle hatten etwas abbekommen, aber die HJler waren übel verdroschen worden. Insbesondere der Streifenführer. Dirk und Karl hatten auf ihn mit Holzknüppeln eingeschlagen wie auf kaltes Eisen, und tatsächlich hatte sich Karls Vorhersage bewahrheitet. Die Hitlerjungs waren nach anfänglichem, kurzem Widerstand auseinandergestoben wie ein Schwarm junger Fische. Als Beute hatten sie dem Streifenführer das Fahrtenmesser abgenommen. Auf der Klinge war sogar sein Name eingraviert. Paul Schrader hieß der Kerl. Egon war froh, dass sie sich mit den Tüchern vermummt hatten. In den folgenden Tagen hatte die HJ gefühlt das gesamte Bann mobilisiert und jeden kontrolliert, der nicht die Uniform der Hitlerjugend getragen hatte. Ihre üblichen Treffpunkte waren seitdem nicht mehr sicher und so hatten sie beschlossen, zunächst einmal unterzutauchen und etwas Gras über die Sache wachsen zu lassen. Sogar auf Bonifacius hatte sich die Prügelei rumgesprochen und die Polizei hatte dort nachgefragt, ob jemand etwas darüber wüsste und Angaben zu den Tätern machen könnte. Egon erfuhr dadurch, dass der Streifenführer der Sohn des Parteiortsvorstehers war und dass dieser nicht begeistert darüber war, als er von dem Überfall gehört hatte. Drei Tage hatte dessen Sohn im Krankenhaus gelegen und seine Nase wäre so krumm wie ein Gleis nach einem Bombentreffer.

Etwas Angst hatten sie alle bekommen, als sie gehört hatten, dass man so intensiv nach ihnen suchte. Auf eins aber hatten sich Egon und die anderen einstimmig geeinigt: Nie wieder würden sie sich von diesen Braunhemden unterbuttern lassen.

Egon hatte die letzten Tage genutzt und viel mit Annemarie unternommen, die sich in der Vergangenheit über seine ständige Abwesenheit beklagt hatte. Er hatte von Dirk das Fallenstellen gelernt und zusammen brachten die Geschwister manchmal Fleisch nach Hause. So gab es nun hin und wieder Kaninchenbraten und Kartoffelsuppe mit Einlage, die köstlich schmeckte. Mutter gab das Fleisch in die kalte Suppe und erhitzte sie langsam. So ging der Saft in die Suppe über. Außerdem ließ sich so ein Karnickel auf dem Schwarzmarkt gut tauschen. Dirk Eichholz hatte ihm gezeigt, wie man das abgezogene Fell behandeln musste. Margot hatte Annemarie aus einem der Pelze einen Mantel für Lula genäht.

Balzer ging es zusehend besser. Sein Fieber war zurückgegangen und seine Wunde war nicht mehr heiß. Gertrud erschien noch immer täglich und kümmerte sich um ihn. Der Alte hatte sich verändert. Nicht nur körperlich. Er hatte viel an Gewicht verloren. Die Rippen zeichneten sich unter seiner dünnen Haut ab. Er sah aus wie die Juden und Zwangsarbeiter auf der Zeche. Egon suchte das Verhärmte in seinen Zügen. Dieses Aggressive und Gleichgültige. Doch es schien verschwunden. Balzer wirkte nachdenklich.

Als Egon erneut nach seiner Schicht nach Hause kam, streifte sich Mutter nervös die Hände an ihrer Schürze ab.

Egon schloss die Tür und sah, dass Balzer am Tisch saß. Das erste Mal seit Wochen.

Er hatte ein Kissen im Rücken und sah blass aus. Egon ignorierte ihn und ging zum Waschtrog.

»Setzt dich, Junge. Setzt dich zu mir.«

Egon machte auf dem Absatz kehrt und sah seinen Onkel verachtend an, antwortete jedoch nicht. Das Gefühl des Hasses stieg erneut in ihm auf. Balzers Stimme hörte sich entsetzlich schwach an. Sie gehörte ihm nicht.

»Wir müssen reden, Egon.« Er nahm ein Handtuch und trocknete sich das Gesicht ab. »Kein Wort red ich mit dir«, sagte er aus einem Impuls heraus und wandte sich ab.

Für einen Moment herrschte Stille. Mutter stand hilflos im Raum und knetete nervös ihre Hände.

»Deine Mutter hat mir gesagt, dass ich es dir zu verdanken habe.«

Egon drehte sich um und sah Balzer an. »Ich habe es nur für Mutter getan. Wenn es nach mir gegangen wäre ...« Egon vollendete den Satz nicht. Er wollte Mutter nicht verletzen.

Balzer betrachtete seine verbeulte Metalltasse, die er wie in Gedanken versunken in seinen Händen drehte. »Schon klar, Junge. Wollte mich trotzdem bedanken.«

»Kannste dir sparen.«

Balzer sah wieder auf. »Ich wollte dir nur sagen ... na ja. Nachgedacht hab ich. Wenn man da so liegt ...« Wieder betrachtete er die Tasse. »Du kannst es dir nicht vorstellen. Ich meine ... hier ist es schon schlimm. Aber an der Front ...« Er wurde ernst und still. Nach einer Weile schüttelte er den Kopf. Wie unter einer Last atmete er aus, als er den Kopf hob. »Niemand kann sich das vorstellen.«

Seine Augen blieben auf Egons Gesicht, doch schien er durch ihn hindurchzusehen. »Das Einzige, was du willst, wenn du diese Hölle überlebt hast, ist vergessen. Egal wie. Verstehst du?«

Sein Blick stellte wieder scharf.

»Ich will nichts beschönigen, Junge. Aber mir ist in der Kammer so einiges klar geworden. Auch, wenn es dir nichts bedeutet, Junge. Aber trotzdem ... Danke.«

Egon versuchte, seine Gefühle zu verstehen, die sich durch seine Eingeweide gruben. War es Hass? Wut? Gleichgültigkeit? Er wusste es nicht. Und ebenso wenig wusste er, wie er mit dem Gesagten umgehen sollte. Er konnte sich nicht vorstellen, dass dieser Trinker sich verändert hatte. Sein Dasein glich einem alten Karren, der sich im Dreck festgefahren hatte und den er ohne fremde Hilfe niemals wieder freibekommen würde. Vielleicht hatte es mal Zeiten gegeben, in denen er so etwas wie liebevoll, menschlich gewesen war. Voller Zuversicht die Herausforderungen des Lebens angenommen hatte, um sich den Traum eines jeden Menschen nach Harmonie und Familie zu erfüllen. Doch der Krieg hatte so einige Träume zunichte gemacht. Und trotzdem entwickelte sich nicht jeder zu einem Arschloch, wie Balzer es war. Es gab keinen Grund, ihm ein Versprechen abzunehmen. Irgendwann würde es bestimmt wieder losgehen mit seiner Sauferei. Egon glaubte ihm nicht. Seiner Meinung nach verlor sich dieser Nichtsnutz in heuchlerischem Selbstmitleid. Egon nahm seine Kappe und seine Jacke.

»Wo willst du hin, Egon?«

»Ich muss raus, sonst ersticke ich hier, Mutter. Ich hoffe nur, dass du diesem Säufer kein Wort abnimmst.«

»Egon!«

»Lass ihn, Martha!«, fuhr Balzer dazwischen.

»Lass den Jungen gehen«, sagte er, während Egon die Tür hinter sich zuschlug.

*

Der Abend begann zu dämmern und eine angenehme Brise fuhr Egon durchs Haar. Er beobachtete zwei Tauben. Das Männchen tänzelte gurrend und mit geschwelltem Kropf um das Weibchen. Früher war er oft bei Fred gewesen. Ein alter und stiller Greis, der im Hof des zerstörten Nachbarhauses einen Taubenschlag hatte, die Rennpferde des kleinen Mannes, wie man sie im Ruhrgebiet nannte. Fred war ein Mann gewesen, der gerne in Ruhe gelassen werden wollte und der an seinen Tauben gehangen hatte. Ein komischer Kauz, wie es in der Straße hieß. Stundenlang hielt er sich in seinem Taubenschlag auf oder saß im Garten davor und sah den Tieren bei ihren Flügen zu. Immer wenn sie zur Landung ansetzen wollten, hob er seine Hand ruckartig, in der er stets seine alte Deckelpfeife hielt, die einen so aromatischen Duft verströmte. Egon mochte die Tiere. Manche sagten, er mochte nichts anderes. Das Gurren der Vögel hatte für ihn etwas Meditatives. Fred lud Egon nie ein, eigentlich ignorierte er ihn, wenn er da war, er duldete ihn aber stets. Irgendwann brach jemand in den Taubenschlag ein. Fred fand seine Tiere mit verdrehtem Hals auf dem Boden der Voliere vor. Wortlos, mit eiserner Miene, hatte er die Vögel entsorgt und anschließend den Schlag nie wieder betreten. Eines Tages war Fred nicht mehr da gewesen. Egon hatte ihn gemocht und er fragte sich, was wohl aus diesem alten Mann geworden war.

Er war einige Zeit ziellos in seinem Viertel herumgelaufen, hatte aber niemanden getroffen. Und auch an ihren konspirativen Briefkästen waren keine Nachrichten hinterlegt. Klampfe hatte das erfunden. Er hatte ihnen erzählt, dass Agenten sich so untereinander austauschten. Er hatte das in Büchern gelesen. An bestimmten Gebäuden oder Mauern malte jemand mit Kreide oder Kohle ein verabredetes Zeichen, anhand dessen die anderen wussten, wo und wann sie sich trafen.

Egon hatte den Impuls unterdrückt, zu Fritz zu gehen. Karl hatte allen geraten, von gegenseitigen Besuchen Abstand zu nehmen, da die HJ mit Sicherheit bei den Nachbarn rumschnüffelte, um rauszukriegen, wer mit wem verkehrte. Egon hatte das für übertrieben gehalten, da er Fritz ohnehin jeden Tag auf der Zeche sah. Was sollte daran verdächtig wirken? Dann jedoch hatte er an den letzten Besuch der HJ denken müssen und wie sie an der Straßenecke auf ihn gewartet hatten. »Wir bringen uns möglicherweise gegenseitig in Schwierigkeiten«, hatte Karl gesagt. Egon hatte beschlossen, sich nach der Schlägerei zumindest ein paar Tage daran zu halten.

Die Verdunklung stand bevor und die Straßen leerten sich. Es war an der Zeit, langsam nach Hause zu gehen, doch Egon verspürte keine Lust dazu. Er blieb stehen, unschlüssig, welche Richtung er einschlagen sollte. Die letzten Wochen hatten ihn verändert, ihn aufgewühlt, ihn beschäftigt. Rückblickend schien es nichts zu geben, was vor dem Krieg gewesen war. So sehr er sich bemühte, er kam nicht über diesen Punkt hinaus. Doch nun war alles anders. Egon spürte die Freude am Leben in einer Form, die in ihm längst vergangen war. Er begann wieder zu träumen. Von einer Zeit nach dem Krieg. Und das machte ihm Angst. Er fürchtete sich davor, dass all das, was er in den letzten Wochen hatte erleben dürfen, nur eine Illusion gewesen war. In Gedanken versunken lief er weiter. Die Sirenen ertönten und beförderten ihn ins Jetzt. Es war Fliegeralarm. Dieses durchdringende, markerschütternde Geräusch, dieses lang anhaltende Auf und Ab, dieses Hoch und Runter der Sirenen.

Egon richtete seinen Blick zum Himmel, der soeben von den Suchscheinwerfern der Flugabwehrstellungen zerschnitten wurde. Die Angriffe nahmen in der letzten Zeit zu und erfolgten beinahe täglich. Die Alliierten flogen vermehrt

Luftangriffe gegen die Industrieanlagen. Insbesondere auf die Kruppwerke hatten sie es abgesehen. Doch bisher waren die Schäden überschaubar gewesen, wie es verbreitet wurde.

Egon sah, wie die Menschen hektisch aus den Häusern gelaufen kamen. Profillose Gestalten mit Koffern und Taschen. Meist waren es Frauen mit ihren Kindern und Alte, die sich zu den Luftschutzkellern begaben. Ein Mann mit einer Pfeife und einer Hakenkreuzbinde erschien und winkte die Leute in eine Richtung. Egon vermutete, dass es der »Treppenterrier« war, wie ein Blockwart genannt wurde. Wie ein Schäfer trieb er die Menschen laut gegen das Sirenengeheul brüllend in die Keller, die mit Pfeilern gestützt waren und die man teils mit selbst leuchtender Farbe gestrichen hatte, um Panik in diesen sonst so stockfinsteren Verliesen zu verhindern. Wieder richtete Egon seinen Blick nach oben. Sein Unbehagen hielt sich in Grenzen. In diese Ecke der Stadt verirrten sich nur hin und wieder Bomber. Trotzdem sollte er umkehren, dachte er. Mutter und Annemarie hatten sicher schreckliche Angst und machten sich große Sorgen. Er drehte sich um, orientierte sich kurz, wo er sich befand, als plötzlich etwas am Himmel seine Aufmerksamkeit erregte. Direkt über ihm gingen Lichter auf. Immer mehr wurden es. Leuchtspurmunition. Und mit einem Mal sah er in dem starken Strahl eines der Suchscheinwerfer, wovor man die Bevölkerung warnte.

Egon rannte los. Er rannte um sein Leben.

*

Das donnernde Geräusch der feuernden Flugabwehrgeschütze in seinem Rücken schien sich mit der Frequenz seiner Schritte zu verbinden. Das hohe Summen der Fliegerbomben schwoll an, entwickelte sich zu einem Kreischen und drang in seinen Gehörgang. So schmerzhaft, als stach ein glühender Draht in seine Trommelfelle.

Die Detonation der ersten Bombe irgendwo hinter ihm war ohrenbetäubend. Unmittelbar darauf traf ihn die Druckwelle, so brutal, dass er nach vorn taumelte. Egon stützte sich mit den Händen am Boden ab, richtete seinen Oberkörper wieder auf und rannte weiter. Der Lärm der Explosion vermischte sich mit dem der einstürzenden Gebäude und dem dumpfen Niederprasseln unzähliger Trümmer. Egon lief gebückt, schlug einen Haken, die Arme schützend über dem Kopf. Erde, Steine und andere Dinge regneten auf ihn herab. Die Leuchtspurgeschosse der Abwehr durchschnitten kreischend die Luft und erhellten die Gegend, tauchten sie in ein unruhiges, bizarres Licht.

Hinter ihm hörte er das Dröhnen eines Motors. Die hohe Drehzahl steigerte sich rasant und erstarb augenblicklich. Egon riss den Kopf herum und sah zurück. Wie ein riesiger schwarzer Schatten segelte der feindliche Bomber beinahe lautlos knapp über dem Boden auf ihn zu. Egon erkannte das angsterfüllte Gesicht des Piloten in der Kanzel. Sah seine weit aufgerissenen Augen, wie er in seinen Sitz gedrückt wurde. Instinktiv zog Egon den Kopf ein. Seine Kiefer pressten sich schmerzhaft aufeinander, schienen seine Zahnreihen sprengen zu wollen. Er fühlte den kalten Luftzug, der ihn wie ein von unsichtbarer Hand geführter Schlag am ganzen Körper traf. Schon war der Bomber über ihn hinweg. Eine schwarze Rauchfahne quoll aus den beiden Motoren links und rechts unterhalb der Tragflächen und raubte ihm die Sicht. Die Luft stank nach Kerosin und Abgasen. Immer tiefer sank der Flieger. Egon stoppte abrupt, rannte einige bröckelnde Stufen eines Kellerabganges hinunter und warf sich gegen die Tür. Sie schwang auf, prallte gegen die Wand und kam ihm entgegen. Egon stieß sie erneut auf und schmiss sie hinter sich zu. Genau in dem Moment, in dem das Flugzeug und mit ihm seine todbringende Last in der Nähe explodierte. Die Druckwelle war enorm und für einen Augenblick dachte er, die Tür würde der Wucht nicht standhalten. Im Schein einer Kerze sah er eine Mutter, die mit zwei Kleinkindern in einer Ecke saß und die ihren Oberkörper schützend über die beiden gebeugt hatte. Der Putz rieselte wie Schnee von der Decke und bedeckte die Frau. Egons Herz schlug wie wild und sein Puls hämmerte in seinem Hals. Panisch sah er sich um. Die Lichtschächte hatte man zugemauert und an der Tür eine Notiz angebracht, auf der man in Sütterlin auf Verhaltensregeln bei einem Bombenangriff hinwies. Die Frau hob den Kopf und sah ihn mit panischem Blick an. Die Kinder schrien nicht. Sie schienen starr vor Schreck. Ihre Gesichter wirkten emotionslos, ohne Ausdruck, wie die alten Porzellanpuppen, die Mutter einst besessen hatte. Plötzlich bebte das Fundament und die Gewölbedecke sackte ruckartig einige Zentimeter ein. »Wir müssen hier raus!«, schrie Egon.

Er riss die Tür auf, lief zu der Mutter und zog an ihrem Mantel. »Das Haus stürzt ein! Wir müssen raus.« Die Frau blickte ihn an, als würde er in einer fremden Sprache zu ihr sprechen. Egon zerrte an ihrer Kleidung. »Nimm deine Kinder! Raus hier.«

Nur allmählich löste sich die Mutter aus ihrer Lethargie. Dann schien sie zu begreifen. Egon nahm ihr eines der Kinder ab, welches sofort zu schreien anfing. Egon rannte durch die Tür aus ihrem Unterschlupf, die Treppe hinauf und hielt schützend eine Hand über den Kopf des kleinen Mädchens. Schlagartig blieb er stehen. Das Viertel gab es nicht mehr. Die gesamte gegenüberliegende Häuserzeile bestand nur aus Trümmern. Flammen schlugen aus den Gebäuderesten. Alles brannte lichterloh. Beißender Rauch drang in seine Lungen und nur mit Mühe konnte er einen Hustenreiz unterdrücken. Sein Blick schweifte nach links. Er sah eine riesige Wand aus Feuer, Flammen, die mehrere Meter hoch in den Himmel züngelten und zwischen denen er die Reste eines Flugzeuges erkannte. Gegenüber erblickte er im ersten Stock eines halb eingestürzten Hauses plötzlich eine Person. Sie brannte. Egon konnte nicht erkennen, ob es ein Mann oder eine Frau war. Der Feuerschein erhellte den gesamten Raum dahinter, sodass er sogar die gemusterte Tapete sah. Er oder sie ruderte mit den Armen, taumelte auf das zersplitterte Fenster zu und fiel anschließend auf den mit Mauersteinen übersäten Gehweg. Dumpf vernahm Egon den Aufprall des Körpers, der sich augenblicklich nicht mehr regte.

Die Frau riss ihn aus seiner Starre. Sie zerrte ihm das Mädchen aus seinen Armen, drückte es sich fest an die Brust, während sie das andere Kind an ihrer Hand hinter sich herzog. Einen Moment lang sah er ihr nach.

»Hat einer mein Baby gesehen?«

Egon fuhr herum. Eine Frau mit schrecklichen Verbrennungen an Gesicht und Oberkörper wankte über die schuttbedeckte Straße direkt auf ihn zu. Sie hatte keine Haare mehr und war beinahe nackt. Einzelne Kleidungsreste hatten sich mit ihrer Haut verbunden, die ihr teils in Fetzen vom Körper hing.

»Weiß jemand, wo mein Baby ist?« Die Frau stolperte auf ihn zu, die schwarz verfärbten Arme gerade ausgestreckt. Voller Angst wich Egon zurück. Mauerteile flogen neben ihm zu Boden. Reflexartig sah er nach oben. Die Fassade des Hauses, aus dem er soeben gelaufen war, neigte sich unendlich langsam nach vorn. Egon drehte sich um und rannte los. Stolperte über Trümmer, fiel hin, stand auf und rannte weiter. Wenige Sekunden später hörte er einen fürchterlichen Lärm. Egon sah nach hinten. Das Haus war eingestürzt. Die Staubwolke, die sich rasend schnell, wellenförmig in sich drehend auf ihn zubewegte, nahm ihm jegliche Sicht. Doch wusste er, die Frau, die noch vor Sekunden davor gestanden hatte, war unter dem Schutt begraben.

Egon wandte sich ab und zog den Kragen seines Hemdes über den Mund. Schwer sog er die Luft durch den Stoff ein. Er verengte die Augen zu Schlitzen, doch der Qualm reizte seine Schleimhäute, dass ihm die Tränen die Wangen hinabliefen. Immer mehr Menschen kamen ihm entgegen. Einige hatten Eimer und Spaten dabei, andere irrten unter Schock stehend ziellos umher. Das Lodern und Knistern des Feuers war so laut, dass er erst nach und nach realisierte, dass die Flakgeschütze aufgehört hatten zu feuern. Von weit her vernahm er das Geräusch der Feuerwehr. Egon versuchte herauszufinden, wo genau er sich befand. Er sah sich um, kam jedoch zu keinem Ergebnis. Nichts sah so aus wie vorher. Der dichte Rauch, die Wand aus undurchdringlichem Staub, erlaubte lediglich eine schemenhafte Sicht von wenigen Metern. Plötzlich hörte er etwas. Rufe. In unmittelbarer Nähe. Jemand schrie um Hilfe. Es klang gedämpft und er musste mit seinem Gehör gegen den nicht nachlassenden Krach der Brände ankämpfen, um sich zu orientieren. Kein Zweifel. Es waren Hilferufe. Die Rufe einer jungen Frau. Egon stieg über einen Trümmerhügel, aus dem brennende Holzbalken ragten. Die Hitze drang unangenehm zu ihm und er legte mit zu Schlitzen geschlossenen Lidern den Kopf leicht schief, da der Rauch in seinen Augen brannte. Egon hielt die Luft an, überwand das Hindernis, rutschte auf dem Schutt der anderen Seite hinunter und stand vor den Resten eines Gebäudes. Die Außenmauern standen, doch die Front und die Geschossdecken waren unter der Last des eingestürzten Daches zusammengefallen. Wieder hörte er die Frau. Ihre Stimme kam von unten. Sie musste im Keller sein. Egon trat näher heran. Vor sich türmte sich ein mannshoher Hügel aus Mauerbruch. »Hallo? Ist da jemand?«, schrie er.

Wieder vernahm er Rufe.

»Bleib ruhig! Ich hole dich da raus!«

Hektisch begann Egon die Steine abzutragen. Einige waren so groß, dass er einen Holzbalken zu Hilfe nehmen musste, mit denen er sie wegstemmte. Immer wieder sah er die Wände hinauf. Er wusste, sie konnten jeden Augenblick einstürzen und ihn begraben. Obwohl er wie wild arbeitete, hatte er das Gefühl, dass der Berg aus Trümmern nicht kleiner wurde.

Immer wieder rief er, um die Frau zu beruhigen, um sich zu beruhigen.

Plötzlich bewegte sich der Schutt in Bodennähe. Eine Holzlatte drang aus dem steinernen Verließ. Egon schmiss sich bäuchlings auf den Boden, ergriff die Latte und zog daran. Sie war nicht lang. Höchstens einen halben Meter. Wer auch immer dort begraben war, ließ das Holz los. Egon schmiss es zur Seite. Auf einmal kam eine Hand zum Vorschein. Sie war zerschunden, die blutigen Fingernägel eingerissen. Er ergriff sie. »Ganz ruhig! Bist du verletzt?«

»Nein. Ich glaube nicht.«

»Gut. Sehr gut. Sind da noch andere?«

»Nein. Hier ist niemand.«

Mit sanfter Gewalt löste Egon die verkrampfte Hand, die sich an seiner festgekrallt hatte.

»Lass mich nicht allein!«, schrie die Frau panisch.

»Ich lass dich nicht allein. Aber ich brauche beide Hände. Ich hol dich da raus.«

Wie besessen grub Egon nun mit beiden Händen. Er arbeitete sich voran und immer größer wurde das Loch. Als er sich erneut hinlegte und durch die Öffnung spähte, sah er ihr Gesicht. Über ihre blonden Locken und ihre Haut hatte sich eine weiße Staubschicht gelegt. Sie sah aus wie eine alte Frau, doch Egon erkannte, dass sie ungefähr so alt sein musste wie er.

»Zieh den Kopf etwas ein!«, rief er. Egon nahm die Holzlatte und hieb auf den verfestigten Untergrund. Immer wieder schlug er mit dem Ende der Latte auf den Boden, lockerte ihn und schob anschließend den Schutt beiseite.

»Passt du da durch? Gib mir deine Hand!«

Wieder ergriff er die zarte Hand der jungen Frau. Egon zog aus Leibeskräften. Er fühlte, dass sie sich unaufhaltsam in seine Richtung bewegte. Auf einmal ging alles sehr schnell. Ihr Oberkörper erschien, anschließend gab es einen Ruck und Egon fiel auf seinen Hintern. Noch immer hielt sie krampfhaft seine Hand. Sie robbte zu ihm, legte ihre Arme um seinen Hals und vergrub ihr Gesicht an seiner Brust. Sie weinte, schluchzte und ihr Körper verfiel in heftige Zuckungen. Einige Augenblicke hielt Egon still, nahm sie tröstend in den Arm, bis er sich von ihr löste und ihr ins Gesicht blickte. Die Tränen hatten dicke, dunkle Bahnen über ihre Wangen gezogen. Sie hatte eine kleine Platzwunde auf der Stirn, vertrocknetes Blut hatte sich mit dem Staub zu einer schwarzen Kruste verbunden. Noch immer zitterte sie und ihre Lippen bebten.

»Pst.« Egon legte seinen Zeigefinger gegen die Lippen. »Es ist alles gut. Hab keine Angst.« Egon strich ihre eine Strähne, die ihr ins Gesicht gefallen war, hinter ihr rechtes Ohr.

»Sag mir deinen Namen. Wie heißt du?«, fragte Egon.

Sie antwortete nicht sofort. Als müsste sie erst ihre gesamte Kraft sammeln. »Erika. Erika Baumeister.«

»Gut, Erika.« Egon erhob sich und zog sie nach oben. »Wo wohnst du? Ich bring dich nach Hause.«

Einige Tage nach dem Bomberabsturz erkannte Egon an einem der konspirativen Briefkästen an der Hubertstraße Ecke Krayer Straße einen mit Kreide gezeichneten Hinweis. Sein Herz machte einen Freudensprung. Treffpunkt war der Bismarckturm auf dem Mechtenberg. Das Naherholungsgelände lag im Städtedreieck von Essen, Gelsenkirchen und Bochum, unweit von Essen-Kray, circa eine halbe Stunde Fußmarsch von seinem Haus. Egon freute sich, endlich würde er die Jungs wiedersehen. Jetzt, wo er erfahren hatte, dass es nicht mehr lange bis zu ihrem Treffen dauern und er endlich wieder der Öde des Arbeitslebens entfliehen würde, erfasste ihn eine Ungeduld, die jede Minute geradezu unerträglich in die Länge zog. Die kurze Zeit der Gemeinsamkeit hatte in ihm eine Sehnsucht geweckt, die nun bald wieder gestillt werden würde.

An dem Morgen nach dem Bomberabsturz war ein Mann bei Mutter erschienen. Egon war nicht zu Hause gewesen. Mutter hatte geschildert, dass es der Vater des Mädchens gewesen war, der sich bei Egon hatte bedanken wollen. Ein feiner Mann mit guten Manieren, hatte Gertrud hinzugefügt. Mutter hatte ihm versprochen, dass Egon sich an seinem freien Tag bei ihm melden würde. Ausgerechnet an dem Tag, wo er sich mit den anderen treffen wollte. Egon war verärgert, im ersten Augenblick beinahe wütend gewesen. Doch Mutter hatte ihm klargemacht, welche große Dankbarkeit auf den Schultern dieses Mannes ruhen musste. Und so hatte Egon sich aufgemacht in Richtung Essen-Freisenbruch. Wenn er sich beeilte, würde er es möglicherweise rechtzeitig zu den Jungs schaffen.

Es war ein altes und dunkles Haus in einer verlassen wirkenden Seitenstraße am Rande des Stadtteils. Die Hauseingangstür aus altem, schwerem Eichenholz war verzogen und schloss nicht mehr richtig. Egon drückte sie behutsam auf. Der Hausflur war sauber. Trotzdem roch es auch hier muffig und feucht. Egon stieg drei ausgetretene Holzstufen hinauf und klopfte an die Wohnungstür. Unmittelbar darauf vernahm er dumpfe Schritte auf den Bohlen der Wohnung dahinter und anschließend das Rasseln einer Sicherungskette. Die Tür wurde aufgeschlossen, der Schlüssel zweimal umgedreht. Er sah einen Mann, der misstrauisch durch den Spalt lugte.

Egon nahm schnell seine Kappe vom Kopf. »Guten Tag. Ich bin der Egon. Egon Siepmann. Sie waren am Donnerstag …«

»Mein lieber Junge!« Das Gesicht des Mannes erhellte sich schlagartig. Er nahm die Kette ab, öffnete die Tür und streckte ihm die Hand entgegen.

»Es freut mich aufrichtig, dass du Zeit gefunden hast. Komm bitte herein.«

Noch immer hielt er Egons Hand und ließ sie erst los, als er in der Diele stand.

»Erika kommt jeden Augenblick wieder. Geh doch bitte in die Stube«, sagte er, während er um Egon herumlief, der noch immer auf der Stelle stand.

»Trete näher und setz dich.« Kurt Baumeister machte eine einladende Handbewegung.

Egon ging in die Wohnstube und sah sich um. Die hohen Wände des Zimmers schmückten keine Tapeten. Die Einrichtung war spartanisch. Raummittig stand ein Esstisch mit vier alten Stühlen. In der linken Ecke sah er einen gusseisernen Ofen, in der rechten stand ein altes metallenes Bett, darüber eine Fotografie, die eine junge Frau zeigte. Der Bezug war ordentlich hergerichtet und am Fußende lag eine sorgsam gefaltete Decke. Neben dem Bett standen ein Waschtisch und ein alter Bauernkleiderschrank. Vor dem Fenster, durch das man in den Hinterhof des Hauses blickte, sah

Egon einen Schreibtisch mit einer alten Schreibmaschine. Links und rechts davon zwei Regale, offenbar aus alten Brettern selbst zusammengezimmert, gefüllt mit Büchern, der Größe nach angeordnet. Rechts führte eine geschlossene Tür zu einem weiteren Zimmer. Wie die meisten Menschen hatte auch Baumeister offenbar alles von Wert versetzt. Trotzdem wirkte die Stube so, als verabscheute er jegliche Form von Unordnung.

Noch etwas fiel Egon auf. Er entdeckte kein Bild des Führers im Raum. Keinen Hinweis auf die Partei.

»Darf ich dir etwas anbieten?«, riss ihn Baumeister aus seinen Gedanken, der eifrig einen Stuhl vom Tisch zog, und mit der Hand erneut andeutete, Egon möge sich setzen.

»Johannisbeersaft? Er ist köstlich. Herrlich süß. Erika hat ihn hergestellt.«

Egon nahm Platz und legte sich seine Kappe auf den Schoß. Er betrachtete den Mann, dessen Sorgen der vergangenen Jahre in seinem Gesicht abzulesen waren. Seine Kleidung war alt und verschlissen, ließ ihn bieder wirken, doch sie war sauber und saß tadellos. Er verwandte größte Sorgfalt auf ein gepflegtes Äußeres. Die Absätze der Schuhe waren schief getreten, aber das Leder gefettet. Das dunkle Haar, mit Pomade an den Kopf gelegt, war akkurat gescheitelt, ebenso der sorgsam gezwirbelte Schnauzer, der allmählich begann, grau zu werden. Seine hohen Wangenknochen, dazu die gestraffte Haltung, gaben ihm etwas Strenges, einen fast harten Ausdruck. Doch in seinen Augen lag keine Härte. Im Gegenteil. Eine aufrichtige Güte strahlte aus ihnen.

Baumeister setzte sich ihm gegenüber. »Musst du denn heute nicht zum Dienst, lieber Egon?«

Egon war nicht geübt in Gesprächen und so begann er sich unbehaglich zu fühlen. Man musste ohnehin aufpassen, was man sagte, gerade wenn es politisch war. Schnell konnten Reden falsch ausgelegt werden. Er hatte gelernt, dass es besser war, Fremden gegenüber wenig zu sagen, und er fragte sich, ob es eine gute Idee gewesen war, auf Mutters Bitten hin hierherzukommen. Egon hörte ein Geräusch aus der Diele.

»Ah! Das wird Erika sein.« Baumeister sprang auf, so als hätte er diese wortkarge Situation selbst als unangenehm empfunden.

»Mein liebes Kind«, hörte er. »Gib mir deine Jacke. Wir haben Besuch.« Baumeister und seine Tochter traten in die Stube. »Sie mal, wer gekommen ist.«

Egon stand auf. Sagte aber nichts. Plötzlich bemerkte er, dass er mit offenem Mund dastand. Er erkannte Erika wieder. Aber jetzt, wo ihr blondes Haar frisch frisiert, ihr Gesicht nicht von Staub bedeckt war, fiel ihm auf, wie hübsch sie war. Es verschlug ihm fast die Sprache und für einen Moment bekam er weiche Knie. Und dieser Eindruck verstärkte sich noch, als sie ihm mit einem angedeuteten Knicks die Hand hinhielt. Und noch etwas irritierte ihn. Ihn beschlich das Gefühl, sie schon einmal gesehen zu haben.

Erika lächelte ihn an. Egon riss sich aus seiner Starre und schüttelte etwas übereifrig ihre Hand, was ihm sofort bewusst wurde und ihm unangenehm war. Er kam sich wie ein Trottel vor. Sie antwortete mit einem geradezu betörenden Augenaufschlag.

»Deine Wunde sieht schon besser aus«, war das Einzige, was ihm einfiel. Unbeholfen zeigte er auf ihre Stirn.

Ihr Lächeln blieb bestehen. »Halb so wild.«

Wieder wurde es still im Zimmer.

»Setzt euch, Kinder«, sagte Baumeister schließlich, bevor das krampfhafte Schweigen peinlich wurde. Er zog etwas hektisch einen weiteren Stuhl heran. Erika setzte sich.

»Hast du dem Egon denn noch nichts zu trinken angeboten, Vater?«

Egon hob die Hände. »Doch. Hat er. Gleich als ich reinkam. Aber ich möchte nichts. Ganz ehrlich. Danke.« Egon knetete seine Mütze. »Ich wollte auch nur ganz kurz nachsehen, ob du in Ordnung bist.«

»Du hast meiner Tochter einen großen Dienst erwiesen«, sagte Baumeister. »Und mir das Liebste, was ich habe, unversehrt nach Hause gebracht. Das war äußerst selbstlos von dir.«

Egon wusste, dass Baumeisters Worte aufrichtig waren, trotzdem war ihm dessen Lob unangenehm. »Nicht der Rede wert …«, winkte er verlegen ab.

»Nein, nein. Nur nicht so bescheiden. Das war wirklich anständig von dir.«

Baumeister wurde für einige Augenblicke schweigsam und begann in Gedanken versunken an seinem Schnauzer zu zwirbeln. »Schrecklich, was dort passiert ist. So viele unschuldige Menschen …«

Er sah seine Tochter an und Egon meinte, dass sich seine Augen mit Tränen füllten.

»Deine Mutter sagte, dass du auf Bonifacius arbeitest«, warf er ablenkend ein.

»Ja. Als Hauer.«

»Ist sicher eine körperlich harte Arbeit?«

Egon zuckte mit den Schultern. »Am Anfang war es ungewohnt. Aber jetzt geht es.«

Baumeister nickte. »Erika ist auf der Suche nach einer Lehrstelle. Aber es sind schwere Zeiten.« Fürsorglich legte er seine Hand auf die seiner Tochter.

»Verstehe«, sagte Egon. »Weil Sie nicht in der Partei sind?«

Baumeister blickte erschrocken.

»Woher …?«

»Man muss sich nur umsehen«, unterbrach ihn Egon.

»Das hat natürlich Gründe. Ich bin Christ …«, begann sich Baumeister zu rechtfertigen.

»Ist schon in Ordnung.« Egon winkte ab. »Ich habe mit denen auch nichts am Hut.«

Unsicher sah Baumeister seine Tochter an, bevor er seinen Blick wieder auf den jungen Mann vor sich richtete.

»Hab meine Stelle auch nur gekriegt, weil mein Vater in der Partei war und Anfang des Jahres an der Ostfront gefallen ist.«

»Das tut mir leid.« Baumeister wirkte noch immer verunsichert.

Egon drehte sich leicht und zeigte auf die Fotografie an der Wand. »Ist das Ihre Frau?«

Baumeister schien leise vor sich hinzulächeln, während er zu dem Bild sah. Egon wartete respektvoll, dass sein Gegenüber das Schweigen brach. Doch schien er in einer liebevollen und zugleich schmerzvollen Erinnerung gefangen.

»Ich meine … sie sieht so aus wie Erika«, sagte Egon nach einer Weile.

Ein kaum erkennbarer Ruck durchfuhr den Mann und sein Blick klarte sich wieder. »Sie ist in eine bessere Welt gegangen. Gott hat sie zu sich genommen«, sagte er, während er schwer schluckte.

Egon senkte betreten den Kopf, während er verstohlen aus den Augenwinkeln Erika betrachtete. Die junge Frau fasste kurz den Unterarm des Vaters und nickte ihm ermutigend zu.

Baumeister griff in die Außentasche seiner Jacke und beförderte ein kleines Döschen hervor. Er öffnete es, legte sich mit den Fingerspitzen der einen Hand zwei kleine Häufchen des Schnupftabaks auf den Rücken der anderen Hand und führte sie unter die Nase. Zunächst zog er den Tabak in das eine und dann mit leicht schief gelegtem Kopf in das andere Nasenloch. Anschließend wischte er sich die letzten Anhaftungen von der Haut.

»Tut mir leid«, murmelte Egon leise. »Ich wollte nicht …«

»Schon gut mein Junge. Wir alle haben Opfer zu beklagen.« Wieder erreichte Egon der sanfte Blick des Mannes. »Aber lass uns nicht verzagen. Wir haben wahrlich einen freudigen Anlass, der uns zusammenbringt.«

Ruckartig erhob er sich und trat an seinen Schreibtisch. Er öffnete eine Schublade.

»Ich habe nichts, was ich dir zum Dank geben könnte. Es gäbe ohnehin nichts, was derart von Wert ist, dass man damit das Leben meines geliebten Kindes aufwiegen könnte.« Baumeister öffnete seine Hand. In ihr lag ein Rosenkranz.

»Ich weiß nicht, ob du dem Herrn verbunden bist. Es ist auch nicht von Belang. Ich weiß, dass er seine unendliche Güte durch dich und deine Tat zum Ausdruck gebracht hat.«

Er hob die Kette mit den Holzperlen an. Egon nestelte an dem Knoten seines Halstuches und ließ es schnell in der Hosentasche verschwinden, bevor er leicht den Kopf senkte.

»Dieser Rosenkranz soll dich Zeit deines Lebens erinnern. Er soll dir in den Phasen tiefer Zweifel Halt und Zuversicht geben und dich daran erinnern, dass Gott immer für dich da ist.«

Egon hob den Kopf und sah Baumeister an. »Danke«, quälte er aus sich heraus. Er spürte, dass dieses Geschenk Baumeister viel bedeutete, doch er fand es unangebracht. Er machte sich nicht viel aus dem Glauben.

Baumeister sah ihn mit zusammengepressten Lippen an. Anschließend schlug er ihm aufmunternd auf die Schulter. »Also, Egon. Nochmals ... Danke.«

Egon erhob sich. »Ich muss jetzt los.«

Baumeister verabschiedete sich mit einer leicht angedeuteten Verbeugung, bat der Mutter die allerbesten Grüße zu übermitteln und sah Egon und Erika einen Moment nach, die ihn noch ein Stück die Straße hinunter begleiten wollte.

Egon beschlich ein mulmiges Gefühl. Er wusste nicht, was er in ihrer Gegenwart sagen sollte. Er traute sich nicht, ihr direkt in die Augen zu blicken. Als sie ums Eck gingen, hielt Erika ihn am Arm fest.

»Dein Tuch!«, sagte sie mit einem selbstbewussten, vielleicht auch verschwörerischen Grinsen. Egon wusste nicht, wie ihm geschah. Unbewusst holte er sein Halstuch aus der Hosentasche und warf einen Blick darauf, als wäre er überrascht, es in den Händen zu halten.

»Ihr wart das mit der HJ, habe ich recht?«

Egon blickte ertappt.

»Du weißt schon. Paul Schrader und seine Jungs.«

Und plötzlich überkam Egon eine Welle der Erkenntnis. Mit einem Mal wusste er, warum ihm Erika so bekannt vorgekommen war.

»Die haben euch gesucht, wusstest du das?«

Wortlos zuckte Egon mit den Schultern.

Selbstbewusst stemmte sie die Hände in die Hüften. »Einige von uns haben sich mächtig Ärger eingehandelt.«

Egon spürte einen Anflug von Zorn in sich aufsteigen.

»Soll das ein Vorwurf sein?« Energisch setzte er sich wieder in Bewegung. »Werd's mir merken. Könnt euch ja beim nächsten Mal zu Brei hauen lassen.«

»Warte!« Erika eilte ihm nach. Erneut hielt sie ihn am Arm. Doch dieses Mal erntete sie einen missbilligenden Blick.

»So war das nicht gemeint.«

Sanft, aber mit Nachdruck löste er sich aus ihrem Griff. »Ach nein? Hörte sich aber gerade so an.«

»Kerl, bist du eine Mimose.«

Zunehmend verärgert stierte er sie an. »Für seine Freiheit muss man kämpfen. Und wir werden sie uns von niemandem nehmen lassen. Es ging gar nicht um euch.«

»Warum bist du so aufgebracht, Egon Siepmann?«

Egon musste einen Schritt zurücktreten, um einen Mann vorbeizulassen. Ungeduldig sah er ihm nach. Doch als er außer Hörweite war, blieben ihm seine Worte im Hals stecken. Ihr zartes Lächeln entwaffnete ihn vollends.

»Tut mir leid, wenn ich dir vor den Kopf gestoßen habe. Das wollte ich nicht. Schau … du hast mir das Leben gerettet. Du hast mich mit deinen Freunden vor der HJ gerettet. Wie könnte ich dich da verärgern wollen? Glaubst du wirklich, dass das alles Zufälle sind?«

Egon sah sie grimmig an. Doch ihr Lächeln ließ ihn erweichen. Er fühlte, wie sich seine Gesichtszüge verselbstständigten. Sein Ärger war fast verschwunden und es wollte ihm nicht gelingen, an dieser Rolle künstlich festzuhalten.

»Ich spüre, wir sind uns sehr ähnlich, Egon.«

Er sah das anders und antwortete mit entsprechender Mimik.

Erika setzte sich auf einen Mauersims und ließ die Beine baumeln. »Doch, doch. Ganz gewiss«, nickte sie bestätigend.

Egon behielt seinen kritischen Ausdruck bei, während er den Kopf schüttelte. Schützend legte er die Hand gegen die Stirn, um gegen die Sonne zu sehen. Er sah nur ihre Umrisse. »Was sollen wir schon gemeinsam haben?«, fragte er.

»Na, vieles.« Sie schloss die Augen und hielt die Nase in die Sonnenstrahlen. »Wir wollen uns beide nicht vorschreiben lassen, wie wir zu leben haben. Du weißt … diesen ganzen Mist wie: Der Führer befiehlt und wir gehorchen. Wir wollen frei sein. Nicht nur in unserem Denken. Auch in unserem Handeln. Frei in allem, was wir tun. Wir wollen träumen, Abenteuer erleben. All solche Dinge.«

»Träume haben nichts mit der Wirklichkeit zu tun. Sieh dich um. Das Leben schert sich einen Dreck um uns. Entweder nimmst du es selbst in die Hand oder du lässt es, findest dich mit all dem hier ab. Wir wollen nicht von richtigen Abenteuern träumen. Wir wollen sie erleben. Doch Abenteuer findet man nicht einfach so, indem man sich trifft und englische Musik hört. Man muss sie draußen in der Natur suchen. Uns ist es nicht wichtig aufzufallen.«

Erika legte den Kopf schief. »Was ist an eurer Art zu leben denn anders?«

Egon dachte nach. »Wir üben keinen Protest, indem wir uns auffällig anziehen. Weil wir nicht protestieren wollen. Wir wollen einfach nur frei sein.«

Erika sprang von der Mauer. »Nichts anderes wollen wir doch auch.«

»Nein. Ihr engt euch selbst ein. Eure Freiheit ist eine Illusion. Ihr träumt lediglich zusammen. Wenn ich mich so wie ihr anziehe, verhalte … muss ich mich dann wundern, wenn ich auffalle? Wie kann ich frei sein?«

Erika verschränkte die Arme vor der Brust. Sie starrte an ihm vorbei, bevor sie ihn wieder ansah und dabei den Kopf leicht schief legte, als müsse sie etwas aus einem anderen Blickwinkel betrachten. »Vielleicht hast du recht, Egon«, sagte sie schließlich. »Aber gilt nicht Gleiches für euch? Macht ihr euch nicht auch zur Zielscheibe, indem ihr die Streitereien sucht?«

»Das verstehst du nicht«, sagte Egon verächtlicher als beabsichtigt.

»Dann zeig es mir?« Sie ignorierte sein Zögern und konterte mit einem erneuten schmeichelnden Lächeln, das irgendwie keine Widerrede zuließ.

»Das geht nicht.« Egon schüttelte den Kopf, als wollte er ein Insekt verjagen.

Erikas Stirn legte sich trotzig in Falten. »Und warum nicht?«

»Darum.«

Erneut stemmte sie ihre Hände in die Hüften. »Wovor hast du Angst, Egon?«, sagte sie mit gespielter Empörung.

»Pah«, stieß dieser aus. »Wovor soll ich Angst haben? Vor einem Mädchen?«

»Dann kannst du mich ja mitnehmen.«

»Nein.« Egon trat einen Stein weg und sah zu Boden.

»Du denkst, ich bin anders. Passe nicht zu euch. Habe ich recht, Egon Siepmann?«

Er sah sie an und zog eine Braue hoch, antwortete jedoch nicht.

Sie wartete einen Augenblick mit kritischer Miene. »Was hättest du gedacht, Egon, wenn man dich ausgeschlossen hätte? Wenn man gedacht hätte, du würdest nicht zu ihnen passen. Wäre es nicht eine furchtbare Enttäuschung für dich gewesen? Wenn man dich so einfach abgestempelt hätte, ohne dich wirklich zu kennen?«

Egon sah wieder zu Boden, während er über das Gesagte nachdachte. Erika hatte recht. Er musste an Klampfe denken. Ein stotternder, schmalbrüstiger Außenseiter. Hatte ihm seine Gemeinschaft nicht gelehrt, dass jeder von ihnen seinen Platz hatte?

Erika setzte nach. »Mein Vater ist nicht in der Partei. Wir haben es schwer genug. Du hast mir das Leben gerettet. Und wir beide lehnen das System ab. Wovor fürchtest du dich? Dass ich euch verrate? Das kannst du nicht wirklich denken. Ich möchte euch nur kennenlernen. Verstehen, was euch antreibt. Mehr nicht.«

Unschlüssig, so als ob er in ihren Zügen die Wahrheit ihrer Worte überprüfen wollte, sah er sie an.

»Glaub mir, Egon. Sie lassen keine Gelegenheit aus, Vater zu demütigen. Ich kann mich bei meinen Leuten nicht mehr sehen lassen. Paul Schrader kennt mich.«

»Hat er es gemeldet?«, fragte Egon.

Erika zuckte mit den Schultern. »Ich weiß es nicht. Bisher war niemand da. Und mit der Post ist auch nichts gekommen. Aber eins weiß ich genau. Ich werde nicht wieder zum BDM gehen. Das schwöre ich, so wahr ich hier stehe.«

Egon grübelte. »Ich weiß nicht«, sagte er schließlich. »Ist bestimmt 'ne gute Stunde Fußmarsch.«

Erika lachte. Auf eine so erfrischende Art, dass sich Egons Mundwinkel seiner Kontrolle entzogen.

»Du hast anscheinend noch nie getanzt, Egon Siepmann«, sagte Erika, wobei sie mit einem Finger auf ihn zeigte. »Ich wette mit dir, ich wandere dich in Grund und Boden.«

*

Zu Beginn hatte sich Egon unwohl gefühlt. Er hatte nicht gewusst, was er sagen sollte. Doch zu seiner Überraschung hatte sich auf dem gut einstündigen Fußmarsch ein heiteres Gespräch entwickelt und seine Stimmung sich mit jedem Meter aufgehellt. Der anfänglich stramme Schritt, bei dem Erika erstaunlich gut mitgehalten hatte, hatte sich nach und nach zu einem Schlendern verwandelt, Seite an Seite, so nah, dass sie sich immer wieder berührt hatten. Erika hatte ihm mit ihrer sanften und angenehmen Stimme Löcher in den Bauch gefragt. Nichts an ihr hatte unnatürlich gewirkt, hinter keiner Frage hatte er künstliches Interesse vermutet. Sie hatte sich über die Zeche informiert, die Arbeit unter Tage und Egon war nicht müde geworden, jede ihrer Fragen zu beantworten. Niemals hätte er gedacht, dass sein Alltag für jemanden so aufregend war, dass er damit eine ganze Stunde füllen konnte. Wie merkwürdig kurz sich manchmal so eine Zeitspanne anfühlte. Als sie an Bonifacius vorbeigekommen waren, waren sie stehen geblieben, und Egon hatte ihr einiges über die Zeche erklärt. Über den Malakowturm, die Seilfahrt und über die verschiedenen Gebäude. Ihr Interesse war aufrichtig gewesen und er hatte ihr versprechen müssen, ihr das Gelände zu einem späteren Zeitpunkt einmal zu zeigen. Egon hatte sich einige Male dabei ertappt, wie er sie verstohlen angesehen hatte, und jedes Mal hatte sie ihm mehr gefallen. Am Ende ihres Weges hatte sich eine Vertrautheit aufgebaut, die beiden das Gefühl gab, sich lange zu kennen.

Als sie zum rechtsseitig gelegenen Mechtenberg abbogen, erkannten sie schon von Weitem den hohen Bismarckturm. Egon bedauerte es ein bisschen, dass sie fast am Ziel waren. Er zeigte auf das Gebäude und erklärte ihr, dass der Turm 1900 errichtet wurde. Das hatte ihm sein Vater erzählt.

»Er ist aus Basaltlava.«

Sie überlegte kurz, wobei sie kritische dreinblickte. »Das ist aber jetzt nicht nett. Du nimmst mich nicht für voll, Egon Siepmann. Jeder weiß doch, dass Lava aus Vulkanen kommt.«

Egon kniff die Lippen zusammen und unterdrückte ein Grinsen. »Ich verspotte dich doch nicht. Aber es stimmt schon. Der Basalt kommt wirklich aus der Erde.«

»Aber hier waren doch keine Vulkane, oder?«

Egon zuckte mit den Schultern. »Basalt entsteht unter der Erde. Es ist zunächst flüssig wie Wachs«, ergänzte er. »Es kommt von ganz tief unten nach oben und erkaltet dort. Auf der Zeche hat man uns das erzählt. Das Zeug ist unglaublich hart. Da kommst du kaum durch. Schau mal nach oben.«

Egon blieb stehen und zeigte mit einem Finger auf die Turmspitze. »Das ist eine Feuersäule. Siehst du die Schale? Darin macht man tatsächlich Feuer.«

Erika blickte in die Richtung, die Egon ihr zeigte, als dieser sie plötzlich mit dem Ellenbogen derart in die Seite stieß, dass sie sich die Stelle hielt. »Da!«

»Egon!« Der Blaue kam wild winkend auf sie zugelaufen.

Egon ließ Erika stehen und rannte Jupp entgegen. Herzlich fielen sie sich in die Arme, schlugen lang hin und rollten ineinander verschlungen durch das Gras.

»Wo sind die anderen?«, fragte Egon freudig erregt, nachdem sie wieder aufgestanden waren, während er sich einige Halme von der Hose klopfte. »Sind sie auch da?«

»Klar! Wir warten doch nur auf dich. Nur Karl ist noch nicht da. Kommt aber. Hat Heinz gesagt.« Der Blaue sah zu Erika. »Wen hast du denn da mitgebracht?« Seine Augen blinzelten erfreut unter seinen dichten Brauen.

»Das ist Erika. Sie ist … eine Bekannte.«

Der Blaue wischte sich die Handinnenfläche einige Male an seinem Hemd ab, dann lief er mit ausgestreckter Hand auf Erika zu. Überschwänglich begrüßte er sie. »Ich bin der Jupp. Eigentlich ist das die Abkürzung für Josef. Also Josef Haumann. Aber die anderen nennen mich nur den Blauen.« Jupp zeigte auf seinen roten Schopf.

»Na, das Fräulein kannste vorzeigen, mein Lieber«, sagte er mit einem Augenzwinkern zu Egon.

»Ihr kommt gerade rechtzeitig. Das Essen ist so gut wie fertig.«

Stirnrunzelnd sah Erika Egon an. »Das Essen?«

Egon grinste. »Unser Jupp ist Weltmeister im Organisieren. Er hat da so etwas wie einen übernatürlichen Sinn, verstehste? Wenn du dich mit ihm regelmäßig triffst, nimmst du garantiert zu.«

Der Blaue führte sie ein Stück auf das Brachgelände. Sie folgten einem Trampelpfad und gelangten schließlich auf eine kleine Lichtung. Grillen zirpten und es roch nach trockenem Gras. Die anderen hatten unter einem abgestorbenen Baum eine Feuerstelle errichtet, über die sie einen Grillspieß aus Ästen errichtet hatten. Heinz Klemke war gerade damit beschäftigt, zwei bereits knusprige Kaninchen zu wenden, während Dirk Eichholz mit einem Stock die Kartoffeln drehte, die sie direkt in die Glut gelegt hatten. Der Geruch brachte Egons Magen in Wallung, der sich lautstark meldete.

»Mädels!«, rief der Blaue aus einigen Metern Entfernung. »Nehmt Haltung an. Wir haben Damenbesuch«, zog er die Aufmerksamkeit der Anwesenden auf sich.

Sofort sprangen die anderen auf und reihten sich – Hände an die Hosennaht – auf. Egon stellte Erika jedem einzeln vor, während sie unter verstohlenen, pubertären Blicken neugierig gemustert wurde. Heinz Klemke, genannt Klampfe, der seiner Meinung nach auf dem besten Weg zu einem großen Literaten, mindestens aber Musiker war. Eine Beschreibung, die Heinz die Röte ins Gesicht trieb und der peinlich berührt abwinkte. Als Nächster war Dirk Eichholz an der Reihe, ein talentierter Großwildjäger, dem man auch heute wieder dieses köstliche Essen verdankte. Fritz Gärtner, dessen Talent eine geradezu beeindruckende Wortkargheit war und der eine Rechte schwang wie ein Bergwerkshammer. Berthold Reinhardts beschwerte sich, dass Egon nichts über seine Begabungen einfiel, worauf dieser nachbesserte und ihn als besten Futterverwerter des Landes auswies, was Berthold zufriedenstellte. »Schwere Knochen. War als Kind schon ein Brocken.« Selbstgefällig legte er seine Hände unter seinen dicken Bauch und hob diesen kurz an, während ein sehr breites Grinsen sein Gesicht erstrahlen ließ. Das Wiegen seines Körpers animierte alle zu einem Lachanfall. Die Jungs begrüßten Erika höflich und für eine kurze Zeit stellte sich so etwas wie eine peinliche Verlegenheit ein.

Der Blaue hatte einen Viertellaib Käse organisiert, den er nun präsentierte. Er berief sich bei den folgenden Nachfragen wie immer auf sein Betriebsgeheimnis. Jupp verteilte das Blechgeschirr, welches er in einem Rucksack mitgebracht hatte, und schnitt anschließend den Käse in Scheiben, um ihn über die heißen Kartoffeln zu legen. Während der Käse schmolz, verbreitete sich ein überaus appetitmachender Duft.

»Kann es sein, dass ich dich schon einmal gesehen habe, Erika?«, fragte Fritz. Ein Schmunzeln umspielte kaum wahrnehmbar ihre Mundwinkel und für einen flüchtigen Moment sah sie zu Egon, der ihr verschwörerisches Lächeln erwiderte.

»Wo kommst du denn her?«, setzte er schmatzend nach.

Erika legte die Hasenkeule auf ihren Teller. »Aus Freisenbruch.«

»Freisenbruch?« Berthold sprach mit vollem Mund. »Da haben die doch letzte Woche einen Briten vom Himmel geholt.«

Wieder wechselten Erika und Egon einen Blick. Dieses Mal lag etwas Belastendes auf ihren Zügen. Es entging den anderen.

»Ja. Aber wir wohnen am Rand. Haben nichts abbekommen.« Wieder biss sie in die Keule. Dieses Mal eher aus Verlegenheit.

»Und ihr arbeitet alle auf der Zeche?«, fragte sie ablenkend.

Berthold nickte. »Aber nicht wie Fritz und Egon auf Bonifacius. Ich bin auf Zollverein.«

»Und ich buckle mir den Rücken bei den Schraubenwerken an der Dahlhauser Straße krumm«, antwortete Dirk Eichholz. Vorher war ich bei den Buderuswerken. Aber da hat es mir nicht gefallen. Schraubenwerke sind auch nicht das Gelbe vom Ei. Aber immer noch besser als die Essiggurke da.« Dirk nickte grinsend in Richtung des Blauen, der mit einem Messer die verkohlte Pelle seiner Kartoffel entfernte.

Erika folgte Dirks Blick mit hochgezogener Braue. »Essiggurke?«

Der Blaue wischte seinen Mund an seinem Ärmel ab und zeigte dann mit der Messerspitze auf Erika. »Wir machen in Eiberg das beste Sauerkraut. Oder hat es hier jemandem schon einmal nicht geschmeckt?« Er blickte tadelnd in die Runde, wobei er den rechten Zeigefinger hob.

Berthold hob anerkennend den Daumen. »Wird mal wieder Zeit. Schön mit Mettwurst.« Genüsslich rieb er seinen Bauch.

»Oder Kassler!«, warf Dirk ein. »Mann, war das lecker.«

»Hab vorher 'ne Lehre als Schlosser angefangen. Der Betrieb machte aber pleite«, ergänzte der Blaue. »Und ein paar hundert Meter tief mit dem Hammer im Kohlendreck und muffiger Luft zu stehen, darauf hatte ich keine Lust.« Jupp brach einige Äste und warf sie ins Feuer. »Du musst nämlich wissen, dass ich fürs Arbeiten eigentlich nicht geschaffen bin. Außerdem sitzt man in so einer Fabrik an der Quelle. Wenn du verstehst, was ich meine«, ergänzte der Blaue mit breitem Grinsen, wobei er sich seinen roten Schopf kratzte.

»Müsst ihr denn nicht eigentlich zum Dienst?«, fragte Erika weiter.

»Im Leben nicht!«, kam es von Fritz.

»So schlimm?«

In Fritz' Augen flackerte Ärger und man sah ihm an, dass er sich mächtig beherrschen musste, um sich im Zaum zu halten. »Ich habe keine Lust, mich verarschen zu lassen.« Er machte ein paar Bewegungen, um die verspannten Schultern zu lockern. »Sieh dir mal an, wer in der HJ das Sagen hat. Meinst du allen Ernstes, dass ein Junge aus der Arbeiterschicht Führer in der HJ wird? Drauf geschissen, sag ich dir. Das wirst du nur, wenn deine Eltern was zu sagen haben.«

»Genau so ist es«, mischte sich Berthold ein. »Das werden nur die Besseren. Diese gestriegelten Lackaffen vom Gymnasium.« Mit geradezu dramatischen Gesten machte er einen Affen nach.

Erika musterte diesen massigen Burschen, verkniff sich jedoch ein amüsiertes Lächeln.

Fritz, der sich noch immer nicht beruhigt hatte, nickte eifrig. »Und diese Typen führen sich dann auf wie Oberkommandeure. Die lassen dich stundenlang strammstehen und durch knietiefe Scheiße robben. Als ob ich nichts Besseres zu tun hätte, als auf Befehl von solchen dämlichen Vollidioten meinen freien Tag damit zu verbringen, zu exerzieren und nach deren Pfeife zu tanzen. Und zahlen sollste für den Scheiß auch noch. Ne. Nicht mit mir.«

Berthold nickte eifrig. »Muss man sich mal vorstellen! Letzte Woche marschierte 'ne Kameradschaft durch die Straße. Da kommt der Kameradschaftsführer und haut mir eine runter, weil ich die beschissene Fahne nicht gegrüßt habe. Könnt mir glauben. Den hab ich mir gemerkt. Man sieht sich immer zweimal.«

Erika verschränkte die Arme, den blonden Kopf in Richtung des Blauen geneigt. »Hab ihr denn keine Angst, dass man euch bestraft, wenn ihr nicht zum Dienst antretet?«

Der Blaue winkte grinsend ab. »Meinen Eltern haben se zweimal 'ne Mahnung geschickt. Ich hätte ernsthafte Konsequenzen zu tragen, wenn ich nicht zum Dienst käme. Bla, bla, bla … Sogar ein Schupo war schon da. Wir haben aber nicht aufgemacht. Bin aber trotzdem nicht hin.«

»Und? Ist was passiert?«, schaltete sich Egon kleinlaut ein. Er musste an den Besuch der HJ bei sich zu Hause denken und sich eingestehen, dass er zunehmend befürchtete, von der Polizei abgeholt zu werden.

»Wie man's nimmt.« Der Blaue schnappte sich einen Grashalm und steckte ihn sich in den Mund. »Bin ausgetreten.«

»Erzähl keinen Stuss. Das geht doch gar nicht!«, widersprach Dirk Eichholz spöttisch, ohne eine Miene zu verziehen.

»Doch!«, warf Berthold entschlossen ein, während er einen kurzen Blick auf den Blauen warf. »Müssen nur alle Erziehungsberechtigten unterschreiben. Traut sich aber keiner. Es kann dir dann nämlich passieren, dass du deine Arbeit verlierst. Oder man dir die Wohnung kündigt.«

»Eben«, bestätigte der Blaue. »Aber man kommt auch so raus.«

»Du meinst, ohne Bestrafung?« Dirk zog ungläubig eine Braue nach oben.

Der Blaue kaute mit überlegenem Gesichtsausdruck weiter auf seinem Halm. »Klar. Man muss nur wissen, wie.« Selbstbewusst tippte er sich an die Schläfe.

»Pah!«, stieß Berthold kurz und trocken aus. »Schlaumeier. Ich sag nur: Jugendpflichtverordnung. Kannst mir glauben, Jupp ... das haben die uns mehr als einmal eingetrichtert.«

Der Blaue schmiss den Halm weg. »Sicher. Haben se uns auch erzählt. Aber nicht alles. Ich meine ... die sind ja nicht so doof und verraten dir, wie man aus der Nummer rauskommen kann.«

»Und wie, bitte schön, soll das funktionieren?«, hakte Dirk Eichholz nach.

»Das Ganze nennt sich zweite Durchführungsverordnung zum Gesetz über die Hitlerjugend. Um genau zu sein ... Paragraf 5«, fügte er überzeugend hinzu.

»Und was steht da?«, fragte Bert, wobei er mit den Fingernägeln zwischen den Zähnen pulte.

Der Blaue richtete sich auf und setzte sich gerade hin. »Eigentlich kommt man nur aus der Nummer raus, wenn man Mist macht. Ehrenrühriges Verhalten nennen die das. Also klassischer Rausschmiss. Dann noch Untauglichkeit.«

Für einen flüchtigen Moment sah Jupp auf Heinz Klemke.

»Der Paragraf 5 regelt die sogenannte Zurückstellung oder

Befreiung. So richtig verstanden hab ich das auch nicht. Aber wenn du keine Scheiße gebaut hast oder untauglich bist, weil du dein linkes Ei nachziehst, können deine Eltern einen Antrag stellen. Sie müssen dann nur begründen, warum du nicht zum Dienst antreten kannst.«

Bert legte den Kopf leicht schief und stieß leicht, aber geräuschlos auf. »Was hat denn deine Alte in den Antrag reingeschrieben?«

Der Blaue zuckte beiläufig mit den Schultern. »Ich habe ein Knalltrauma.«

Berthold konnte sich vor Lachen kaum aufrecht halten und schmiss sich nach hinten, dass er auf dem Rücken landete. Auch die anderen verfielen in schallendes Gelächter.

»Was hast du?«, stieß Berthold nach einer Weile heraus. Sein Lachanfall hatte ihm einen Schweißausbruch und einen hochroten Kopf beschert.

Der Blaue grinste und genoss seinen Auftritt noch einige Momente. »Na, ein Knalltrauma. Weil neben mir mal 'ne Granate hochgegangen ist. Wenn ich jetzt plötzliche laute Geräusche höre oder den Lärm von Trommeln und so … kack ich mir in die Buchse.«

Berthold schlug sich amüsiert mit der flachen Hand auf den Oberschenkel, dass es nur so klatschte. »Und das haben die dir geglaubt?«

Jupps Grinsen blieb nicht nur bestehen, es weitete sich sichtlich. »Erst einmal nur für ein Jahr«, gab Jupp zu. »Aber so ein Trauma ist 'ne ernste Sache.« Er kniff ein Auge zu.

»Fritz hob anerkennend den Daumen. »Werd ich mir merken. Ist nur noch 'ne Frage der Zeit, bis die bei uns zu Hause auftauchen.«

»Was ist mit dir?«, fragte der Blaue Erika.

»Na, was wohl? Das Gleiche wie bei euch. Ich will mein Leben selber bestimmen.« Nachdenklich zupfte sie den Saum ihres Kleides gerade. »Ist euch mal aufgefallen, dass wir alle gleich sein sollen? Alle sehen gleich aus. Die gleichen Sachen, Frisuren. Ehefrauen und Mütter sollen wir werden.«

»Stimmt«, pflichtete Dirk bei. Und nach einer kurzen Pause: »Die sehen alle gleich blöd aus.«

Berthold rieb sich das Kinn. »Und was ist daran so schlimm? Ich meine, eine Familie zu gründen?«

Erika sah zur Seite und ließ ihren Blick über die Natur schweifen. Eine Feldlerche sang am Himmel, wobei sie fast auf der Stelle blieb. »Ich behaupte nicht, dass es schlimm ist, eine Familie zu haben«, sagte sie nachdenklich. Erst jetzt wandte sie sich wieder den anderen zu. »Aber ich will selbst darüber entscheiden, wann. Ich möchte mir nicht vorschreiben lassen, wie ich mich zu kleiden habe. Welche Musik ich hören darf. Ich möchte mich hübsch machen, reisen, fremde Länder kennenlernen.«

»Reisen will ich auch«, warf Dirk lautstark ein. »In die Südsee. Da leben so kaffeebraune Schönheiten. Ihr macht euch kleine Vorstellungen! Die tragen Röcke aus Blüten und wackeln den ganzen Tag mit ihrem Hintern.«

Bert stieß ihn mit mahnendem Ausdruck gegen die Schulter. Alle lachten.

»Ich möchte frei in meinem Denken und meinem Handeln sein«, fuhr Erika fort. »Keine Angst vor meinen eigenen Gedanken haben, weil man paranoid wird und glaubt, die Nazis können sie lesen.«

Berthold nickte. »Verstehe …«

In diesem Augenblick kam Karl.

»Guckt mal, wer da kommt!«, rief der Blaue plötzlich und zeigte geradeaus. Er warf seinen Stock weg, mit dem er im Feuer gestochert hatte, und sprang auf. Die anderen fuhren herum, sahen in die entsprechende Richtung und taten es ihm gleich. Die Begrüßung war überschwänglich. Es war einer jener seltenen Momente, wo man Karl aufrichtig fröhlich sah. Nachdem sich der Trubel etwas gelegt hatte, stellte Egon ihm Erika vor, die etwas abseits gewartet und dieses Schauspiel beobachtet hatte. Karl nahm ihre Hand, sagte aufrichtig, dass er sich über ihre Anwesenheit freuen würde, und anschließend setzten sich alle gemeinsam im Kreis um die Feuerstelle. Der Blaue reichte Karl einen Teller und holte mit einem Ast einige Kartoffeln aus der Glut. Er reichte Karl den Teller, der das Essen verschlang.

»Wie ist es euch ergangen?«, fragte er, während er ein offensichtlich zu heißes Stück Kartoffeln mit der Zunge im Mund hin und her schob. »Hat ja für mächtig Aufruhr gesorgt bei den Braunhemden. Die Keilerei ist in aller Munde.«

Niemand antwortete. Stattdessen sahen sich alle etwas irritiert an. War es nicht Karl selbst immer gewesen, der davor gewarnt hatte, vor Fremden zu viel preiszugeben? Und jetzt setzte er sich hin und begann im Beisein von Erika munter drauflos zu plaudern.

Karl stockte und sah in die Runde. »Was ist? Hat es euch die Sprache verschlagen?« Er betrachtete jeden Einzelnen. Schließlich war es Berthold, der etwas ungeschickt in Erikas Richtung nickte.

Karl stellte den Teller ab und leerte seinen Mund. Er hob die Hand und zeigte auf die junge Frau ihm gegenüber. »Wegen Erika?«, fragte er ungläubig. Lässig winkte er ab. »Was soll es da zu verbergen geben? Sie war doch dabei.«

Dieses Mal waren es die anderen, die verwundert dreinblickten. Egon prustete kurz und es gelang ihm nur mit Mühe, nicht loszulachen. Als Antwort erntete er verärgerte Gesichter.

Karl schüttelte den Kopf, als hätte er jemandem bei einer großen Tollpatschigkeit zugesehen.

»Ich hab's doch gleich gewusst«, polterte Fritz raus, während er in Erikas Richtung zeigte. Dann rempelte er Jupp an, der sich anschließend die Stelle rieb. »Habe ich nicht vorhin gefragt, ob ich sie nicht schon mal gesehen habe?«

Jupp richtete seinen Stock grinsend auf Karl.

Karl schien amüsiert. »Jetzt sagt bloß, ihr habt …?« Er legte den Kopf schief wie ein junger Hund, der etwas nicht verstand. »Nächstes Mal schnitze ich keine Pfeifen, sondern Blindenstöcke.«

»Die haben auf Bonifacius jeden gefragt, ob er was weiß. Dieser Anführer ist wohl der Sohn vom Ortsgruppenleiter«, stellte Egon fest. »Muss einen Zinken wie eine S-Kurve haben.«

Karl schob sich den letzten Bissen in den Mund und nickte, während er seinen Teller ins Gras stellte. »Hab ich auch gehört. Das mit dem Ortsgruppenleiter. Der soll im Dreieck gesprungen sein.« Einige Male wischte er sich die Hände an der Hose ab.

»Wird ihm 'ne Lehre gewesen sein«, kam es von Berthold, der zu Dirk sah, der ihm zustimmte.

»Trotzdem.« Erstmalig sagte Heinz Klemke was. Alle blickten in Richtung des zarten jungen Mannes. »Wir haben ihnen den Arsch verhauen … und verdient haben sie es allemal. Trotzdem …«

Wie immer sprach Heinz nicht geradeaus, doch die anderen gaben ihm die Zeit, die er brauchte. Niemand drängte ihn.

»Die machen Jagd auf uns. Und ehrlich, Freunde. Sie sind viel mehr. Dagegen kommen wir dauerhaft nicht an. Wir können nirgends mehr hin.«

Karl nickte und fasste Heinz an die Schulter, während insbesondere Berthold und Dirk kritisch dreinschauten.

»Die beruhigen sich auch wieder«, sagte Karl nach einer kurzen Pause. Er ließ Heinz' Schulter wieder los. »So lange halten wir den Ball etwas flacher. Ich habe da aber einen Vorschlag: Was haltet ihr davon, wenn wir mal wieder auf Reisen gehen?«

Schlagartig hellte sich die Stimmung auf und die Gruppe war Feuer und Flamme für die Idee.

»Mensch! Das haben wir schon lange nicht mehr gemacht.« Fritz strahlte über das ganze Gesicht.

»Bin dabei«, kam es von Berthold, der nicht minder begeistert dreinblickte. »Wo soll's denn hingehen?«

Karl legte sich der Länge nach hin und stützte seinen Kopf auf seine Handflächen. »Ich dachte da an etwas Besonderes.«

Gebannt starrten die anderen ihn an.

»Wir fahren nach Königswinter. Zum Felsensee!«

*

»Ah, Müller! Komm Se rein. Und machen Sie die Tür zu.«

Kriminalassistent Horst Müller hob wortlos den rechten Arm zum Hitlergruß, drehte sich um und schloss die schwere Tür des Büros des Ortsgruppenleiters.

Gernot Schrader hatte sich nicht erhoben. Er saß weiterhin hinter seinem mächtigen Schreibtisch aus dunkler Eiche, der zur Tür hin ausgerichtet war. Es handelte sich um ein bemerkenswert großzügig geschnittenes Zimmer im sogenannten braunen Haus, der ehemaligen Bürgermeistervilla, die sich unmittelbar gegenüber dem imposanten, historischen Rathaus an der Ecke Ottostraße Kamblickweg befand und die seit geraumer Zeit als zentraler Treffpunkt der Parteizentrale genutzt wurde.

»Nehmen Sie Platz.« Schrader deutete auf einen der beiden Sessel vor seinem Arbeitsplatz. Müller wählte den rechten. Einen Augenblick ließ er den Blick schweifen. Der Raum wurde dominiert von dunklen schweren Möbeln. Schwungvoll gebauchte und mit hochglänzenden Edelholzfurnieren versehene Sekretäre, dazu einige Anrichten aus ornamentverziertem Edelholz im Stil des vergangenen Jahrhunderts.

Schrader kam ohne Umschweife zur Sache. »Was haben Sie herausgefunden?«

Müller überkreuzte die Beine und schlug den grauen Deckel einer mitgebrachten Akte auf, deren Blätter er kurz durchsah, als erwartete er, dass sich ihre sorgfältig vorgenommene Sortierung geändert hatte.

»Nun sagen Sie schon! Haben Sie die Täter ermitteln können?«

Müller hatte bereits mehrfach die Erfahrung machen dürfen, dass der Ortsgruppenleiter ein Mann von geringer Geduld war. Eine Eigenschaft, die er mit vielen kleinen Leuten teilte, wie Müller fand. Sie hatten einen Hang zur Dominanz, waren in der Regel leicht reizbar und in ihren Handlungen oft schwer abzuschätzen. Was sie in bestimmten Positionen durchaus gefährlich machte. Schrader war äußerst einflussreich, doch Horst Müller hatte für sich entschieden, sich von dessen Selbstbewusstsein nicht beeindrucken zu lassen. Etwas, was er damit zum Ausdruck brachte, dass er nicht sofort antwortete. Müller sah auf, blickte für einen Augenblick auf das Gemälde, welches hinter Schrader an der Wand hing und welches den Führer zeigte, dessen abschätzender Ausdruck sich mit dem Schraders zu verbünden schien.

»Die Sache ist etwas … wie soll ich sagen? Diffizil? Zumindest komplexer, als ich es erwartet habe.«

Schraders Stirn legte sich in tiefe Falten. »Mir ist es völlig egal, wie Sie es anstellen. Zur Erinnerung! Man hat meinen Sohn in der Ausübung seines Dienstes hinterrücks überfallen und aufs Übelste zusammengeschlagen. Ich erwarte von Ihnen Ergebnisse. Und keine ausschweifenden Ausreden.«

Schrader warf sich verärgert in seinen Stuhl. »Wir reden von einer Horde jugendlicher Verbrecher. Es dürfte die Fähigkeiten der Kriminalpolizei sicher nicht über die Maße übersteigen.«

Müller wartete einen Moment, bis er sich halbwegs sicher war, dass Schraders erste Wut abgeebbt war. »Wir haben die meisten Mitglieder dieser Swing-Jugend ausfindig machen können.«

»Und? Ich gehe davon aus, Sie haben sie verhört.«

»Selbstverständlich. Alle gaben übereinstimmend an, dass die Angreifer vermummt gewesen waren.«

»Pah!« Schrader schmiss sich nach hinten. »Eine Krähe hackt der anderen kein Auge aus.«

Müller verzog abwägend das Gesicht. »Ich habe da so meine Zweifel. Die Angehörigen der Hitlerjugend, darunter auch Ihr Sohn, haben diese Aussage bestätigt. Hinzu kommt, dass diese Swinger einen eigenen Stil vertreten. Die Angreifer passen von ihrer Beschreibung her nicht dazu. Es waren offenbar eher Fahrtenstenze. Die haben in der Regel keine Berührungspunkte untereinander. Vielmehr gehe ich derzeit von einem zufälligen Zusammentreffen aus. Sie wissen selbst, dass Konfrontationen mit unangepassten Jugendlichen und Angehörigen der HJ nahezu an der Tagesordnung sind und …«

»Weil die Polizei …«, unterbrach ihn Schrader brüsk und zeigte mit dem Finger auf den Kriminalassistenten, »diesen Umtrieben offenbar tatenlos zusieht.«

Müller machte eine Pause und sprach erst weiter, nachdem Schrader ihn mit einer Handbewegung dazu aufforderte. Er hob einen Bogen Papier an. »Wir haben in den letzten Tagen alle uns bekannten Treffpunkte der Fahrtenstenze kontrolliert. Wir waren im Krayer Volksgarten, haben die gängigen Routen in Richtung Velbert, dem Hespertal und Niederwenigern mit Kontrollposten versehen gehabt.« Er blickte auf. »Dazu verstärkte Streifen am Baldeneysee, am Kattenturm in Kettwig, haben an der Sommerburg patrouilliert, den Schlosspark und den Höltingsweg in Essen-Borbeck durchkämmt ...«

Der Kriminalbeamte legte das Dokument zurück in die Aktenhülle. »Wir waren in beinahe jedem Ausbildungsbetrieb. Von Tatenlosigkeit kann sicher nicht die Rede sein. Wir sollten bei all dem nicht vergessen, dass die Polizei noch jede Menge weiterer Aufgaben zu bewältigen hat.«

Der Ortsgruppenleiter schnaufte verächtlich aus und zeigte mit seinem Finger auf seinen Gesprächspartner. »Vielleicht liegt es an Ihren Methoden?« Ironie schwang in seiner Stimme. »Möglicherweise ist die Polizei in der Durchsetzung geltender Gesetze nicht konsequent genug? Mehrfach musste ich bereits hören, dass es auch zu Angriffen auf Beamte der Ordnungspolizei durch diese kriminellen Jugendcliquen gekommen sein soll. Ein Skandal, wenn da etwas dran sein sollte.«

Horst Müller schlug erneut die Akte auf. »Ich muss gestehen, Herr Ortsgruppenleiter, dass dieses Phänomen unangepasster Jugendlicher in den vergangenen Jahren offenbar unterschätzt wurde. Und, wenn Sie mir die Bemerkung erlauben, auch und gerade von der originär zuständigen Geheimen Staatspolizei«, kam es kühn.

Schrader zog eine Braue hoch. »Sie waren doch bei Stahlschmied? Wie würde er auf Ihren Vorhalt reagieren?«

Horst Müller fühlte, dass er sich mit dieser Aussage vorschnell aufs Glatteis begeben hatte. Er tat ungerührt, obwohl er sich über sich selbst ärgerte. »Ich habe mir erlaubt, einige Eckdaten zusammenzutragen, um die Brisanz der Lage zu verdeutlichen«, versuchte er abzulenken.

Gernot Schrader machte eine ablehnende Handbewegung. »Lächerlich! Verschonen Sie mich mit derart nichtigen Belangen. Sie wollen mir doch nicht allen Ernstes erzählen, dass

Sie mit einer Handvoll pubertierender Strolche nicht fertigwerden? Kümmern Sie sich darum. Gehen Sie da raus, verhaften Sie diese Subjekte und blähen Sie das Ganze nicht zu einem Politikum auf.«

»Wie Sie wollen, Herr Ortsgruppenleiter. Doch sehe ich es als meine Pflicht an, Sie als zukünftigen Kreisleiter auf das Genaueste zu informieren.«

Schraders Gesichtszüge entspannten sich bei Müllers Bemerkung, deren schmeichelnde Bezeichnung ihre Wirkung nicht verfehlte.

»Ich werde die Täter, die Ihrem Sohn das angetan haben, finden. Aber anders als der hochgeschätzte Kollege Kommissar Stahlschmied, sehe ich in Anbetracht der beachtlichen Zahl der Angehörigen dieser kriminellen Jugendbanden ein erhebliches wehrkraftzersetzendes Potenzial. Mit lediglich zivilem Ungehorsam – begründet mit der kriegsbedingten Abwesenheit vieler Väter – hat das den mir vorliegenden Informationen nach nichts zu tun. Im Gegenteil. Wir tun gut daran, die Sache ernst, äußerst ernst, zu nehmen. Diese Angelegenheit zu unterschätzen, könnte ein schlechtes Licht auf den gesamten Kreis werfen.«

Schrader beugte sich vor, legte die Unterarme auf den Tisch und faltete die Hände übereinander. »Übertreiben Sie da nicht etwas, Müller?«

»Wenn es ein vorübergehendes Problem wäre, eine … nennen wir es Modeerscheinung. Doch es ist eine Zunahme zu verzeichnen. In einer bedrohlich rasanten Form. Und … bevor Sie jetzt vorschnell eilige Schlüsse ziehen … ich rede nicht von ein paar Vagabunden. Ich rede von hundert, wenn nicht gar weit über tausend allein in unserem Gau.«

»Lächerlich! Das wäre bekannt.« Schrader lehnte sich wieder zurück und trommelte gereizt mit den Fingern auf den Armlehnen.

Müller zuckte mit den Schultern. »Wir haben in Essen-Borbeck, Bergeborbeck, Kray, Segeroth, Altendorf und im Bereich der Kaulbachhöhe seit Jahren stetig anwachsende Gruppierungen, die in enger Verbindung zueinander stehen. Jeder Gruppe werden bis zu 30 aktive Fahrtenstenze zugerechnet. Die Mitläufer nicht mit einbezogen.«

Gernot Schrader verharrte beinahe regungslos. Nur seine Daumen der verschränkten Hände drehten sich umeinander.

»Ich habe mich aktenkundig gemacht, Herr Ortsgruppenleiter. Wir dürfen davon ausgehen, dass wir es – je nach Bann – mit einer Pflichtdienstverweigerung von bis zu 50 Prozent zu tun haben.« Müller entnahm ein weiteres Dokument aus der Akte. »Am 28. Juli 1939, also schon vor einiger Zeit, fanden sich Vertreter verschiedener Polizei- und Gestapodienststellen bei der Sonderstaatsanwaltschaft Düsseldorf ein, um die Durchführung des Verbots der Bündischen Jugend zu koordinieren. Sie sprachen von einem ›erheblichen Umfang‹ der unangepassten, sogenannten ›wilden‹ Jugendcliquen im Ruhrgebiet. Am 1. Oktober 1939 wurde eine groß angelegte Kontrolle in Hattingen durchgeführt. Unzählige Fahrtenstenze wurden festgenommen, allein 20 aus Essen.«

Müller sah, dass die Laune des Ortsgruppenleiters mit jedem weiteren Satz sank. Er war auf dem richtigen Weg, seine Vorstellungen durchzusetzen, das spürte der Kriminalassistent und fuhr fort.

»Pfingsten 1940 riegelte die Ortspolizei unter Hilfestellung der HJ die bekannten Pfade zu den Treffpunkten dieser Gruppen ab. Obwohl die meisten entkamen, wurden 60 Jugendliche verhaftet. Im Juni 1940 hat das Essener Landgericht 13 Fahrtenstenze zu teils mehrwöchigen Haftstrafen verurteilt. Alle waren Wiederholungstäter. In den angrenzenden Städten sieht es ähnlich aus. In Bochum treiben die Ruhrstrolche ihr Unwesen. In Dortmund die Latscher. Sogar aus Köln schlagen hier einige auf. Navajos nennen die sich dort. In Wuppertal haben sie sich zu einer regelrechten Plage entwickelt.«

Müller legte die Akte auf den Schreibtisch und drehte sie zu Schrader, der sich nicht vorbeugte, das Schriftstück aber beäugte.

»Und sie scheinen sich teilweise zu organisieren. Tragen einheitliche Abzeichen, meist in Form einer geschnitzten Edelweißblüte, aufgrund derer man mittlerweile den Begriff Edelweißpiraten als Sammelbezeichnung benutzt.«

»Was gedenken Sie zu tun, Müller?«

Der Kriminalassistent schlug die Akte zu. »Wir befinden uns hier in einem unerträglichen Kompetenzgerangel, wenn Sie mir diese Aussage erlauben. Die Ordnungspolizei ist zunächst die zuständige Dienststelle. Kriminelle Handlungen bearbeitet die Kriminalpolizei, und staatsschutzrechtliche Angelegenheiten sind Sache der Gestapo. Die Grenzen der einzelnen Bereiche sind fließend. Da wird Verantwortung hin und her geschoben. Den allgegenwärtigen Personalmangel mal außen vor gelassen. Ich bin der festen Überzeugung, dass die Ortsgruppe sich dieses Problems annehmen sollte.«

»Wie stellen Sie sich das vor?«

Müller spürte, Schrader hing am Fliegenfänger. »Konsequente Verfolgung von Verstößen gegen die Dienstpflicht mit Durchsetzung aller zur Verfügung stehender Zwangsmaßnahmen und Sanktionen.«

»Und Sie wollen sich darum kümmern, Müller?« Schrader blickte geradezu spöttisch. »Was werden denn Ihre Vorgesetzten dazu sagen? Haben Sie diese schon über Ihre … Pläne in Kenntnis gesetzt?«

Müller zuckte kurz mit den Schultern. »Ich bin mir sicher, wenn Sie ein Wort für mich einlegen … Aber wir sollten dem Streifendienst einige erfahrene Männer an die Hand geben.

Wenn einige Kameraden der SS unter Ihrer Führung sich der Sache annehmen …«

Schraders Mimik ließ vermuten, dass ihm der Vorschlag gefiel. »Nun, Standartenführer Schlegel ist mir da noch einen Gefallen schuldig.« Schrader erhob sich. Müller tat es ihm gleich.

»Ich denke darüber nach, Müller. Aber ich erwarte Konkretes, worauf ich meine Bitte stützen kann. Kümmern Sie sich darum.«

※

Gemeinsam trafen sie sich eine Woche später in aller Früh am Bahnhof Essen-Nord. Es war ein strahlend schöner, Hitze versprechender Tag. Eine leichte Brise wehte und alle freuten sich auf die bevorstehenden Stunden. Egon und Fritz hätten an diesem Samstag eigentlich zur Frühschicht einfahren sollen, doch hatten sie in den Tagen davor all ihre schauspielerischen Fähigkeiten darauf verwandt, eine beginnende Erkrankung vorzugaukeln. Fritz hatte sich dabei als derart talentiert herausgestellt, dass Mackie Messerschmidt ihm bereits am Freitag nahegelegt hatte, nach Hause zu gehen und sich ins Bett zu legen. Ihre anschließende Krankmeldung war danach nur noch Formsache gewesen. Egon hatte seiner Mutter erklärt, dass er Überstunden abfeiern würde. Etwas, was ihm äußerst unangenehm gewesen war und sein Gewissen belastete. Er hatte ihr gesagt, dass er sich mit Fritz treffen würde, um gemeinsam an der Ruhr zu zelten und zu angeln. Zu seiner Verwunderung hatte der alte Balzer Mutter dazu ermutigt, dem zuzustimmen.

Alle hatten ihre Fahrtenkleidung an. Ihre kurzen Lederhosen, ihre karierten Hemden, dazu die weißen Kniestrümpfe aus schwerer Wolle. Nur Heinz hatte wie immer lange Hosen an. Zum Erstaunen aller stand Erika bereits am Bahnhof, als sie nach und nach eintrudelten. Keiner wollte so recht zugeben, dass er im Grunde genommen erfreut über ihr Erscheinen war. Erika schilderte ihnen, dass ihr Vater wusste, dass sie mit ihnen loszog. Zu Beginn hatte er versucht, ihr den Ausflug auszureden, doch nachdem er erfahren hatte, dass Egon dabei war und die anderen sie vor der HJ beschützt hatten, hatte sich die Skepsis etwas gelegt. Aber welche Eltern hatten in dieser Zeit keine Bedenken? Und wahrscheinlich hatte er gewusst, dass sich seine Tochter ohnehin von ihrem Vorhaben nicht hätte abbringen lassen. So hatte er widerwillig zugestimmt. Sie hatten ihre Wechselkleidung in ein schweres Leinentuch gewickelt, welches sie an einem dicken Stock über die Schulter trugen. Natürlich besaß jeder einen Rucksack. Doch sie transportierten bei jedem Ausflug ihre Sachen auf diese Art. Dazu hatten sie zwei Zelte dabei, die Jupp organisiert hatte. Es waren ausgediente Zelte der Hitlerjugend, die sie mit einigen Umarbeitungen unkenntlich gemacht hatten, damit man sie nicht des Diebstahls bezichtigen konnte. Jeder hatte darüber hinaus etwas zu essen mitgebracht, und Jupp hatte es sich wie immer nicht nehmen lassen, stolz »einige Schmankerl«, wie er sie nannte, zu präsentieren. Einen ganzen Korb voll mit Konserven. Nur Erika stach etwas mit ihrem dunkelbraunen Reisekoffer heraus.

Jupp hatte Fahrtenausweise besorgt. Sie sahen sogar echt aus. Natürlich schwieg er darüber, wo er sie herhatte. Wie immer war er es, der den größten Batzen Geld hatte, und wie alle anderen fragte sich auch Egon erneut, wie man als Lehrling in einer Sauerkrautfabrik dermaßen viel Zaster verdienen konnte. Auch wenn alle wussten, dass er neben seiner Lehre sehr geschäftstüchtig war und wahrscheinlich auf den Schwarzmärkten ein geschicktes Händchen zeigte, wunderten sie sich jedes Mal über Jupp.

Vom Essener Hauptbahnhof ging es zunächst nach Köln. Von dort aus wechselten sie in die Rheinbahn in Richtung Bonn. Zu ihrer Überraschung stiegen nach und nach an jedem Halt weitere Gleichgesinnte ein. Und wie sie sich allen nannten: Kittelbachpiraten, Navajos, Nerother und die Latscher aus Dortmund. Alle hatten die gleiche, zumindest ähnliche Kleidung an. Und alle begrüßten sich, als kannten sie sich schon seit Urzeiten.

Viele trugen ein Edelweißabzeichen, andere wiederum Lederarmbänder – glatt oder geflochten – mit Totenkopfabzeichen. Gerade die Navajos hatten sich allesamt Spitznamen gegeben, die von den unterschiedlichsten Indianervölkern stammten, wie Klampfe erklärte. Es war ein herrliches Gefühl grenzenlosen Zusammenhalts. Bereits während der Fahrt erklangen unter glücklichem Gelächter die Gitarren und alle stimmten in die alten Lieder der Bündischen Jugend ein. Egon kannte bereits einige, aber es waren auch viele neue Lieder dabei. Zu seiner Überraschung stimmten sogar viele der mitreisenden Wehrmachtssoldaten ein. Klampfe erklärte, dass viele von ihnen damals in der Bündischen Jugend gewesen waren und daher die Lieder kannten.

Die Stimmung war dermaßen ausgelassen, dass die Zeit wie im Flug verging und Egon es beinahe schade fand, als sie aussteigen mussten.

Als sie in Königswinter ankamen, standen bereits einige HJ-Streifen am Bahnsteig. Offenbar hatten diese nicht mit einer so großen Zahl an Edelweißpiraten gerechnet. Sie waren wie eine Übermacht und die HJler machten sich, unter ihrem spöttischen Gejohle, schnell auf und davon.

Als sie nach einem ausgelassenen Fußmarsch am späten Nachmittag am Felsensee ankamen, waren sie vom Ausmaß des Lagers überwältigt. Unzählige Zelte, die sich im angrenzenden Waldgebiet unter dem Schutz des Blätterdachs entlang des gesamten Ufers erstreckten. Die Lage des Gewässers war atemberaubend und der Name kam nicht von ungefähr. Tatsächlich war der See von hohen Felswänden eingerahmt, die im Licht der tief stehenden Sonne goldgelb aussahen. Sie erkannten einige Jungs hoch oben auf den Felsen, die mit angezogenen Knien in das Wasser sprangen.

Euphorisch und voller Erregung zogen sie durch das Lager, um sich einen Platz zu suchen. Karl wurde von einigen begrüßt. Darunter waren viele, die Kölsch oder einen rheinländischen Dialekt sprachen. Neben der Stelle, die sie sich ausgesucht hatten, stand ein Zelt, in dem sich nur Mädchen befanden, was die Lage natürlich umso reizvoller machte. Spontan luden sie Erika ein, in ihrer Behausung zu übernachten. Etwas, was von allen mit einer gewissen Erleichterung aufgenommen wurde.

So musste das also gewesen sein, dachte Egon. Die Zeit vor dem Nationalsozialismus, wo die bündischen Gruppen auf Fahrt gegangen waren. Egon überfielen so viele Eindrücke, so viele Stimmungen, die aufgenommen werden wollten.

Den Abend verbrachten alle gemeinsam an einem Lagerfeuer, das so groß war, dass es weite Teile des Sees erhellte. Es wurde gesungen, gegrillt und mit jeder Stunde nahmen die Heldengeschichten über die Prügeleien mit der HJ zu. Sogar Karl war von einer Ausgelassenheit, wie die anderen es nie zuvor gesehen hatten. Lauthals sang er und als Erika ihn zum Tanz an der Hand zog, ließ er sich unter dem rhythmischen Beifall der anderen von ihr im Schein des Feuers führen, als gäbe es außer ihnen beiden nichts um sie herum. Natürlich führten sie auch ernste Gespräche. Gerade die Kölner Gruppe schilderte, dass die Alliierten die Domstadt arg unter Beschuss nahmen. Jede Nacht kamen Bomber. Außerdem schien die Gestapo in Köln von einem anderen Kaliber zu sein. Hausdurchsuchungen waren an der Tagesordnung und sie beschlagnahmten alles, was nur annähernd mit bündischen Gruppierungen in Verbindung gebracht werden konnte. Instrumente, Liederbücher, sogar Kleidung. Reihenweise schleppten sie die Edelweißpiraten und alle, die sie für dazugehörig erachteten, ins sogenannte EL-DE-Haus, wie das Gestapohauptquartier genannt wurde. Manche wurden dort wochenlang festgehalten, und wenn sie zurückkamen, waren sie mehr tot als lebendig. Viele, so schilderte man, kamen ins Jugendgefängnis Brauweiler, schlimmstenfalls ins Konzentrationslager nach Moringen, wo die Nazis extra eine Abteilung für Jugendliche aufgebaut hatten. Doch all das konnte der guten Stimmung keinen Abbruch tun. Für diese zwei Tage gab es den Krieg nicht. Und selbst als sie spät in der sternenklaren Nacht todmüde in ihre Zelte und Unterschlupfe gefallen waren, hatte sie dieses Gefühl tief empfundenen Glücks bis in ihre Träume begleitet. Bereits am Sonntagmorgen leerte sich das Lager. Viele hatten eine weite Heimreise und auch Karl drängte zum Aufbruch. Er habe da etwas gehört und es wäre besser zu verschwinden. Ohne Hast packten sie alles zusammen. Obgleich sie noch heiter waren, drückte Karls Bemerkung etwas auf ihr Gemüt.

Als sie sich dem Bahnhof näherten, war Karl wieder derselbe wortkarge und in sich gekehrte Typ, den sie kannten. Hundert Meter vor dem Bahnsteig blieb er stehen.

»Hier stimmt was nicht«, sagte er geheimnisvoll. Sein Blick wurde finster.

»Aber was hast du denn?« Erika legte den Kopf leicht schief und bedachte ihn mit einem intensiven Blick, der Egon schon am Lagerfeuer aufgefallen war.

»Ich sehe keine HJ-Streifen.« Seine Stimme war mehr ein Flüstern. Gerade so laut, dass alle ihn verstanden.

»Na«, kam es von Berthold Reinhardts mit brummiger

Stimme. »Die werden wohl so schlau sein und sich zurückhalten. Sonst kriegen sie die Hucke voll.«

Fritz stellte sich neben Karl. Dessen Misstrauen hatte sich offenbar auf ihn übertragen. Er sah ihn von der Seite an. »Karl hat recht. Eigentlich müsste es von denen hier nur so wimmeln.«

Karls Augen verengten sich zu Schlitzen. »Hier sind nur Männer.«

»Du … du meinst …?« Heinz' Stottern glich dem unruhigen Lauf eines alten Diesels.

Der Lärm der Lokomotive riss sie aus ihren Gedanken. Mit rauchendem Schlot fuhr der Zug in den Bahnhof ein. Der Zugführer betätigte die Pfeife und sie sahen, wie sich die Jugendgruppen auf dem Bahnsteig positionierten. Mit zischenden Bremsen und metallisch quietschenden Stahlrädern kam der Zug zum Stehen.

Plötzlich ging alles blitzschnell. Die Waggontüren flogen auf und Männer in SS-Uniformen strömten aus den Abteilen. Von allen Seiten rannten Polizisten und SS-Männer auf den Bahnhof zu. Mannschaftswagen fuhren vor und weitere Soldaten und Polizisten sprangen von den Ladeflächen.

»Lauft!«, brüllte Karl und fasste Erika an der Hand.

Die Gruppe fuhr herum. Augenblicklich sahen sie Männer in dunklen Mänteln auf sich zukommen. Sie hatten schwarze Schlagstöcke, die sie über ihre Köpfe hielten. »Auseinander!«, brüllte Karl erneut. Erika war vor Schreck wie erstarrt. Karl nahm ihren Koffer und warf ihn dem anstürmenden SS-Mann direkt vor die Füße.

Egon wurde von Fritz an der Schulter gepackt und zu einem angrenzenden Grünstreifen gezogen. Auf ihren Hintern rutschten sie einen Abhang hinunter mitten durch dichte Vegetation. Dünne Zweige peitschten ihnen ins Gesicht und dornenbehaftete Schlingen verfingen sich in ihrer Kleidung und bremsten ihr Flucht aus. Neben Egon schlug Heinz auf. Noch während sich Egon erhob, erfasste er seinen schmächtigen Kameraden und zog ihn hoch.

In gebückter Haltung liefen sie weiter, die Unterarme schützend vor ihren Köpfen. Sie stießen auf das Gleisbett. Für einen flüchtigen Auenblick blieben sie auf den Schienen stehen. Sahen wie gebannt in Richtung Bahnhof. Er war voll von Polizisten und Gestapobeamten, und obwohl sie einige hundert Meter entfernt waren, hörten sie die Schreie, das Brüllen von Befehlen und das Bellen der Hunde.

Fritz trieb sie zur Eile an. Schwer atmend gingen sie hinter einem Erdwall in Deckung.

»Das war 'ne Falle«, keuchte Fritz. Seine Lungen pumpten.

»Hoffentlich haben sie die anderen nicht erwischt.« In Egons Stimme lag tiefe Besorgnis.

Fritz richtete sich leicht auf und krabbelte auf allen vieren den Hügel hinauf. Vorsichtig spähte er in Richtung Bahnhof.

Nach wenigen Augenblicken rutschte er wieder tiefer.

»Ich kann nichts sehen. Bleibt ihr hier. Ich schau mal nach dem Rechten.«

Heinz hielt ihn fest. »Zu gefährlich.«

Fritz tätschelte ihm die Schulter. »Ich pass schon auf. Versprochen.«

Egon und Heinz hatten keine Vorstellung davon, wie lange Fritz weg gewesen war. Mehrere Male hatte Egon über die Hügelkuppe gelugt, seinen Freund jedoch nicht ausfindig machen können. Nach gefühlt unendlich langer Zeit erschien Fritz hinter ihnen wie aus dem Nichts.

»Üble Sache, sag ich euch«, kam es keuchend, als er sich neben seine Kumpel fallen ließ. »Die Gestapo hat alle, die sie schnappen konnte, auf Lkw verladen. Und sie sind nicht zimperlich mit ihnen umgegangen. Auch nicht mit den Mädchen. Haben auf alle eingeschlagen wie auf kalt Eisen.«

»Hast du die anderen sehen können? Wurden sie verhaftet?« Egon konnte seine Ungeduld kaum zügeln.

Fritz schüttelte den Kopf.

»Was machen wir jetzt?«, kam es stotternd von Heinz.

Fritz zuckte mit den Schultern. »Keine Ahnung. Was würde Karl machen?«

»Er würde uns suchen«, antwortete Heinz.

Egon war sich da nicht so sicher. Nicht, dass er das Gefühl hatte, Karl würde sie in einer solchen Situation im Stich lassen. Aber er würde mit Sicherheit überlegt vorgehen. »Denken wir mal nach«, sagte er schließlich. »Wenn sie Karl, Erika und die anderen geschnappt haben, dann wurden sie weggebracht. Und wohin? Das kann überall sein.«

»Aber irgendetwas müssen wir doch tun!« Ein Anflug von Empörung schwang in Fritz' Stimme mit. »Karl würde uns niemals hängen lassen.«

»Das weiß ich doch auch, Fritz! Aber du verstehst das falsch. Sieh mal, die ganze Gegend wimmelt möglicherweise von Polizei und den SS-Schergen. Die rechnen doch damit, dass einige wiederkommen. Es wäre Wahnsinn zurückzugehen. Außerdem kennen wir uns hier nicht aus. Wir können ja schlecht irgendwo an die Tür klopfen und fragen, wo es zu 'nem Revier geht.«

»Hast du Schiss? Also ich mach mich nicht aus dem Staub!«

»Fritz. Jetzt beruhige dich doch, verdammt noch mal. Heinz, was würde ein Indianerstamm in einer Schlacht machen, um zu sehen, wer noch übrig ist?«

»Keine Ahnung ...«

»Der Häuptling würde den Rückzug antreten, sich an einem bestimmten Ort sammeln und die Kräfte bündeln. Sich einen Überblick über seine Krieger verschaffen. Habe ich recht?«

»Klingt logisch ...«

Eifrig nickte Egon. »Karl wird auch so denken. Er wird die anderen aus der Gefahrenzone holen und abseits überlegen, was zu tun ist.«

Fritz schnaubte verächtlich aus. »Tolle Theorie. Aber wir haben nun mal keinen Treffpunkt ausgemacht.«

»Nein«, bestätigte Egon. Aber ich wette, ich weiß, wo er hingeht.«

*

Egon war völlig fertig. Man hatte ihn zur Arbeit vor Ort eingeteilt. Ein Stollen wurde erweitert, weil man auf einen steil einfallenden Flöz gestoßen war. Der Stollen war so schmal, dass die Hauer auf allen vieren hineinkriechen mussten, um die Kohle aus der Wand zu brechen. Hinter ihnen befanden sich die Lehrlinge, die mit weit nach vorn gelehnten Oberkörpern und kurzstieligen Schaufeln die Bruchkohle nach hinten schaufelten. Die Luft hatte kaum Sauerstoff und der Schweiß rann nach wenigen Minuten in Strömen. Nach kurzer Zeit stellte sich bei allen das Gefühl ein, der Rücken würde brechen. Mit jedem Zentimeter, mit denen die Männer die Abbruchhämmer in das schwarze Gold trieben, drängte mehr und mehr Schiefer und Kohlenstaub in die Luft und machte das Atmen beinahe unerträglich. Die Scheinwerfer schafften es kaum, diese graue Atmosphäre zu durchdringen. Die Enge in dieser zerbrechlichen Röhre schnürte ein und alle legten ihre volle Konzentration darauf, nicht in Panik zu verfallen. Stunde um Stunde hatten sie so geschuftet. Fritz war nicht erschienen. Egon vermutete, dass er sich krank gemeldet hatte. Messerschmidt hatte auf Egons Frage hin nur gesagt, dass Fritz die nächsten Tage wohl nicht kommen würde. Dabei wirkte er eigenartig distanziert. Geheimnisvoll. So als verberge er etwas.

Nun stand Egon ermattet in der Waschkaue unter der Dusche.

Er war sich sicher, dass er bereits schlafen würde, bevor er überhaupt richtig in seinem Bett liegen würde. Er hatte noch den vergangen Tag in den Knochen. Sie hatten sich in Königswinter dazu entschlossen, den Gleisen zum nächsten Bahnhof zu folgen. Tatsächlich waren sie dort auf die anderen getroffen. Karl hatte ihnen geschildert, dass im Lager das Gerücht umgegangen war, dass die Polizei gegen die Fahrtenstenze am Felsensee etwas planen würde. Bei der Größe des Treffens musste man immer mit Spitzeln rechnen. Man hatte mit einem Überfall auf das Lager gerechnet und daher deutlich mehr Aufpasser abgestellt, als es sonst der Fall gewesen war. Und auch der Bahnhof war aufgeklärt worden. Dass die Ordnungs- und Schutzpolizei derart raffiniert vorgehen und sie aus dem Zug heraus angreifen würde, hatte man nicht bedacht. Die gemeinsame Rückreise verlief erstaunlich unspektakulär. Unbehelligt jeglicher Kontrollen waren sie spät abends in Essen eingetroffen. Der anschließende Fußmarsch von der Innenstadt aus hatte sie erst spät in der Nacht heimkommen lassen.

Egon trat aus der Dusche, ging in die hell erleuchtete Kaue zu seiner Metallkette, überprüfte vorsichtshalber nochmals die Arbeitsnummer daran und ließ im Anschluss sein Kleiderbündel herab. Mechanisch zog er sich an, als sich plötzlich Mackie Messer vor ihm aufbaute. Noch ehe dieser etwas sagen konnte, wurde er von einem Mann in einem dunklen Mantel zur Seite gedrängt. Dahinter tauchten zwei uniformierte Polizisten auf.

»Siepmann?«, fragte der Mann in dem Mantel. »Egon Siepmann?«

Obwohl Egon sich den Grund nicht erklären konnte, lief es ihm eiskalt den Rücken hinunter. Er nickte nur.

»Mein Name ist Müller. Kriminalpolizei. Nimm deine Sachen. Du wirst uns begleiten.«

*

Egon hatte jegliches Zeitgefühl verloren. Man hatte ihn vor den Toren der Zeche unsanft in Richtung eines Lkw geschubst, auf dem noch andere Gefangene saßen. Nur leicht hatte er sich dagegen gesperrt. Sofort hatte jemand mit einem Knüppel auf ihn eingedroschen. Seine Seite schmerzte höllisch und jeder Atemzug tat ungemein weh. Er hoffte, dass seine Rippen nicht gebrochen waren. Auf der Ladefläche hatte man ihm die Hände auf den Rücken gebunden und ihm eine Kapuze über den Kopf gestülpt. Die Fahrt konnte zehn Minuten gedauert haben, genauso gut eine Stunde. Wieder verlangsamte der Lkw seine Fahrt und kam schließlich zum Stehen. Geraume Zeit passierte nichts. Die Dieselabgase drangen ins Innere, ihm wurde allmählich schwindelig und leichte Übelkeit stieg in ihm auf. Dann fuhr der Wagen ruckartig an, nahm einige enge Kurven kurz hintereinander und blieb erneut stehen. Der Motor erstarb. Zeitgleich wurde die Transportklappe geöffnet.

»Raus!« Rüde wurde Egon an der Schulter erfasst und von der Ladefläche gezogen. »Los! Weiter.« Jemand ergriff seine Fesseln und zog sie in die Höhe. Egon musste sich vorbeugen, trotzdem war der Schmerz kaum auszuhalten. Man riss ihm den Jutesack vom Kopf. Das grelle Licht des Raumes drang geradezu brutal in seinen Sehnerv.

»Gerade hinstellen!«, bellte jemand. Noch immer sah Egon nichts. Er blinzelte in der Hoffnung, irgendetwas zu erkennen. Plötzlich traf ihn ein Schlag von unglaublicher Härte im Rücken, sodass die Knie ihm kurz wegknickten.

»Brauchst du eine Extraeinladung?«

Egon richtete sich auf. Sein Atem ging stoßweise. Ängstlich tasteten seine Augen den Raum ab. Er traute sich kaum, den Kopf zu bewegen, aber im Augenwinkel erkannte er, dass er nicht allein war. Weitere Gefangene standen neben ihm. Der Mann, der ihn geschlagen hatte, befand sich noch immer irgendwo hinter ihm. Er spürte ihn. Dann vernahm er hallende Schritte, die um ihn herumwanderten.

Der Mann baute sich vor ihm auf. Sein Gesicht war fleischig wie das eines Metzgers und er hatte einen Stiernacken. Er trug eine SS-Uniform, war einen Kopf größer als Egon, von kräftiger Statur, und sein Blick war erbarmungslos. Er starrte ihm einen Moment, der Egon wie eine Ewigkeit vorkam, direkt in die Augen. »Ausziehen! Wird's bald?«

»Ich will wissen, was man uns vorwirft!«, hörte Egon von rechts.

Der SS-Mann hielt in seiner Bewegung inne, nahm den Kopf zur Seite und blickte in die Richtung des Mannes, der sein Recht einforderte zu erfahren, warum man sie gefangen genommen hatte. Es schien, als wären dem Wärter sämtliche Gesichtszüge entglitten. Er machte einen Schritt auf den Gefangenen zu, öffnete dabei seine Hand so, dass ein Gegenstand aus seinem Ärmel glitt. Egon sah eine Art Rute. Aus Leder. Sie wog schwer. Vorsichtig nahm er den Kopf etwas nach vorn und blickte nach rechts, vorbei an der Reihe von etwa einem halben Dutzend Leidgenossen, hin zu dem Gefangenen, der das Wort erhoben hatte. Ein großer, dünner Kerl, vielleicht Mitte 40. So genau wusste man das nie. Im Krieg sahen alle Menschen älter aus. Kerzengerade stand er da, mit aufbegehrendem Blick.

Der SS-Mann war nun beinahe auf gleicher Höhe. Es herrschte Grabesstille. Nur die Schritte des Uniformierten hallten durch den Raum. Seine Augen fixierten die des Gefangenen. Langsam baute er sich vor ihm auf. Stützte die Fäuste in die Hüften und sah seinen Gegenüber an. Ansatzlos zog der SS-Mann dem Gefangenen den Lederknüppel durch das Gesicht. Dessen Kopf wurde zur Seite gerissen. Blut spritze aus Nase und Mund und landete auf der Kleidung der Nebenstehenden. Schon schlug der Gefangene auf dem Boden auf. Sofort war der SS-Mann über ihm, holte aus und drosch wie ein Berserker auf den Mann ein. Immer und immer wieder. Dieser krümmte sich unter der Wucht, zog Arme und Beine an, legte seine Hände über den Kopf. Der SS-Mann hieb weiter auf den Wehrlosen ein. Sein Gesicht wandelte sich zu einer wutverzerrten Fratze. Das Opfer schrie nicht. Es machte Geräusche wie ein sterbendes Tier. Es war ein Quieken, ein Grunzen, wie Egon es einige Male bei einer Hausschlachtung miterlebt hatte. Irgendwann hörte der Peiniger auf. Er stand tief atmend und erschöpft mit hochrotem Kopf über dem regungslos daliegenden Mann. Die Tür flog auf und weitere Wachen traten ein. Wortlos ergriffen sie den Bewusstlosen und zogen ihn an den Fußgelenken aus dem Raum.

Der SS-Mann hob den Knüppel und zeigte in Richtung der Gefangenen. Er schwitzte. »Ausziehen! Und ich sage es kein weiteres Mal.«

Nachdem sie sich ausgezogen hatten und durchsucht worden waren, hatte man ihnen jegliche persönliche Dinge abgenommen. Anschließend mussten sie sich wieder anziehen. Sie wurden aus dem Raum auf einen Gang geführt. Obwohl jeder bemüht war, den Anweisungen zu folgen und den Gang so schnell wie möglich bis zum Ende entlangzulaufen, schlugen die Wachen willkürlich auf sie ein.

Am Ende des Flures wurden sie eine Treppe regelrecht hinuntergeprügelt. Sie kamen zu einem weiteren Gang. Die Wände und die Runddecken waren weiß getüncht, der Boden aus Stein. Links waren schwere Zellentüren aus dunkler Eiche. Drei Sperrriegel pro Tür. Sie mussten sich an der rechten Längswand aufstellen, das Gesicht zum Mauerwerk. Egon sah keine Fenster. Er schloss draus, dass sie sich im Keller befanden.

Als die Riegel zur Seite geschoben wurden, entstand ein Donnern, das ihm durch Mark und Bein fuhr.

»Umdrehen!«, hallte es. Egon drehte sich und sah in die Zelle. Es war stockdunkel darin und ein bestialischer Gestank kam ihm entgegen. Der Geruch menschlicher Ausdünstungen. Alter Schweiß, so streng, dass er ihn förmlich auf den Lippen schmecken konnte. Wieder erhielt er einen Schlag in den Rücken. Egon taumelte nach vorn. Unzählige Hände fingen ihn auf. Er prallte gegen menschliche Leiber, so eng beisammen stehend, dass er nicht zu Boden fallen konnte. Unmittelbar darauf hörte er das Zuschlagen der Zellentüren.

Die Luft war verbraucht. Stickig. Wie unter Tage. Seine Augen brauchten einen Augenblick, um sich an das diffuse Licht zu gewöhnen, das unter den Türen hervordrang.

Egon spürte Panik aufkommen. »Was soll das? Ich habe nichts getan. Ich will hier raus.«

Auf einmal spürte er eine Hand auf seiner rechten Schulter. Groß. Fleischig. Kräftig. Sie blieb dort liegen.

»Beruhig dich, Junge. Gehst du schon arbeiten? Was machst du?«

Irritiert drehte sich Egon. Er sah nur die Umrisse des Mannes. »Ich bin auf Bonifacius. Ich ...«

»Dann stell dir das vor. Stell dir vor, du bist im Flöz. Beruhige dich.«

Noch immer ruhte die Hand auf seiner Schulter.

»Die machen das Licht nachher wieder an. Machen die immer so.«

»Was passiert mit mir?«

»Das werden die dir nachher schon sagen«, kam es aus einer anderen Ecke.

Die Hand wechselte zu seinem Nacken. Der Mann zog ihn näher zu sich. Egon roch dessen schlechten Atem. »Wie heißt du, Junge?«

»Egon.«

»Gut, Egon. Wie alt bist du?«

»16.«

»Hör zu, Egon. Ich …«

Das Geräusch eines Schlüsselbundes war zu hören. Unmittelbar darauf das Poltern mehrerer Stiefel. Der Mann ließ Egon los. Er trat einen Schritt zurück.

Das Licht wurde eingeschaltet. Es war eine schwache Lampe, doch nach der Dunkelheit war ihre Helligkeit beinahe unangenehm. Hektisch sah sich Egon um. Die Zelle war vielleicht 20 Quadratmeter groß. Er schätzte, dass sich um die 15, wenn nicht sogar über 20 Personen in ihr befanden. Einige saßen auf dem Boden, mit dem Rücken an die Wand gelehnt, andere standen. Viele hatten schreckliche Hämatome, Platzwunden. Ihre Köpfe waren kurz geschoren. Ihre Gesichter blass und verdreckt und einige starrten mit stumpfem Blick irgendwo ins Leere.

Egon versuchte zu erkennen, wer zuvor mit ihm gesprochen hatte. Doch der Mann gab sich nicht zu erkennen. Die Sperrriegel wurden aufgestoßen. Instinktiv wichen die Insassen zurück. Egon erkannte, wie einige der Männer auf dem Boden anfingen, Arme und Beine anzuziehen. Sie zitterten und in ihren gebrochenen Augen erkannte er nackte Angst. Die Tür öffnete sich. Der SS-Mann, der sie zuvor in Empfang genommen hatte, stand im Türrahmen. »Jauchekübel leeren. Du da!« Er zeigte mit seiner Lederknute auf einen Mann. Dieser ergriff einen schweren Holzeimer und lief mit gesenktem Kopf aus der Zelle. Der SS-Mann sah in die Runde. Niemand traute sich zu, seinem Blick standzuhalten. Wenige Augenblicke später kam der Insasse zurück. Er stellte den leeren Eimer wieder an seinen Platz.

Die Tür wurde erneut zugeschlagen. Das Licht blieb an.

»Verrecken sollst du, Reuter!«, zischte einer durch die

Zähne. Einer der Gefangenen ging zu dem Eimer. Egon hörte ein Plätschern und vernahm den Geruch konzentrierten Urins.

»Egon?« Völlig überrascht fuhr Egon herum. Jemand drängte sich durch die Wand der Männer.

»Fritz? Oh, mein Gott!« Die beiden fielen sich in die Arme.

»Was passiert hier, Fritz? Was machst du hier?«

»Die haben mich zu Hause abgeholt. Ich weiß nicht, was die von mir wollen.«

Wieder hörten sie das Geräusch schwerer Stiefel. Die Riegel der Nachbarzelle wurden geöffnet. Jemand brüllte einen Befehl. Dann schlug die Tür wieder zu. Sie hörten das Winseln eines Mannes. Doch das schien seine Peiniger nicht zu beeindrucken. Wieder ertönten wüste Beschimpfungen.

Egon und Fritz zermarterten sich das Hirn, was der Grund für ihre Festnahme sein konnte. Ihnen fielen gleich mehrere ein. Sie schwänzten den Dienst in der HJ, möglicherweise stand ihre Inhaftierung im Zusammenhang mit der Schlägerei, in welcher der Sohn des Ortsgruppenleiters was abbekommen hatte. Dass es mit der Sache in Königswinter zusammenhing, glaubten beide nicht. Aber wer wusste schon, wie weit die Fänge der Gestapo reichten? Im Lager am Felsensee war schließlich das Gerücht umgegangen, dass sich Spitzel unter ihnen befinden könnten.

Später wurde die Tür erneut geöffnet und ein Eimer Wasser in die Zelle gestellt. Jeder Gefangene erhielt ein Stück altes Brot. Ihre Zelle war so eng, dass sich nicht alle Männer gleichzeitig hinlegen konnten. »Wir schlafen abwechselnd«, erklärte ihm ein anderer. »Einige stehen, einige sitzen und der Rest liegt.«

Das Gefühl für Zeit weichte allmählich auf. Das Licht brannte die ganze Zeit. Egon und Fritz hatten keine Vorstellung, ob es Abend oder bereits Nacht war. Nach einer

Weile fanden sie einen Platz, wo sie nebeneinander sitzen konnten.

»Hör zu, Egon«, flüsterte Fritz verschwörerisch. »Egal was ist. Stell dich blöd. Du weißt absolut von nichts. Und wenn sie dich an den Eiern kriegen, bleib bei einer Geschichte. Egal, was sie mit dir machen. Und wenn sie dich halb totschlagen. Hast du das verstanden?«

»Ja.«

»Es ist wichtig. Wenn du unglaubwürdig wirst, machen die dich fertig. Und glaube ihnen kein Wort. Glaube keinem Versprechen. Keiner Drohung. Bleib bei deiner ersten Schilderung. Hast du das kapiert?«

»Warum erzählst du mir das?«

Ängstlich sah sich Fritz um. Er kam näher und sprach weiter: »Ich hab dir doch von meinem Bruder erzählt.«

Für einen Moment sah Egon seinen Freund an. »Du hast mir nur erzählt, dass du mit ihm geboxt hast.«

Fritz richtete seinen Blick geradeaus. Doch schien er nichts zu fokussieren. Er sah irgendwo ins Leere.

»Die Gestapo hatte ihn festgenommen.«

»Warum?«

»Klaus war auch auf Bonifacius eingefahren. Er war vor dem Krieg bei den Wandervögeln gewesen. Beim ersten Mal haben sie ihn festgenommen und verhört.« Fritz presste die Lippen zu einem Schlitz. »Halb totgeschlagen haben sie ihn. Aber er hat dichtgehalten.«

Egon setzte sich gerade hin. »Und dann?«

Wieder sah Fritz misstrauisch in alle Richtungen, bevor er antwortete. »Beim zweiten Mal hat ihn irgend so ein Nazischwein verpfiffen, weil er angeblich Flugblätter verteilt hatte. Erst haben sie ihn in ein Konzentrationslager gebracht. Nach Brauweiler. Das ist irgendwo Richtung Köln, glaube ich. Ein halbes Jahr war er da. Konnten ihm wohl nichts richtig beweisen. Als er wiederkam, war er nicht mehr derselbe. Jedenfalls hat man ihm seinen UK-Status aberkannt. Und da er nicht mehr unabkömmlich war, haben sie ihn zur Wehrmacht geschickt.«

Egon kannte die Antwort auf seine Frage. Er stellte sie trotzdem. Er musste sie stellen. »Was ist mit ihm?«

Fritz riss sich aus seinen Gedanken und sah Egon an. »Vier Wochen hat er überlebt. Vier Wochen, Egon. Er war 18 Jahre alt.«

Fritz drehte sich weg. Egon spürte, dass er allein sein wollte.

Egon legte die Unterarme auf die angewinkelten Knie und stützte seinen Kopf ab. Irgendwann sank er in einen unruhigen Halbschlaf. Das Donnern der Sperrriegel schreckte ihn auf.

Reuter blickte suchend in die Runde. »Egon Siepmann! Raustreten.«

Egons Magen zog sich augenblicklich zusammen und seine Knie wurden butterweich.

»Raustreten hab ich gesagt. Aber ein bisschen plötzlich!«

Automatisch, als gehörten seine Beine nicht ihm, setzte sich Egon in Bewegung.

Der SS-Mann und drei weitere Polizisten standen auf dem Gang. Einer der Wachen fasste ihn am Arm. Kommentarlos wurde er in einen Raum eine Etage höher gebracht.

Das, was Egon sah, ließ seine Welt aus den Fugen geraten, drang wie ein Fausthieb in seine Seele und machte ihm auf einen Schlag auf den Verlust jeglicher Menschenwürde in diesem Gebäude aufmerksam. An der Decke befand sich ein geschwungener Eisenhaken. Tief griff dieser in die Fesseln des halb nackten Mannes, der an den Händen zusammengebunden wenige Zentimeter über dem Boden schwebte, gerade so weit, dass die Zehenspitzen den Boden berührten. Sein Kopf lehnte überstreckt nach hinten. Egon konnte nicht erkennen, ob der Mann noch lebte. Aber er wusste, um wen es sich handelte. Um den Mann, der bei ihrer Einlieferung sein Recht eingefordert hatte zu erfahren, was man ihnen vorwarf. Sein Leib war übersät von dunklen Striemen, daumendick, und wer auch immer die Schläge geführt hatte, hatte keine Gnade walten lassen.

Seine Hose war nass, es roch nach Kot und Urin.

Egon wurde angewiesen, Platz zu nehmen. Die Wärter fesselten ihn an dem festgeschraubten Stuhl und verließen wortlos den Raum. Sosehr er sich auch vor den Männern gefürchtet hatte, jetzt, allein gelassen mit diesem Gequälten, unwissend, was folgen würde, verspürte er eine Angst, für die es keine Worte gab. Jeglicher Möglichkeit beraubt, seinen Blick von dem dort hängenden Mann abzuwenden, nahm er jedes Detail auf. Egon wusste, dass man, unabhängig jeder physischen Konstitution, eine solche Position nur eine kurze Zeit durch Muskelkraft ertragen konnte. Schon bald wurde der eigene Körper mit seinem Gewicht zu einem unbezwingbaren Gegner, der unter dieser Last Schmerzen formte.

Das Geräusch der Tür riss ihn aus seinem Albtraum. Wachen kamen herein, fassten ihn rüde am Kinn und überstreckten seinen Kopf. Dann hörte er das zuschnappende Geräusch einer Schere und das schmerzhafte Ziehen an seiner Kopfhaut. Sein abgeschnittenes Haar fiel lautlos zu Boden. Anschließend lösten sie seine Fesseln und schleiften ihn über den Flur zu einem anderen Zimmer, wo er sich erneut auf einen Stuhl setzen musste.

Der Raum war beinahe kahl. Mittig stand ein Holztisch. Zwei Stühle auf der einen Seite, ein weiterer, auf dem Boden verankert, auf der anderen Seite. Rechts saß ein Mann mit steifer Haltung und einer Brille auf der Nase vor einer Schreibmaschine. Er wirkte auffällig normal. Eines jener Dutzendgesichter, die aus dem Grau der Masse nicht herausstachen. Es war einer dieser Menschen, die in ihrem Bestreben nach Pflichtbewusstsein jegliche Handlungen von Obrigkeiten nicht infrage stellten und frei von jeglichen moralischen und ethischen Bewertungen ihre Arbeit verrichteten. Eine typische deutsche Eigenschaft. Sein Blick ruhte völlig regungslos auf Egon. Schüchtern blickte dieser sich um. Er sah ein Fenster. Aber es war mit dunkler Farbe bestrichen, sodass er nicht feststellen konnte, welche Tageszeit es war.

Die Wachen standen in seinem Rücken. Egon traute sich nicht, sich umzudrehen. Nach einiger Zeit ging die Tür auf. Ein Mann, den er zuvor noch nicht gesehen hatte, trat um den Tisch und setzte sich ihm gegenüber. Er war groß. Seine Frisur – das blonde Haar an den Schläfen licht und streng nach hinten gekämmt – unterstrich die scharfen Konturen seines Gesichtes.

»Mein Name ist Stahlschmied«, sagte der Mann mit einer Mimik, bei der Egon angst und bange wurde. »Ich habe einige Fragen an dich. Und ich werde dir nur eine einzige Chance einräumen, sie ehrlichen Gewissens zu beantworten.«

Es entstand eine Pause. Unerträglich lang, obwohl sie nur wenige Sekunden andauerte.

»Gegen dich besteht der Verdacht staatsfeindlicher Bestrebungen durch Zugehörigkeit zu einer kriminellen Gruppe, deren Verhalten wehrkraftzersetzende Tendenzen zeigt.«

Augenblicklich war das Geräusch der Schreibmaschine zu vernehmen, welche die Stille nach den Worten brutal zerriss. Stahlschmied beugte sich nach vorn und legte den Kopf leicht schief, als er sein Gegenüber abschätzend ansah. Egon hatte das Gefühl, dass dieser Kerl in der Lage war, seine Gedanken zu lesen, dass er in seinem Hirn nach verräterischen Anhaltspunkten suchte.

»Antinationalsozialistisches Verhalten stellt einen Verrat an Führer, Volk und Vaterland dar. Dir ist bewusst, was auf Hochverrat steht?«, kam es eiskalt. In einer fließenden Bewegung griff er an seine rechte Seite, zog eine Pistole, die er für einen flüchtigen Augenblick auf sein Gegenüber richtete, bevor er sie auf den Tisch legte.

Egon hatte für einen Moment das Gefühl, dass sein Herzschlag aussetzte.

Der Gestapomann lehnte sich zurück, streckte entspannt die Beine aus und ließ die rechte Hand lässig auf der Waffe ruhen. Er brauchte keine Überlegenheit zu demonstrieren. Er war unleugbar überlegen. In allem, was er tat.

»Du hast ein Problem, Siepmann. Ein gottverdammtes Problem. Du weißt nicht, was ich alles weiß. Und ich beabsichtige nicht, es dir zu sagen. Solltest du also auf die irrwitzige Idee kommen und versuchen, mich anzulügen …«, Stahlschmied hob die Waffe einige Zentimeter an und ließ sie dann auf die Tischplatte poltern, »wird das möglicherweise eine Anklage wegen Hochverrates zur Folge haben. Hast du das verstanden?« Wieder setzte er sich aufrecht hin und beugte sich vor. »Ich habe gefragt, ob du das verstanden hast?«

Egon hob den Kopf und sah den Gestapooffizier an. Seine Kehle war wie zugeschnürt, und es wollte ihm nicht gelingen, dessen Blick länger als zwei Sekunden standzuhalten. Unmittelbar darauf traf Egon ansatzlos eine Ohrfeige, dass er vom Stuhl fiel.

»Antworte gefälligst, wenn du etwas gefragt wirst!«, brüllte Reuter.

Rüde riss man ihn hoch und setzte ihn wieder auf seinen Platz. Stahlschmieds Mimik wirkte unbeeindruckt. Egons Gesichtshälfte schmerzte höllisch. Mit Mühe widerstand er dem Drang, sich den Kopf zu halten.

»Wer ist euer Anführer?«, fragte Stahlschmied in einem beinahe verständnisvollen Ton.

Schwer schluckte Egon. Oft hatte er körperliche Gewalt erfahren. In der Schule, bei der Ausbildung. Und nicht zuletzt zu Hause. Wie die meisten in seinem Alter. Schläge gehörten zu ihrer Jugend. Stillschweigend praktizierte und gesellschaftlich akzeptierte Demütigungen. Aber das hier war etwas anderes. Das erste Mal wurde diese Gewalt nicht von Wut begleitet, die ihn beinahe alles hatte ertragen lassen. Egon hatte Angst. Eine fürchterliche Angst.

»Ich … ich bin in keiner Gruppe«, antwortete er mit leiser Stimme. Er registrierte eine Bewegung aus den Augenwinkeln, doch war sie zu schnell, um zu reagieren. Der nächste Schlag gegen den Kopf war erheblich härter. Nicht mit der flachen Hand ausgeführt. Benommen blieb er auf dem Boden liegen. Erneut hob man ihn an und setzte ihn wieder auf den Stuhl. Dieses Mal wurde er von dem Wärter gestützt, sonst wäre er zur Seite gekippt.

»Du behauptest also, kein Edelweißpirat zu sein?«

Das Geräusch der Schreibmaschine hämmerte in seinem Kopf. Egon sah verschwommen. Stahlschmieds Konturen waren unscharf, schwankten.

»Ich weiß gar nicht, was das ist«, hörte er sich sagen. »Und wenn Sie mich totschlagen, ich kenn die nicht.« Er spürte, wie etwas von rechts in sein Blickfeld drang. Instinktiv verspannte er sich, wartete auf den nächsten Schlag. Doch Stahlschmied hob nur einen Finger – nichts passierte. Stattdessen übergab man ihm eine graue Akte, die er aufschlug und auf den Tisch legte.

»Ich habe hier einige Berichte und Vernehmungsprotokolle. Demnach gaben Zeugen unabhängig voneinander an, dass im Schlosspark Borbeck, am alten Bahnhof in Borbeck und an der Kirmes am Oettingplatz, ein Bursche benannt werden konnte, der sich Egon nannte und der vorgab, aus Essen-Kray zu stammen«, berichtete der Gestapomann nun weniger gereizt, aber nicht minder gefährlich. Stahlschmied blätterte um. »Und am Jahnplatz, am Hauptbahnhof und im Volksgarten tauchte diese Person ebenfalls auf.« Kurz sah Stahlschmied auf. »Und vor mir sitzt ein Egon Siepmann aus Essen-Kray, der seit Monaten nicht zum Pflichtdienst der HJ erscheint und zumindest dem äußeren Anschein nach exakt einer solchen bündischen Gruppierung zuzuordnen ist. Na ja. Zumindest an deinem Haarschnitt dürfte es nichts mehr zu bemängeln geben.«

Egons Eingeweide zogen sich zunehmend zusammen. Je länger ihn dieser SS-Mann in die Mangel nahm, desto mehr wurde ihm klar, dass alle seine Vorwürfe der Realität entsprachen.

Stahlschmieds Augen verengten sich zu Schlitzen. »Egon Siepmann, der ... natürlich rein zufällig ... der beste Kumpel eines Fritz Gärtner ist, der in der Vergangenheit bereits einige Male einschlägig in Erscheinung getreten und wegen bündischer Umtriebe mehrfach von der Polizei kontrolliert worden war.« Stahlschmied zündete sich eine Zigarette an und pustete den Rauch direkt in Egons Gesicht. »Der Egon Siepmann, der vor einigen Wochen ... ich nehme an auch rein zufällig ... auf der Joachimstraße, während der Ausgangssperre, von der Polizei in einem Hinterhof kontrolliert wurde, nachdem unmittelbar zuvor am Gebäude des Bahnhofs Kray-Nord staatsfeindliche Parolen gepinselt worden waren.« Langsam füllte sich der Raum mit Rauch.

»Aber ich habe doch bereits gesagt, dass ich bei dem Brockhaus war. Im Lohdiekweg. Mutter hatte mich geschickt.« Egon fiel das Sprechen schwer. Seine rechte Gesichtshälfte war angeschwollen. Er hörte sich selbst, als hätte er einen Stofflappen im Mund.

Stahlschmieds Augen hafteten weiter auf Egon. Langsam ließ er den Rauch aus seiner Nase strömen, dann drückte er die Zigarette aus, obwohl er sie noch nicht zu Ende geraucht hatte.

»Wer ist euer Anführer? Wer gehört noch zu eurer Gruppierung?«

»Ehrlich! Ich kenne keinen …«

Ansatzlos prasselten Schläge mit einem Gummischlauch auf ihn herab. Immer wieder prügelte der Wärter damit auf seine Oberarme und die Oberschenkel. Egon fiel erneut vom Stuhl, lag in embryonaler Haltung auf dem Boden, die Arme schützend über den Kopf gelegt. Irgendwann hörten die Schläge auf. Wieder hob man ihn hoch und setzte ihn auf den Stuhl. Seine Arme und Beine fühlten sich taub und schwer an. Egon hatte mal beim Fußballspiel einen Pferdekuss bekommen. Einen Stoß mit angewinkeltem Knie direkt auf den Oberschenkel. Die stumpfe Prellung hatte ein normales Auftreten tagelang kaum möglich gemacht. So fühlte sich nun sein gesamter Körper an. Als hätte ihn eine Lore bei voller Fahrt gerammt.

»Wer ist eurer Anführer? Wer gehört noch zu eurer Gruppierung?« Stahlschmieds Ton war ruhig. Wie der eines verständnisvollen Vaters, der seinen Sohn wegen eines Lausbubenstreichs zur Rede stellte.

Egons Körper bestand nur aus Schmerz. Beinahe unfähig zu sprechen, schüttelte er kaum merklich den Kopf. »Bitte! Ich kenne doch niemanden.«

Ausdruckslos lag Stahlschmieds Blick auf dem jungen Mann vor sich. Nach einer gefühlten Ewigkeit des Schweigens zog er einen Stift aus seiner Innentasche und hielt seine Hand in Richtung seines Sekretärs, ohne diesen dabei anzusehen. Sofort war das knarrende Geräusch der Rolle zu hören, als dieser das Protokoll aus der Maschine zog. Stahlschmied nahm es und drehte das Blatt zu Egon.

»Hier unterschreiben!« Energisch pochte er mit seinem Zeigefinger auf das Dokument. »Dein Vernehmungsprotokoll, in dem du angibst, nicht Angehöriger einer bündisch kriminellen Vereinigung zu sein und keine sachdienlichen Hinweise zu deren Führern, Mitgliedern und Strukturen machen zu können.«

Egons Hand zitterte, als er den Stift ergriff. Er zögerte.

»Unterschreib! Wird's bald?«

Alles in ihm schrie auf, nicht zu unterschreiben. Wie ein Außenstehender sah er seine Hand, die in unleserlichen Buchstaben einen Namen auf der gestrichelten Linie zog. Seinen Namen.

Gleichzeitig, als er den Stift ablegte, wurde er von kräftigen Händen erfasst und angehoben. Egons Blick lag auf den Augen des Gestapooffiziers, als man ihn aus dem Vernehmungsraum trug.

*

Unfähig zu gehen, hatte man ihn bis in den Kellertrakt geschleift, die Zellentür geöffnet und hineingeschmissen. Seine Mitgefangenen legten ihn in eine Ecke. Egon erkannte Fritz' sorgenvolles Gesicht.

»Ich hab ihnen nichts gesagt. Ich hab nichts …«

»Pst. Ist gut, Junge.« Der große Mann, der ihn zu Beginn beruhigt hatte, beugte sich über ihn.

»Bringt mir Wasser!«, rief er, ohne sich umzudrehen.

Vorsichtig stützte er Egons Kopf, als er ihm die Kelle hinhielt.

»Mein Gott, wo leben wir?«, murmelte er vor sich hin, während er kopfschüttelnd auf Egon sah. »Jetzt foltern sie schon Kinder«, hörte Egon noch, dann wurde es dunkel.

Langsam wurde er wach. Fritz saß an die Wand gelehnt neben ihm. Egon versuche, sich aufzusetzen, was ihm erst beim zweiten Mal gelang. Mit schmerzverzerrtem Gesicht setzte er sich neben seinen Freund. »Wie lange hab ich geschlafen?«, fragte er, während er sich die geprellten Rippen hielt. Das Atmen fiel ihm schwer.

Fritz zuckte mit den Schultern. »Keine Ahnung. Wir wissen nicht mal, ob es Tag oder Nacht ist.« Grinsend sah er Egon an. »War es hart?«

»Viel schlimmer.«

»Bist ein verdammt zäher Hund, Siepmann, weißt du das?«

»Die kriegen mich nicht klein. Und wenn die mich totschlagen!«

Fritz nickte anerkennend. »Was wollten die wissen?«

Egon rang sich ein gequältes Lächeln ab. »Ob ich ein Edelweißpirat bin. Wer unsere Anführer sind und so ein Zeug.«

»Und du hast dichtgehalten?«

»Worauf du dich verlassen kannst.«

Fritz presste seine Lippen aufeinander. »Meinst du, die wissen was?«

»Jungs!« Der große Gefangene trat an die beiden heran und kniete sich mit knackenden Gelenken hin. Misstrauisch sah er sich um. »Passt auf, was ihr sagt. Hier haben die Wände Ohren.« Er zwinkerte ihnen zu.

Fritz nickte in seine Richtung. »Das ist Bruno«, sagte er. »Er ist in Ordnung.«

Bruno lächelte Egon aufmunternd zu. »Wollten dich ausquetschen, stimmt's?«

Egon nickte.

»Machen die immer so. Erst gibt's 'ne Tracht Prügel. Später machen sie dir dann Versprechungen.«

Plötzlich hörten sie Geräusche vor der Zelle. Sofort verkrampfte sich Egon und drückte sich instinktiv gegen die

Wand. Die Zelle wurde geöffnet und die Wachen stellten einen Korb mit trockenem Brot hinein. Kaum hatten sie die Tür zugeschlagen, stürzten sich die ausgemergelten Männer darauf. Bruno fuhr herum und verschwand in dem Knäuel aus Leibern. Kurz darauf kam er mit einigen Scheiben wieder. Er hielt Egon und Fritz je eine hin. »Riecht erst daran. Manchmal pissen sie drauf.«

Wieder war das Klacken der Sperrriegel zu hören und die Zellentür wurde erneut geöffnet. Augenblicklich stießen die Wachmänner einen weiteren Gefangenen in die Zelle.

Er war ungefähr in Egons und Fritz' Alter und hatte offenbar mächtig was abbekommen. Äußerlich sah man nichts, doch blieb er benommen auf dem Boden liegen. Wieder war es Bruno, der half. Zusammen mit Fritz schleiften sie ihn in ihre Ecke.

»Was haben die denn mit dir gemacht?« Bruno ergriff den Jungen und tastete dessen Rippenbögen ab. Sofort verzog der Junge das Gesicht.

»Verdammt!«, fluchte Bruno. »Die haben es echt übertrieben. Hoffen wir mal, dass da nichts gebrochen ist.«

Abschätzend sah er Egon und Fritz an. »Ihr müsst ja einiges auf dem Kerbholz haben, dass die euch so rannehmen. Was wollen die denn von euch?«

Der Neue sah Bruno trotzig an. »Ob ich ein Edelweißpirat bin. Aber ich hab denen nichts gesagt.«

Bruno zog die Stirn in Falten. »Wie heißt du, Junge?«

»Karl-Heinz.«

»Gut, Karl-Heinz. Edelweißpirat? Ich dachte, Piraten gibt's nur auf dem Meer. Nie gehört. Was soll das sein?«

»Na, wir machen nicht, was die wollen. Wir leben unser Leben.«

Bruno setzte sich. »Was macht ihr denn?«

Karl-Heinz blinzelte den Mann vor sich an. »Nichts. Wir

tun keinem was. Wir scheißen auf die HJ. Gehen wandern. Singen unsere Lieder. Und manchmal hauen wir den Braunhemden was aufs Maul.«

Bruno richtete seinen Blick auf Egon und Fritz. »Dafür wird man doch nicht von der Gestapo verhaftet. Da steckt doch mehr hinter, Jungs.«

Fritz wollte etwas antworten, doch erhielt er von Egon einen Stoß.

»Keine Ahnung. Kenne keine Edelweißpiraten. Ich weiß nicht mal, was das genau ist«, sagte er stattdessen.

Bruno grinste. »Verstehe …«

Wieder donnerte das Geräusch der Sperrriegel durch die Zelle.

»Fritz Gärtner! Raustreten.«

Die beiden Freunde sahen sich an. Wortlos nickte Fritz Egon zu. Dann stand er auf und trat auf den Flur.

*

Sie kamen am frühen Morgen. Der Wagen fuhr vor und hielt vor dem Haus. Vier Männer in dunklen Ledermänteln stiegen aus und drückten die hölzerne Hauseingangstür auf. Das Poltern ihrer schweren Stiefel hallte durch das Treppenhaus. Einer der Männer hieb mit der flachen Hand gegen die Tür.

Kurt Baumeister schreckte hoch. Er schlug das Oberbett beiseite und tastete mit seiner Hand nach der Brille auf dem kleinen Beistelltischchen.

Wieder hämmerte jemand gegen die Tür. »Aufmachen! Kriminalpolizei«, brüllte der Mann dahinter.

Baumeister schlüpfte in seine Hausschuhe und nahm seinen Morgenmantel. Erika kam schlaftrunken aus ihrer Kammer.

»Was geht da vor, Papa?«

»Geh, Kind. Geh in dein Zimmer und schließe die Tür.«

Baumeister sah seiner Tochter nach, vergewisserte sich, dass sie die Tür schloss, bevor er zur Diele eilte. In seinen Zügen lag größte Sorge. »Einen Augenblick bitte!«, rief er. Er drehte den Schlüssel und drückte die Klinke hinunter. Sofort stieß der Mann im Treppenhaus die Tür derart kräftig auf, dass Baumeister ausweichen musste, um nicht von ihr getroffen zu werden.

Die Männer drängten in die Wohnung. Einer richtete eine Pistole auf Baumeister, ergriff ihn am Arm und führte ihn in die Stube.

»Hinsetzen!«, befahl der Polizist, während die anderen ausschwärmten. Einer der Beamten öffnete die Tür zu Erikas Zimmer. »Rauskommen!«, bellte er.

Erika hatte sich notdürftig etwas übergeworfen. Sichtlich beeindruckt folgte sie dem Befehl. Trotzdem erkannte ihr Vater noch immer jenen Trotz in ihrem Gesicht, der ihm das Leben so oft schwer gemacht und zeitgleich so versüßt hatte. Der Polizist fasste die junge Frau unsanft am Arm und schubste sie zum Esstisch.

Einer der Männer baute sich breitbeinig vor Kurt Baumeister auf. »Mein Name ist Müller. Sie werden mir einige Fragen beantworten.«

Währenddessen begannen zwei der Männer die Wohnung zu durchsuchen. Dabei warfen sie den Inhalt des Schrankes und der Kommoden einfach auf den Boden. Der Dritte hielt die Waffe weiter auf Baumeister gerichtet. Der Kriminalassistent zog einen Stuhl heran und stellte einen Fuß auf die Sitzfläche. Lässig legte er seine Unterarme auf sein Knie, während er Baumeister anstarrte.

»Wir haben eindeutige Beweise, dass in Essen-Rüttenscheid eine ... wenn Sie mich fragen ... staatsfeindliche Gruppierung, die sich allgemeinhin als Bekennende Kirche bezeichnet, deutsche Jugendliche für ihre Zwecke beeinflusst.«

Baumeister hielt dem Blick stand.

»Was sagen Sie dazu, Baumeister?«

»Ich kann beim besten Willen nichts Schlechtes darin erkennen, jungen Menschen Gott näherzubringen.«

Müller nahm den Fuß von der Sitzfläche, zog den Stuhl in die richtige Position und setzte sich. »Sie sind Sozialdemokrat, habe ich recht?«

»Ich gehöre keiner Partei an«, antwortete Baumeister nach einer Weile.

Müller grinste und nickte bedächtig. »Das ist mir bekannt.«

Langsam beugte er sich vor. »Rüttenscheid gehört zum Wirkungsfeld von Heinrich Held. Den Herren brauche ich Ihnen sicher nicht vorstellen, oder?«

Müller legte den Kopf leicht schief, als erwartete er eine Antwort.

»Und da ihm, zweifelsfrei zu Recht, ein Redeverbot erteilt wurde, liegt der Verdacht nahe, dass er sich zur Verbreitung seines antinationalsozialistischen Gedankenguts gewisser Helfer bedient.«

Einer der Beamten trat an Müller heran und übergab ihm ein kleines Buch. Müllers Augen ruhten weiter auf Baumeister, während er es aufschlug. Erst dann senkte er den Blick. »Liedertexte ...«

Verächtlich schüttelte der Kriminalassistent den Kopf.

»Sie sind doch ein Bekannter von diesem ehemaligen Krayer Hilfsprediger? Wie hieß er noch gleich? Hans Karl Hack, wenn ich mich nicht irre. Lebt er jetzt nicht in Stuttgart?«

Baumeister blieb ihm eine Antwort schuldig.

»Ich wundere mich nach wie vor, dass Ihr Presbyterium ihm nach seiner Verurteilung tatsächlich eine weitere Gemeinde anvertraut hat.« Laut ließ Müller das Buch zuschnappen. »Jedenfalls wurden die Jugendlichen in Begleitung eines Mannes in ziviler Kleidung beobachtet.« Müller zeigte auf Baumeister. »Packen Sie Ihre Sachen zusammen. Sie sind festgenommen und werden der Geheimen Staatspolizei überstellt.«

»Nein!« Erika sprang auf. Sofort war einer der Beamten bei ihr und drückte sie gewaltsam auf den Stuhl.

Bedächtig drehte sich Müller zu der jungen Frau. »Sieh an. Das junge Fräulein scheint mir recht temperamentvoll.« Er überschlug die Beine und faltete die Hände in seinem Schoß. »Ich hörte bereits von Ihrem ungestümen Naturell.«

»Lassen Sie meinen Vater! Er hat nichts Unrechtes getan.«

Müller zog die Mundwinkel nach unten und zuckte mit den Schultern. »Das ist sicher eine Frage der Betrachtungsweise.« Er erhob sich, schritt mit hinter dem Rücken verschränkten Armen durch den Raum und blieb vor einer Porträtfotografie über dem Bett Baumeisters stehen. »Ihre Mutter? Sie sehen ihr sehr ähnlich.« Müller drehte sich um und sah auf Erika. »Sie verstarb vor einigen Jahren, wenn ich mich recht erinnere. Muss schwer für Sie gewesen sein.«

Langsam trat er wieder an den Tisch zu Baumeister, der noch immer mit der Pistole bedroht wurde.

»Ihre Tochter ist 16 Jahre alt. Wir werden sie in die Obhut des Jugendamtes überstellen.«

Baumeisters Gesichtsfarbe wechselte in Sekundenbruchteilen in einen aschfahlen Farbton. »Das ... das können Sie nicht ...«

»Ich kann!«, fuhr ihm Müller dazwischen. »Und nicht nur das! Es ist offenkundig, dass Ihre Tochter ein Verhalten an den Tag legt, welches zielgerichtet auf eine Verwahrlosung zusteuert.«

»Ich bitte Sie! Üben Sie Nachsicht. Sie hat ihre Mutter verloren.«

»Nachsicht? Sie verlangen Nachsicht?« Müller trat näher heran, wobei er mit jedem Schritt seine Lautstärke erhöhte.

»Selbst wenn ich Verständnis aufbringen würde, ändert es nichts an der Tatsache, dass Sie als Vater auf ganzer Linie versagt haben! Erika schwänzt seit Längerem den Dienst beim BDM. Darüber hinaus treibt Sie sich mit kriminellen Jugendbanden herum. Hört diese amerikanische Niggermusik. Und nicht nur das!« Müller fuhr herum und starrte jetzt auf Erika. »Ihre Tochter hegt sein Neuestem intensive Kontakte mit bündisch kriminellen Gruppen.«

Das Poltern der schweren Stiefel hallte durch den Raum, als Müller näher an Erika trat.

»Vor einigen Wochen wurde der Sohn unseres Ortsgruppenleiters in Ausübung seiner Pflicht als HJ-Streifenführer von Mitgliedern dieser kriminellen Vereinigungen angegriffen und schwer verletzt. Und Sie waren ebenfalls anwesend!« Müller zeigte mit ausgestecktem Arm auf Erika. »Sie verlangen doch nicht allen Ernstes von mir, dass ich das als Zufall werte? Sie wurden durch die Ordnungspolizei dazu vernommen und Sie haben bei Ihrer Aussage gelogen, Frau Baumeister. Von wegen, Sie wissen nichts.« Müller gestikulierte wild mit den Armen. »Sie wissen ganz genau, wer diese Verbrecher sind! Und von mir verlangt man, dass ich Nachsicht übe?«

Eine Zeit lang sagte niemand etwas. Müller starrte Baumeister gefährlich an. Plötzlich entspannte sich seine Haltung und er breitete die Arme aus. »Aber gut. Ich bin kein Unmensch. Ich übe Nachsicht.« Wieder drehte er sich zu Erika. »Sie haben exakt eine Woche, um mir die Verbrecher zu nennen, welche diesen hinterhältigen Angriff auf Paul Schrader ausführten. Ich will Ross und Reiter benannt wissen. Eine Woche, Frau Baumeister. Ansonsten sorge ich persönlich dafür, dass ein Konzentrationslager das Einzige ist, was Ihr Vater für eine sehr lange Zeit sehen wird.«

*

Einige Stunden passierte nichts. Die Luft wurde zunehmend stickiger und der Toiletteneimer war bis zum Rand gefüllt. Einer der Gefangenen hatte offenbar Durchfall und sich in die Hosen gemacht. Der Gestank war unerträglich. Irgendwann wurde die Zellentür geöffnet. Alle mussten raustreten und sich hinknien. Den Kopf zur Wand und die Hände auf dem Rücken. Anschließend hatten zwei Häftlinge die Zelle mit Wasser und einem Schrubber zu säubern und den Eimer zu leeren. Nachdem sie fertig waren, mussten auch sie sich hinknien. Zwei Wärter betraten die Zelle und inspizierten die Wände nach staatsfeindlichen Sprüchen. Egon konnte es nicht sehen, hörte aber, wie sie sich darüber unterhielten. Sie wirkten gewissenhaft, als kannten sie jedes einzelne, in die Wand geritzte Wort. Egon hatte das Gefühl, dass sie sich bewusst Zeit ließen. Die Stellung, in welcher die Gefangenen ausharren mussten, schmerzte. Der harte und unebene Steinboden drückte auf die Kniescheiben. Einige der ohnehin geschwächten Gefangenen konnten diese Position nur kurz halten. Sobald sich einer regte, erhielt er unter wüsten Beschimpfungen Schläge mit einer Hundepeitsche. Einer der Männer kippte schließlich nach vorn, stieß mit dem Kopf gegen die mit Kalk getünchte Wand und fiel zur Seite. Eine Wache trat ihn mehrfach in die Seite und in den Bauch. Trotz aller Versuche, sich aufzurichten, kippte der Mann immer wieder um. Die Antwort waren erneute Stiefeltritte, bis er sich kaum noch regte.

Nachdem alle Gefangenen wieder in die Zelle geführt worden waren, erhielten sie etwas später Abendbrot, was erneut aus altem Brot bestand. Dazu gab es dieses Mal ungesüßten Tee. Jeder bekam ein becherähnliches Gefäß aus Emaille, welches er einmal in einen gefüllten Eimer tauchen durfte.

Die Enge wirkte sich allmählich auf die Stimmung aus und es kam zu einer kurzen Schlägerei um einen Liegeplatz.

Egon versuchte einzuschätzen, wie spät es war. Auch wenn er müde war und glaubte, es müsste abends sein, konnte er nicht mit Gewissheit sagen, dass das auch so war. Er hatte nicht mal eine Vorstellung davon, ob er einen oder bereits zwei Tage in diesem Loch war.

Fritz war noch immer nicht zurück, und Egons Sorge um seinen Freund wuchs. Irgendwann hatte ihn offenbar ein tiefer Schlaf übermannt, aus dem ihn das Geräusch der Sperrriegel riss. Zwei Wachen traten ein, drängten sich zwischen die Gefangenen.

»Beweg dich, Siepmann!« Noch ehe er sich erheben konnte, wurde er am Kragen erfasst und aus der Zelle gezogen. Auf dem Gang legte man ihm erneut die Fesseln an. Anschließend erhielt er einen Stoß in den Rücken. »Vorwärts! Wird's bald?«

Erneut brachte man ihn eine Etage höher. Dieses Mal saß Stahlschmied schon rauchend hinter dem Vernehmungstisch.

Egon sah den Gestapooffizier nur kurz an, senkte dann seinen Blick. Er hatte noch nie jemanden gesehen, der so eiskalte Augen besaß. Messerscharf, von einem tiefen Blau und darin eine Unerbittlichkeit, die ihm Angst machte.

»Gut, Siepmann. Wer ist euer Anführer?«

Egon antwortete nicht sofort. Nur das Geräusch der Schreibmaschine war zu vernehmen.

»Ich habe doch schon gesagt, ich weiß nicht …«

Jede Sekunde hatte er damit gerechnet, dass man erneut auf ihn einschlagen würde. Trotzdem wurde er von der Wucht des Hiebes überrascht. Es war nicht jene stumpfe Gewalt wie bei dem ersten Verhör. Dieses Mal war es ein stechender, brennender Schmerz. Ihm war, als hätte die kurze Reitgerte seine Kleidung durchdrungen und sich wie eine glühende Schneide tief in das Fleisch seines Rückens geschnitten.

Stahlschmied zeigte sich unbeeindruckt. »Ich werde meine Zeit nicht ewig mit einer solchen Ratte wie dir verschwenden. Ich habe genügend Beweise, um dich in ein Konzentrationslager zu schicken. Wenn es nicht sogar reicht, dich an die Wand zu stellen. Ich frage dich also ein allerletztes Mal: Wer sind eure Anführer?«

Auf einmal spürte Egon etwas, was tief in ihm brodelte und jetzt nach oben stieg. Hätte er die Zeit gehabt, sich mit diesem Gefühl auseinanderzusetzen, es zu beschreiben, so hätte er es möglicherweise als eine Form des Stolzes, vielleicht auch als Trotz bezeichnet. Plötzlich wusste er, dass er niemals Verrat begehen würde. Egal, was man ihm antun würde. Langsam hob er den Kopf. Es fiel ihm schwer, doch dieses Mal hielt er dem Blick des Gestapomannes stand.

»Ich weiß, Sie können alles mit mir machen. Wenn Sie mich totschlagen wollen, werde ich das nicht verhindern können. Aber auch dann werden Sie keine Namen aus mir rausbekommen, weil es keine Namen gibt, die ich Ihnen nennen könnte.« Egon wunderte sich selbst über seinen Mut.

Stahlschmieds Mimik blieb ausdruckslos. Nichts an ihm verriet, was er dachte, was er als Nächstes beabsichtigte. Egon war es egal. Wenn sie ihn jetzt zusammentreten würden, dann würde er es hinnehmen. Nochmals streckte er sich, bemühte sich, aufrecht zu sitzen.

»Erzähl mir von den Köhlerbrüdern.« Stahlschmieds Themenwechsel kam für Egon völlig überraschend.

»Was ist auf Bonifacius vorgefallen?«

Fieberhaft suchte Egons Gehirn nach dem Sinn dieser Frage, nach der richtigen Ausrede. Woher wusste Stahlschmied davon? Da er ihn damit konfrontierte, musste er davon ausgehen, dass Stahlschmied etwas bezweckte. Er testete ihn, fuhr es ihm durch den Kopf. Er überprüfte seine Glaubwürdigkeit. Und noch etwas spürte Egon. Er musste zeitnah antworten.

»Sie haben aufs Maul bekommen. Und wenn Sie mich totschlagen … sie haben es verdient.«

Stahlschmied zog als einzige erkennbare Regung eine Braue hoch. »Warum?«

»Weil sie niederträchtige Schweine sind, die jeden fertigmachen.«

»Du lehnst dich weit aus dem Fenster, Siepmann. Aufrichtige deutsche Jungs, die im Gegensatz zu dir ihre Pflicht am deutschen Vaterland ableisten, als Schweine zu bezeichnen, wird deine Lage nicht verbessern.« Stahlschmieds Augen verengten sich zu Schlitzen. Eine Zeit lang taxierte er den Burschen vor sich, bis sich seine Züge etwas entspannten. »Stellst du dir nicht die Frage, woher ich das alles weiß?«

»Werden sich wohl beschwert haben«, antwortete er kleinlaut.

Stahlschmied grinste. Das erste Mal, seit Egon ihm begegnet war, zeigte er so etwas wie eine Emotion. Doch es war kein aufrichtiges Grinsen. Es wirkte – wie alles an diesem Mann – gefährlich.

»Dein Kumpel, der Fritz, war schlauer als du. Hat ausgepackt. Sieht nicht gut aus für dich, Siepmann.«

»Sie können mir viel erzählen!« Egon hatte den Satz noch nicht beendet, als die Reitgerte auf seinen Rücken knallte.

»Willst du hier frech werden?«, brüllte die Wache.

Der Schmerz war beinahe unerträglich. Egon konzentrierte sich. Er wollte nicht schreien. Auf keinen Fall wollte er schreien. Als man endlich von ihm abließ, war er schweißgebadet. Rotz quoll aus seiner Nase, formte Blasen, die in sich zusammenfielen. Sein Atem ging stoßweise, als seine tränengefüllten Augen das Blatt fixierten, das Stahlschmied zu ihm drehte. Er zeigte mit seinem Zeigefinger auf die Unterschrift. Fritz Gärtner, las Egon verschwommen ab. Es überraschte ihn so sehr, dass er den Gestapomann mit offenem Mund ansah.

Den Blick weiter auf den Jungen vor sich gerichtet, fuhr Stahlschmied fort. »Ist wohl doch nicht so ein toller Kumpel, der Fritz. Hat uns gesagt, dass du ein Edelweißpirat bist. Und dass du an einem Überfall auf eine HJ-Streife in Essen-Kray beteiligt warst. Also. Spuck's aus! Wer gehört noch zu euch?«

Egons Magen zog sich zusammen. Hatten sie Fritz kleingekriegt? Hatten sie ihn tatsächlich fertiggemacht? Der Gedanke war niederschmetternd.

»Und wenn sie dich an den Eiern kriegen, bleib bei einer Geschichte. Egal, was sie mit dir machen. Und wenn sie dich halb totschlagen«, hallten Fritz' Worte in seinem Kopf.

Langsam blickte er auf und sah den Gestapokommissar an. »Dann hat er gelogen. Was weiß ich? Um seine Haut zu retten.«

»Seine Haut muss man nur retten, wenn es einen Grund dazu gibt. Rede! Was weißt du über Fritz?«

»Nichts. Wir arbeiten zusammen. Daher kenne ich ihn. Mehr weiß ich nicht. Das müssen Sie mir glauben.«

Hart schlug Stahlschmied auf die Tischplatte. Egon fuhr zusammen. »Kein Wort glaube ich dir! Ihr habt gemeinsam die HJ-Streife überfallen. Und ich will von dir alle Namen, hast du mich verstanden?«

»Aber ich kenne doch keine Namen!«

Stahlschmied sprang auf und verpasste ihm eine Ohrfeige, dass Egon vom Stuhl kippte. »Es ging um eine Erika Baumeister. Und man hat dich mehrfach mit ihr gesehen! Willst du das etwa auch abstreiten?«

Egon lag noch immer in embryonaler Haltung auf dem Boden und schützte mit seinen Armen seinen Kopf.

»Rede!«

Ängstlich lugte er nach oben. »Nein«, sagte er eingeschüchtert.

»Hinsetzen!« Stahlschmied zeigte auf den Stuhl. Egon erhob sich und folgte seiner Anweisung.

»Du gibst also zu, dass du Kontakt zu dieser Baumeister pflegst?«

Egon fuhr sich über die Lippen. Er hatte einen metallischen Geschmack im Mund. »Ja, ich kenne sie.« Seine Stimme schien ohne Kraft.

»Sie ist eine von euch, oder?«

Egon schüttelte kaum merklich den Kopf. »In Freisenbruch. Als der Bomber runtergekommen war. Hab sie aus den Trümmern geholt.«

Stahlschmieds Kaumuskeln pulsierten.

Schüchtern blickte Egon auf. »Ich war bei ihr, weil ihr Vater sich bei mir bedanken wollte. Daher kenne ich sie.«

»Du behauptest also, dass du an dem Überfall auf Paul Schrader und den Kameraden der HJ nicht beteiligt warst?«

Dieses Mal war Egons Kopfschütteln energischer. »Ich weiß gar nicht, wer das ist. Ich will keinen Ärger. Ich kümmere mich um meine Familie. Vater ist gefallen. Sein Bruder wohnt bei uns. Er ist kriegsversehrt und krank.« Egon fuhr sich mit der Zunge über die geschwollene Unterlippe. Noch immer schmeckte er Blut. Vorsichtig drückte er mit der Zunge gegen seine Zähne. Offenbar wackelte keiner.

Stahlschmied beobachtete ihn, als suchte er nach einem winzigen Hinweis darauf, dass er log. Egon hatte Angst vor diesem Mann. Je mehr er sich bemühte, glaubwürdig zu sein, je mehr er versuchte, unauffällig und normal zu wirken, desto mehr befürchtete er, dass er sich verriet. Die Zeit schien stillzustehen. Sogar das allgegenwärtige Geräusch der Schreibmaschine war verstummt. Diese Ruhe belastete. Engte ihn ein.

Stahlschmied legte den Kopf leicht schief, als würde er versuchen, einen anderen Blickwinkel einzunehmen. Endlich streckte er den linken Arm zur Seite. Wieder war die Rolle der Schreibmaschine zu hören und wieder knallte der Kommissar ein Blatt auf die Tischplatte.

»Unterschreiben!«

Mit zitternden Händen nahm Egon den Stift und setzte eine kaum leserliche Unterschrift unter das Vernehmungsprotokoll. Ihm war es egal, was dort stand.

Wortlos traten die beiden Wachen neben ihn und ergriffen ihn unter den Achseln. Als sie ihn aus dem Vernehmungsraum zogen, trafen sich Egons und Stahlschmieds Augen erneut. Wieder grinste der Gestapomann. Doch dieses Mal interpretierte Egon es anders. Dieses Grinsens wirkte aufrichtig. Beinahe anerkennend.

※

Zurück in der Zelle heulte Egon Rotz und Wasser. Sein Körper war ein einziger Schmerz, aber das war es nicht, was ihn hatte zusammenbrechen lassen. Es war diese Demütigung. Diese Hilflosigkeit. Bruno und Karl-Heinz hockten schweigend neben ihm, bis er sich etwas beruhigt hatte.

Egon wischte sich mit dem Ärmel die Tränen aus den Augen und holte einige Male tief Luft, um seiner Stimme Kraft zu verleihen. »Wo ist Fritz? Wisst ihr, was mit Fritz ist?«

Bruno und Karl-Heinz sahen sich ernst an.

»So genau wissen wir das nicht«, antwortete Bruno nach einer Weile. »Sie haben ihn nicht zurückgebracht.« Kurz zuckte er mit den Schultern. »Hab nur gehört, dass Reuter, dieses Arschloch, irgendwas davon gefaselt hat, dass Fritz wohl etwas schlauer gewesen war als die anderen.«

Egons Magen zog sich zusammen und sein Gesicht wurde blass. Das konnte einfach nicht sein, schoss es ihm durch sein Hirn, welches von dem Verhör noch ermüdet war. War es doch Fritz' Loyalität, die ihn so nachhaltig beeindruckt hatte. Bruno erhob sich, tätschelte ihm aufmunternd die Schulter und verzog sich in eine andere Ecke, in der er sich gegen die Wand lehnte und die Augen schloss.

Karl-Heinz robbte näher an Egon heran. »Haben dich mächtig rangenommen, was?«

»Geht schon. Ist auszuhalten.«

Karl-Heinz kam noch etwas näher. Kurz sah er sich in alle Richtungen um. »Was wollten die wissen?«, flüsterte er.

»Na was schon?«

»Und? Hast du dichtgehalten?«

»Was soll ich dichthalten? Ich weiß doch gar nicht, worum es geht.«

Karl-Heinz nickte wissend. »Verstehe.«

Eine Zeit lang sagte keiner etwas. Dann beugte sich Karl-Heinz wieder zu Egon.

»Du bist einer von den Krayern, habe ich recht? Die sollen 'ne HJ-Streife mächtig zerlegt haben.« Lässig zuckte er mit den Schultern. »Ich mein … ist nichts Besonderes. Aber es gibt da wohl so Gerüchte. Der Streifenführer war wohl der Sohn von so einem hohen Tier.«

Egon lehnte sich zurück. »Ich weiß nicht, wovon du da redest.«

Abwehrend hob Karl-Heinz beide Hände. »Schon klar. Musst du wissen. Deine Sache. Aber wenn der Fritz dich verpfiffen hat, kommst du hier nicht mehr raus.«

Egon antwortete nicht.

»Ich hasse so miese Verräter«, zischte Karl-Heinz.

Egon wandte sich ab, zog die Knie an und legte seinen Kopf auf die Unterarme. »Lass mich jetzt.«

Während Egon die Augen schloss, schweiften seine Gedanken in die Vergangenheit. Vor dem Krieg. Zu Vater. Zu den gemeinsamen Zeiten. Und wie immer, wenn er an ihn dachte, war er erfüllt von Sehnsucht und Trauer. Er vermisste ihn jetzt, hier in dieser Zelle, mehr als jemals zuvor. Er dachte an Annemarie und daran, dass er in den vergangenen Monaten nie richtig für sie da gewesen war. An Mutter. Was es bedeuten musste, sich in diesen Zeiten als Witwe durchschlagen zu müssen. Oft hatte er sich unter einem Vorwand aus dem Haus geschlichen. Diese Unaufrichtigkeit machte ihm jetzt zu schaffen. Er hatte Mutter angelogen. Auf einmal hatte er das Gefühl, ihre Ängste und Sorgen zu fühlen. Ihre Trauer. Egon fühlte sich mies. Anstatt für sie da zu sein, saß er hier in diesem Loch. Es war allein seine Schuld. Doch war es denn tatsächlich verwerflich, dass er seinen Wünschen nach diesem winzigen Stück Unbeschwertheit gefolgt war? Vielleicht hatte er nicht das Recht dazu gehabt. Weil man in dieser Zeit keinen Anspruch auf eine selbstbestimmte Jugend hatte. Was würde passieren, wenn Stahlschmied nicht gelogen hatte? Wenn es stimmte, was Bruno und Karl-Heinz vermuteten, dass Fritz ihn tatsächlich verpfiffen hatte? Und wäre es ihm zu verübeln? Wer weiß schon, was sie mit ihm angestellt hatten. Vielleicht hatte er viel Schlimmeres durchmachen müssen. Egon dachte an den Mann, den sie an seinen Fesseln an einen Haken aufgehängt hatten. Und was würde aus Annemarie, aus Mutter, wenn er nicht mehr für sie da sein konnte? Egon hatte Angst. Er sehnte sich nach ihrer liebevollen Umarmung, dieser Geborgenheit, er hatte das tiefe Bedürfnis, seinen Kopf an ihre Schulter zu lehnen, ihre tröstenden Hände zu spüren, die ihm sanft über das Haar strichen. So wie früher, als er klein gewesen war und sie mit ihrer Liebe, mit wenigen Mut machenden Worten all seine Sorgen beiseite gewischt hatte. Wieder wurde die Tür geöffnet und erneut zogen die Schergen Stahlschmieds mehrere Personen hinaus. Egon hörte ihre Beschimpfungen, die flehenden Rufe der armen Hunde, auf die sie einschlugen. Er zog seine Arme und Beine noch enger an seinen Körper, als könnte er sich so vor allem um ihn herum schützen.

Nach einer Weile schreckte Egon hoch. Ein Zellennachbar hatte ihn angerempelt. Egon blinzelte benommen. Er sah, dass Karl-Heinz bei Bruno saß und wie sie sich gegenseitig etwas zuflüsterten. Als sie seinen Blick bemerkten, hielten sie inne und Karl-Heinz zwängte sich durch die anderen zu ihm hin.

»Bruno hat gesagt, dass man allen Jugendlichen, die nicht mehr zu HJ gehen, die UK-Stellung entzieht. Wusstest du das?«

Egon sagte nichts.

Wieder sah Karl-Heinz sich um, als befürchtete er, jemand würde ihr Gespräch verfolgen. »Ich hab echt Schiss, Egon. Ich mein … wenn die mir die Unabkömmlichstellung entziehen … Ich werd bald 17. Was ist, wenn die mich einziehen? Mein Vater ist gefallen und meine Brüder sind an der Ostfront. Wer soll sich um meine Mutter kümmern?«

Egon sah ihn an. Es machte ihn nachdenklich, was er da hörte. »Was willst du tun?«

Karl-Heinz zuckte mit den Schultern. »Keine Ahnung. Echt nicht. Frag mich nur, ob es die ganze Sache wert ist?«

»Was meinst du?«

»Na, das mit den anderen. Weißt du? Gut. Ich war dabei. Aber Vieles hab ich gar nicht mitgemacht. Verstehst du?«

Egon sah den Jungen misstrauisch an. »Du willst singen?«

Mit einem tiefen Seufzer strich sich Karl-Heinz über sein Gesicht. Einen Augenblick lang starrte er Egon an.

»Du hast doch auch Familie, oder? Machst du dir denn keine Sorgen, was aus ihnen wird, wenn man dich wegsperrt oder zur Wehrmacht zieht? Wer soll sich um sie kümmern?«

»Hast du mir nicht gesagt, du hasst Verräter?«

»Ja. Ich meine das ja auch so. Aber Bruno sagt, in gewissen Situationen muss einem das eigene Hemd am nächsten sein.«

Egon schnaufte verächtlich aus.

»Verstehst du nicht, Egon? Ich will keinen verpfeifen. Aber ich muss auch an mich und meine Familie denken. Warum soll ich für Dinge geradestehen, mit denen ich nichts zu tun habe?«

Egons Blick haftete mit schräg gelegtem Kopf weiter an Karl-Heinz. »Dann bist du trotzdem ein Verräter.«

Karl-Heinz sah sein Gegenüber verärgert an. »Und du bist dir sicher, dass die anderen das auch für dich tun würden? Pah! Dann denk mal an deinen Kumpel Fritz. In die Pfanne hat er dich gehauen. Rennt da draußen rum und du hockst in diesem Loch. Willst du für ihn weggesperrt werden?«

»Und warum erzählst du mir das alles?«

»Denk nach, Egon«, sagte er leise. »So blöd kann man doch gar nicht sein. Ich meine … Wenn wir beide gemeinsam zu diesem Stahlschmied gehen und reinen Tisch machen würden …«

»Vergiss es!«

»Mag's hier noch so schlimm sein … da, wo man uns hinbringt, wird's schlimmer. Glaub's mir.«

Wieder antwortete Egon nicht. Karl-Heinz griff ihn am Oberarm. »Mensch, Egon! Willst du denn deine Mutter und deine Schwester nie mehr sehen?«

Eine steile Falte bildete sich auf Egons Stirn, während er den Jungen vor sich musterte. Und dann überkam ihn eine Erkenntnis. Eine Gewissheit. Fritz hatte ihn nicht verraten. Was auch immer sie mit ihm gemacht hatten.

Egon entspannte sich. Er lächelte. »Du hast recht. Mein Problem ist nur, dass ich der Gestapo nichts sagen kann, weil ich nichts weiß. Und ich werde mir nichts ausdenken, womit ich mir später Scherereien einhandle. Ich hab die HJ geschwänzt, weil ich von der Maloche kaputt bin, verstehst du? Und weil mein Vater gefallen ist und wir Mutters Bruder zu Hause pflegen. Und den Fritz kenn ich eigentlich nur von der Zeche. Lass gut sein, Karl-Heinz. Mach so, wie du meinst.«

Egon meinte, so etwas wie Enttäuschung in Karl-Heinz' Zügen zu erkennen. Einige Sekunden sahen sich die beiden wortlos an. Dann hörten sie das Rasseln eines Schlüsselbundes. Reuters feistes Gesicht schob sich in den Raum.

»Karl-Heinz Heidkamp! Aber zackig, wenn ich bitten darf.«

Karl-Heinz erhob sich, wobei seine Augen noch immer auf Egon ruhten. Dann drehte er sich um und verließ die Zelle.

Egon schaute ihm nach. Er hatte ihm zu keinem Zeitpunkt gesagt, dass er eine Schwester hatte, dachte er, während er zu Bruno sah, der ihn mit seltsamem Blick anstarrte.

∗

Noch immer war der Raum überfüllt. Das Licht brannte die gesamte Zeit und mehrfach am Tag wurde die Tür geöffnet und Gefangene zum Verhör gebracht. Einige kehrten nicht zurück. Der Schlafmangel, unter dem alle aufgrund der Enge litten, und die permanente Angst, der Nächste sein zu können, erschöpften und machten das Denken träge. Selbst das Gerangel um einen Platz und um das viel zu gering rationierte Essen hatte sich gelegt. Eine allgemeine Lethargie hatte sich breitgemacht und kaum jemand unterhielt sich. Bei einigen, die man vom Verhör zurückgebracht hatte, schien der Wille gebrochen zu sein. Sie saßen oder lagen mit seltsam verklärtem Blick, andere hatten Panikattacken und begannen heftig zu zittern und zu wimmern, wenn die Zelle geöffnet wurde. Egon gegenüber saß ein Mann, dünn und ausgemergelt, der sich nach und nach jedes einzelne Kopfhaar herauszog. Es hatten sich bereits mehrere kreisrunde Bereiche auf seinem Schädel gebildet. Die Luft war dünner als unter Tage. Es stank nach Schweiß, Urin und Kot. Viele kratzten sich, einige hatten bereits blutige Stellen und auch Egon bemerkte erste, punktförmige Einstiche in einer Reihe – wie bei einer Kette –, die sich an seinen Fußgelenken gebildet hatten und einen unerträglichen Juckreiz verursachten. Es war nicht leicht, Flöhe zu erwischen, und wenn es gelang, war es schwer, ihren harten Panzer zu zerdrücken.

Kurz nachdem Karl-Heinz zum Verhör gebracht worden war, hatte man Bruno abgeholt. Beide waren bisher nicht wiedergekehrt. Hatte Karl-Heinz tatsächlich seine Leute ans Messer geliefert? Hatte man ihn gehen lassen? Das mit Fritz' Unterschrift konnte gefälscht sein. Aber warum hatte man ihn dann nicht zurückgebracht? Konnte es sein …? Nein. Er schüttelte den Gedanken beiseite. Niemals. Fritz war ein Kerl von Charakter. Er würde niemals jemanden verraten und er, Egon Siepmann, würde ihnen nicht auf den Leim gehen.

Vorsichtig tastete er seine geschwollene Lippe ab. Als er mit der Zunge darüber fuhr, fühlte er die raue Kruste über der aufgeplatzten Haut. Seine Rippen schmerzten bei jeder Bewegung, doch er konnte etwas besser atmen, wenn auch nur sehr flach. Sein Blick wanderte durch den Raum. Legte sich über jeden einzelnen der geschundenen Gefangenen. Er fragte sich, was er getan hatte, was für eine Schuld er auf sich geladen hatte, dass man ihn derart behandelte. Er wünschte sich, jeder, der diesen Staat bejubelte, würde sehen können, was er mit seinen Bürgen tat. Sie hatten nicht das

Recht dazu. Kein Mensch hatte das Recht, einen anderen auf diese Art und Weise zu behandeln. Egon fühlte nichts anderes als Hass und er spürte, wenn es ihnen gelang, ihn zu brechen, von seinen Prinzipien abzubringen, wäre sein zukünftiges Leben sinnlos.

Wieder war das dumpfe Geräusch mehrerer Stiefel zu hören. Es folgte das mittlerweile gewohnte Geräusch eines Schlüsselbundes und das Donnern der zurückgeschlagenen Sperrriegel. Sofort verkrampften sich die Insassen. Einige krümmten sich wimmernd auf dem Boden, andere wichen wie vor einer wild um sich beißenden Bestie zurück. Wenige blieben scheinbar unbeeindruckt und mit einem gewissen Stolz trotzend stehen.

Ein Gestapomann baute sich in der Tür auf. Hinter ihm standen weitere. Es war nicht Reuter, doch wirkte er nicht minder brutal.

»Siepmann!«

Egons Magen krampfte sich zusammen. Die Blicke der anderen lagen auf ihm. Sie sahen ihn mit einer Mischung aus Mitleid und Erleichterung an, dass es nicht ihr Name war, der aufgerufen wurde.

»Siepmann!«, bellte der Mann deutlich aggressiver.

Langsam erhob sich Egon. Die Angst, die sich durch seinen Körper fraß, lähmte und ihm war, als knickten ihm jeden Augenblick die Beine weg.

»Beweg deinen Arsch! Und das ein bisschen plötzlich.«

Die Männer bildeten eine Gasse, durch die er automatisch, wie seinem freien Willen beraubt, langsam durchschritt.

Kurz vor der Tür ergriff der Wärter ihn ungeduldig am Kragen und zog ihn derart aus der Zelle, dass er gegen die gegenüberliegende Wand prallte. Das Geräusch der zuschlagenden Tür hallte durch den Flur.

»Bewegung!« Rüde stieß er ihn nach vorn.

Zu seiner Überraschung ging es dieses Mal in den zweiten Stock. Nichts wies hier auf die Folterkammern des Kellers hin. Alles wirkte sauber. Wie man es von einer deutschen Amtsstube erwartete. Trotzdem wuchs seine Angst mit jedem Schritt. Mittig des Ganges blieben sie vor einer Tür stehen. Einer der Wärter öffnete sie und man drängte ihn in den Raum. Ein Tresen teilte ihn. Dahinter stand ein weiterer Mann in Uniform.

»Egon Siepmann?«

Eingeschüchtert nickte er.

Der Mann stellte lautstark eine Holzkiste auf den Tresen und drehte ein Formular so, dass Egon es lesen konnte.

»Unterschreiben!«, befahl der Mann.

Egon sah ihn verwundert an. »Was ist das?«

Sofort bildete sich bei dem Mann ein genervter Gesichtsausdruck. »Du unterschreibst, dass du hier gut behandelt wurdest. In der Kiste ist dein persönlicher Krempel. Nun mach schon. Ich habe noch anderes zu tun.«

Von hinten erhielt er einen Stoß. »Unterschreib. Oder wir schmeißen dich wieder ins Loch, bis du Schimmel ansetzt.«

Egon verstand nichts. Vor wenigen Sekunden war er sich sicher, dass man ihn erneut zum Verhör bringen würde und nun sollte er entlassen werden? Automatisch nahm er den Stift und setzte seine Unterschrift auf die Linie, unter der in Druckbuchstaben sein Name stand.

»Nimm deine Sachen und dann scher dich hier raus. Noch was!« Der Beamte zeigte mit dem Finger auf ihn. »Solltest du Lügenmärchen über deinen Aufenthalt hier erzählen, wirst du wegen Wehrkraftzersetzung festgenommen. Ich kann dir nur den guten Rat geben, die Klappe zu halten.«

Der Mann drehte die Holzkiste und der Inhalt fiel auf den Tresen. Hastig raffte Egon seine Sachen zusammen, als man ihn erneut zur Eile antrieb. Wenige Minuten später stand Egon auf der Straße. Er war frei.

*

Gernot Schrader trat um seinen Schreibtisch, verschränkte die Hände hinter dem Rücken und lief auf und ab.

»Meine Herren, nur noch mal, damit ich dieses offenkundige Kompetenzgerangel auch richtig verstehe.« Schrader blieb stehen und sah Kriminalassistent Müller und den zuständigen Revierleiter der Ordnungspolizei, Revieroberwachtmeister Richard Glettenberg, mit skeptischer Miene an.

»Kriminalassistent Müller beklagt, dass die zuständige Ordnungspolizei hinsichtlich der Verfolgung dienstpflichtsäumiger Jugendlicher nicht konsequent vorgeht. Sind diese Vorwürfe berechtigt, Herr Glettenberg?«

Dieser warf Müller kurz einen selbstbewussten Blick zu. Vom Dienstrang her waren beide auf Augenhöhe, doch hatte der Revierleiter mehr Dienstjahre vorzuweisen als Müller Lebensjahre.

»Bei allem Respekt, Herr Ortsgruppenleiter. Mein junger Kollege scheint offenbar mit den rechtlichen Vorgaben nicht so recht vertraut zu sein. Ich muss diese Vorwürfe vehement als unbegründet zurückweisen.«

Schrader zog eine Braue hoch. »Nun, offenbar ist der Herr Kriminalassistent zu einer anderen Bewertung gekommen. Herr Müller. Wenn Sie so freundlich wären …?«

Müller setzte sich aufrecht hin und betrachtete den Revierleiter einen Augenblick, dessen überheblicher Unterton ihm nicht entgangen war. »Wie ich dem Herrn Ortsgruppenleiter bereits berichtete, können wir in einigen Teilen des Bannes von einer Dienstpflichtverweigerungsrate von bis zu 50 Prozent ausgehen. In anderen Städten sieht es noch katastrophaler aus. Diese Verweigerung begründet die Gefahr der Verwahrlosung und fördert kriminelle Entwicklungen. Eine Zunahme straffällig gewordener Jugendlicher, die sich in wilden Banden zusammenrotten, ist mit besorgniserregendem Tempo zu verzeichnen.«

Glettenberg hob zur Unterbrechung die Hand. »Die Dienstpflichtverweigerung fällt in die Zuständigkeit der HJ-Dienststellen. Und was die Verfolgung von Straftaten betrifft … das ist doch wohl eindeutig eine Aufgabe der Kriminalpolizei.«

»Ich darf Sie auf den Erlass der Reichsjugendführung vom 23. März des Jahres 1940 hinweisen, Herr Kollege«, kam es von Müller.

Schrader sah den Kriminalbeamten fragend an.

»Die Erfüllung der Jugenddienstpflicht kann nach Paragraf 12, Absatz 4 der Jugenddienstverordnung durch die Polizei erzwungen werden«, antwortete dieser.

Glettenberg lächelte. »Auf Antrag der zuständigen HJ-Dienststelle, Kollege Müller. Ein Blick ins Gesetz erleichtert die Rechtsfindung.«

Schrader machte eine Einhalt gebietende Handbewegung, trat um seinen Schreibtisch und setzte sich. »Erklären Sie es mir, Glettenberg. Wie geht das ganze Prozedere vonstatten?«

Glettenberg zwirbelte die Spitzen seines Oberlippenbartes. »Zunächst einmal übernimmt der HJ-Streifendienst im Rahmen seiner Kompetenzen die Kontrolle unter anderem auch in Bezug auf die Jugenddienstpflicht. Ich erlaube mir an dieser Stelle darauf hinzuweisen, dass die HJ-Streife zu diesem Zweck der Sicherheitspolizei unterstellt ist.« Glettenberg warf Müller einen unmissverständlichen Blick zu.

»Das beantwortet nicht meine Frage, Herr Revierleiter«, hakte Schrader nach.

Glettenbergs Augen lösten sich von Müllers und er wandte

sich wieder dem Ortsgruppenleiter zu. »Das Vorgehen unsererseits erfolgt nach streng vorgegebenen Richtlinien. Fehlt ein zum Dienst verpflichteter Jugendlicher unentschuldigt, so wird ihm durch den zuständigen Einheitsführer eine Mahnung ausgestellt, die er zu quittieren hat. Kommt es zu einem weiteren Fehlverhalten, wird eine zweite Mahnung ausgestellt. Ist auch diese erfolglos, so werden die Erziehungsberechtigten von der Säumigkeit unterrichtet. Führt auch diese Maßnahme nicht zum Erfolg, so kann die HJ-Leitung einen Antrag an die Bannführung der Polizei stellen mit der Bitte um Handlung.«

»Darf ich den Herrn Ortsgruppenleiter höflichst bitten, den Revierleiter zu befragen, wie diese Handlungen in der Regel aussehen?«, warf Müller ein.

Schrader sah Glettenberg mit auffordernden Blick an.

»In der Regel suchen wir die Erziehungsberechtigten persönlich auf und ermahnen sie, ihre Kinder zum Dienstantritt anzuhalten.«

Schrader lehnte sich zurück und faltete seine Hände unter seinem Bauch. »Das ist alles? Das ist doch nicht Ihr Ernst.« Schrader wandte sich dem Kriminalassistenten zu. »Müller, welche Sanktionsmaßnahmen stehen in einem solchen Fall zur Verfügung?«

»Das liegt zunächst in der Zuständigkeit der HJ-Dienststellen. Sie sind zu weitreichenden, aber lageangepassten Disziplinarmaßnahmen befugt. Lageangepasst, da man die Jugendlichen von der Tugendhaftigkeit der Hitlerjugend überzeugen möchte. Man möchte sie schließlich nicht vergraulen.«

»Und wenn diese Mittel ausgeschöpft sind? Oder auch zu keinem Erfolg geführt haben?«, fragte Schrader.

»Was die polizeilichen Maßnahmen betrifft … Gemäß dem Jugendstrafrecht ist als eine der Maßnahmen durchaus

Zwangshaft oder eine Verhängung von Jugendarrest möglich«, fuhr Müller fort. »Wenn – und die Betonung liegt hier auf wenn – die Ordnungspolizei die Geheime Staatspolizei darüber in Kenntnis setzt.«

»Da muss ich widersprechen«, kam es energisch von dem Revierleiter. »Die Reichsjugendführung hat zu dieser Problematik eindeutig Stellung bezogen. Mit dem Erlass vom März 1940 wurde explizit darauf hingewiesen, dass disziplinarische Maßnahmen nicht zur dauerhaften Erzwingung der Jugenddienstpflicht vorgesehen sind. Vielmehr steht hier der zunächst zwangsfreie erzieherische Aspekt unter Hinzuziehung der Erziehungsberechtigten im Vordergrund.«

Müller lehnte sich zurück und überschlug die Beine. »Zunächst einmal darf ich den geschätzten Revierleiter darauf hinweisen, dass nach dem von ihm angeführten Erlass, dessen Inhalt mir durchaus vertraut ist, die polizeilichen Maßnahmen unabhängig der disziplinarischen Maßnahmen seitens der HJ-Führung erfolgen. Insofern sollte sich die Ordnungspolizei nicht eines Urteils anmaßen und selbstständig vorgeschriebene Dienstwege verlassen. Entscheidungsbefugt ist hier als Erstinstanz die Geheime Staatspolizei mit ihren Möglichkeiten bis hin zur Zwangshaft, ansonsten sind die hiesige Staatsanwaltschaft und die Jugendgerichtsbarkeit originär zuständig.«

Glettenberg schnaufte verächtlich aus. »Das ist doch mit Kanonen auf Spatzen…«

Müller zeigte keine Regung. »Ich darf Ihnen, lieber Herr Kollege, die Stellungnahme des Herrn Dr. Roland Freisler, seines Zeichens Staatssekretär im Reichsjustizministerium, ans Herz legen, in der er die Vorzüge des Jugendarrestes hinsichtlich ihres erzieherischen Wertes dargelegt hat.«

Müller beugte sich vor, näher an den Revierleiter heran. Seine Augen verengten sich, als er weitersprach: »Abgesehen davon sieht der von Ihnen zitierte Erlass durchaus vor, dass nach den besonderen Umständen des Einzelfalls, bei denen Verfehlungen über die Dienstpflichtverletzung hinaus vorliegen, disziplinarrechtliche Bestrafungen durch die Geheime Staatspolizei möglich sind. Und um genau das geht es hier. Wie sagten Sie doch noch gleich? Ein Blick ins Gesetz erleichtert die Rechtsfindung.«

Glettenberg sprang auf. »Die Durchführung von Zwangshaft ist Aufgabe der Geheimen Staatspolizei und nicht der Kriminalpolizei! Und wenn ich recht informiert bin, sind Sie nicht bei der Gestapo, Müller.«

Der Kriminalassistent zeigte sich unbeeindruckt. »Ich glaube nicht, dass ein Revierleiter sich Gedanken um die internen Angelegenheiten der Sicherheitspolizei machen sollte. Kehren Sie vor Ihrer eigenen Tür.«

»Es reicht!« Schrader schlug mit der flachen Hand auf die Tischplatte. »Es scheint mir kein Wunder, dass hier einiges im Argen liegt, wenn hier nicht miteinander, sondern gegeneinander gearbeitet wird.«

»Ich gebe Ihnen recht, Herr Ortsgruppenleiter«, pflichtete Müller bei. »Jedoch wurde die Überwachung und insbesondere die Unterrichtung der Erziehungsberechtigten beinahe ausnahmslos von den HJ-Streifen und nicht von der Ordnungspolizei vorgenommen.«

Die beiden Polizeibeamten sahen sich feindselig an.

»Tatsache ist«, übernahm Schrader, »dass wir eine Zunahme von Jugendkriminalität zu verzeichnen haben. Und dagegen muss strikt vorgegangen werden. Als Ortsgruppenleiter bin ich für die Belange aller Bürger verantwortlich. Und ich werde es nicht dulden, dass die Kreisleitung an uns herantritt und behauptet, wir hätten die Ortsgruppe nicht unter Kontrolle.«

Schrader erhob sich. Die beiden Beamten taten es ihm gleich.

»Ich werde die Zellenleiter anweisen, die Blockwarte hinsichtlich dieser Thematik zu sensibilisieren und kleinste Verfehlungen zu melden. Wir brauchen einen Überblick über die Unruhestifter, um diese Missstände auszumerzen. Bis dahin erwarte ich von Ihnen, dass Sie sich mit Ihren Bemühungen auf die Problematik konzentrieren. Ich verfüge hiermit, dass den HJ-Streifen stets ein Beamter der Ordnungspolizei vorangestellt wird und man gemeinsam den Dienstpflichtsäumigen und deren Erziehungsberechtigten Feuer unterm Arsch macht. Über alle Feststellungen ist mir Bericht zu erstatten. Sieg Heil, meine Herren!«

*

Es heißt, Angst lähmt. Jetzt, wo er die ausgetretenen Holzstufen zu ihrer Wohnung hinaufschritt, bemerkte er die Schwere seiner Schritte. Ihm war, als müsste er bewusst jedem Muskeln eine Anweisung erteilen, um ein Bein vor das andere zu setzen.

Er wusste, die Bilder der letzten Tage und Stunden würden zu unkontrollierbaren Erinnerungen werden und ihn den Rest seines Lebens begleiten. Sein Leben würde nie wieder das gleiche sein wie davor und manifestierte in ihm die Gewissheit, dass er dieses menschenverachtende System bekämpfen musste. Niemals, so schwor er sich, würden sie ihn brechen. Er hatte zeit seines Lebens Gewalt erleben müssen. Aber das war etwas anderes gewesen. Egon wusste, nichts auf dieser Welt würde ihn davor bewahren, Hass zu empfinden. Hass auf diesen Staat und auf alle, die ihn unterstützten. Dieser Hass würde ihn nähren. Zu hassen war die einzige Möglichkeit für ihn, dass seine Hoffnung und letztendlich er selbst am Leben blieben. Noch ehe Egon mit schweren Schritten die letzten Stufen nahm, öffnete sich die Tür. Mutter stand vor ihm, die Hand zitternd vor dem Mund haltend. Egon schleppte sich die letzten Treppen hinauf. Mutters Hand löste sich von ihrem Mund, legte sich auf seine Wange. Die andere folgte und beide Hände umschlossen sein Gesicht. Ihre Augen füllten sich, die Lider zitterten und Tränen rannen ihre Wangen hinab. Behutsam, so als streiche sie über eine Verletzung, fuhr ihre Hand über seinen rasierten Kopf. In ihren Augen lag ein unsagbarer Schmerz. Egon nahm seine Mutter in den Arm. Anders als sonst war er es, der Trost spendete. Doch fühlte er, dass etwas in ihm zerbrochen war. Ihre Nähe, die Wärme, die immer von ihr ausgegangen war, die ihn getröstet hatte und die sich stets wie ein heilender Balsam auf seine Seele gelegt hatte, erreichte ihn nicht mehr. Mechanisch streichelte er sie, während sie ihr Gesicht schluchzend in seiner Brust vergrub.

Nur zögerlich gelang es ihr, sich von ihm zu lösen. Mit beiden Handflächen wischte sie sich die Tränen fort, um ihre Hände anschließend an ihrer Schürze abzuwischen. Egon drängte sich sanft an ihr vorbei in die Stube. Erich stand stumm da. Sein Gesicht war ernst. Er wirkte mitgenommen. Kurz öffnete sich sein Mund, doch er brachte keinen Ton hervor. So als wüsste er, dass er kein Recht hatte, Egon gegenüber Mitgefühl auszudrücken.

Wortlos schritt Egon an ihm vorbei. Er ging in die kleine Kammer, zog die Vorhänge zu und legte sich ins Bett. Er lag auf dem Rücken, den Nacken gegen das kühle, eiserne Bettgestell gelehnt, und blickte in die Dunkelheit.

Ein Teil von ihm war gestorben. Aber der Rest würde am Leben bleiben. Koste es, was es wolle.

Gegen Mittag erwachte er. Egon spürte, dass er nicht allein war. Ohne die Person zu sehen wusste er, wer im Raum stand. Langsam drehte er sich. Balzer stand da, als ob er ihn die ganze Zeit angesehen hatte. »Messerschmidt war da. Er hat es uns gesagt. Wir waren bei der Gestapo. Man hatte uns keine Auskunft gegeben.«

Egon sagte nichts. Emotionslos betrachtete er Balzer, der noch einige Schritte näher kam. Sein lahmes Bein gab ihm einen schwankenden Gang.

»Ich will nur, dass du das weißt. Deine Mutter hat es versucht, Egon.«

Egon drehte sich wieder auf die Seite. Nach einiger Zeit entfernten sich Balzers Schritte, stoppten dann. »Sie haben ihr gedroht, Egon. Dass sie ihr Annemarie wegnehmen.« Balzer machte eine Pause. Als warte er auf eine Reaktion. Sie blieb aus. »Ich weiß nicht, was du vorhast. Was wird. Aber du solltest daran denken.«

Langsam drehte sich Egon. »Bist du fertig?«

Der Alte betrachtete ihn einige Augenblicke. »Deine Mutter war auf Bonifacius. Sie hat mit deinen Vorgesetzten gesprochen. Die wussten natürlich, dass du in Haft warst. Du darfst dort weitermachen. Vorerst. Es hat sie sehr viel Kraft gekostet. Sehr viel, Egon. Vergiss das nicht.«

✻

»Abhauen? Und was soll das bringen?«

»Versteht ihr nicht? Sie werden Vater …«

»Blödsinn!«, fuhr Karl dazwischen. »Bis zur holländischen Grenze sind es über hundert Kilometer. Ihr kommt nicht mal bis dorthin. Und selbst wenn … Die ganze Niederlande ist besetzt. Schon vergessen?«

Jupp öffnete seinen Rucksack und beförderte eine Flasche Rotwein hervor.

Egon fuhr sich mit der Hand über die Stirn. Niedergeschlagen starrte er zu Boden. »Karl hat recht. Ich schaff es nicht in die Niederlande. Geschweige denn nach England. Ihr müsst untertauchen.«

Erika sah ihn mit geröteten Augen an. »Und wo? Wovon sollen wir leben?«

»Wir lassen euch nicht hängen.« Karls Miene wirkte entschlossen. Ebenso entschlossen wie die der anderen. Er legte seinen Arm um Erika und rieb ihr aufmunternd mit der Hand die Schulter. Sie lächelte erschöpft und zog dabei ihre rechte Braue hoch.

»Nur wie lange? Ich frage euch, wie lange? Bis ihr zur Wehrmacht eingezogen werdet, wenn sie uns bis dahin nicht gefunden haben?«

Jupp zog den Korken und ließ die Flasche Rotwein kreisen.

»Eigentlich weiß ich gar nicht, worum es bei diesem Krieg eigentlich geht. Aber ich lass mich nicht verheizen«, knurrte Berthold wie immer eine Spur zu dick aufgetragen. »Auf keinen Fall.« Er entriss Jupp die Flasche und nahm einen tiefen Schluck.

Dirk lächelte spöttisch. »Die werden dich nicht fragen.«

»Ich find die Idee gar nicht so verkehrt«, antwortete Bert und reichte den Wein mit einem Rülpser weiter.

Dirk zog die Stirn kraus. »Welche?«

»Na, abhauen. Irgendwo in die Wälder ziehen. Da gibt es genug Wild. Beeren …«

Egon schloss die Augen und lehnte seinen Hinterkopf an die Wand. »Bringt doch alles nichts«, murmelte er leise. »Die werden uns jagen und irgendwann kriegen sie uns sowieso.« Resignation schwang in seiner Stimme mit.

»Wenn du so denkst, dann haben die dich da, wo sich dich haben wollen«, entgegnete Karl.

Egon rang sich ein sarkastisches Lächeln ab. »Du meinst, du änderst was, indem du ein paar Sprüche an ein Bahnhofsgebäude pinselst oder einigen HJlern den Arsch versohlst?«

»Zumindest habe ich etwas versucht und verstecke meine

Feigheit nicht hinter dem Argument, dass ich nichts ändern könne.«

Egon spürte Wut in sich aufsteigen. »Willst du damit sagen, du hältst mich für feige?«

Karl hielt seinem Blick stand. »Nein. Das behaupte ich nicht«, kam es ernst und glaubwürdig. »Widerstand fängt im Kopf an. Man kann sich auch durch sein Denken schuldig machen. Darum geht es. Natürlich kannst du dieses System nicht alleine stürzen. Eine Schneeflocke bewirkt nichts. Aber viele können eine Lawine bilden. Nichts und niemand kann eine Lawine aufhalten.«

»Was tun wir denn schon?«, entgegnete Egon.

»Wir lehnen diese Diktatur ab. In unserem Denken und unserer Art zu leben. Auch das ist Widerstand.«

Egon lachte kurz auf. »Das wird sie kaum davon abhalten, unschuldige Bürger einzusperren. Sie zu foltern, weil sie eine andere Meinung haben. Sieh dich um. Wir Deutschen legen uns mit der ganzen Welt an. Glaubt ihr allen Ernstes, dass das gut geht?«

Jupp zuckte mit den Schultern, nahm die Flasche und trank. »Kann schon sein, dass du recht hast. Die Briten sagen, dass sie dem Ruhrgebiet ein paar heftige Treffer verpasst haben und dass es im Osten nicht so rosig für uns aussieht. Vielleicht haben die ja recht und die Nazis verarschen uns nur. So ein perfekt inszeniertes Theater, versteht ihr? Vielleicht verlieren die ja den Krieg.«

»Was hast du gesagt?«, kam es holprig von Heinz Klemke.

Jupp reichte die Flasche zurück an Berthold. »Dass das Ruhrgebiet mehr abbekommen hat, als …«

»Das meine ich nicht. Du hast gesagt …«

»Mit dem Osten?«

Heinz schüttelte den Kopf. Plötzlich setzte sich Karl aufrecht hin. »Klampfe hat recht.«

»Kann mir mal einer erklären, warum ihr beide so dämliche Gesichter macht?« Jupp schaute seine beiden Kameraden an, als hätten die den Verstand verloren.

»Mensch, Klampfe!« Karl schlug Heinz kräftig auf den Rücken, dass ein hohles Geräusch entstand. »Das ist es! Quatscht ja nicht viel, aber wenn, dann kommt da immer richtig was.«

Die anderen blickten ihren Anführer gespannt an, dessen niedergeschlagener Ausdruck sich ins Gegenteil verkehrt hatte. Er schien plötzlich voller Tatendrang und man sah ihm an, dass in seinem Kopf eine Idee gereift war.

»Die wollen einen Namen von dir, Erika?« Karl riss Berthold die Flasche aus den Händen und leerte sie in einem Zug. »Dann sollen sie einen bekommen.«

Dirk lachte. »Stellst dich freiwillig zur Verfügung, oder was?«

Karl beachtete ihn nicht. Stattdessen sah er Egon an. »Du willst Widerstand? Den sollste kriegen.«

Karl sah entschlossen in die Runde. »Ich hab da eine Idee. Aber die wird was kosten. Blauer! Wir müssen einen Einkauf tätigen. Wann haben deine Läden geöffnet?«

*

Sie hatten sich gegen Mitternacht getroffen. Nur Heinz Klemke war nicht dabei. Karl hatte gesagt, dass Klampfe ein paar Kontakte knüpfen würde. Er ließ die anderen trotz Nachfrage jedoch im Ungewissen, was er damit gemeint hatte. Jupp hatte darauf bestanden, dass bis zuletzt niemand außer Karl wissen durfte, was sie vorhatten. Egon vermutete, dass sie heute in das Geheimnis von Jupps außerordentlichem Organisationstalent eingewiesen wurden. Und dass es dabei mit Sicherheit nicht mit legalen Mitteln zuging. Alle wirkten angespannt, denn obwohl außer Jupp und Karl keiner so recht wusste, worum es ging, war jedem klar, dass es dieses Mal ernst werden würde. Jupp hatte die Führung übernommen und gemeinsam waren sie in Richtung Zeche Königin Elisabeth gelaufen. Erika hatte gefragt, wohin Jupp sie führte, aber aus ihm war nichts herauszubekommen.

»Wirste schon sehen«, war das Einzige, was als knappe Antwort gekommen war. Bei abnehmendem Mond und bestehender Verdunklung kamen sie unauffällig und gut voran. Auf den Straßen war nichts los. Nur einmal waren sie auf eine Streife gestoßen, die sie jedoch nicht bemerkt hatte. Man hatte die Schritte der schweren Stiefel Hunderte Meter weit gehört. Bei ihrem Anblick war Egon ganz anders geworden. Er konnte sich ausmalen, was mit ihm passierte, wenn man ihn zwei Tage nach seiner Entlassung zur Sperrstunde anhielt. Vielleicht würde man ihn laufen lassen, aber wenn man seine Personalien aufnahm oder ihn sogar mit aufs Revier schleppte, hätte er ein mächtiges Problem. Bereits nach einer Stunde stoppte Jupp.

Sie zogen sich auf ein Brachgelände der Elisenstraße zurück. Obwohl sie dort niemand sehen konnte, flüsterte Jupp, wobei er sich immer wieder vorsichtig in alle Richtungen umsah.

»Nun erzähl schon!«, kam es ungeduldig von Fritz.

Einen winzigen Moment schien Jupp zu zögern, bevor er sprach: »Ihr wisst, dass hinter uns der Hauptgüterbahnhof liegt.« Es war keine Frage, es war eine Feststellung.

»Hör auf!« Fritz machte große Augen. »Du willst …? Verarsch uns nicht.«

»Das muss hier unter uns bleiben, verstanden?« Ernst sah Jupp jeden einzelnen seiner Freunde an.

»Der Bahnhof wird eingerahmt durch die Elisenstraße, die Burggrafenstraße und den Salkenbergsweg. Er liegt tiefer als die Straßen.« Wieder machte Jupp eine kurze Pause und sah sich um.

»Das gesamte Gelände wird von der Bahnpolizei gut bewacht. Die meisten Wachen stehen im Bereich der Kopf- und Verladerampen. Dazu patrouillieren Wachen mit Hunden zwischen den Zügen.«

»Ich hasse Köter«, fluchte Dirk flüsternd.

»Da kommen wir doch niemals ran!«, warf Egon ein.

Jupp machte eine Handbewegung, mit der er Geduld forderte. »Wir sind hier ungefähr anderthalb bis zwei Kilometer vom Stadtkern entfernt. Wenn Fliegeralarm kommt, koppeln sie die Loks ab und fahren sie regelmäßig aus dem Bahnhof. Oft aber fahren die den gesamten Zug raus, weil das schneller geht. Das sind dann die Züge, die wichtig sind.«

»Aber die werden doch auch bewacht. Wie willst …«

»Königin Elisabeth grenzt direkt daran an. Wenn die Briten tatsächlich die Innenstadt angreifen, wird die Zeche evakuiert«, unterbrach Jupp Dirk. »Dann ist auf der Straße jede Menge los, was die Wachen ablenkt.«

»Trotzdem ist das Gelände riesig!«, sagte Dirk.

Jupp schüttelte den Kopf. »Die haben hier im Bahnhof 23 Gleise, davon sind 19 für den Güterverkehr. Wenn die die Züge Richtung Osten auf die Hauptgleise rausfahren, sind da nur vier Gleise. Die müssen also alle rückwärts hintereinander raus. Das ist 'ne verdammt lange Schlange, aber da die Gleise schnurgerade sind, kann man sie recht gut einsehen.«

»Gut«, sagte Karl. »Wie gehen wir vor?«

»Passt auf.« Jupp winkte den Kreis etwas enger zusammen. »Wir schlagen uns durch das Unterholz entlang der Schienen. Wenn die Züge kommen, springen Karl und ich auf und fahren ein Stück mit.«

»Mensch, Blauer. Hätte ich dir nie zugetraut«, kam es beeindruckt von Berthold.

Erika wirkte ängstlich. »Das ist doch gefährlich.«

Jupp schüttelte den Kopf. »Die Züge werden auf einer freien Strecke abgestellt, wo die Reichsbahn alle Büsche und Sträucher abgeholzt hat. Außerdem haben die da einen Zaun auf beiden Seiten gezogen. Wir müssen also vorher rauf, sonst kommen wir nicht ran. Aber keine Angst. Die machen keine Lichter an und fahren nicht viel schneller als Schrittgeschwindigkeit.«

»Und was machen wir?«, fragte Berthold.

Jupp grinste. »Schmiere stehen, natürlich.« Er nahm seinen Rucksack ab, stellte ihn auf den Boden und öffnete ihn. »Hier!« Jupp verteilte den Inhalt.

Dirk hielt den Gegenstand gegen das Mondlicht. »Was ist das?«

»Knallkörper. Hab ich selbst hergestellt. Ihr müsst vorsichtig sein. Ist 'ne kurze Lunte. Reißt euch glatt die Griffel weg.«

Dirk stieß Bert grinsend an. »Mit kurzen Lunten kennste dich ja aus, Dicker!«

Jupp setzte sich den Rucksack wieder auf. »Ihr haut euch kurz vor dem freien Stück, wo die Züge halten, ins Gebüsch und passt auf. Aber konzentriert euch. Man sieht die Polizei bei der Dunkelheit oft erst ein paar Meter vorher. Und achtet auf den Wind. Der muss immer von vorn kommen. Wegen der Hunde.«

Dirk atmete tief aus. »Bitte keine Tölen.«

»Wenn die Wachen uns zu nahe kommen oder uns bemerken, zündet die Kracher und macht euch so schnell wie möglich vom Acker«, wies Jupp die anderen an.

»Noch Fragen?«

Berthold zuckte mit den Schultern. »Was, wenn die uns schnappen?«

Karl grinste. »Dann wirst du aller Wahrscheinlichkeit nach nicht eingezogen werden.«

Die Gruppe hatte sich aufgeteilt. Zunächst war man gemeinsam hinter dem Zechengelände der Schachtanlage Emil zu den Bahngleisen geschlichen, die lediglich durch einen maroden Maschendrahtzaun geschützt waren. Alle paar Meter waren Schilder daran befestigt, auf denen stand, dass ein Betreten der Gleise verboten war. An einigen Stellen konnte man den Zaun in Bodennähe so weit hochziehen, dass man darunter hindurchrobben konnte. Anschließend waren sie den Schienen ungefähr einen Kilometer Richtung Osten gefolgt und hatten sich dort ins Buschwerk geschlagen. Obwohl die Strecke nicht weit war, waren sie nur langsam vorangekommen. Nur ein schmaler Trampelpfad trennte das Schotterbett von der dichten Randvegetation. Sie mussten hintereinanderhergehen. Der Boden war uneben und es war stockdunkel, sodass sie sich vorsichtig bewegen und auf ihre Schritte achten mussten, um nicht umzuknicken oder zu stolpern. Außerdem blieb Jupp alle paar Meter stehen und lauschte in die Stille nach verräterischen Geräuschen. Eine Zeit lang passierte nichts, doch jeder fühlte eine ungeheure Anspannung. Das, was sie vorhatten, war etwas anderes, als bei einer Stenzenfahrt aufgegriffen zu werden. Die Nacht schritt voran und nur vereinzelnd durchschnitten Scheinwerfer der Flugabwehr aus dem Bereich des nahen Stadtzentrums den Himmel. Einige Male tauchten im Bereich des Bahnhofes die tanzenden Lichter eines Handscheinwerfers auf, ein anderes Mal bellte weit entfernt ein Schäferhund. Allmählich kroch die Bodenkälte in ihre Glieder und die einsetzende Müdigkeit verdrängte nach und nach ihre Aufregung. Dirk äußerte die Vermutung, dass es möglicherweise in dieser Nacht ruhig bleiben könnte.

Doch dann ertönten die Sirenen. Erst weit entfernt, aus Richtung Westen. Sofort war bei allen die Müdigkeit schlagartig weg und gemeinsam sahen sie, wie binnen weniger Sekunden der Himmel über dem Stadtkern von den Scheinwerfern in ein gelbes Licht getaucht wurde. Der Fliegeralarm kam kontinuierlich auf sie zu, schien sich von Stadtteil zu Stadtteil auf sie zuzubewegen. Erst waren sie aus der Innenstadt zu vernehmen, bis wenige Augenblicke später der Bereich des Güterbahnhofs von ihrem markerschütternden Ton überdeckt wurde. Das erste, weit entfernte Donnern war zu hören. Wie ein Gewitter, das sich in der Ferne ankündigte. Jupp kroch aus dem Gebüsch und robbte zum Schotterbett. Er legte die Hand auf einen Schienenstrang und wartete. Nach einem kurzen Moment kam er zurück.

»Macht euch bereit«, flüsterte er. Sofort rannten Dirk und Berthold gemäß Absprache in geduckter Haltung über die vier Gleise auf die andere Seite.

Zunächst war nur ein kaum merkliches Surren zu hören, das zwischen dem Donnern in der Ferne eher zu erahnen war. Nach kurzer Zeit spürten sie leichte Vibrationen und dann bestand kein Zweifel mehr. Der erste Zug näherte sich. Aus der Dunkelheit schälten sich die Umrisse eines großen Objektes. Ein zischendes Geräusch war zu vernehmen und dann nahmen die Konturen Form an. Alle drückten sich tief zu Boden, nahmen den typischen Teergeruch der Bohlen und den des Schotterbettes wahr.

Jupp hatte recht. Die Bomberangriffe konzentrierten sich vornehmlich auf den innerstädtischen Bereich, insbesondere auf die Kruppwerke hatten es die Briten abgesehen. Offenbar begann man die Loks aus dem unmittelbaren Gefahrenbereich zu bringen. Der Güterbahnhof war aus der Luft bei Nacht aller Wahrscheinlichkeit nach nicht zu sehen, aber die Briten wussten mit Sicherheit, dass es ihn gab. Außerdem war die Gefahr eines Zufallstreffers recht groß. Die Reichsbahn wollte anscheinend das Risiko nicht eingehen, eine der wertvollen Lokomotiven zu verlieren. Langsam rollte die schwere Lok an ihnen vorbei und als Egon den Kopf hob, konnte er schemenhaft die Umrisse des Zugführers in der Kabine sehen. Kurz richtete Jupp seinen Oberkörper auf und starrte in Richtung des Güterbahnhofes. Wieder vibrierte der Boden, doch dieses Mal hörten sie nichts. Die Flakabwehr hatte das Feuer eröffnet. Das dumpfe Trommeln der Geschütze vereinte sich mit dem Sirenengeheul und legte sich über das gesamte Gebiet. Egon schaute zum Himmel hinauf, konnte jedoch noch kein Flugzeug ausmachen. Gewaltige Detonationen waren in der Nähe zu hören. Der Boden unter ihnen begann förmlich zu beben. Wenige Augenblicke später fuhren auf jedem der Gleise Lokomotiven in Richtung Osten. Kurz darauf änderte sich die Vibration. Deutlich konnten sie spüren, wie Stahlreifen über die Verbundstellen der Schienen fuhren, und dieses Mal war trotz der Geräusche der Flakstellungen das dumpfe Geräusch eines Güterzuges zu hören.

»Es geht gleich los. Karl! Mach dich bereit!«

Jupp kniete sich hin. Karl tat es ihm gleich. Vorsichtig drückte Jupp die Zweige des Busches beiseite, hinter dem sie sich versteckten. Das Rumpeln wurde lauter, schwoll an und dann sahen sie den ersten Waggon. Es war der erste von vielen Kesselwagen. Jupp blieb wie vor einem Hundertmeterlauf in seiner Startposition. Immer wieder vergewisserte er sich nach allen Richtungen blickend, dass sich niemand auf den Gleisen befand. Es folgten einige Hochbordwagen. Man konnte nicht auf ihre Ladeflächen blicken, aber es waren Waggons, auf denen man sperrige Güter beförderte. Schon war der erste Güterzug vorbei. Jupp und Karl zogen sich wieder etwas zurück. Die Spannung wurde unerträglich. Erneut kündigte sich ein Zug an, und als sie nach links blickten, sahen sie, dass es zwei Güterzüge waren. Sie fuhren fast auf gleicher Höhe. Vor ihnen tauchten weitere Bordwagen auf. Dieses Mal waren es flache, sodass sie in halb aufrecht stehender Position darüber schauen konnten.

»Scheiße!«, fluchte Jupp. »Die Waggons sind auf der anderen Seite.« Und in der Tat. Auf dem anderen Gleis erkannten sie die Güterwagen mit ihren runden Dächern.

Jupp wandte sich an die anderen. »Aufpassen. Die Wachen stehen oft auf den Trittbrettern.« Kaum hatte er es ausgesprochen, sahen sie tatsächlich einen Bahnpolizisten mit geschultertem Gewehr, der auf einer der Trittstufen stand. Er hob sich in dem Grau der Nacht kaum von dem Waggon ab, und beinahe war sich Egon sicher, dass er sie entdeckt hatte. Jupp ließ sich nach hinten fallen, wurde umarmt von den dichten Zweigen des Busches. Sofort legte er sich flach auf den Boden, robbte wieder vor und spähte in Richtung des Wagens. »Glück gehabt!«, sagte er. Noch immer nahm der Zug kein Ende. Wieder knieten sich Karl und Jupp hin.

»Jetzt!«, rief Jupp plötzlich und beide liefen los. Egon und Fritz beugten sich vor. Sie sahen, wie die beiden geduckt dem Ende des Zuges entgegenliefen und hinter dem letzten Waggon zum anderen Gleisbett rannten. Dann wurden sie von der Dunkelheit verschluckt.

*

Obwohl der Zug kein hohes Tempo fuhr, kamen sie kaum heran. Die vielen Bodenunebenheiten und der lose Schotter ließen sie ein ums andere Mal straucheln, insbesondere, da sie die Hand kaum vor Augen sahen. Jupp rannte wenige Meter vor Karl. Unendlich langsam näherte er sich einem der Wagen. Nach einer gefühlten Ewigkeit bekam er schließlich mit den ausgestreckten Armen einen der eisernen Haltestreben zu fassen. Noch einige Meter lief er mit, dann stieß er sich ab und landete sicher auf dem Trittbrett. Sofort kletterte er über die zwei großen Puffer und stellte sich auf die Zughakenkupplung. So war er nicht mehr zu sehen. Karl beschleunigte noch etwas, dann war er auf annähernd gleicher Höhe und sprang ebenfalls auf. Jupp reichte ihm die Hand und half ihm.

Immer wieder spähten die beiden jungen Männer seitlich die Gleise entlang. Nach einigen hundert Metern bremste der Zug, bis er langsam zum Stehen kam.

Nochmals spähte Jupp in alle Richtungen.

»Und jetzt?« Karls Aufregung war hörbar.

Jupp sah ihn an. »Du musst aufpassen. Manchmal gehen die die Züge entlang. Die kontrollieren jeden Wagen und jedes Schloss.«

»Und was dann?«

»Musst du abschließen.«

»Abschließen? Sag mal, haben sie dir ins Gehirn geschissen?«

Jupp grinste, griff von oben in seinen Pullover und zog einen Schlüsselbund hervor, der an einer Kette um seinen Hals baumelte.

Karls Gesichtszüge entglitten ihm. »Woher, zum Teufel ...?«

Jupp winkte ab. »Ist 'ne lange Geschichte. Fängt irgendwo mit einer Schlosserlehre an.« Nochmals sah er die Gleise in alle Richtungen entlang. »Wenn wir einen Wagen geöffnet haben, geh ich rein. Wenn die Wachen kommen, klopf dreimal und mach das Schloss zu. Leg dich unter den Waggon. Hänge dich an die Achsaufhängung. So sieht man dich nicht. Wenn sie Hunde dabeihaben, musst du aufs Dach, kapiert?«

Karl schluckte. »Und wenn die mich packen?«

Jupp zuckte mit den Schultern. »Sind wir beide im Arsch.«

»Die stellen uns an die Wand«, ergänzte Karl.

»An die nächste, da kannste Gift drauf nehmen. Und jetzt los!« Jupp schwang sich herum und sprang auf das Trittbrett.

Er griff in seine Hosentasche, zog ein Stück Kreide hervor und machte ein Kreuz an den Waggon »Falls was schiefgeht. Damit du mich wiederfindest.«

Nach und nach führte er jeden der vielen Buntbartschlüssel in das eiserne Schloss. Obwohl seine Finger flink waren und er sich geschickt anstellte, schien er eine Ewigkeit zu brauchen. Mit einem Mal schnappte der Bügel auf.

»Merk dir den Schlüssel«, flüsterte er ernst, während er Karl den Bund reichte.

Vorsichtig schob er die Waggontür zur Seite und zwängte sich durch den Spalt, der gerade so groß war, dass er hindurchpasste. Eine Zeit lang hörte Karl nichts. Er hatte das Gefühl, dass das Flakfeuer sich immer mehr in ihre Richtung bewegte. Wieder waren in der Ferne einige Detonationen zu hören. Plötzlich bewegte sich die Schiebetür und Jupp lugte hervor.

»Und?« Karl konnte seine Ungeduld kaum zügeln.

Jupp zog ein verärgertes Gesicht. Er reichte Karl etwas.

»UHI Kraftkekse?«

Jupp nickte. »Das ganze Abteil ist voll von diesem Mist.« Er trat nach draußen, nahm Karl das Schloss ab und verschloss den Waggon. Anschließend verwischte er die Kreidemarkierung.

»Weiter!« Jupp sprang vom Zug, blieb einige Augenblicke in der Hocke und sah sich prüfend um. Dann lief er gebeugt vor.

Nochmals verharrte er zusammengekauert vor dem nächsten Güterwagen. Schnell sprang er auf das Trittbrett. Dieses Mal wusste er, welchen Dietrich er zu nehmen hatte, denn das Vorhängeschloss glich dem ersten.

Innerhalb weniger Sekunden sprang der Bügel auf. Jupp gab Karl den Bund, markierte das Abteil und verschwand im Inneren. Karl schob die Tür zu und kletterte auf die Kupplung zwischen den Waggons. Hektischer bewegte er sich von links nach rechts, schaute die Gleise in alle Richtungen entlang. Immer wieder erhellten die Suchscheinwerfer den Himmel über ihm, um unmittelbar darauf wieder alles der Dunkelheit zu überlassen. Und dann sah er sie. Kurz blinkte der Handscheinwerfer auf, richtete den Strahl zum Zug, um dann wieder zu erlöschen. Eine Welle Adrenalin ließ Karls Knie weich werden. Schon wollte er auf das Trittbrett springen und Jupp warnen, als die Scheinwerfer erneut den Himmel über ihn in gleißendes Licht tauchten. Zwei Wachen. Dazu einen Schäferhund, der an straffer Leine nervös nach vorn zog, stetig die Nase hob, Witterung suchte und auf Befehl seines Herrchens seine Aufmerksamkeit auf den Bereich des Güterzuges richtete. Panik stieg in Karl auf. Ängstlich sah er nach oben. Noch immer beleuchtete die Flakabwehr die Wolkendecke. Die Gleise waren schnurgerade und bei dem Licht konnte man ihn auf über hundert Metern sehen. Fest hieb er mit der Faust dreimal gegen den Waggon. Er hoffte, dass Jupp seine Warnung bei dem Krach der Sirenen und dem Donnern der Abwehr gehört hatte. Wieder spähte er ums Eck. Die Polizisten schritten langsam und überprüften gewissenhaft jedes Schloss. Karl fühlte, wie ihm die Zeit sprichwörtlich durch die Finger rann. Wenn es ihm nicht gelang, das Schloss zu schließen, würden sie den Waggon überprüfen und Jupp wäre verloren. Automatisch sah er nach hinten. Er hoffte, dass die anderen seine Lage erkannten und eine Ablenkung starten würden. Wobei er sich nicht sicher war, ob die Beamten bei dem Umgebungslärm die Knallkörper überhaupt wahrnehmen würden. Wieder sah er vorsichtig in Richtung der Wachen. Mit langsamen Schritten kamen sie näher, leuchteten bei jedem Waggon gezielt auf das Schloss, welches den Hebel der Schiebetür blockierte, während der Wachhund das Gleisbett absuchte. Karl schätzte, dass ein

Güterwaggon ungefähr zehn Meter lang war. Hastig überschlug er die Anzahl der Anhänger bis zu der Patrouille und kam zu dem Ergebnis, dass sie maximal 100 Meter entfernt waren. Wenn es nicht sofort wieder dunkel wurde, war alles vorbei. Doch es wurde nicht dunkel. Die Suchscheinwerfer konzentrierten sich nach wie vor genau auf den Bereich über ihm. Karl fühlte das wilde Trommeln seines Pulses im Hals. Vier Meter. Höchstens. Vier läppische, unüberwindbare Meter bis zu dem Schloss. Den Bruchteil einer Sekunde, um den Bügel in die Arretierung zu drücken und weitere vier Meter zurück zur Hängerkupplung. 70 Meter. Nochmals klopfte er gegen den Waggon. Karl blickte auf der anderen Zugseite die Gleise entlang. Ein weiterer Scheinwerfer. Sie kamen nun auch von der anderen Seite. Seine Gedanken schossen ihm wie wild durch das Hirn. Jupp im Stich lassen? Niemals. Außerdem kam er nicht weg. Wenn sie ihn nicht erschossen, würde der Hund ihn kriegen. Karl kletterte nach oben und lugte über das Dach. Er wusste, kletterte er zu früh hoch, konnte man ihn aus der Entfernung sehen. Die Wache mit dem Hund war nun höchstens 40 Meter entfernt. Schon sah er nur noch den tanzenden Lichtschein, wenn sie ihren Strahler für einen kurzen Moment anschalteten und auf die Waggontüren ausrichteten. Vorsichtig zog er seinen Oberkörper auf das Dach und legte sich so flach wie möglich hin. Seine Anspannung wurde unerträglich. Die Därme baten um Erleichterung und er presste seine Zahnreihen aufeinander, dass es schmerzte. Die Kälte des Blechdaches drang durch seine Kleidung und seine Muskeln begannen, unkontrolliert zu zittern. Karl konzentrierte sich auf seine Atmung, die aus ihrem gewohnten Rhythmus gekommen war. Wieder tauchte der Strahl der Lampe auf und tastete den Waggon ab, der sich unmittelbar hinter dem befand, auf dem er lag. Jetzt war es so weit. In wenigen Augenblicken würden sie Jupp und ihn entdecken. Und er konnte absolut nichts dagegen tun. Für einen winzigen Moment überlegte Karl, ob er sich ergeben sollte, als er plötzlich ein tiefes Grollen vernahm. Der Lichtschein erlosch. Karl blickte nach oben. Er sah die schwarzen Schatten der feindlichen Bomber, die, verfolgt von den Suchscheinwerfern, in Richtung der Innenstadt flogen. Zeitgleich mit ihrem Auftauchen begannen die Flakstellungen mit ihrem Beschuss. Das Donnern der Geschütze legte sich über das Viertel. Im Nu war der Himmel hell erleuchtet von den unzähligen Leuchtspurgeschossen, die wie in einer Perlenkette aufgereiht mit atemberaubender Geschwindigkeit dem britischen Bomberkommando folgten. Das Spektakel war von einer solchen beeindruckenden Faszination, dass Karl für einen Moment seine aussichtslose Lage vergaß.

Eine Zeit lang passierte nichts. Karl lag weiter eng an das gewölbte Dach des Güterwaggons gepresst. Irgendetwas stimmte nicht. Sie hätten längst das geöffnete Schloss entdecken müssen. Er erwartete Hektik. Rufe. Befehle. Das Anschlagen des Hundes. Schlimmstenfalls Schüsse. Doch vielleicht gingen sie anders vor. Waren vorsichtig, da sie nicht wissen konnten, ob sie es mit einem Bewaffneten zu tun hatten.

Diese Sekunden der Ungewissheit dehnten sich unerträglich. Plötzlich berührte ihn etwas. Leicht und sanft. Als er geradeaus schaute, erkannte er Blätter, die sich auf den Waggon legten, vom Wind angehoben wurden und nach und nach vom Dach rutschten. Es waren Flugblätter. Hunderte, tausende Flugblätter, die in einem wilden Tanz im Licht der Scheinwerfer und der Leuchtspurmunition wie fallendes Laub zur Erde glitten. Karl drückte seinen Oberkörper mit den Armen hoch.

Eine verirrte Leuchtrakete suchte in unruhigen Bahnen ihren Weg nach oben, zündete und, während sie langsam an ihrem Schirm der Erdanziehungskraft folgte, erhellte den gesamten Gleisbereich. Noch etwas sah Karl. Er sah die Streife, die eilig die Gleise zurücklief.

Einige Male atmete er stoßweise aus. Eine Reihe naher Detonationen riss ihn aus seinen Gedanken. Die Royal Air Force hatte mit dem Bombardement der Innenstadt, unweit des Güterbahnhofs, begonnen. Die gesamte Flugabwehr konzentrierte sich auf den Beschuss der feindlichen Flugzeuge, und der Lärm der Geschütze, die gewaltigen Explosionen der Bomben, ließen die Luft und den Boden erbeben. Karl setzte sich auf, drehte sich und suchte die Wache aus der anderen Richtung. Auch sie war nicht mehr zu sehen. Hektisch kletterte er von dem Dach und sprang auf das Trittbrett.

»Jupp!«, rief er, während er die schwere Schiebetür beiseiteschob.

»Was war los?«, brüllte Jupp gegen den Lärm an.

Karl ignorierte seine Frage. »Wir müssen los! Der Tommy legt hier alles in Schutt und Asche. Lass uns abhauen.«

Jupp reichte Karl seinen Rucksack, der prall gefüllt war. Er kletterte aus dem Waggon, zog die Tür zu und verschloss den Wagen.

Gemeinsam rannten sie geduckt hinter dem Zug die Gleise entlang, als sie plötzlich einen Ruf vernahmen: »Polizei! Keine Bewegung, oder ich schieße.«

*

Egon legte einen Finger auf die Lippen und zog sich lautlos zurück. Anschließend machte er eine Handbewegung, die den anderen signalisierte, dass jemand kam.

Er wartete einige Augenblicke, bis er wieder nach vorn robbte und die Zweige auseinanderbog.

»Wachen! Zwei Mann«, flüsterte er gegen den Lärm der Sirenen. »Gehen in Jupps und Karls Richtung.«

Fritz drängte sich neben ihn. »Was sollen wir machen?«

Egons Augen folgten den Männern. Sie wirkten nicht sonderlich aufmerksam. Beide hatten ihr Gewehr geschultert und schlenderten die Gleise entlang. Einer rauchte, obwohl er das bestimmt nicht durfte, wie Egon vermutete. Wahrscheinlich waren sie müde.

»Abwarten«, sagte Egon.

»Hört ihr das?« Erika legte Egon ihre Hand auf die Schulter.

Schon vernahmen sie das dumpfe Grollen und zeitgleich, als sie ihre Blicke nach oben richteten, begann das Sperrfeuer der Flakabwehrgeschütze. Alle Suchscheinwerfer der umliegenden Stellungen schienen sich auf den Bereich über ihnen zu konzentrieren. Plötzlich schien der taghell erleuchtete Himmel in Bewegung.

»Was ist das?«, kam es von Erika.

»Sieht aus wie Zettel«, sagte Fritz. »Das sind Flugblätter.«

Egon stieß seinen Freund an. »Wo ist die Streife?«

Fritz schob die Zweige auseinander und trat in gebückter Haltung einen Schritt vor. Er spähte die Gleise entlang, bis zu den abgestellten Zügen.

»Sehe sie nicht mehr.«

»Die werden sich ja wohl kaum in Luft aufgelöst haben.«

Verärgert sah Fritz zu Egon. »Was weiß ich? Jedenfalls sind sie weg. Vielleicht sind sie in Deckung gegangen.«

Nervös kaute Egon auf seiner Unterlippe. »Möglich.«

»Aber was ist, wenn Karl und Jupp zurückkommen? Die werden denen dann doch in die Arme rennen.«

Fritz kniff die Lippen zusammen. Er nickte, während er sprach. »Erika hat recht. Wenn die in der Nähe sind …«

Nochmals warf er einen prüfenden Blick in Richtung der Züge.«

»Was tun wir jetzt?« Erikas Angst ließ ihre Stimme zittern.

Fritz wandte ihr den Kopf zu. »Wir lassen sie auf jeden Fall nicht ins offene Messer laufen.«

*

Jupp ließ den Rucksack fallen und hob wie Karl in Zeitlupe die Arme.

»Umdrehen! Wird's bald?«

Ganz langsam folgten sie dem Befehl. Ihnen war klar, dass die beiden Bahnpolizisten bei der kleinsten falschen Bewegung schießen würden.

»Auf die Knie«, bellte der rechte. Jupp und Karl gehorchten. Schmerzhaft bohrten sich die Schottersteine in ihre Knie. Es war kaum auszuhalten. Der andere schaltete seinen Handscheinwerfer ein und leuchtete ihnen direkt ins Gesicht. Sie kniffen die Augen zusammen und suchten fieberhaft nach einem Ausweg. Doch die beiden Polizisten ließen ihnen keine Zeit zum Nachdenken. Sie traten näher heran und richteten ihre Gewehre weiter direkt auf sie. Einer der Beamten stellte sich seitlich, sodass er für Jupp und Karl nun zu sehen war. Ein junger Kerl, nicht viel älter als sie selbst, vielleicht 18 oder 20 Jahre alt und von breiter Statur. Argwöhnisch sah er die beiden jungen Männer vor sich an. »Wolltet wohl klauen, was?« Er kam noch einen Schritt näher und tippte Karl mit dem Lauf gegen die Schulter. »Wie heißt du?«

Karl spürte sein Herz in der Brust trommeln. Er wusste, dass sie verloren hatten. »Gerd«, fiel es ihm spontan ein.

Der Polizist trat um Karl herum, stand nun hinter ihm. Plötzlich schlug er Karl mit dem Kolben in den Rücken. Karl sackte nach vorn. Sein Atemreflex schien zu blockieren.

»Hinknien, hab ich gesagt!«, brüllte der Bahnpolizist. Karl kämpfte einen Moment gegen den Schmerz und den Schwindel an, dann richtete er langsam den Oberkörper auf. Jupp starrte ihn an. Seine Augen waren angsterfüllt.

»Ausweise! Du zuerst«, fuhr der Beamte Karl an.

»Hab ich zu Hause vergessen.«

Erneut schlug der Mann zu. Dieses Mal traf er Karls rechte Seite. Dieser fiel augenblicklich in sich zusammen. Gekrümmt blieb Karl liegen.

»Dreckige Einbrecher! Das seid ihr. Wir sollten euch direkt erschießen. Was meinst du, Siggi? Auf der Flucht erschossen?«

Der andere Polizist war noch immer nicht richtig zu sehen. Nach wie vor blendete die Lampe.

»Gibt möglicherweise sogar eine Belobigung«, kam es von Siggi.

Der andere Polizist trat nun an Jupp heran und baute sich überheblich vor ihm auf. »Na, sag schon. Was habt ihr geklaut? Was ist in deinem Rucksack?«

Jupp war nicht fähig zu antworten. Der Bahnpolizist legte ihm den Lauf auf die Stirn. Drückte ihn fest darauf, sodass Jupp sich dagegen lehnen musste, um nicht nach hinten zu fallen.

»Wollen wir mal schauen, was wir darin finden.« Er nahm das Gewehr von Jupps Kopf und wandte sich dem Rucksack zu. Jupp sah über den Mann hinweg zu Karl, der sich mit schmerzverzerrtem Gesicht erhoben und auf eine der Gleisbohlen niedergelassen hatte. Der Beamte bückte sich, ergriff den Rucksack, als ihnen plötzlich eine ohrenbetäubende Detonation beinahe das Trommelfell zerriss. Der Beamte schnellte hoch und richtete die Waffe aus. Auch der andere fuhr herum. Unmittelbar darauf erfolgte eine weitere Sprengung, dieses Mal aus einer anderen Richtung, Wieder folgten die Männer dem Geräusch mit ihren Waffen. Dann ging alles ganz schnell. Der Beamte, der Siggi genannt wurde, erhielt einen Rempler, der ihn von den Beinen riss. In hohem Bogen flog ihm das Gewehr aus den Händen. Sofort setzte Fritz nach und verpasste ihm einen Kinnhaken, dass er rücklings auf die Gleise fiel und regungslos liegen blieb. Fritz setzte nicht nach. Er wusste um die Wirkung und ihm war klar, dass er den Mann mit voller Wucht getroffen hatte. Noch ehe der andere die Situation erfassen konnte, sprang Jupp auf, ergriff seinen Rucksack und schlug ihn gegen den Beamten. Dieser geriet in Rückenlage und trudelte nach hinten. Karl reagierte geistesgegenwärtig. Er schmiss sich von hinten gegen die Beine. Der Mann riss die Arme hoch und fiel nach hinten. Ein Schuss löste sich aus seinem Gewehr, dann schlug er auf. In einer letzten verzweifelten Aktion versuchte er, die Waffe unter Kontrolle zu bringen, als er plötzlich in der Bewegung verharrte. Fritz stand über ihm und hatte das Gewehr auf ihn gerichtet. In dem Moment kamen Dirk und Berthold angerannt.

Jupp sprang auf und ergriff seinen Rucksack. Karl nahm dem Beamten die Waffe ab.

»Steh auf!«, fuhr er ihn an. Zunächst reagierte der Mann nicht, sah sich ängstlich um. Als Karl ihn erneut anbrüllte, erhob er sich.

»Lauf!«, befahl ihm Karl und zeigte in Richtung des Güterbahnhofs. »Drehst du dich um, knall ich dich ab.«

Der Mann lief einige Meter rückwärts, stolperte, fiel hin und rappelte sich wieder auf. Dann begann er zu laufen. Zunächst in kleinen Schritten, dann immer schneller.

Einige Augenblicke lang sahen sie ihm nach. Dann traten Erika und Egon aus dem Buschwerk.

Erika sah auf den anderen Polizisten, der noch immer

regungslos auf den Schienen lag. »Oh, mein Gott!« Sie hielt sich bestürzt die Hand vor dem Mund. »Ist er tot?«

Fritz trat an ihn heran und stupste ihn mit der Fußspitze an. Der Mann bewegte sich. Er stöhnte. Schließlich war es Karl, der das Wort ergriff. »Jupp! Was hast du gefunden?«

»Das Teil ist randvoll mit Eckstein No. 5 und Salem Gold.« Er öffnete den Rucksack und hielt grinsend eine der Zigarettenpäckchen hoch.

»Okay. Gib ihn mir.«

Jupp schmiss Karl den Rucksack zu.

»Seht zu, dass ihr verschwindet. Möglichst getrennt. Wir treffen uns heute Abend in Bertholds Laube.« Karl hob die Gewehre auf und schleuderte sie ins Gebüsch. Anschließend drehte er sich um, während er die Arme durch die Tragegurte führte.

»Warte!«, kam es von Egon. »Was hast du vor?«

»Geduld. Wir treffen uns heute Abend. Ich muss etwas klären. Wenn es klappt, sage ich es euch. Und nun los! Verschwindet.«

*

Berthold spähte mit wachsender Unruhe durch die milchige Scheibe nach draußen ins Dunkle, bevor er die Vorhänge wieder zuzog. In den letzten Tagen hatte die HJ ihre Streifentätigkeit spürbar erhöht, was wohl noch immer auf den Angriff gegen den Sohn des Ortsgruppenleiters zurückzuführen war. Aber heute war Heimatabend und somit weniger los auf den Straßen. Ohnehin waren sie in dem weitläufigen Schrebergartengelände relativ sicher. Hierhin verirrte sich so gut wie nie eine Streife. Eine Zeit lang war die HJ auch hier unterwegs gewesen, doch hatten sich die Gartenpächter massiv darüber beschwert. Jedoch war allen klar, dass der

Blockwart und eine unüberschaubare Anzahl Regimetreuer jede ungewöhnliche Aktion auf dem Gelände argwöhnisch beobachteten und melden würden. Man musste somit jederzeit mit einer Überprüfung rechnen. Sogar die Schrebergartenordnung wurde seit einiger Zeit wieder kontrolliert; wer was pflanzte, wie hoch die Hecken und Sträucher waren und solche Dinge. Etwas, was es in den Jahren davor nicht gegeben hatte. Doch selbst die Tatsache, dass Berthold in den letzten Wochen häufig bis spät in die Nacht in der Laube anwesend war, ließ sich begründen. Viele Familien pflanzten allerlei Sachen, um die karge Kost zu Hause aufzubessern, und dementsprechend hoch war die Diebstahlrate. Außerdem war Bertholds Vater stellvertretender Vereinsvorsitzender der Kleingartenanlage gewesen und viele der Alten waren auch seinem Sohn wohlgesonnen.

»Sie müssten längst hier sein«, kam es ungeduldig von Dirk.

»Die beiden werden schon noch auftauchen«, antwortete Egon. Er empfand das Licht als zu schummrig und drehte die Flamme der Petroleumlampe etwas höher. Die angespannten Gesichter der anderen wirkten in ihrem unruhigen Schein verzerrt. Ernst. Erwachsen. Egon starrte auf den brennenden Docht. Immer mehr hatte er das Gefühl, dass die Zeit einer Veränderung angebrochen war. Es war vieles anders geworden. Sie hatten sich verändert. Die Heiterkeit, die sie einst geteilt hatten, war in den letzten Tagen verschwunden. Und auf eine seltsame Art kam es ihm in den Sinn, dass sie nicht zurückkehren würde.

»Vielleicht haben die Nazis sie geschnappt?« Dirks Bemerkung riss ihn aus seinen Gedanken.

»Das glaube ich nicht. Außerdem hat Karl noch nie sein Wort gebrochen«, fügte Egon hinzu. Kaum hatte er den Satz zu Ende gesprochen, klopfte es.

»Wir sind's!«, hörten sie endlich die vertraute Stimme ihres Freundes.

Berthold beeilte sich. Schnell drehte er den Schlüssel um und öffnete. Karl und Klampfe drängten hinein, sobald der Spalt es zuließ. Erika sprang auf und umarmte Karl. Egon hatte seit längerer Zeit beobachtet, wie die beiden etwas verband. Wie sie sich angesehen hatten. Immer wieder hatten sich ihre Blicke getroffen und sie hatten sich angeschaut. Länger und intensiver, als es normalerweise unter Freunden der Fall war. Und natürlich war das auch den anderen der Gruppe nicht entgangen. »Zwischen den beiden hat's gefunkt«, hatte Jupp breit grinsend gesagt, und alle hatten seine Aussage lachend bestätigt. Bis auf Egon. Und nun löste diese kurze Umarmung etwas in ihm aus. Etwas Fremdes. Ein Gefühl, welches ihm zuvor unbekannt gewesen war, aber welches ihn auf eine gewisse Weise berührte. Bedrückte. Als hätte er etwas Liebgewonnenes loslassen müssen. Es verloren, bevor er es besessen hatte.

»Mensch, Karl!« Fritz schlug seinem Kameraden kräftig auf die Schulter. »Wir haben uns echt Sorgen gemacht.«

»Quatsch! Kennst mich doch.«

»Ich pass doch auf ihn auf!«, kam es stotternd von Heinz.

Fritz fuhr Heinz Klemke wie einem kleinen Jungen durch das Haar. »Klampfe! Alte Einmannarmee.«

Heinz schlug nach der Hand und ordnete anschließend seinen Scheitel. Alle rückten auf der halbkreisförmigen Sitzbank eng zusammen.

»Nun erzähl schon!«, drängte Dirk.

»Genau!«, kam es von Berthold. »Spann uns nicht auf die Folter!«

Karl sah alle ernst an. »Irgendetwas passiert«, begann er. »Die gesamte HJ scheint mit der Polizei massiv gegen sämtliche Jugendgruppen vorzugehen. Sogar in den Betrieben wildern die. Bei Krupp hat die Gestapo einige Spinde durchsuchen lassen. Dieser Schrader steckt dahinter. Da bin ich mir ganz sicher.«

»Du meinst, weil wir seinen Sohn durchgelassen haben?«, fragte Dirk.

Karl nickte. »Genau. Deshalb haben die Egon und Fritz eingebuchtet.«

»Die haben aber nichts rausgekriegt«, gab Fritz stolz an.

Karl lächelte anerkennend. »Es sind aber einige andere umgefallen. Die haben ein paar Leute von den Borbeckern weggesperrt. Und vom Stadtgarten. Einige hat die Gestapo mürbe gemacht.«

»Woher weißt du das denn alles?«, warf Berthold ein.

Karl zuckte mit den Schultern. »Hab da so meine Kontakte. Und für 'ne Schachtel Kippen kriegste einiges an Informationen.«

»Und was weiß die Gestapo?«, fragte Berthold weiter.

»Offenbar nicht so viel, wie sie vorgibt. Sonst hätten die uns schon alle eingesackt. Aber sie vermuten uns in Kray und Umgebung. Es wird hier also langsam ungemütlich. Dieser Müller von der Kripo, also der, der bei Erika war, kann wohl recht gut mit dem Ortsvorsteher. Ich habe erfahren, dass die HJ-Streifen demnächst durch Schupos und möglicherweise durch Gestapobeamte unterstützt werden. Zumindest erzählt man das bei der HJ.«

»Nicht gut«, kam es von Dirk. »Das heißt, die haben Kanonen.«

»Es gibt aber noch gute Nachrichten. Offenbar sieht die Polizei noch keine Verbindung zu der Sache am Güterbahnhof.«

Jupp lächelte gequält. »Immerhin …«

»Wie ist dein Plan?« Egon sah Karl auffordernd an.

Dieser machte eine Handbewegung, mit der er aufforderte, noch enger zusammenzurücken. Er knöpfe seine Jacke auf und zog einen Umschlag hervor. Diesen öffnete er und legte den Inhalt auf den Tisch. Stirnrunzelnd betrachteten die anderen die grauen, leinenverstärkten Dokumente.

»Kennkarten?«, kam es von Jupp. »Wo hast du die denn her?«

»Hat uns einige Packungen Kippen gekostet.«

»Streng genommen alle«, stotterte Heinz.

Berthold drehte die Petroleumlampe höher und betrachtete einen der Ausweise.

»Sehen echt aus.«

Karl hob den Daumen. »Die sind echt.«

Egon zog eine Braue hoch. »Wenn ich das richtig deute, willst du denen also einen Bären aufbinden. Habe ich recht?«

Karl blickte zu Erika. »Die wollen Namen, also sollen sie welche bekommen.«

Egon nahm einen der Ausweise, schlug ihn auf und sah sich die Daten an. »Gerd Alfons Grube. Waldenburg in Schlesien. Der Polizeipräsident als Ausstellungsbehörde.«

»Das ist am Arsch der Welt«, sagte Jupp.

Egon nahm die nächste Karte. »Heinrich Böllmann.«

Er warf die Ausweise zurück auf den Tisch. »Ist trotzdem Mist. Die werden das überprüfen. Die Behörden behalten nämlich eine Kopie. Das wird in Schlesien nicht anders sein.«

»Stimmt«, warf Dirk ein. »Außerdem werfen die dann einen ins Loch, der gar nichts getan hat.«

»Das wäre ja schrecklich!« Erika schüttelte den Kopf.

»Die Kennkarten sind die Kopien«, erklärte Heinz.

Er erntete ungläubige Blicke.

»Die haben in Schlesien die Originale geklaut. Das kann keiner überprüfen.«

Berthold lachte auf. »Klampfe, du meinst, die sind da in Walden… Dingenskirchen in die Amtsstube eingebrochen? Die haben Schneid, das muss man denen lassen.«

Egon teilte Bertholds gute Laune nicht. »Kann stimmen. Genauso gut aber auch nicht.«

»Doch«, erwiderte Heinz. »Die haben nämlich auch Blankodokumente mitgehen lassen. Und einen echten Stempel.« Grinsend tippte er auf die Ausweise vor sich.

»Genial!« Jupp strahlte über das ganze Gesicht.

Karl hob einhaltgebietend die Hand. Kurz blieb sein Blick an Erika hängen. »Ich habe da einen Plan. Also hört mir ganz genau zu.«

*

Kriminalassistent Horst Müller öffnete die Tür seines Büros.

»Kommen Sie rein, Frau Baumeister.« Er machte eine einladende Geste und zeigte auf einen Stuhl vor seinem Schreibtisch.

»Nehmen Sie Platz.«

Langsam trat er um seinen Arbeitsplatz und setzte sich.

»Ich höre«, sagte er knapp.

»Sie haben mir versprochen, dass Sie meinem Vater nichts antun, wenn ich Ihnen sage, wer die HJ-Streife überfallen hat.«

Müller grinste. »Ich habe Ihnen gar nichts versprochen. Also versuchen Sie nicht, mich auf einen Kuhhandel festzunageln.«

»Dann versprechen Sie es mir jetzt.«

Ansatzlos knallte Müller seine flache Hand auf die Arbeitsplatte, dass die junge Frau vor ihm zusammenzuckte. »Sie sind hier nicht in der Position, mir irgendein Versprechen abzuringen. Haben wir uns verstanden?«

Seine Augen funkelten gefährlich. Plötzlich entspannte sich Müller und lehnte sich zurück.

»Hören wir uns erst einmal an, was Sie zu sagen haben, Erika. Ich darf Sie doch Erika nennen?« Müller legte ein Bein auf den Schreibtisch und signalisierte der jungen Frau mit einem Handzeichen, sie möge beginnen.

»Ich hatte Ihnen bereits gesagt, dass ich die Gruppe nicht kenne. Aber ich habe herausbekommen, wer ihr Anführer ist und wo er wohnt.«

»Name?«

Erika zuckte mit den Schultern. »Wie er richtig heißt, weiß ich nicht genau. Man kennt sich untereinander meistens nur mit Vornamen. Damit man sich nicht gegenseitig verpfeifen kann.«

Müller machte einen ungeduldigen Gesichtsausdruck. »Und? Wie soll er heißen?«, kam es überheblich, fast schon gelangweilt.

»Sein Name ist Gerd. Einen Kerl, der wohl sein bester Kumpel ist, nennt man Heini. Ich vermute Mal, dass er dann Heinrich heißt.«

Müller kritzelte sich einige Notizen auf einen Zettel. »Was weißt du noch?«

Erika tat, als wäre ihr das Gespräch höchst unangenehm. Nach einer Weile antwortete sie verlegen: »Die haben sich einen Namen gegeben. Nennen sich Ruhrpiraten. Die hatten ja auch so Tücher bei dem Überfall …«

»Wo finden wir die?«

»Lassen Sie dann meinen Vater …?«

»Glaubst du allen Ernstes, ich nehme dir das alles hier so einfach ab!«, brüllte Müller unvermittelt los. »Kannst mir viel erzählen! Und jetzt rück mit der Sprache raus. Ich kann auch anders.«

Erikas Lippen begannen zu zittern und augenblicklich rollten Tränen ihre Wangen herab. Ein gewisser Stolz und Trotz lagen in ihrem Blick, als sie den Kriminalbeamten ansah. »Ich weiß nur, dass die auf der Altenessener Straße in einem leer stehenden Haus leben sollen.«

»Nur für dich zur Kenntnis. Die Altenessener Straße ist mehrere Kilometer lang.«

Erika zuckte mit den Schultern, während sie gleichzeitig mit dem Ärmel die Tränen abwischte. »Ich kenn mich da nicht aus. Habe nur gehört, dass man hinten raus auf einen Sportplatz guckt. Ach ja! Da soll auch ein Park sein, ganz in der Nähe.«

Wieder rannen ihr die Tränen die Wange hinab. »Bitte glauben Sie mir! Ich weiß doch nicht mehr.«

Müllers Blick brannte sich förmlich in ihren. Abrupt erhob er sich und schritt zur großen Stadtkarte, die an der Wand hing. Kurz orientierte er sich, dann fuhr er mit dem Zeigefinger die Altenessener Straße entlang. »Sportplatz Seumannstraße«, murmelte er vor sich hin, während sein Zeigefinger weiter nach links wanderte und auf dem Nordpark, wenige hundert Meter entfernt, verharrte. Er trat ein Schritt zurück und ließ das Gesehene einen Moment auf sich wirken. Müller drehte sich um und sah zu Erika.

»Ich will, dass du herausbekommst, welches Haus und welche Wohnung es ist.«

Erika sprang auf. »Aber wie soll ich das denn machen? Ich kenne die doch gar nicht.«

Müller schüttelte den Kopf. »Auf so vage Aussagen lasse ich mich nicht ein. Entweder du findest heraus, was ich will, oder …«

Müller erhob sich. »Übermorgen. Bis dahin erwarte ich ein Ergebnis.«

※

Der dunkel gekleidete Mann lehnte im Eingangsbereich des Gründerzeithauses und beobachtete den gegenüberliegenden Wohnblock. Weite Teile der Stadt waren verdunkelt und so war er nicht mal dann sofort zu erkennen, wenn man direkt vor ihm stand.

Neben dem Haus, vor dem er wartete, befand sich eine breite Einfahrt. Das dunkle Tor war geschlossen. Die einstige Metzgerei, zu dem die Einfahrt führte, gab es seit Jahren nicht mehr. Die Schlachthalle des Hinterhofs stand leer. Und auch das Ladenlokal hatte seitdem keinen neuen Pächter mehr gefunden. Die großen Glasfronten hatte man zugemauert. Die ehemals hellen Ziegel waren bereits nachgedunkelt und hoben sich auch bei Tag kaum noch von der alten, schmutzig-roten Fassade ab. Nur das rostige und vergilbte Schild über der Einfahrt zeugte von der alteingesessenen Pferdeschlachterei, die dort, dem Schriftzug nach, seit 1891 ansässig gewesen war.

Es war nahezu totenstill auf den Straßen. Die Menschen verharrten im leichten Schlaf in ihren Wohnungen, bereit aufzuspringen und mit ihren wenigen Habseligkeiten bei dem nächsten Fliegeralarm in die Keller oder in einen der Luftschutzbunker zu flüchten. Und dass Fliegeralarm ausgelöst wurde, stand nahezu fest. Hier, in der unmittelbaren Nähe zur Innenstadt, zu den großen Industrieanlagen und den fördergewaltigen Zechen, konzentrierten sich die Luftangriffe der Briten und immer öfter ertönte der schrille Signalton der Sirenen auch am Tag. Das spiegelte sich auch in der Zerstörung wider. Bisher waren die Schäden, insbesondere an den Kruppwerken, noch überschaubar und der Betrieb und die Produktionen konnten weitestgehend aufrechterhalten werden. Doch hatten die unzähligen Bomben das Stadtbild bereits stark verändert. Auch die Altenessener Straße war von den Auswirkungen nicht verschont geblieben. Die Häuserzeilen wiesen große Lücken auf und viele der Gebäude waren nicht mehr bewohnbar. Doch der Mann hielt sich aus einem bestimmten Grund verborgen. Und selbst wenn ein aufmerksamer Beobachter ihn bemerkt und nach dem Grund seines Verhaltens gefragt hätte, er hätte seinen Dienstausweis gezückt und sich als Kriminalassistent Müller zu erkennen gegeben. Stahlschmied hatte recht gehabt. Er hatte seine Worte noch im Ohr: »Treten Sie nach Möglichkeit immer an die Angehörigen heran. Mit aller Konsequenz und Härte. Das ist die verwundbarste Stelle unserer Feinde.«

Für Müller hatte festgestanden, dass dieser Egon Siepmann und sein Kumpel Fritz Gärtner der Schlüssel zu der ganzen Sache waren. Bei seinen Ermittlungen waren diese beiden Namen zu oft gefallen. Doch hatten sie sich bei den Vernehmungen als verdammt zäh erwiesen. In den Protokollen war vermerkt, dass trotz eines verschärften Verhörs beide Jugendliche nicht von ihrer Position abgewichen waren. Tatsächlich stellten sich ihre Angaben als glaubhaft dar. Dieser Egon schien diese Erika Baumeister tatsächlich gerettet zu haben. Der Absturz des britischen Bombers in Essen-Freisenbruch hatte stattgefunden. Daran gab es nichts zu rütteln. Auch die Nachbarschaft Baumeisters hatte geschildert, dass Siepmann vor dem Überfall auf die HJ-Streife zuvor noch nie bei Erika und ihrem Vater aufgetaucht war. Das Mädchen war eindeutig eine von diesen Swing-Jugendlichen. Diese Gruppierung konnte man strikt von den bündisch geprägten Jugendgruppen trennen. Ihre Interessen waren völlig verschieden. Einzige Gemeinsamkeit war, dass sie sich vor dem Jugendpflichtdienst drückten. Stahlschmied hatte sich nach den Verhören der beiden jungen Männer in seiner Meinung bestärkt gesehen und die beiden entlassen. Für ihn, der in der Regel schon nach den ersten Sätzen erkannte, ob jemand gewillt war zu reden und ob das Gesagte auch glaubhaft war, waren es durchaus unangepasste Jugendliche. Streuner, die sich zu dem Pack der Navajos und Edelweißpiraten hingezogen fühlten und die den Wert der nationalsozialistischen Jugendführung missachteten. Und die gegen jegliche Form der Dienstpflicht verstießen. Mehr war ihnen bis dahin jedoch nicht vorzuwerfen. Stahlschmied sah in ihrem Verhalten eine Bestätigung seiner Überzeugung. Beide waren früh zu Halbwaisen geworden, schufteten unter Tage und kämpften mit den Herausforderungen der Pubertät. Ihnen fehlte es schlichtweg an Konsequenz, an Führung, an einem richtungsweisenden Elternhaus, das ihnen politische Erziehung beibrachte. Doch waren sie seiner Auffassung nach nicht im Geringsten organisiert. Der Überfall auf Paul Schrader erfolgte Stahlschmieds Einschätzung nach von einer strukturierten Bande, die nicht nur einen Rädelsführer besaß, was im Übrigen für diese Edelweißpiraten untypisch war, sondern darüber hinaus ein gezieltes und planmäßiges Handeln gezeigt hatte. Die HJ-Führung, die Jugendämter und letztendlich das Elternhaus waren seiner Meinung nach dafür zuständig. Nicht die Gestapo. Man hatte weitaus Wichtigeres zu tun. Unter normalen Umständen hätte man sie sicher spürbarer und vor allen Dingen nachhaltiger bestrafen können. Doch lief die Rüstungsmaschinerie auf Hochtouren und jeder Mann wurde in den Zechen gebraucht. Man bediente sich zunehmend Zwangsarbeitern, aber deren Arbeitswert entsprach bei Weitem nicht dem eines deutschen Bergmannes. Müller wollte zunächst intervenieren, doch wusste er, dass seine Stellung ihn nicht mit dem Kriminalkommissar auf Augenhöhe brachte. Er hatte sich ohnehin schon mächtig weit aus dem Fenster gelehnt, indem er dem Ortsgruppenleiter gegenüber offen Zweifel an Stahlschmieds Bewertungen zum Ausdruck gebracht hatte. Er war gut beraten, Stahlschmied nicht mehr als schon geschehen zu verärgern. Doch spürte Müller, dass er auf der richtigen Fährte war. Es galt, taktisch überlegt vorzugehen. Nochmals würde er seine Einschätzung nicht auf bloße Vermutungen stützen. Denn ihm war bewusst, würde er sich irren, würde Schrader ihn fallen lassen. Er würde sich nicht nur dem Gespött der Kollegen ausgesetzt sehen. Seine Karriere würde unweigerlich in einer Sackgasse enden.

Müller war erstaunt darüber, wie leicht diese Baumeister dazu zu bringen gewesen war, ihre Freunde zu verpfeifen. Dass sie es tun würde, hatte für ihn außer Frage gestanden. Und seine Drohung, den alten Baumeister zu verhaften, war kein Bluff gewesen. Trotzdem hatte er sich über ihr schnelles Einknicken gewundert. Als Kriminalbeamter konnte er es sich generell nicht leisten, jemandem zu glauben, geschweige denn zu vertrauen. Doch nach der Überprüfung ihrer Angaben war er mittlerweile davon überzeugt, dass zumindest sie die Wahrheit gesagt hatte. Er würde nicht einen Monatssold darauf verwetten, dass ihr Geständnis umfänglich gewesen war, doch in den Teilen ihrer Angaben, die sie ihm offengelegt und die er überprüft hatte, stimmte alles. Die Beschreibung der Häuserzeile war korrekt, ebenso wie die Angaben zu dem Sportplatz und dem Park. Und wie von ihr gefordert, war sie bereits am Folgetag wieder erschienen. Sie hatte nicht das Haus benennen können, aber den entscheidenden Hinweis geliefert. Das Haus gegenüber der alten Pferdemetzgerei. Eine ausgebombte Ruine, in der sich der Kopf der Bewegung seit einigen Tagen versteckt halten würde. Ruhrpiraten würden sie sich nennen und wenn sie aktiv waren, trugen sie meistens schwarze Halstücher, die sie sich über die untere Gesichtshälfte zogen. Baumeister hatte ausgesagt, dass sich diese Bande immer nur kurz irgendwo einnistete, um nicht aufzufallen. Auch das machte Sinn. Viele dieser kriminellen Subjekte lebten im Untergrund. Das war nicht ungewöhnlich. Ständig waren Obdachlose und Gesetzlose auf der Suche nach einem Platz, an dem sie übernachten konnten. Sie konnten es sich schlichtweg nicht erlauben, zu lange an einem Ort zu verweilen. Natürlich hatte Müller ein großes Interesse daran zu erfahren, wer ihr diese Hinweise gegeben hatte, doch wollte er sie nicht zu sehr unter Druck setzen, um nicht Gefahr zu laufen, dass sie mauerte. Er würde sich später darum kümmern. Jetzt galt es erst einmal, die Anführer festzunehmen. Er war gespannt auf ihre Aussagen. Und dass sie auspacken würden, daran hatte er nicht den geringsten Zweifel. Anschließend würde er sie Stahlschmied auf einem Silbertablett überreichen. Er würde diesen Kriminellen auf sehr schmerzhafte Weise beibringen, dass man sich nicht gegen den Führer stellte. Der Gestapooffizier würde dafür Sorge tragen, dass sie allesamt bis in alle Ewigkeit in einem KZ schmoren würden. Das würde mögliche Nachahmer von vornherein abschrecken. Davon war Müller überzeugt.

Baumeisters Aussage nach kamen die Mitglieder dieser Piraten am frühen Abend, wenn es dämmerte, und verschwanden bereits wieder vor Morgengrauen, damit sie niemanden auf ihr Versteck aufmerksam machten.

Für die Anwohner unbemerkt, waren am frühen Abend nach und nach Kriminal- und Gestapobeamte in ziviler Kleidung in die Gegend eingesickert und hatten Position bezogen. Ein halbes Dutzend Beamte der Ordnungspolizei befanden sich auf dem Hinterhof der alten Schlachterei und warteten darauf zuzuschlagen.

Der Hauseingang war mit großen Kalksandsteinen notdürftig zugemauert, damit sich niemand dort einnistete oder zu Schaden kam. Hinter der Häuserzeile schloss ein weitläufiger Hof an. Er war durch Mauern und Zäune in unterschiedliche Parzellen aufgeteilt. Ein unüberschaubares Gelände, zumindest zur Nachtzeit. Aber auch die Aufklärung bei Tage hatte sich als schwierig herausgestellt. Es war fast unmöglich, sich dem Gebäude unbemerkt zu nähern. Müller hatte sich dazu entschieden, von weiteren Auskundschaften abzusehen. Die Gefahr, dass man sie entdeckte, war einfach zu groß gewesen. Er konnte es sich schlichtweg nicht leisten, dass der Einsatz misslang. Es war ohnehin nur seinen Beziehungen zum Ortsgruppenleiter zu verdanken, dass man ihm als Kriminalassistent einen so großen Kräftebedarf zugesprochen hatte.

Müller hob den linken Arm und sah auf seine Uhr. Es war so weit. In fünf Minuten würden sie ihre Razzia starten. Wenn alles nach Plan lief, würde der Spuk bald vorbei sein. Und er war überzeugt davon, dass Schraders Gunst, die ihm ohne Zweifel danach zuteilwerden würde, ihm möglicherweise die eine oder andere Tür öffnen könnte.

*

»Und?«, flüsterte Karl.

Fritz befand sich in der Hocke und lugte durch das vergitterte Fenster auf den stockdunklen Hinterhof.

»Nichts«, kam es knapp.

Die Wohnungstür hatten sie mit einem Kantholz blockiert. Dieser Schutz würde nicht lange halten, das musste er auch nicht. Er sollte ihnen nur die nötige Zeit verschaffen, die es brauchte, um durch den Tunnel zu entkommen. Es war ohnehin nicht denkbar, dass die Gestapo bis an das Haus kam, ohne aufzufallen. Wie bei den unmittelbar angrenzenden Häusern war auch dieses Gebäude unbewohnbar. Das Dachgeschoss und die beiden oberen Etagen waren halb eingestürzt. Nur noch die Wohnungen im Erdgeschoss waren halbwegs unbeschädigt geblieben. Die gewaltige Detonation der Fliegerbombe hatte Teile des Straßenzuges derart erschüttert, dass im Erdgeschoss der Fußboden eingesackt war und nun raummittig ein Loch klaffte. Es war so groß, dass sich eine erwachsene Person hindurchzwängen konnte.

Es führte zum Kellergewölbe, dessen Gang bis an das Nebengebäude führte. Auch dieses Haus war von dem Bombeneinschlag stark in Mitleidenschaft gezogen worden. Teile des Dachs und der Fassade waren eingestürzt und noch immer türmte sich ein großer Schuttberg auf dem Gehweg. Ein Riss an der seitlichen Außenwand erstreckte sich vom First bis zum Fundament. Die Ziegel waren weggesprengt und im Bereich des Kellers war der Spalt so groß, dass eine schlanke Person mit etwas Geschick von einem Gebäude ins nächste gelangen konnte. In dem Gewölbe dahinter befand sich eine Trümmerlandschaft aus großen Mauerbruchstücken, gefährlich übereinander getürmt, teils lediglich nur durch verkohlte Holzbalken gestützt. Aber es gab ein Durchkommen. Auf dem Bauch robbend konnte man unter diesem Berg aus Steinen auf die andere Seite gelangen. Es war lebensgefährlich. Aber was war schon ohne Risiko in dieser Zeit? Sie hatten ihre Flucht vorbereitet. Karl hatte es als absolut notwendig erachtet, dass die Gestapo auch wirklich jemanden antraf, damit Erikas Geschichte nachträglich glaubhaft blieb. Sie hatten einige Dinge hinterlegt, damit die Polizei überzeugt davon war, dass sie auch wirklich ein Versteck gefunden hatte. Die gefälschten Ausweise befanden sich zusammen mit dem Messer dieses Paul Schraders in einer Tasche. Sogar ein paar Flugblätter vom Güterbahnhof hatte er hineingestopft. Wechselkleidung lag bereit und ein Nachtlager hatten sie aufgebaut. Dazu einige Dinge des täglichen Lebens. Ein paar Lebensmittel, ein Stück Kernseife, dazu zwei Halstücher, die sie bei dem Überfall auf die HJ getragen hatten. Einige Kerzen, von denen eine brannte, damit man von außen auch wirklich sah, dass sich jemand in der Wohnung befand. Karl hatte sogar einige runtergebrannte Kerzenstummel verteilt und drum herum großflächig flüssiges Wachs geträufelt. »Damit das hier alles nicht gekünsttelt aussieht«, hatte er gesagt. »Den Tipp hat mir Klampfe gegeben«, hatte er zwinkernd hinzugefügt. Egon war insgeheim schwer beeindruckt. Die Fenster der Rückseite hatte der ehemalige Besitzer vergittern lassen. Sie konnten sich somit in der Wohnung zeigen, ohne Gefahr zu laufen, dass man das Haus stürmte und sie überrumpelte.

»Bist du dir sicher, dass sie kommen?« Egon sah in Karls Richtung und unterdrückte ein Gähnen. Das angespannte Warten ermüdete ihn allmählich.

Karl hoffte, dass Erikas Geschichte tatsächlich als Lockmittel gereicht hatte. Er machte sich Sorgen. Erika wurde auf der Polizeiwache festgehalten. Das konnte eigentlich nur bedeuten, dass die Gestapo heute Nacht zuschlagen würde. Sie wollte wohl verhindern, dass Erika sie noch warnen konnte.

»Da mach dir mal keine Sorgen«, antwortete er mit fester Überzeugung in der Stimme, obwohl er genauso besorgt war.

»Man sieht nichts da draußen«, wiederholte sich Fritz. »Verdammt! Ich hab echt Schiss.«

Egon war überrascht. Es war das erste Mal, dass Fritz so etwas wie Nerven zu zeigen schien. Gleichzeitig fühlte er so etwas wie Erleichterung. Somit war er nicht der Einzige, der ein flaues Gefühl im Magen hatte. Fritz hatte seinen Knüppel eingesteckt. Er hatte sich eine Tragevorrichtung aus Lederriemen gebastelt, sodass der Stock an seinem Oberschenkel anlag, ohne ihn in irgendeiner Form zu behindern. Sicher keine adäquate Waffe gegen Polizisten, die Pistolen besaßen. Aber bewaffnet zu sein, gab ihm vielleicht noch etwas mehr Mut für ihr Vorhaben mit.

»Wir werden die schon rechtzeitig bemerken. Die können nicht von vorn rein. Und wenn sie über den Hof kommen, müssen sie irgendwie Licht machen.«

Damit hatte Karl recht. Zumindest eine kleine Lichtquelle benötigte man, um sturzfrei über die Rückseite zum Haus zu gelangen. Selbst wenn man sich hier auskannte.

»Und wenn sie nicht kommen und bis zum Morgen warten?«, hakte Fritz nach.«

»Die kommen vorher. Glaub's mir.«

Egon erhob sich und kletterte in das Loch zum Keller. Er überprüfte die Kerzen. Wenn sie abhauen mussten, dann mussten sie ausreichend sehen. Ihm wurde klar, wie nervös er war. Er hatte die Kerzen bereits vor einer halben Stunde begutachtet und da waren sie gerade Mal ein Drittel heruntergebrannt. Es hatte somit keinen Grund gegeben, sie sich erneut anzusehen. Egon kletterte zurück. Fritz stand noch immer am Fenster. »Und wenn Erika … ich meine …«

»Red keinen Unsinn!«, kam es scharf von Karl.

Fritz begann, nervös auf und ab zu gehen.

»Ich meine ja nur. Immerhin geht es um ihren Vater. Da würde so mancher einen Pakt mit dem Teufel …«

»Du redest Müll.«

Fritz sah Karl schuldbewusst an. Er zögerte einen Moment. »Es ist nur … Ich weiß einfach nicht mehr, wem ich was glauben soll, versteht ihr?«

Karls verärgerter Gesichtsausdruck war nicht gewichen. »Warum dann so ein Theater? Sie hätte uns einfach so ans Messer liefern können.«

Fritz starrte Karl einen Augenblick lang an. Dann nickte er kaum merklich. »Du hast recht. War ein blöder Gedanke. Erika ist eine von uns.« Nachdenklich wandte er sich wieder ab und sah in den Hof. »Scheiße!«, entfuhr es ihm erschrocken. »Sie kommen!«

*

Das Tor wurde geöffnet und mehrere uniformierte Beamte rannten über die Straße.

Zeitgleich hielt auf der Gebäuderückseite ein Mannschaftswagen. Weitere Beamte, teils mit Maschinenpistolen bewaffnet, sprangen von der Ladefläche und fächerten aus. Zwei der Schupos hatten Schäferhunde mit, deren nervöses Fiepen in ein aggressives Bellen umschlug. Straff spannten sich die dicken Lederleinen und die Führer mussten die Absätze ihrer Stiefel in den Untergrund drücken, um die Tiere zu kontrollieren. Auf Kommando rannten wenige hundert Meter weiter drei Kameradschaften der Hitlerjugend in voller Stärke in Position und sperrten die Zufahrtstraßen. Im Nu war der ganze Wohnblock umstellt.

Zur Hauseingangsseite hin begannen die Ordnungspolizisten mit schweren Bruchhämmern den zugemauerten Eingang zu bearbeiten. Dumpf hallten die Schläge durch die Stille der Nacht. Nach wenigen kräftigen Hieben brachen die Steine und binnen Sekunden klaffte ein Loch in der Mauer. Müller trat ruhigen Schrittes auf die Fahrbahn und blieb mittig stehen. Das Haus war weiträumig umstellt. Selbst wenn die Gesuchten die Flucht über den stockdunklen Hinterhof suchen würden, den Hunden würden sie nicht entwischen. Sie saßen in der Falle, aus der es kein Entkommen gab.

Müllers Anweisungen waren eindeutig gewesen. Der Einsatz sollte nach Möglichkeit zur Festnahme der Personen führen. Doch hatten die Beamten den Befehl erhalten, mit aller notwendigen Härte einzuschreiten. Eine Flucht galt es unter allen Umständen zu verhindern. Er hatte den Unterstützungskräften eingetrichtert, dass es sich um extrem gewaltbereite Straftäter handelte, die auch vor dem Einsatz von Waffen nicht zurückschrecken würden. Rücksichtnahme beim Einschreiten war trotz des jungen Alters der Täter unangebracht.

Wieder schlugen die schweren Eisenköpfe der langstieligen Hämmer auf den zugemauerten Eingang. Plötzlich gab die Wand großflächig nach und stürzte nach Innen. Der Weg war frei. Müller zog seine Pistole aus seinem Holster und folgte den Schupos durch eine Wolke dichten Staubes in den Hausflur.

*

Dumpfe Geräusche. Kurz hintereinander. In gleichmäßigem Rhythmus. Egon fuhr herum. »Was ist das?«

Karl war aufgesprungen. »Die hauen die Wand ein! Von der Straße aus.«

»Verdammt!« Fritz' Stimme überschlug sich. »Hunde. Die haben ihre beschissenen Köter mitgebracht! Die kommen von hinten mit den Viechern!«

Unmittelbar darauf folgte ein Poltern aus dem Hausflur. Karl riss sich aus seiner Starre. »Abhauen!«

Schon hämmerten feste Schläge gegen die Tür. Das Kantholz begann sich zu bewegen.

»Los!«, brüllte er und schlug Fritz auf den Rücken. Sofort machte dieser einen Riesensatz zum Loch und kletterte hinein. »Beeilung!« brüllte Karl erneut. Er stand neben dem Loch. Er wirkte hektisch, wartete auf eine Reaktion Egons, der noch immer wie unter Schock stehend mit offenem Mund auf die Wohnungstür starrte, die jeden Augenblick aus den Angeln fliegen würde. Dann war Egon wieder da und schnellte herum. Karl sprang in das Loch, Egon hinterher. Genau in dem Moment, wo die Beamten hinter ihm in die Wohnung stürmten.

Der Gang war nicht lang. Höchstens 15 Meter. Doch schien ihr Ziel, der schmale Spalt in der Außenmauer des Nachbarhauses, in weiter Ferne. Das Gewölbe war nicht hoch und sie mussten den Kopf einziehen. Karl war deutlich größer als Egon und er kam in gebückter Haltung nicht so schnell voran, sodass Egon schnell zu ihm aufschloss. Fritz zwängte sich bereits durch den Spalt. Er war der breiteste von allen und man erkannte an seinen hektischen Bewegungen, dass er Mühe hatte, sich durch die Öffnung zu zwängen. Karl arbeitete sich als Nächster hindurch. Sekunden, die sich wie eine Ewigkeit anfühlten. Ängstlich sah Egon nach hinten. Er hörte hektische Rufe. Dann drang ein gebündelter Lichtstrahl in den Keller und einen Lidschlag später schoss jemanden ziellos von oben in den Gang. Egon sah, wie Dreck auf dem Boden zur Seite spritzte. Unmittelbar darauf baumelten zwei schwarze Einsatzstiefel in der Luft. Der Panik nahe sah Egon zu Karl. Dieser war soeben durch. »Beeil dich!«, schrie er von der anderen Seite. Egon schob seine linke Hälfte zuerst hindurch. Vorsichtig führte er seinen Kopf an dem spitzen Mauerwerk vorbei. Sein Blick richtete sich geradeaus, den Trakt entlang. Der Polizist war durch den Zugang geklettert, orientierte sich kurz und rannte gebückt auf ihn zu. Während des Laufens griff seine rechte Hand zu seinem Holster und ergriff seine Pistole. Schon richtete sich sein gestreckter Arm in Egons Richtung aus.

»Stehen bleiben!«, brüllte der Mann. Egon zog sein rechtes Bein durch den Spalt und drehte sich blitzschnell nach links. Unmittelbar darauf peitschten Schüsse durch den Gang. Die Projektile schlugen direkt dort in das Mauerwerk ein, wo sich soeben noch sein Kopf befunden hatte. Feine Steinchen, die zu Querschlägern wurden, stachen wie Nadelspitzen in seinem Gesicht und reflexartig schloss er die Augen. Egon ließ sich fallen und robbte die kurze Distanz hin zu der Stelle, an der Karl gerade unter dem Trümmerberg hindurchkroch. Der Beamte streckte seinen Arm durch den Spalt und schoss wahllos in den dahinterliegenden Raum. Die Kugeln flogen über Egon hinweg. So schnell er konnte, bewegte er sich auf die andere Seite. Karl ergriff seinen Arm und half ihm hoch. Egons Haare waren mit einer grauen Schicht bedeckt.

»Weiter!«, trieb Karl seine Freunde an.

Fritz hatte seine Taschenlampe eingeschaltet, die er auf dem Schwarzmarkt erstanden hatte. Trotzdem war die Sicht schlecht. Die Batterie war schwach, der Strahl verlor sich in der staubigen Luft, suchte sich seinen Weg durch Trümmerreste aus Steinen, abgeplatztem Schutt und geborstenen Balkenresten, aus denen Nägel ragten. Auf allen vieren kletterten sie über Hindernisse, zwängten sich durch den Mauerbruch, bis sich über ihnen ein großes Loch in der Decke befand.

Hinter sich hörten sie Rufe. Erneute dumpfe Schläge erschütterten den Bereich, aus dem sie geflohen waren. Es gab keinen Zweifel. Ihre Verfolger schlugen die Mauer des Nachbarkellers ein. Fritz war der Erste, der die improvisierte Kletterhilfe, die sie aus angelehnten Brettern zusammengenagelt hatten, hinaufeilte. Egon und Karl stützten die Konstruktion, die bedrohlich wackelte. Die Schreie hinter ihnen wurden lauter. Sie mussten sich beeilen. Vom Erdgeschoss über ihnen konnten sie ins nächste Haus und von dort aus durch den Hinterhof entkommen. Er war durch hohe Mauern von den anderen Grundstücken getrennt, sodass auch die Hunde sie nicht kriegen würden. Zumindest hofften sie das.

»Mach schon!«, kam es angespannt von Karl. Doch Fritz stoppte abrupt. Verharrte kurz in seiner Position, um anschließend wieder hinunterzuklettern.

»Was ist los?« Panik flackerte in Karls Stimme.

»Da draußen ist alles voller Schupos! Die kommen rein!«

Karls Mund blieb offen stehen.

»Was machen wir jetzt?« Egon schupste Karl gegen die Schulter.

»Hier entlang!«, brüllte jemand. Ängstlich sahen sie in die Richtung der Rufe.

»Mach was!« Egon rüttelte an Karls Schulter.

Fritz drängte an ihnen vorbei, lief ein Stück weiter den Keller entlang.

»Da ist eine Sackgasse«, erklärte Karl mit kraftloser Stimme. Egon konnte sich nicht daran erinnern, Karl jemals so niedergeschlagen gesehen zu haben.

»Kommt her! Helft mir.«

Fritz' Stimme riss sie aus ihrem trancegleichen Zustand. Sie eilten zu ihm. Mit einem schweren Kantholz hieb Fritz in Kniehöhe auf eine Ziegelwand. Bei jedem Schlag lösten sich Stücke und stürzten in einen Hohlraum dahinter. »Helft mir, verdammt noch mal!«

Karl und Egon fielen auf die Knie und lösten die Steine mit bloßen Händen.

»Hier sind die durch!«, schrie jemand. »Holt die Hunde! Wir brauchen die Hunde.«

Als wäre der Ruf des Polizisten zusätzlicher Antrieb, hieb Fritz noch kräftiger gegen die Mauer. Plötzlich lösten sich zahlreiche Ziegel auf einmal. Fritz schmiss sich auf den Bauch und leuchtete in den Bereich hinter der Wand. »Das ist ein Kanal«, rief er ungläubig. Er warf das Kantholz durch das Loch und drehte sich. Blitzschnell schob er seine Füße durch den geschaffenen Zugang. Er übergab Egon die Lampe, machte einige rückwärtsgerichtete, robbende Bewegungen, drückte sich mit den Armen weiter, bis er plötzlich verschwand. Es war ein Platschen zu hören und als Egon sich flach hinlegte, sah er Fritz, der sich im Wasser aufgerichtet hatte und ihm zuwinkte. »Beeilt euch. Macht schnell!« Egon gab ihm die Lampe.

Plötzlich bellte ein Hund direkt hinter ihnen. Es war ein aggressives Bellen, unterbrochen von jaulenden und winselnden Geräuschen. Das Tier zog sicher wie wild an der Leine. Schon wurde ein Befehl gebrüllt. »Fass, Harras. Pack sie dir!« Das Jaulen wurde lauter, erstarb dann urplötzlich. Der Mann hatte den Hund losgelassen.

Egon hatte die Beine bereits durch das Loch geschoben und war bis zur Hüfte nach hinten gekrochen. Nun knickten seine Beine ein und seine Füße suchten nach Halt. Fritz erfasste seine Fesseln und zog ihn nach hinten. Egon fiel rückwärts und landete mit dem Rücken im knöcheltiefen Wasser. Sofort sprang er auf. Fritz hatte bereits den Hosenschlag von Karl im Griff und zog seinen Kameraden daran. Egon fasste das andere Bein, sodass Karl auf dem Rücken landete. Fritz verkantete das Holz vor dem Loch. Einen Wimpernschlag später erschien der Kopf des Schäferhundes. Das Bellen des Tieres verstärkte sich in der Röhre, schmerzte beinahe in ihren Ohren. Hektisch versuchte er, sich durch die Sperre zu zwängen. Automatisch richtete Fritz die Lampe auf den Hund. Die Fangzähne leuchteten hell und Speichel spritzte in alle Richtungen aus dem Maul des Tieres. Der Abwasserkanal bestand aus roten Ziegeln und war so hoch, dass ein normal gewachsener Mann so gerade eben darin aufrecht stehen konnte. Die drei Kameraden rannten den Tunnel entlang. Mit jedem Meter stieg das Wasser. Im Nu reichte es ihnen bis zur Hüfte. Es stank bestialisch. Hinter ihnen brüllten Männer. Wieder feuerte jemand den Hund an. Die drei drehten sich um und sahen, dass das Kantholz entfernt worden war und dass der Schäferhund durch die Anfeuerungsrufe seines Herrchens den Sprung in die Kanalröhre gewagt hatte. Das Tier schoss nun auf sie zu. Wenige Schritte weiter war das Wasser schon beinahe brusthoch. Der Hund sprang mit seinen kräftigen Hinterläufen ab und wenige Augenblicke später schlug das 40 Kilogramm schwere Tier mit einem lauten Platschen auf der Wasseroberfläche auf. Nur sein Kopf ragte noch aus dem Wasser. Angetrieben durch seinen Jagdinstinkt, die sichere Beute nah vor seinen Augen, kam der Hund schnell auf sie zu. Zu schnell, um ihm zu entkommen. Egon war der letzte der Dreien. Während er sich mit rudernden Armbewegungen nach vorn bewegte, seine Füße auf dem rutschigen Untergrund Halt suchten, drehte er sich immer wieder um. Wissend, dass er dem Tier nicht entkommen konnte. Nochmals sah Egon nach vorn, suchte nach einer Möglichkeit doch noch fliehen zu können, als er beinahe gegen Fritz geprallt wäre. Sein Freund war umgekehrt, bewegte sich auf das Tier zu. In der einen Hand hielt er seine Lampe hoch, damit sie nicht erlosch. In der anderen Hand hatte er eisern den Griff seines Knüppels umfasst.

»Hey!« Ho!«, schrie er, sodass er die Aufmerksamkeit des Hundes erlangte. Seine Pfoten bewegten sich hektisch im Wasser. Egon verharrte. Er war einfach nicht in der Lage, weiterzulaufen. Zu sehr fesselte ihn die Situation. Eiskalt hob Fritz den Knüppel und während er zuschlug, warf er seinen gesamten Oberkörper nach vorn, um all seine Kraft in diesen Schlag zu legen. Der Hund jaulte nicht mal, als das massive Holz seinen Schädel traf. Der Kopf des Tieres tauchte unter Wasser, kam mit unkontrollierten Bewegungen ein Stück weiter wieder nach oben, als Fritz erneut kraftvoll zuschlug. Augenblicklich wich jede Spannung aus ihm. Der Rücken erschien und dann drehte sich der Körper auf die Seite. Wie eine Boje trieb das leblose Tier im Wasser. Fritz wandte sich in Egons Richtung. »Weiter!«, brüllte er und gab Egon einen Schubs.

Hinter ihnen hallten erneut Befehle. Die ersten Polizisten gelangten in den Tunnel. Ein breiter Lichtstrahl raste auf sie zu und erhellte den Raum vor ihnen.

»Stehen bleiben!«, schrie jemand. Unmittelbar vor ihnen

befand sich eine Gabelung. Zwei Röhren blickten sie wie riesige Augen an. Ein großer Berg aus Sedimenten war vor den Tunneln zu erkennen. Der Grund, warum sich das Abwasser gestaut hatte. Karl beschleunigte nochmals und robbte als Erster den Hügel hinauf. Ohne zu zögern, zwängte er sich durch den Spalt der rechten Röhre, nahe der gewölbten Decke, und war verschwunden. Egon war der Nächste. Er streckte den Oberköper durch die Öffnung. Sofort fassten ihn Karls Hände und zogen ihn zu sich. Plötzlich hallten Schüsse durch den Kanal. Fritz' Kopf erschien. Es folgten seine Arme und der Oberkörper. Fritz überreichte Egon die Lampe. Karl fasste seinen Kameraden am Kragen und zog aus Leibeskräften, bis auch Fritz es geschafft hatte. In diesem Bereich war der Kanal nahezu trocken. Das gemauerte Bett führte lediglich wenige Zentimeter Abwasser. Karl hielt Fritz' Lampe und lief nun voran. Das Geräusch ihrer auftretenden Schuhe hallte gegen die Wände. Der Schein der Lampe verlor sich irgendwo in der Ferne. Einige Male sahen sie in Bodenhöhe Nebenkanäle, doch nirgendwo erkannten sie eine Steigleiter, einen Zugang nach oben. Immer weiter rannten sie, bis es schließlich nicht mehr weiterging. Ein Bombentreffer hatte den Bereich vor ihnen einstürzen lassen und sich als undurchdringbare Decke über den Bereich gelegt. Fassungslos sahen sie sich an. Sie saßen fest. Dann erlosch die Lampe.

*

Kriminalassistent Horst Müller hatte die Hände in den Manteltaschen, während er über das Türblatt trat, welches vor ihm auf dem Boden lag. Seine Stiefel knirschten, als er sich langsam drehte und den Raum im Schein seiner Lampe auf sich wirken ließ.

Angewidert verzog er das Gesicht, als er sich in dem mit Trümmern übersäten Raum umsah. Es roch feucht, nach verbranntem Holz, nach Schimmel. Hier also war ihr jämmerliches Rattennest, dachte er. Es wirkte so schäbig wie diese Kerle selbst. Ein verdreckter Ort, den man sich mit Ungeziefer und Ratten teilte. Hinter ihm tauchte ein Schupo mit einer Petroleumlampe auf. Er stellte sie auf den Boden. Sofort erhellte sich das Zimmer und das Licht warf bizarre Schatten an die Wände. Langsam schritt Müller an das Loch und blickte nach unten. Das Gefühl, welches ihn begleitete, war unbeschreiblich. Er hatte sie auf dem Präsentierteller gehabt. An nahezu alles hatte er gedacht, nichts dem Zufall überlassen. Und dann war dieser Abschaum durch ein Loch im Fußboden entkommen. Zumindest vorläufig. Müller ging weiter durch den Raum, sah angewidert auf das Matratzenlager. Mit seiner Stiefelspitze wischte er durch die Asche einer Feuerstelle. Die Schutzpolizisten begannen die Wohnung zu durchsuchen. Ein leichter Stoß riss ihn aus seinen Gedanken. Es war Revierleiter Richard Glettenberg. Kurz taxierte Müller dessen Gesicht, doch er vermochte nicht zu erkennen, ob sich in den Zügen des älteren Polizisten ein Anflug von Genugtuung oder aufrichtigem Mitgefühls widerspiegelte. Der Schutzpolizist hatte einen schweren Rucksack in der Hand, den er, noch immer wortlos, dem Kriminalbeamten hinhielt. Müller nahm das Gepäck, stellte es auf einen alten Tisch, öffnete ihn und griff hinein. Er beförderte einige dunkle Halstücher hervor. Dann ein Fahrtenmesser. »Blut und Ehre«, las er von der Scheide ab. Beinahe ohne Widerstand ließ sich das Messer herausziehen. Auf der Klinge befand sich eine Gravur: Paul Schrader.

»Sieht so aus, als ob sie das richtige Nest ausgehoben haben«, kam es von Glettenberg und dieses Mal klang es tatsächlich so, als würde in seinem Ton etwas wie aufrichtiges Bedauern herauszuhören sein. Müller antwortete nicht. Seine Hand suchte weiter. Er zog einige Dokumente heraus. Es waren Kennkarten. »Gerd Alfons Grube. Waldenburg in Schlesien. Der Polizeipräsident als Ausstellungsbehörde«, las er ab. Müller legte den Ausweis beiseite und betrachtete den nächsten. »Heinrich Böllmann.«

»Dann scheint das Mädchen tatsächlich die Wahrheit gesagt zu haben«, kam es von Glettenberg.

Fragend sah er Glettenberg an. Müller packte alle Gegenstände zurück in den Rucksack. Plötzlich erschien ein Schutzpolizist außer Atem. Müller sah ihn ungehalten an. »Nun reden Sie schon! Haben Sie die Flüchtigen erwischt?«

Der Mann sah eingeschüchtert zu Glettenberg, dann richtete er seinen Blick unsicher zu Müller. »Sie sind entkommen. Da ist im Keller des Nachbarhauses ein Zugang zur Straßenkanalisation.«

Müller fixierte den jungen Mann vor sich. Nur seine Kaumuskeln pulsierten.

»Wir sind hinterher«, schob der Beamte sofort nach, um einer Schelte zuvorzukommen, die er ganz offenbar befürchtete. »Die haben einen der Hunde erschlagen! Das muss man sich mal vorstellen. Gemeingefährlich sind die. Die Kollegen sind noch da unten und suchen weiter.«

Müllers Gesicht glich einer versteinerten Maske. Abrupt wandte er sich ab. »Durchsuchen Sie dieses Rattennest nach Beweisen. Und befragen Sie die Anwohner«, richtete er sein Wort an alle Beamten.

»Was wollen Sie tun, Herr Kollege?«, kam es von Glettenberg.

»Die anderen Männer sollen zusammen mit den HJ-Streifen alle Kanalzugänge in den umliegenden Straßen sichern. Irgendwo müssen sie wieder an die Oberfläche. Ich werde dem Ortsgruppenleiter Bericht erstatten. Wenn durch einen unglücklichen Zustand der Einsatz noch nicht zur Festnahme geführt hat, so kann ich ihm zumindest mitteilen, dass wir die Täter offenbar identifiziert haben.«

*

»Scheiße, scheiße, scheiße!«, fluchte Fritz. Es war zu hören, wie Karl seine Handfläche mehrfach gegen die Lampe schlug. Vergeblich. Sie blieb aus.

»Karl! Du hast doch Streichhölzer?« Egon bekam nicht sofort eine Antwort. Er hörte dumpfe, klopfende Geräusche. Sein Kamerad tastete seine Taschen ab.

»Klatschnass«, kam es einige Augenblicke später.

»Spar dir das!« Fritz' Stimme klang resigniert. »Bringt uns eh nicht weit. Wie lange brennt schon ein Streichholz?«

»Und was machen wir jetzt?« Die aufsteigende Beklemmung war in Karls Stimme deutlich herauszuhören.

»Keine Ahnung, Mann!« Auch Fritz klang verzweifelt. »Wir können nur versuchen zurückzugehen.«

»Bist du von Sinnen?« Egon wusste, dass sie der Polizei direkt in die Arme laufen würden.

»Wir kommen nicht weg, Egon.« Es hörte sich an, als würde Fritz um so etwas wie Verständnis bitten. »Wir können hier verrotten oder …«

»Hast du vergessen, was die Gestapo mit uns gemacht hat?«, fuhr Egon resolut dazwischen. »Die haben gerade auf uns geschossen! Was meinst du, was uns blüht?«

»Fritz hat recht«, kam es zustimmend von Karl. »Es ist aus, Egon.«

Egon schüttelte den Kopf, obwohl ihn niemand sehen konnte. »Für euch vielleicht. Ich gehe nicht zurück.«

»Egon! Ich halte das hier nicht lange aus, verstehst du?«

»Gib mir deine Hand, Karl! Streck die Arme aus.« Egons Hände suchten seinen Freund. »Hast du sie ausgestreckt?«

»Ja.«

Mit weiten Bewegungen suchte Egon Karl. Er wusste, dass Bergmänner sich in solchen Situationen aneinander festhielten, um nicht in Panik zu verfallen. Endlich fand er Karls Arme. Dessen Hände krallten sich an Egons. Er fühlte, dass Karl Angst hatte. »Fritz! Deine Hände!«

Nach einigen Sekunden reichte er seinen Freunden die Hand. Diese Berührung beruhigte und nahm ihnen etwas von der Panik, die sich in dieser völligen Dunkelheit mehr und mehr ausbreitete. Eine Zeit lang sagte niemand etwas.

Schließlich war es Karl, der das Wort ergriff. »Sie werden kommen. Früher oder später finden sie uns.«

»Na und?« Egons Stimme klang trotzig. »Dann ist es so. Aber ich werde nicht zu ihnen kriechen. Niemals!«

»Wisst ihr, was ich mich frage? Ich frage mich, ob es das alles wert war?«

»Was meinst du, Fritz?«, kam es von Egon.

»Na, unsere Truppe. All unseren Widerstand. Ich frage mich, ob wir je eine echte Chance hatten. Ich meine … so zu leben, wie wir es wollen. Ob wir nur Träumer waren. Spinner.«

»Red nicht so, Fritz«, tadele ihn Egon. »Jeder einzelne Tag mit euch war es wert. Bevor ich euch getroffen habe, war alles unwichtig. Ihr habt meinem Leben einen Sinn gegeben.« Er spürte, wie die Hände seiner Freunde noch fester zugriffen. Und obwohl es nur ihre Finger waren, berührte es ihn auf eine eigenartige Weise und er fühlte, wie sich seine Augen mit Tränen füllten. »Ihr seid meine Familie. Der Grund, warum ich leben möchte. Eine Zukunft haben möchte.«

Egon fasste einen Entschluss. »Gib mir deinen Knüppel, Fritz.« Nur schwer löste er sich aus Karls Griff.

»Was hast du vor?« Fritz' eine Hand umfasste Egons, dann legte er mit der anderen das Holz in Egons Finger.

»Erinnert ihr euch an diese Nebenkanäle? Die hier von der Hauptröhre abgingen?«

»Du meinst …?«, kam es von Fritz.

»Einen Versuch ist es wert«, unterbrach ihn Egon. »Ich werde links entlang des Kanals gehen. Bei jedem Schritt schlag ich einmal gegen die Mauer. Zählt mit.«

»In Ordnung«, antwortete Fritz. »Sei vorsichtig.«

»Das bin ich. Pass auf Karl auf. Lass ihn nicht los. Karl? Meinst du, du schaffst das?«

»Hab ich 'ne Wahl?«

Egon suchte erneut Karls Hand, drückte sie und schlug seinem Freund gegen die Schulter. Er drehte sich, machte den ersten Schritt und schlug gegen die Mauer.

*

Es war nur das Geräusch eines schlagenden Holzes auf altes Mauerwerk, welches von den Ziegeln zurückgeworfen wurde und sich verstärkte. Und doch war es hier, jenseits aller Sinneseindrücke, in dieser völligen Dunkelheit, etwas, an dem man gedanklich Halt finden konnte.

Zehn Schläge. Nicht mal zehn Meter, die ihn von seinen Freunden trennte. Doch das Gefühl völliger Einsamkeit legte sich wie eine schwere Decke auf sein Gemüt. Egon fokussierte seine Aufmerksamkeit auf alles, was er darüber hinaus wahrnahm. »Konzentriere dich auf das, was du fühlst. Mit deinen Händen. Mit deiner Haut. Rieche die Veränderungen. In der Nacht ist man nur blind, wenn man sich ausschließlich auf seine Augen verlässt«, hatte ihm Gisbert, der alte Bergmann, mal gesagt, als er Egons Beklemmung zu Beginn seiner Hauertätigkeit bemerkt hatte. Er hatte ihn in einen alten Seitenstollen geführt, ohne Geleucht, und ihn mit dem beruhigenden Ton seiner Stimme geführt. Egon hob den Kopf etwas. »Mach Spucke auf die Nase. Luftzüge fühlst du am ehesten an der Nasenspitze«, hatte Gisbert erklärt. Und tatsächlich. Die feine Brise in diesem Kanal war deutlich zu spüren. Seine Schuhe schlurften über den Untergrund, um Hindernisse rechtzeitig zu erkennen. Einen Arm hatte er geradeaus gestreckt, während er mit der anderen Hand nach jedem Schritt in Kniehöhe gegen das Mauerwerk schlug.

»Alles in Ordnung, Egon?«, rief Fritz.

»Bei mir ist alles klar! Karl? Wie geht's dir, Karl?«

»Gut, Egon! Mir geht's gut. Aber bitte beeil dich.«

Meter für Meter bewegte er sich vorwärts. »Du bist in einem Stollen. Das ist hier nichts anderes«, murmelte Egon vor sich hin. »Du hast nur dein Geleucht nicht. Es kann nichts passieren.« Ein Schritt, ein Schlag. Noch ein Schritt, noch ein Schlag. So ging es weiter. Plötzlich schlug er ins Leere. Egons Herzschlag beschleunigte sich. Er kniete sich hin, tastete die Wand ab. Seine Finger fühlten den glatten Stein, die rauen Fugen dazwischen. Eine Öffnung. Kreisrund. Es gab keinen Zweifel. Es war einer dieser niedrigen Nebenkanäle. Egon begab sich auf allen viere.

»Wie viel Schläge?«, rief er nach hinten.

»31«, rief Karl. »Hast du was gefunden?«

»Ja!«, rief Egon mehr in die Röhre vor sich. »Ich geh rein.«

»Pass auf dich auf!«, kam es von Fritz.

Vorsichtig schob Egon den Oberkörper nach vorn. Die Röhre war schmal. Er musste sich flach auf den Bauch legen. Seine nasse Kleidung presste sich an seinen ausgekühlten Körper und er begann zu frieren. Seine Kiefermuskeln zitterten und die Zähne schlugen aufeinander. Langsam robbte er nach vorn. Der Boden war trocken, trotzdem eiskalt. Egon fühlte eine kaum merkliche Steigung. Mit jedem Zentimeter, den er vorwärts kam, breitete sich Platzangst aus. Einige Male bewegte er sich rückwärts. Um sich zu vergewissern, dass er jederzeit zurückkonnte. Er musste die Arme eng an den Körper nehmen und sobald er den Kopf nur leicht anhob, stieß er gegen die Decke. Plötzlich war da ein Fiepen. Laut und nah. Instinktiv robbte Egon fast panisch zurück. Es raschelte. Seine Kehle schnürte sich zusammen. Alles in ihm schrie auf. Forderte, seiner Angst freien Lauf zu lassen und diese Enge zu verlassen. Hektisch atmete er ein und aus. Sein Atem durchbrach die Stille. »Fritz! Karl! Seid ihr da?«, schrie Egon aus Leibeskräften. Seine eigene Stimme dröhnte in seinen Ohren.

»Wir sind da!«, hörte er Fritz. Es klang so weit entfernt. Dumpf. Und trotzdem bedeutete ihm diese vertraute Stimme in dieser Situation ungeheuer viel. Sie war das Zünglein an der Waage, die verhinderte, dass diese zunehmende Angst, die seinen Brustkorb einengte und sein Herz rasen ließ, die Oberhand gewann. Egon rannen Tränen das Gesicht hinab.

»Glück auf, Glück auf!«, hörte er plötzlich Fritz singen. »Der Steiger kommt!« Fritz' Stimme kam näher. »Und er hat sein helles Licht bei der Nacht …«, sang Fritz weiter.

»Und er hat sein helles Licht bei der Nacht, schon angezünd't, schon angezünd't«, stimmte Egon mit ein. Und während Egon weiterkroch, sang er so laut er konnte mit Fritz das alte Steigerlied. Mechanisch schob er sich auf seinen Unterarmen weiter vorwärts, konzentrierte sich nur auf Fritz' Stimme hinter sich. Plötzlich fühlte Egon etwas. Einen Luftzug. Er richtete die Augen nach vorn und während er sich weiter auf seinen Unterarmen nach vorn zog, spürte der sensible Bereich direkt unter seiner Nasenspitze diese feine Luftbewegung, die mit jedem Meter zunahm. Bald schon wandelte er sich in einen kühlen Wind und seine Augen begannen zu tränen. Plötzlich sah er etwas. Egon verharrte und kniff einige Male die Augen zusammen, blinzelte, damit sich der feuchte Schleier auf seinen Pupillen lichtete. Wurde es weiter hinten nicht heller? Oder war das nur eine Täuschung? Die alten Bergleute hatten davon berichtet, dass man in völliger Dunkelheit plötzlich etwas sah. Blitze, Bewegungen, die wie aus dem Nichts vor den Augen erschienen. Dinge, die nicht da waren. Nicht da sein konnten. Viele glaubten, dass es die Geister der Verunglückten waren, die in den alten Stollen keine Ruhe fanden. Andere sagten, das Gehirn würde diese Dinge erschaffen. Ähnlich wie Traumbilder. Auf einmal strich etwas Feines über sein Gesicht. Egon erschauderte, kroch rückwärts. Als er danach griff, fühlte er etwas Klebriges. Von jeher fürchtete er sich vor diesen großen schwarzen Spinnen, die in den Kellern hausten. Wenn sie nach dem Lichteinschalten auf den weiß getünchten Wänden gesessen hatten und mit ihren dunklen behaarten Beinen blitzschnell die Nischen aufsuchten. Wie besessen hatte er dann auf sie eingetreten oder Dinge nach ihnen geschmissen. Genauso fürchtete er sich vor Ratten. Die Nachbarn hatten einen Terrier gehabt, der flink gewesen war und ein kräftiges Gebiss gehabt hatte. Egon erinnerte sich an ihr hohes Quieken, wenn der Hund seine Zähne in ihren Leib gegraben hatte und wie die tödlich verletzten Nager ihre Krallen und ihren nackten Schwanz um die Schnauze des Terriers geschlungen hatten, während dieser in Rage laut knurrend seinen Kopf hin und her geschüttelt hatte. Egon hasste Spinnen und Ratten. Er hasste sie nicht nur. Sie waren für ihn der Inbegriff des Ekels. Es kostete ihn enorme Überwindung weiterzurobben, und als dieses feine Etwas erneut über sein Gesicht strich, stand er kurz davor, sich zu übergeben. Er nahm seinen ganzen Mut zusammen, senkte den Kopf und schob sich weiter. Wieder blickte er nach vorn und dieses Mal schien ihm dieser Kontrast deutlicher. Unbewusst beschleunigte er seine Bewegungen. Und dann tat sich wie aus dem Nichts ein Hohlraum auf. Eine schmale Röhre, die sich senkrecht nach oben erstreckte. Er kroch noch etwas weiter, dann konnte er sich aufrichten. Egon sah nach oben. Unzählige Löcher, kreisförmig angeordnet, durch die schwaches Licht fiel. Stoßartig atmete er aus. Machte dabei Geräusche, die an ein befreiendes Lachen erinnerten. Egon wusste, was sich da wenige Meter über ihm befand. Hektisch begannen seine Hände, die schmale Röhre abzutasten. Dann trafen seine Finger auf das, was er suchte. Er fühlte das kühle Metall der eisernen Steigbügel, die hoch zum Kanaldeckel führten und als er eine Hand an die Nase hielt, nahm er den Geruch alten rostigen Metalls wahr. Egon umfasste das Eisen erneut und setzte einen Fuß auf die untersetzte Strebe. Dann kletterte er nach oben, hin zu dem fahlen Licht.

*

Aus einem Liederbuch der HJ:

> Und sollten wir nicht siegreich sein,
> so lebt denn wohl, ihr deutschen Eichen.
> Vom Feind, da wollen wir nicht weichen.
> Um deutsche Ehren kämpfen wir,
> für Adolf Hitler sterben wir.

Paul Schrader fühlte sich wie gerädert. Es war eine lange Nacht gewesen. Wieder war die Gegend von den Alarmsirenen aufgeschreckt worden. Diese ständige Schlafunterbrechung, die Flucht in die Luftschutzbunker oder in die Keller der Häuser, die Beklemmungen, wenn er am Himmel das Dröhnen von Flugzeugmotoren und das Detonieren der Flugabwehrgeschütze vernahm, zerrte an seinen Nerven. Es machte ihn reizbar. Zusätzlich wurden er und seine Kameraden beinahe täglich im Rahmen des Kriegseinsatzes der Hitlerjugend zu den unterschiedlichsten Sonderdiensten abkommandiert. Die Älteren wurden als Flak-Helfer und zur Unterstützung der Feuerwehren eingesetzt, die Jüngeren leisteten Hilfsdienste bei den Aufräumarbeiten und wurden zur Altmetallsammlung oder als Erntehelfer abkommandiert. Allmählich machte sich bei allen Kameraden eine zunehmende Erschöpfung breit. Hinzu kam, dass sein Nasenbein krumm zusammengewachsen war, obwohl der Arzt den Knochen gerichtet hatte. Seitdem bekam er schlecht Luft und schlief dementsprechend unruhiger. Außerdem stellte sich zu dem Bruch ab und zu ein stechender Kopfschmerz ein, der sich hartnäckig hinter seiner Stirn einnistete. Doch das war nicht das Schlimmste. Es war die Niederlage, an die er sich bei jedem Blick in eine spiegelnde Fläche erinnern würde. Niemand aus seinen Reihen würde sich darüber lustig machen, dafür war er nicht nur als Sohn des Ortsgruppenleiters zu gefürchtet. Zumal darüber hinaus jeder wusste, dass es ein hinterhältiger Überfall gewesen war und sie sich in der Unterzahl befunden hatten. Zumindest, so redete er es sich ein, gab ihm dieser Makel einen gewissen männlichen Touch, wenn ihm schon kein richtiger Bart wachsen wollte. Paul trat vor das weit geöffnete Fenster und sah regungslos über das Viertel. Es wirkte im Licht der frühen Spätsommersonne beinahe friedlich. Die roten Ziegel der Gebäude versprühten Wärme und das Laub der Bäume lockte nach draußen, wenngleich es allmählich erste, braune Veränderungen aufwies. Das Sonnenlicht, welches in sein Zimmer flutete, weckte seine Lebensgeister. Er nahm einen tiefen Atemzug und hielt die Luft einen Moment an. Sein Kopfschmerz, der ihn oft nach dem Aufwachen begleitete, hielt sich zurück, formte lediglich einen dumpfen Druck.

Vor wenigen Tagen hatte Paul Schrader einen Sprung in der Hierarchie der Hitlerjugend gemacht. Er war zum stellvertretenden Scharführer ernannt worden. Seine Aufgaben und Verpflichtungen hatten sich dadurch enorm erhöht. Es galt die Heimabende zu organisieren. Als Sportleistungsträger war er bei der Planung zur Abnahme der jährlichen HJ-Leistungsabzeichen beteiligt. Was die Leibes- und Zielübungen betraf, standen sie nicht schlecht da. Jedoch hatten viele der Kameraden Defizite in der Kartenkunde und würden, wenn er hier nicht konsequent gegensteuerte, bei den nächsten Geländeübungen ein erbärmliches Bild abgeben, was wiederum auf ihn zurückfallen würde. Von den Wissenslücken in den weltanschaulichen Schulungen ganz zu schweigen. Versäumnisse seines Vorgängers, aber darauf würde er sich nicht berufen können. Und wollen. Dass man ihm Führungsschwäche unterstellen könnte, wollte er unter allen Umständen vermeiden. Es war ohnehin schon schwierig, das alles neben seiner Ausbildung in den Buderuswerken unter einen Hut zu bringen. Allmählich bekam Paul Schrader eine Vorstellung davon, was es bedeutete, Führungsverantwortung in höheren Positionen zu übernehmen. Trotz aller Hürden, die es zu überwinden galt, war es genau das, was er für sein Leben wollte. Denn Paul Schrader hatte ein für sich klar definiertes Ziel. Er wollte im kommenden Jahr zur SS-Junkerschule. Sein Bann würde ihm ein erstklassiges Zeugnis ausstellen, dafür würde sein Vater schon sorgen. Und eines Tages würde er nach Berlin wechseln. Natürlich war das ein Traum, von dem er niemandem erzählte. Aber der Gedanke gefiel ihm. Paul war fasziniert von allem, was mit Kriegswesen und Waffentechnik zu tun hatte. Doch bei all diesen Verpflichtungen hatte Paul nur wenig Gelegenheit gefunden, das, was er sich und einen Kameraden gegenüber geschworen hatte, in die Tat umzusetzen. Diejenigen, die ihm diese Niederlage beigebracht hatten, zu finden und zur Rechenschaft zu ziehen. Auf seine eigene Weise. Doch dann änderte sich die Lage zu seinen Gunsten. Die Ortsgruppenvorsitzenden, allen voran sein Vater, hatten beschlossen, energisch gegen die kriminellen Jugendbanden vorzugehen, die mit wachsender Unverschämtheit ihr Unwesen trieben. Von jeher war der Streifendienst der Hitlerjugend mit der Überwachung jugendlichen Ungehorsams betraut und man hatte ihnen bereits weitreichende Befugnisse eingeräumt. Doch führte das nicht zum gewünschten Erfolg. Ab sofort, hatte ihm sein Vater gesagt, würde der HJ-Streifendienst, nach Rücksprache mit der zuständigen SS-Führung, durch Beamte der Schutzpolizei unterstützt. Außerdem würde man eng mit der Kriminalpolizei unter Führung des Kriminalassistenten Müller zusammenarbeiten. Und dieser Müller hatte offenbar bereits die Ärmel hochgekrempelt. Er hatte die Vernehmungsprotokolle erneut durchgesehen, die Listen der Pflichtdienstverweigerer durchgearbeitet und einige bereits zur Verantwortung gezogen. Und in der letzten Nacht hatte er dann gezeigt, dass er nicht nur Reden schwang. Offenbar hatten ihn seine Ermittlungen auf die richtige Spur gesetzt und es war ihm gelungen, eines dieser Rattennester, wie er den Unterschlupf dieser kriminellen Jugendbanden nannte, auszuheben. Durch einen unglücklichen Umstand konnten die Täter entkommen. Jedoch waren sie zweifelsfrei identifiziert und die aufgefundenen Beweise ließen keinen Zweifel an ihrer Schuld, wie Pauls Messer belegte, welches Müller seinem Vater überreicht hatte. Offenbar steckte Erika Baumeister mit einigen dieser Ruhrpiraten, wie diese sich nannten, unter einer Decke und hatte letztendlich unter dem Vernehmungsdruck den entscheidenden Hinweis gegeben.

Ein Jammer, dachte Paul Schrader, während er sich anzog. Er mochte Erika eigentlich. Sie war hübsch und in den letzten Monaten hatte sie ein durchaus ausladendes Becken bekommen, das ihr einen reizenden Hüftschwung bescherte. Natürlich war ihre Kleidung für ein deutsches Mädel unangemessen. Insgeheim musste er sich eingestehen, dass diese viel zu kurzen Kleider die wohlproportionierten, reizvollen Rundungen ihres fraulichen Körpers, ihren prallen Busen in einer Art betonten, die ihn erregte. Als sie noch regelmäßig ihren Dienst beim Bund deutscher Mädchen angetreten hatte, waren sie sich öfter begegnet, und Paul hatte tatsächlich ein Auge auf sie geworfen. Mehr noch. Er war ein bisschen in sie verliebt gewesen. Dann aber hatte sie sich verändert. Deutsche Tugenden infrage gestellt und sich diesen »unangepassten weißen Niggern«, wie Vater sie nannte, angeschlossen. Pauls Meinung nach war das die Schuld ihres Vaters. »Billiges Flittchen«, entfuhr es ihm. Er wusch sich mit kaltem Wasser und während er sich das Gesicht abtrocknete, betrachtete er erneut seine schiefe Nase im Spiegel.

»Paul?«, kam es von unten.

Paul beugte sich über die Fensterbank. Vor dem Haus standen Dieter Bürger und Roland Berghaus in ihrer Uniform.

»Bin in einer Minute bei euch!«, rief er runter.

Er ergriff sein schwarzes Ärmelband, auf dem in gelber Schrift die Buchstaben »HJ« zu erkennen waren, und sein sorgfältig gebügeltes Uniformhemd, welches er sich überstreifte, während er die Wohnung verließ. Es war an der Zeit zu zeigen, dass man ihn als Streifenführer und stellvertretenden Scharführer nicht ungestraft überfallen hatte.

*

Die halbe Nacht über hatten sie eng aneinander gekauert in diesem Kanalschacht ausgeharrt. Erst als in der zweiten Nachthälfte der Fliegeralarm ausgelöst wurde und sie kurz darauf die ersten Bomben hatten einschlagen hören, hatten sie sich getraut, ihr Versteck zu verlassen. Sie stanken nach Fäkalien und waren bis auf die Haut durchnässt. Bis zu Bertholds Schrebergarten waren es beinahe zwei Stunden Fußmarsch gewesen. Als sie endlich dort angekommen waren, waren sie kaum in der Lage gewesen, die Becher mit dem heißen Tee zum Mund zu führen, so durchgefroren waren sie. Berthold, Dirk und Jupp hatten in der Nähe der Altenessener Straße ausgeharrt, waren aber von dem Polizeiaufgebot überrascht gewesen. Sie hatten sich zurückziehen müssen und ihnen war es nur mit Mühe gelungen, durch die Absperrungen der HJ zu entkommen.

In der Zeit hatte Klampfe im Garten auf Erika gewartet, doch erst am Nachmittag war sie erschienen. Müller hatte sie nochmals in die Mangel genommen. Sie beschimpft und bedroht. Nachdem Erika bei ihrer Version geblieben war, hatte er sie schließlich gehen lassen mit dem Hinweis darauf, dass er bei dem Jugendstaatsanwalt Auflagen gegen sie durchsetzen werde, sollte sie nicht wieder regelmäßig zum Pflichtdienst erscheinen. Außerdem musste sich Erika mittags an den Wochenenden und Feiertagen auf dem Revier melden, um ihre Fahrtenumtriebe mit diesem kriminellen Gesocks zu unterbinden. Sie sah müde und mitgenommen aus. Dirk hatte Kleidung von seinem Vater besorgt, die seine Mutter in einen großen Koffer auf dem Dachboden aufbewahrt hatte. Obwohl sein Vater gefallen war, konnte sie sich nicht von seinen Sachen trennen. Doch lediglich Egon passte hinein. Fritz kam mit seinen dicken Armen kaum in die Hemdsärmel und bei Karl endete die Hose weit über den Knöcheln. Wenigstens waren die Sachen trocken. Wenngleich sie muffig rochen. Ihre völlig verdreckten Klamotten hatte Berthold in ein Regenfass hinter der Laube gesteckt. Sie stanken schlimmer als Schweinedung. Unmöglich, damit bei Tag unauffällig nach Hause zu kommen. Die Blockwarte hätten sie damit schon auf einen Kilometer gerochen. Und selbst mit Kernseife hatten sie diesen Gestank nur mit Mühe aus ihren Haaren und von ihrer Haut bekommen. Den Vormittag hatten sie sich ausgeruht. Hinzu kam, dass sowohl Karl als auch Egon Fieber bekamen. Nur Fritz schien diese Tortur nichts ausgemacht zu haben. Dirk war zwischenzeitlich in den Straßen unterwegs gewesen, um sich umzuhören. Nun saßen sie still bei einer Tasse dampfendem Muckefucks zusammen. Die Stimmung war niedergeschlagen.

»Hast du was gehört?«, fragte Karl mit zunehmend verschnupfter Nase Dirk, während er über sein Getränk pustete.

Dieser schüttelte den Kopf. »Offenbar weiß keiner was Genaues. Und die Gestapo hält die Füße still.« Dirk zuckte mit den Schultern. »Zumindest haben die keinen eingesackt und auch sonst keine Fragen gestellt.«

Berthold blickte zuversichtlich in die Runde. »Na, dann haben die den Köder offenbar geschluckt.«

Jupp machte eine abwiegelnde Handbewegung. »Abwarten, was die morgen so in den Betrieben sagen. Vielleicht sammeln die sich nur, um dann wieder mit so 'ner groß angelegten Razzia einzufallen.«

»Mich hat das echt umgehauen.« Fritz starrte nachdenklich auf einen Punkt irgendwo vor sich. »Ich meine … so ein Aufwand. Was sollte das? Kann mir keiner erzählen, dass das wegen diesem Paul ist.« Fritz hob den Kopf. »Jeden Tag kriegen HJler was aufs Maul.«

»Mag ja sein«, kam es von Dirk. »Aber der Bursche ist nun mal der Sohn von so einer Parteigröße.«

»Trotzdem.« Fritz schüttelte den Kopf. »Da steckt mehr dahinter. Was meinst du?« Fritz sah Karl ernst an.

»Ich vermute, da kommt alles zusammen. In Köln und Umgebung fährt die Gestapo schon länger ganz andere Geschütze auf. Und wenn ich mich so umsehe … es gibt immer mehr, die keine Lust auf den Pflichtdienst haben. Schon klar, dass die sich das nur bis zu einem gewissen Punkt gefallen lassen.«

»Aber wie soll das jetzt weitergehen?«, fragte Dirk.

»Ist doch wohl keine Frage!«, bemerkte Berthold wie immer eine Spur zu laut. »Wenn die nach Dresche schreien, soll'n sie welche kriegen.«

Egon schnaufte verächtlich aus, während er Berthold anstarrte. »Sag mal … du kapierst es nicht, oder? Erika hat ihnen lediglich etwas von Edelweißpiraten gesagt. Und was haben die Nazis gemacht? Die haben auf uns geschossen als wären wir Schwerverbrecher.«

Karl nickte. »Sieht echt so aus, als wenn die jetzt andere Saiten aufziehen.«

»Es kann nicht sein, dass das alles rechtens ist«, sagte Egon und schüttelte gedankenversunken den Kopf. »Dass es ein Verbrechen sein soll, lange Haare zu tragen. Dass man dafür eingesperrt werden kann, wenn man sich nicht mit Heil Hitler begrüßt. Dass man verhaftet wird, wenn man ein missliebiges Lied singt, oder ins Gefängnis gesteckt wird, wenn man auf der Straße eine unbedachte Äußerung macht.«

»Aber … *was* … sollen wir dagegen machen?«, kam es von Klampfe.

Dirk machte einen trotzigen Gesichtsausdruck und verschränkte die Arme vor der Brust. »Ich werde auf jeden Fall nicht wieder zum Dienst gehen!«

»Und ich auch nicht«, bestätigte Berthold. »Pure Zeitverschwendung.«

»Vielleicht ist es ja wirklich besser, wenn wir nicht mehr …« Mit Tränen gefüllten Augen rang Erika nach Worten. »Ich meine, irgendwann kommen bestimmt wieder bessere Zeiten …«

»Pah!«, stieß Egon verächtlich aus. »Bessere Zeiten? Vergiss es. Seht euch um! Wenn du nicht in einem Bombenhagel umkommst, dann wirst du garantiert an der Front verrecken.«

Erregt sprang Dirk auf. »Aber was, verdammt noch mal, willst du dagegen tun?«

Karl hob langsam seinen Kopf. Ernst blickte er Dirk an. »Vielleicht sollten wir mal damit anfangen, was zu tun.« Er schaute in die Runde, als würde er sehen wollen, wie seine Bemerkung aufgenommen wurde.

Resigniert ließ sich Dirk wieder nieder. »Was können wir schon ausrichten?«

»Die Tommys berichten im Rundfunk, dass es an der Ostfront nicht gut aussieht«, warf Jupp ein. »Mal Hand aufs Herz. Wenn das so gut läuft, wieso haben wir alle … fast alle keine Väter mehr? Was Ordentliches zu fressen kriegste auch kaum. Und jede Nacht fallen mehr Bomben.«

Berthold verzog das Gesicht. »Sind die alle so dumm?«

»Nein«, antwortete Egon. »Die Leute haben Schiss. Ich kenn nicht viele, die an den Endsieg glauben. Eigentlich haben die meisten die Schnauze voll vom Krieg. Aber muckste auf, kommt die Gestapo und du verschwindest auf Nimmerwiedersehen in irgendeinem Loch.«

»Das ist der Punkt.« Karl zeigte zustimmend auf Egon. »Keiner hat da Lust drauf. Aber die Leute haben die Hosen voll. Wir müssen ihnen zeigen, dass sie nicht allein den Kaffee aufhaben.«

»Und wie stellste dir das vor?« Dirk schüttelt resigniert den Kopf. »Willste 'ne Partei gründen?«

Berthold schlug ihm lauthals lachend auf den Rücken. »Genau! Meine Stimme kriegst du. Heil unserem Führer Karl Huber!«

»Zumindest ist er arischer als der Echte!«, kam es von Jupp, dessen Lachen derart ansteckend war, dass alle einstimmten.

»Aber mal im Ernst, Leute.« Jupp rieb sich die Tränen aus den Augenwinkeln. »Gegen die kommen wir nicht an.«

»Friede stellt sich niemals überraschend ein. Er fällt nicht vom Himmel wie der Regen. Er kommt zu denen, die ihn vorbereiten.« Es war das erste Mal, dass Klampfe einen Satz ohne zu stocken ausgesprochen hatte. Wortlos sahen die anderen ihn an. »Das ist ein Sprichwort bei den Lakota-Indianern.«

Jupp lächelte auf eine Art, als würde er Klampfes Worte nicht ernst nehmen. »Trotzdem, Heinz. Wir sind sieben Leute. Für 'ne Armee noch etwas wenig.«

»Klampfe hat recht, Blauer«, entgegnete Egon. »Wenn wir nichts tun, wird sich auch nichts ändern. Zumindest nicht zum Guten. Das ist wie früher bei den Gewerkschaften.«

»Und was war mit denen früher?«, fragte Jupp.

»Mein Vater hat mir das mal erklärt. So bis in die kleinste Schraube hab ich das auch nicht verstanden, weil ich da noch jünger war. Jedenfalls haben die Zechen die Kumpel früher ausgebeutet. Einige Kumpel haben sich organisiert und Forderungen gestellt. Also für bessere Arbeitsbedingungen, besseren Lohn. Die waren am Anfang auch wenige und sind zunächst auch vorm Schrubber gelaufen. Die wurden sogar von Schlägertrupps verwamst und ins Kittchen geschmissen.«

Jupp runzelte die Stirn. »Was hat denn eine Gewerkschaft mit den Nazis zu tun?«

»Na, weil da auch alle im Prinzip dagegen waren. Nur keiner hat die Traute gehabt und das Maul aufgemacht. Und wer es tat, wurde rausgeschmissen. Hatte natürlich jeder Schiss vor. Aber irgendwann wurden es immer mehr, verstehst du?«

Berthold fuhr sich nachdenklich über das Kinn. »Du meinst, wir sollen …? Ne. So richtig hab ich das nicht verstanden.«

»Egon will damit sagen«, übernahm Karl das Wort, »dass wir den Leuten zeigen, dass viele so denken. Und dass es einige gibt, die bereit sind, das auch zu sagen. Ein paar kann die Gestapo wegsperren. Aber wenn sich richtig viele auflehnen, werden die das nicht mehr so können.«

Berthold nickte. »Und wie genau sollen wir das machen?«

Karl winkte die Gruppe enger zusammen. »Ich hab da ein paar Ideen.«

HERBST 1942

Stahlschmied lief die Hausfront mit auf dem Rücken verschränkten Armen ab. Mittig blieb er stehen und strich einige Zentimeter mit dem Zeigefinger über die weiße Farbe, mit der man in großen Buchstaben VORSICHT VOR DEM NAZISPITZEL! auf die Fassade gepinselt hatte.

»Zehn großflächige Schmierereien in nur sechs Tagen.«

Wortlos sah der Gestapomann den Schutzpolizisten an.

»Seit Wochen geht das so. Aber das hat eine neue Qualität«, fügte der Uniformierte hinzu.

Stahlschmied ging an ihm vorbei und schritt zu den Treppen des Hauseingangs. Einige Augenblicke haftete sein Blick auf der nagelgespickten Holzplatte, die man auf der mittleren der drei Stufen befestigt hatte.

»Erzählen Sie«, forderte Stahlschmied, ohne den Beamten anzublicken.

»Der Blockwart berichtete, dass er gegen 2 Uhr in der Nacht wach wurde, weil man die Fensterscheibe seiner Schlafkammer mit einem Ziegel eingeschmissen hatte. Er ist dann, noch mit seinem Nachthemd bekleidet, barfuß aus dem Haus gelaufen und ist dabei in das Nagelbrett getreten.«

»Was hat die Nachbarschaft dazu gesagt?«

Der Uniformierte blickte auf seinen Notizblock. »Zwei Anwohner von gegenüber sind durch das Scherbenklirren wach geworden. Die Täter hat niemand gesehen. Ich meine … ist ja auch stockdunkel.«

»Nur zwei?«

»Ja. Der Blockwart ist hier nicht besonders gut gelitten. Ein guter Mann. Sehr gewissenhaft. Hat den ganzen Straßenzug zusammengebrüllt. Verständlich, bei den rostigen Nägeln.«

»Ich möchte alle Protokolle der letzten vier Wochen, die der Blockwart gefertigt hat. Darüber hinaus alle Ermittlungsberichte, die in diesem Zusammenhang von Ihrem Revier gefertigt wurden. Alle Feststellungen und insbesondere alle Personalien der Beteiligten.«

Dem Schutzpolizisten entglitten die Gesichtszüge.

»Ist das ein Problem für Sie?«, fragte Stahlschmied mit verengten Augen.

»Nein«, stammelte dieser.

»Gut. Darüber hinaus möchte ich bis morgen Mittag eine Auflistung aller Personen, für die der Blockwart verantwortlich ist.«

»Alle?«

»Ja, natürlich. Es liegt auf der Hand, dass die Täter und der Blockwart sich kennen. Erfahrungsgemäß dürfte es einige Streitigkeiten im Vorfeld gegeben haben. Irgendwelche Konfliktpunkte. Und da der Mann, wie Sie sagten, sehr gewissenhaft ist, sollte er jede Auffälligkeit dokumentiert haben. Es sei denn, er ist doch nicht so gut, wie Sie behaupten.« Stahlschmied steckte die Hände in die Manteltaschen und wandte sich ab. »Sie haben die Lösung bereits in Ihren Unterlagen. Davon dürfen wir ausgehen«, sagte er, während er wieder in seinen Wagen stieg.

✻

Um nicht aufzufallen, beschränkten sie ihre Tätigkeiten auf die Wochenenden. Einige Wochen hatten sie sich auch nachts an den Werktagen getroffen, aber allen war klar, dass sie das nicht lange durchhalten würden. Fritz, Egon und Berthold fuhren ein und die körperlich anstrengende Arbeit unter Tage forderte ausreichend Schlaf. Mittlerweile hatte man – bis auf Jupp, der noch immer als dienstbefreit galt – alle aus der Hitlerjugend geschmissen. Das bekamen sie auf der Zeche und in ihren Betrieben deutlich zu spüren. Sie mussten die unbeliebtesten Arbeiten verrichten und schufteten für zwei. Außerdem war es riskant, sich nachts aus den Wohnungen zu schleichen, ohne dass ihre Mütter davon etwas mitbekamen. Nachdem sie einige Nächte lang die Hektik der Fliegeralarme genutzt und regimefeindliche Parolen auf Mauern und Häuserwände gepinselt hatten, hatte die Polizei und die Hitlerjugend ihre Streifentätigkeit nochmals verstärkt. Einmal war es verdammt eng geworden. Sie waren gerade dabei gewesen, auf der Steeler Straße mit weißer Kalktünche eine Hauswand zu verzieren, als plötzlich eine Gruppe Hitlerjungen erschien war. Wahrscheinlich waren sie als Flakhelfer auf dem Weg zu ihrem Einsatzort. Das Dröhnen der feindlichen Flugzeuge über ihnen und der gellende Alarm der Sirenen hatte sie die Braunhemden nicht hören lassen, deren schwere Stiefel nachts sonst schon zwei Straßenzüge weiter zu vernehmen waren. Verdutzt hatten sich beide Parteien beinahe regungslos angesehen. Fritz hatte im hohen Bogen den Eimer nach ihnen geschleudert und noch ehe er aufgeschlagen war, hatten sich er und Egon umgedreht und Fersengeld gegeben. Als sie einen Haken geschlagen und in eine Seitenstraße abgebogen waren, war ihnen ein schwerer Wagen entgegengekommen. Auf der Stelle hatten Scheinwerfer sie geblendet und hektische Rufe – »Stehen bleiben! Polizei!« – hatten keinen Zweifel daran gelassen, dass ihre

Entscheidung, genau diese Straße für ihre Flucht zu wählen, eine fatale gewesen war. Sie hatten in der Falle gesteckt. Hektisch hatten sie sich umgesehen, als plötzlich ein hohes Pfeifen die Luft durchschnitten hatte und unmittelbar darauf eine Fliegerbombe in direkter Nähe eingeschlagen war. Mit eingezogenen Köpfen waren Egon und Fritz unter niederprasselndem Schutt und Erdreich und unter dem ohrenbetäubenden Trommeln der Abwehrgeschütze weitergerannt und letztendlich entkommen.

Zunächst hatten sie sich darüber gestritten, ob ihre Aktionen überhaupt etwas bewirkten. Aber nachdem die Polizei in den Tagen darauf vermehrt in den Zechen und in den Betrieben Nachforschungen angestellt hatte, hatten sie sich in ihren Protestaktionen bestätigt gefühlt. Die Nazis wurden offenbar nervös. Man suchte sie, das stand außer Frage. Der Blockwart in Dirks Straßenzug war ein besonders Eifriger. Das ging so weit, dass er sich sogar in den Abendstunden an den Fenstersimsen der Erdgeschosswohnungen hochzog, um einen Blick ins Innere zu erhaschen. Natürlich hatte er, wie alle Blockwarte, davon gewusst, dass Dirk unehrenhaft aus der Hitlerjugend entlassen worden war. Nachdem er aber gedroht hatte, dafür zu sorgen, dass er und seine Familie aus der Wohnung geschmissen würden, hatten sie, auf Bertholds Vorschlag hin, die Sache mit dem Nagelbrett in die Tat umgesetzt. Der Erfolg beflügelte sie. Nicht nur, dass man sich in der Straße darüber unterhielt, dass der Kerl das bekommen hatte, was er verdiente. Auch seine Sympathisanten riskierten nicht mehr ihre gewohnt große Klappe aus Angst, dass ihnen möglicherweise Ähnliches widerfuhr.

Darüber hinaus griffen sie zu weiteren Tricks. Die Briten hatten Fälschungen von Lebensmittelkarten abgeworfen, die ihr Ziel verfehlt hatten und unweit von Bertholds Schrebergarten auf einem Feld niedergegangen waren. Er hatte eine ganze

Tasche voll eingesammelt, bevor die Polizei aufgetaucht war. Erika und Klampfe hatten die Marken anschließend in den Luftschutzbunker an der Kiwittstraße geschmuggelt und derart gut platziert, dass hinterher nicht eine einzige Marke übrig geblieben war. In den folgenden Tagen war es in den Lebensmittelgeschäften zu tumultartigen Szenen gekommen. Nach dem Erfolg mit dem Blockwart kam die Gruppe immer mehr zu der Überzeugung, dass Sabotageakte die Nazis am empfindlichsten treffen würden. Aus alten Drähten, die sie anspitzten, fertigten sie in Bertholds Laube Krampen, dazu mit Nägeln gespitzte Latten, die sie vor den Polizeirevieren verteilten, um so die Fahrzeuge und Fahrräder außer Gefecht zu setzen.

Nach wie vor trafen sie sich mit anderen Gruppen, aber das Zusammengehörigkeitsgefühl schwand mehr und mehr und die zunehmend schlechtere Jahreszeit ließ ausgedehnte Fahrten kaum noch zu. Einige der Jugendlichen waren in den Untergrund abgetaucht, um sich vor der nahenden Einziehung und Abordnung zur Front zu drücken, andere, weil die Polizei sie suchte. Schon bald bildeten sich in den Stadtteilen Banden, denen sich geflohene Zwangsarbeiter und Fahnenflüchtige anschlossen, die ihre Reviere absteckten und diese Grenzen nicht nur gegen die HJ verteidigten. Die Zeiten waren härter geworden. In jeder Hinsicht. Es wurde immer schwerer, genügend Nahrungsmittel zu organisieren, und allmählich konnte man sogar bei Berthold wieder die Rippen sehen.

Karl war der Meinung, dass diese Paroleschmierereien die Polizei auf Trapp hielt. Doch zweifelte er ihre Wirkung an. An richtige Farbe war ohnehin nur schwer ranzukommen und die Kalktünche fiel dem nächsten Regen oder einigen Eimern Wasser und einer Bürste zum Opfer. Zudem wurden die Hausbesitzer unter Androhung von Strafe dazu verdonnert, die Schriftzüge umgehend zu entfernen, sodass Karl befürchtete, dass ihre Aktionen sich ins Gegenteil verkehren und die Anwohner sich gegen sie stellen könnten. Aus diesem Grund hatten sie beschlossen, Flugblätter zu verteilen. Zunächst hatten sie die Blätter eingesammelt, welche die Alliierten abgeworfen hatten. Aber Karl war der Meinung, dass sie zu lang waren und der Text nicht ihre eigenen Ansichten wiedergab. Außerdem mussten sie davon ausgehen, dass die Bevölkerung die Nachrichten als Lügen wertete. Klampfe hatte eine geniale Idee. Sie schnitten aus Kork Buchstaben, die sie wiederum auf eine Holzplatte klebten. Und Erika stellte aus fast allen Beeren dunkle Farben her. So konnten sie beliebige Texte drucken.

Papier kauften sie in den umliegenden Stadtteilen. Immer nur wenige Bögen, um niemanden misstrauisch zu machen. Bevorzugt hängten sie ihre Parolen neben den Aushängen der Partei auf. Doch so schnell, wie sie aufgehängt wurden, so schnell riss sie ein Parteitreuer wieder ab.

»Wir müssen unsere Blätter zu den Leuten bringen«, sagte Karl. »Das bringt mehr. Auf der Straße traut sich kaum einer die Nachrichten durchzulesen. Wenn wir sie aber in die Briefkästen packen, dann ist das was anderes.«

Karls Erklärung leuchtete den anderen ein. »Außerdem erreichen wir dadurch mehr. Wir können mehr Text aufdrucken, weil die Leute nicht in Eile lesen müssen.«

»Was stellst du dir vor?«, fragte Jupp.

»Wir müssen zu aktivem Widerstand aufrufen. Den Leuten sagen, was sie tun sollen.« Demonstrativ legte Karl einen handgeschriebenen Zettel auf den Tisch. »So was in der Art«, sagte er und tippte mit dem Finger auf den Text.

Väter und Söhne sterben an der Front.
Mütter und Kinder verhungern zu Hause.
Deutsche! Steht auf und wehrt euch!
Sagt Nein zu Hitler und seinen Schergen!

»Und wie willst du das anstellen, ohne entdeckt zu werden?«, fragte Berthold.

»Wenn wir genug Blätter bedruckt haben, nimmt sich jeder einen Stoß mit nach Hause. Beim nächsten Fliegeralarm legen wir sie in den Hausfluren aus. Die Leute kriegen in der Hektik gar nicht mit, wenn wir sie verteilen. Die Blockwarte haben dann ohnehin andere Sorgen. Erika und Klampfe könnten einen Schwung zum Bunker bringen.«

»Hört sich gut an«, kam es anerkennend von Fritz.

Karl sah jeden einzelnen an. »Ich gebe ja zu, dass das risikoreich ist. Aber wenn wir die Leute wirklich erreichen wollen, müssen wir dieses Wagnis eingehen.« Nochmals sah er in die Runde. »Abgemacht?«

»Abgemacht!«, kam es einstimmig von den anderen.

*

»Mensch! Wo haste denn die her?«

Mit großen Augen sah Volkmar Beckstein auf die Pistole. Paul Schrader grinste. »Ist 'ne Walther P.38.«

»Echt? Ist 'ne neun Millimeter, oder?«

Paul zog den Schlitten nach hinten und vergewisserte sich, dass sich keine Patrone mehr im Lauf befand. Lässig reichte er sie Volkmar. Fasziniert drehte dieser die Waffe in seinen Händen.

»Haste auch Patronen?« Noch immer schaute Pauls Kamerad erstaunt. Paul nahm ihm die Waffe wieder ab und steckte sie zurück in seinen Rucksack. »Muss keiner wissen, verstehste?«

»Kann ich auch mal damit …?«

Paul zog den Rucksack zu. »Vielleicht. Mal sehen.«

»Hey, Jungs!« Dieter Bürger und Roland Berghaus kamen um die Ecke und winkten ihren Kameraden zu.

»Heil dem Führer!«, begrüßte Paul sie.

Gemeinsam gingen sie in die Gartenlaube hinter dem Haus seiner Eltern.

»Mach es nicht so spannend«, sagte Dieter, nachdem sie auf der Eckbank Platz genommen hatten. Sie trafen sich oft hier. Die Hütte war bayerisch eingerichtet, mit verziertem Mobiliar und steinernen Bierkrügen, die auf einer Anrichte standen. An der Längswand hingen der präparierte Kopf eines Gamsbocks, den Gernot Schrader vor Kriegsbeginn selbst im Berchtesgadener Land erlegt hatte, und einige Rehgeweihe.

»Die Köhlerbrüder haben mir einen Tipp gegeben.«

»Einen Tipp?«, fragte Roland. »Lass hören.«

»Die fahren auf Bonifacius mit zwei Jungs ein. Keine von uns. Der eine heißt Egon Siepmann und der andere Fritz Gärtner. Wurden letztens aus der HJ geschmissen.«

»Verräter«, knurrte Roland.

»Jetzt kommt's!« Paul hob seinen rechten Zeigefinger, obwohl er bereits die volle Aufmerksamkeit seiner Kameraden genoss. »Harald Köhler hat mir berichtet, dass beide bereits in der Kortumstraße gesessen haben. Er weiß das von seinem Steiger. Der Siepmann wurde sogar noch in der Kaue von der Polizei abgeholt.«

»Was haben die ausgefressen?«, fragte Dieter.

»Sind wohl beide Navajos.«

»Meinst du, die waren dabei?« Roland verengte die Augen.

»Beweisen konnten sie denen wohl nichts. Aber Harald hat gesagt, dass er diesen Egon mit Erika Baumeister gesehen hat.«

»Baumeister? Das ist doch diese Schlampe, die bei der Sache damals …«

»Richtig«, unterbrach ihn Paul. »Da braucht es nicht viel, um eins und eins zusammenzuzählen.«

Dieter nickte. »Dann sollten wir denen mal auf den Zahn fühlen.«

Paul nickte bedächtig. Volkmar lehnte sich mit verschränkten Armen zurück. »Wie willst du vorgehen?«

»Harald hat in der Lohnbuchhaltung mal 'ne Nase gemacht. Dieser Egon wohnt im Sammelband.«

»Das ist doch die Grenze zu Gelsenkirchen-Rotthausen, oder?«, fragte Dieter.

Schrader nickte. »Und dieser Fritz, dieser Fritz Gärtner wohnt im Krukenkamp. Seinen Bruder ham se von der Gestapo damals auch eingesackt. Ist gefallen.« Schrader zuckte gleichgültig mit den Schultern. »Wir sollten erst einmal herausfinden, wo diese Ratten ihr Nest haben«, fuhr er fort. »Irgendwo werden die sich treffen. Wenn wir wissen, wo das ist und wie viele von denen sich da rumtreiben, schlagen wir zu.«

Die anderen nickten einstimmig.

»Der Schlüssel zu dem Ganzen ist Erika. Da verwette ich meinen Arsch drauf. Ich schlage vor, wir setzen uns auf ihre Fährte. Ich bin mir sicher, dass sie uns zu diesen Kerlen führen wird.«

*

»Wo ... woher weißt du so viel über Pflanzen?« Heinz Klemke hielt Erika den großen Weidenkorb hin. Sie stand auf dem Stamm eines alten umgestürzten Baumes.

»Meine Mutter hat es mir beigebracht. Sie hatte hinter unserem Haus einen großen Kräutergarten angelegt.« Wieder griff sie in die Ligusterhecke und beförderte eine Handvoll der schwarzen Beeren hervor.

»Hast du den Garten noch?«

Kurz hielt sie inne, dann schüttelte Erika kaum merklich

den Kopf. »Vater … es hat ihn geschmerzt. Die Erinnerungen …« Sie konzentrierte sich wieder auf die Ernte. Ihre Züge waren nun ernster.

Schüchtern beobachtete Heinz sie. »Du denkst daran. Tut mir leid. Ich wollte nicht, dass du traurig bist.«

Erika sah Heinz an. Über ihr Gesicht glitt ein sanftes Lächeln. »Das braucht dir nicht leidzutun, Heinz. Sie ist nicht mehr da. Aber wenn ich die Augen schließe, dann ist sie bei mir. Weil man wahre Liebe mit dem Herzen sieht. Ich bin Gott dankbar für die Erinnerungen. Sie sind wie ein Schatz. Unendlich kostbar. Verstehst du?«

»Ich weiß nicht …«

»Wenn ich aus Angst vor Trauer nicht zurückdenken würde, dann würden diese Erinnerungen verblassen. Sie sind das Einzige, was ich noch von ihr habe.«

Verlegen kratzte sich Heinz am Hinterkopf. »Wie kann man einem Gott dankbar sein? Ich meine, er hat zugelassen … er lässt zu …«

Erika nahm ihm den Korb ab, sprang von dem Stamm, stellte ihn auf den Boden und nahm auf dem Baum Platz. Mit der flachen Hand klopfte sie neben sich. »Setz dich zu mir.«

Zögerlich folgte er.

»Ich verstehe dich, Heinz. Doch der Glaube, den du anzweifelst, spielt eine andere Rolle, als du vielleicht denkst.«

»Und welche Rolle spielt er?«

Erika blickte, als suchte sie nach den richtigen Worten. »Der Glaube lässt Zweifel zu, Heinz. Er schließt ihn sogar ein. Und auch Trauer. Und weil ich an Gott glaube, heißt das nicht, dass diese Trauer weniger schmerzt.«

Heinz machte ein grübelndes Gesicht, während er irgendwo vor sich hinstarrte. »Ich dachte immer, Religion soll trösten. Welchen Sinn macht der Glaube dann?«

Wieder lächelte Erika und tätschelte kurz seine Hand. »Weil Glaube Hoffnung heißt. Vater hat mir gesagt, dass das Leben einem Weg gleicht. Einem unbekannten Weg. Wir wandern darauf. Auch wenn der Weg steinig ist, so gehen wir doch weiter, weil wir hoffen, weil wir wissen, dass er irgendwann zu einer festen Straße führt.«

»Und wenn dieser Weg das nicht wird? Ich meine fest.«

Erika nickte. »Du hast drei Möglichkeiten.« Sie hob die linke Hand und tippte mit dem rechten Zeigefinger auf ihren Daumen. »Du bleibst stehen, was bedeutet, dass sich niemals etwas ändern wird.« Sie berührte den nächsten Finger. »Du verlässt den Weg und begibst dich in die Gefahr, dich zu verirren. Abzustürzen. Oder du gehst ihn, weil du weißt, dass jeder Pfad irgendwann einmal zu einer festen Straße führt. Frage dich selbst, was die beste Alternative für dich ist.«

»Aber wenn der Weg ins Verderben führt?«

»Ich weiß nicht, wohin mich mein Weg führt, Heinz. Aber ich weiß, dass die Entscheidung, ihn zu gehen, für mich die Beste ist. Weil sie mir die Hoffnung auf diese feste Straße gibt. Darum geht es. Um Hoffnung.«

Eine Zeit lang sagte Heinz nichts, dachte darüber nach. »Trotzdem. Wie kann ein Gott all das hier zulassen?«

»Weil du nur so frei bist, Heinz.«

»Verstehe ich nicht.«

»Weißt du, wenn Gott sich uns offenbaren würde, würden wir uns nicht mehr nach unserem freien Willen richten. Nicht Gut und Böse gegeneinander abwägen. Wir würden alles tun, um ihm zu gefallen. Wenn du so willst, ist unser Zweifel, auch der an Gott, der Preis für unsere Freiheit. Aber gleichzeitig auch unsere Chance, uns zu bewähren. Denn wenn wir in seinem Sinne handeln, ist es aufrichtig.«

Nachdenklich legte Heinz seinen Zeigefinger gegen seine

Lippen. »Man muss wohl einen starken Glauben haben, um so zu fühlen wie du, Erika.«

»Ach, Heinz!« Sie schlug ihm auf die Schulter. »Du bist diesem Glauben näher, als du denkst. Sonst würdest du das alles hier nicht tun. Bleib auf diesem Weg. Stelle infrage und zweifle. Aber denke immer daran, Gott misst uns an unseren Taten.«

Schwungvoll erhob sich Erika. »Und nun sei so gut und bringe den Korb zu Berthold. Wir treffen uns dort. Ich brauche noch einige Dinge.«

※

Der Wind frischte auf und die ersten bunten Blätter rieselten wie Flocken in einem Schneesturm von den Bäumen. Noch war die Luft mild. Eine Erinnerung an den warmen Sommer. Die Kokereien der Stadt liefen Tag und Nacht und die Luft war erfüllt von dem beständigen, schweren Geruch des Kokses. Heinz ging nicht den direkten Weg, weil er es vermeiden wollte, auf eine Streife der HJ zu treffen, die jeden schikanierte, der nicht eine Uniform trug. Er hatte neben seiner Kennkarte eine ärztliche Bescheinigung dabei, aus der hervorging, dass er aufgrund körperlicher Gebrechen vom Pflichtdienst befreit war. Die Mitglieder der Hitlerjugend sahen in ihm nur einen stotternden Schwächling und einer unter ihnen hatte Heinz einmal als lebensunwert bezeichnet. Dass er geschubst und geschlagen wurde, dass seine Kleidung Schaden nahm, all das machte Heinz nicht viel aus. Aber dieser eine Ausspruch hatte ihn verletzt und ihn gedanklich zu jener Nacht zurückgeführt, die sein Leben für immer verändert hatte. Die Nacht, in der ihm auf brutalste Weise vor Augen geführt wurde, dass es das tatsächlich zu geben schien: unwertes Leben. Seitdem stotterte er. Er hütete das Erlebte wie ein Geheimnis. Etwas, von dem nur der Junge wusste, dessen Freundschaft ihm mehr bedeutete als alles andere auf der Welt: Karl. Karl Huber. Der Junge, dem er sein Leben zu verdanken hatte. Umso mehr bewunderte er Erika für ihre Einstellung. Trotz des Todes der geliebten Mutter, trotz der Tatsache, dass man ihr und ihrem Vater, der zweifelsohne ein rechtschaffener und mitfühlender Mann war, das Leben beinahe unerträglich machte, trotz alledem besaß sie die Kraft, ihre so positive Energie aus ihrem Glauben zu ziehen. Anders als Heinz. Seit jeder Nacht hatte er nie wieder in der Tora gelesen, nie wieder war ein jiddisches oder hebräisches Wort über seine Lippen gekommen. Und nie wieder hatte er sich seitdem im Gebet an Jahve gewandt.

Es war nicht mehr weit bis zur Gartenanlage. Trotzdem beeilte er sich. Er war es gewohnt, allein auf der Straße schnell zu gehen, nirgends zu verweilen und dunkle Gassen und abgelegene Wege zu suchen. Und auch dort verlangsamte er nie seinen Schritt. Heinz war tief in Gedanken versunken, während er den letzten Rest der Wegstrecke lief. So sehr, dass er nicht bemerkt hatte, dass man ihm gefolgt war. Noch ehe er die schnellen Geräusche als Schritte erkannte, traf ihn ein seitlicher Stoß. Der Korb flog im hohen Bogen davon, schlug auf das Pflaster und die mühsam gesammelten Beeren verteilten sich auf dem Gehweg. Um sein Gleichgewicht kämpfend stolperte Heinz in die Toreinfahrt, in die man ihn gestoßen hatte. Blitzschnell drehte er sich um. Da erhielt er den nächsten Treffer, der ihn weiter auf den Hinterhof der Häuserzeile taumeln ließ. Heinz stürzte. Als er sich erheben wollte, hatten sich die Angreifer bereits um ihn herum positioniert. An den Strümpfen erkannte er sofort, wen er vor sich hatte.

»Was treibst du dich hier rum?« Der Junge war kräftig. Er hatte beide Hände in die Hüften gestemmt, stand breitbeinig und sah Heinz an. Vorsichtig, auf den nächsten Schlag oder Tritt wartend, erhob sich Heinz. Der Junge blickte ihn aggressiv an. Er musste sich nicht vorstellen. Heinz wusste auch so, um wen es sich handelte. Die krumme Nase genügte, um dessen Identität festzustellen.

»Ich will deinen Ausweis sehen, aber zack, zack!«

Während Heinz in der Innentasche seiner Jacke nach seiner Kennkarte suchte, rückten die vier jungen Männer noch näher an ihn heran.

»Wird's bald?«, forderte ihn ein anderer auf, wobei er ihm gegen die Schulter stieß.

»Bist wohl nicht in der HJ, wie?« Paul Schrader riss ihm den Ausweis aus den Händen und schlug das Dokument auf. »Was ist das denn für ein Wisch?« Paul entnahm die ärztliche Bescheinigung, die Heinz sorgsam gefaltet in die Kennkarte gelegt hatte, und überflog sie kurz. »Bla, bla, bla … von der Dienstpflicht bis auf Weiteres befreit …«, las er laut vor. Ansatzlos warf er die Papiere vor Heinz' Brust. Reflexartig wollte Heinz sie auffangen, als man ihn erneut stieß. Rücklings fiel er hin und landete auf seinem Hintern. Die HJler traten noch näher an ihn heran. So nah, dass er nicht aufstehen konnte.

»Was hast du mit dieser Baumeister zu tun?«, fuhr ihn Schrader von oben herab an.

»Ich kenne keine Bau…«

Die Ohrfeige traf ihn überraschend und kam von einem der Jungen, der seitlich stand und den er nicht richtig sehen konnte.

»Guckt mal! Der Kleine hat Pipi in den Augen.«

Erneut traf ihn eine Ohrfeige, dieses Mal aus einer anderen Richtung.

»Wir haben dich gerade mit ihr gesehen. Ich frag dich noch mal: Woher kennst du die Erika, diese Schlampe!« Schrader blickte nun drohend.

»Sie ist keine Schlampe!« Egon wollte aufspringen, als er wieder nach hinten gestoßen wurde.

»Vielleicht fickt der sie!«, kam es von einer Seite. Alle lachten lauthals.

»Da träumt der von, dieser Schlappschwanz. Seht ihn euch an. Den könnteste ja nicht mal bei den Pimpfen gebrauchen. Sie … ist … keine … Schlampe«, äffte Schrader sein Stottern nach.

»Wahrscheinlich ist sein Schwanz genauso mickrig wie der jämmerliche Rest«, grölte ein anderer.

Schrader grinste breit und gehässig. »Sehen wir doch mal nach«, sagte er. Sogleich erfasste er beide Hosenbeine und zog sie zu sich heran. Sofort ergriffen ihn die anderen an den Schultern. Im Nu hatten sie ihn hochgehoben. Heinz wandte sich, doch seine Peiniger waren zu kräftig. Der vierte der Jungs nestelte mit spitzen Fingern an seinem abgegriffenen Gürtel. Als der Metallnagel aus dem Loch des brüchigen Leders glitt, rutschte seine Hose von seinen schmächtigen Beinen. Die Hitlerjungen jubelten. Schrader hielt die Hose wie eine Trophäe in die Luft, dann schmiss er sie zur Seite. Heinz stand wieder, doch die kräftigen Jungen hielten ihn fest. Erneut stellte sich Schrader breitbeinig mit in die Hüften gestemmten Händen vor ihm auf. Plötzlich ergriff jemand seine Unterhose und riss sie nach unten. Die anderen lachten dreckig. Nur Schrader verstummte. Sofort kehrte Ruhe ein.

»Was ist los?«, fragte einer hinter Heinz.

Schrader hob den Arm und zeigte auf Heinz' Unterleib.

»Das Würstchen ist beschnitten.« Ungläubig sah Schrader Heinz in die Augen. »Dieser Wicht ist ein Jud. Das ist ein verdammtes, dreckiges Judenschwein!«

Egon und Fritz waren körperlich am Ende. Seitdem man ihnen das Leben auf Bonifacius nahezu unerträglich machte, verrichteten sie geradezu unmenschliche Dienste zusammen mit zahlreichen Zwangsarbeitern, vorwiegend Rotarmisten. Man hatte ihre Ausbildung ausgesetzt. Die Bedingungen waren extrem schlecht. Fast alle Gefangenen, ausgenommen die Neuankömmlinge, waren unterernährt und litten unter Durchfall. Beinahe jeder von ihnen hatte Flöhe und Läuse. Seit einiger Zeit grassierte die Krätze. Man gestand Egon und Fritz längere Pausen zu und gemessen an den Arbeiten, welche die Gefangenen ausführen mussten, ging es ihnen noch relativ gut. Doch oft mussten sie Tätigkeiten verrichten, die in der vorgegebenen Zeit nicht zu schaffen waren. Den Verantwortlichen war es egal, dass jeder wusste, dass dies reine Schikane war. Sie hatten dann so lange ohne zusätzliche Vergütung weiterzumachen, bis alles erledigt war. Mehrfach waren die Steiger zu ihnen gekommen und hatten sie eindringlich ermahnt, sich zu fügen und mit der Bannführung Kontakt aufzunehmen. Man würde ein gutes Wort für sie einlegen und bestimmt könnte man eine erneute Aufnahme in der Hitlerjugend erreichen. Schließlich wären sie keine schlechten Jungs und sie sollten sich nicht ihre Zukunft mit ihrem trotzigen Verhalten verbauen. Egon und Fritz hatten sich geschworen, durchzuhalten. Lieber würden sie vor die Hunde gehen, als nochmals dieses verhasste Braunhemd überzuziehen. Was Egon sehr belastete, war die Tatsache, dass auch Mutter unter seiner Entscheidung zu leiden hatte. Natürlich wussten die Geschäftsleute im Viertel, dass Egon im Gestapogefängnis gewesen war und dass man ihn unehrenhaft aus der Hitlerjugend entlassen hatte. Dafür hatte der Blockwart schon gesorgt. Alle Nachbarn wussten von der Geschichte, und einige hatten mit Sicherheit ein paar Einzelheiten hinzugedichtet. Immer wieder musste Mutter feststellen, dass sie in den Geschäften mit ihren Lebensmittelmarken keine Waren erhielt, obwohl die Regale nicht leer waren. Die Dinge seien schon reserviert, hatte man ihr gesagt. Sie solle ein anderes Mal wiederkommen. Gertrud half Mutter, wo sie konnte. Das rechnete Egon ihr hoch an, wenngleich er sie noch immer nicht ausstehen konnte. Der alte Balzer war mittlerweile handzahm geworden. Er war auffallend freundlich zu Egon und auch Mutter schien er in Ruhe zu lassen. Aber dieser Taugenichts tat nichts zur Verbesserung der Situation. Und so musste Egon nach der schweren Arbeit oft los, um etwas zu essen zu besorgen.

Einige Male waren Jupp, Fritz und er losgezogen, um Diebstähle zu begehen. Die Güterzüge waren keine Option mehr. Sie wurden zu gut bewacht, nachdem die Aufbrüche zugenommen hatten. So beschränkten sie sich auf Lager- und Geschäftseinbrüche oder versuchten, bei den Bauernschaften etwas zu besorgen. Aber auch das stellte sich zunehmend schwerer dar, da die Höfe immer stärker bewacht wurden. Teilweise schliefen die Mägde und Burschen auf den Feldern. Auch die anderen Geschäftsleute passten immer besser auf ihr Habe auf, da es insgesamt immer weniger gab. Und so waren nur wenige Beutezüge von Erfolg gekrönt.

Die Ruhrpiraten hatten so eine Art Ehrenkodex. Sie beklauten nur die Nazis und alle, die diese unterstützten. Doch die nächtlichen Aktivitäten zehrten an ihren ohnehin fast aufgebrauchten Kräften. Eines Tages wurden Egon und Fritz in unterschiedliche Schichten eingeteilt. Für Egon war klar, dass dies einen Grund hatte: Wenn sie allein waren, konnte mehr Druck auf sie ausgeübt werden. Denn die Zwangsarbeiter waren ihnen nicht wohlgesonnen, bekamen sie doch mit, dass man sie besser behandelte, und schon bald sah sich Egon einer Feindseligkeit gegenübergestellt, die ihn mehr und mehr belastete.

Heute war Sonntag, Egon hatte frei und hatte ausgeschlafen. Er kontrollierte seine Schlingenfallen auf einer nahe gelegenen Schlackenhalde. Annemarie begleitete ihn, da sie ihn zunehmend vermisste. Jeden Abend beklagte sie sich bei ihm, wenn sie zusammen in ihrer Kammer lagen, und anschließend schmiegte sie sich ganz eng an ihn. Sie verbrachte fast ihre gesamte Zeit bei Margot, weil Mutter immer mehr Stunden aufbringen musste, ausreichend Geld für die Miete zu besorgen. Egons karger Lohn half, aber er reichte bei Weitem nicht. Mutter verdingte sich als Tagelöhnerin, indem sie als Schneiderin arbeitete.

Als Witwe mit zwei Kindern wollte ihr niemand eine Festanstellung geben. Doch all die Erschöpfung, die Egon verspürte, die wachsenden Probleme auf Bonifacius und zu Hause führten nur zu einer Zunahme seiner Abneigung gegen diesen Staat. Unbändige, stetig steigende Wut begleitete ihn. Sie würden ihn nicht brechen und für Egon stand fest, wenn sie ihn auf der Zeche weiter so ausbeuteten, würde er hinschmeißen. Er würde sich nicht unter Tage zu Tode buckeln oder als Kanonenfutter an der Front dienen. Lieber würde er untertauchen und die Nazis bekämpfen, bis der Krieg vorbei war. Er war überzeugt, dass das Ende nicht mehr lange auf sich warten ließ. Jupp hörte regelmäßig die Alliiertensender, und das, was sie dort schilderten, wirkte glaubhafter als die Propaganda, die sie bei der Wochenschau und im Rundfunk verbreiteten. Nichts als Durchhalteparolen waren dort zu vernehmen.

Egon hatte am Samstag vor der Seilfahrt mit anderen einige Lkw entladen müssen. Er hatte eine günstige Situation genutzt und 20 Bogen weißes Papier aus der Lohnhalle mitgehen lassen. Sie waren recht groß und wenn man sie teilte, würde das eine hübsche Anzahl an Flugblättern ergeben. Es war nicht mehr weit bis zu Bertholds Garten.

Er war froh, dass er seine Freunde hatte. Auch wenn er die unbeschwerte Zeit mit ihnen vermisste und ihm die schwere Arbeit, das wenige Essen und die Schikane der Nazis mehr und mehr auf das Gemüt schlugen, so zog er doch aus ihrer Gemeinsamkeit Kraft, das alles durchzustehen.

Am Ende der Häuserzeile sah er schon die dichten Hecken der Gartenanlage. Bertholds Parzelle lag noch ein gutes Stück in der Anlage, in der sich Hunderte Gärten befanden. Er wechselte die Straßenseite. Auf dem Gehweg lag ein Weidenkorb und der Boden war übersät mit dunklen Beeren.

»Ich will deinen Ausweis sehen, aber zack, zack!«, hörte er plötzlich jemanden brüllen. Es kam aus einem Hinterhof. Ohne Zweifel. Instinktiv verlangsamte Egon seine Schritte, hielt sich näher an den Häuserwänden, während er, die letzten Meter auf Zehenspitzen gehend, sich vorsichtig der Hofeinfahrt näherte. Vorsichtig spähte er ums Eck. Einige Augenblicke hafteten seine Augen auf der Szene. Dann rannte Egon los. Er rannte, so schnell er nur konnte.

*

Als hätte Pauls Feststellung sie schockiert, ließen sie Heinz beinahe angewidert und nahezu gleichzeitig los. Hektisch zog sich dieser die Unterhose hoch.

»Das gibt's doch nicht!«, flüsterte Paul Schrader kopfschüttelnd. Langsam trat er näher zu dem schmächtigen Jungen. »Schaut ihn euch an. Genau so, wie man sie sich vorstellt.« Heftig schlug er Heinz gegen die Schulter, sodass dieser mit schmerzverzerrtem Gesicht einige Schritte nach hinten taumelte. »Wo haste denn den Ausweis her? Erzähl, Jude. Der ist doch gefälscht.«

Heinz wich nach hinten aus, obwohl er wusste, dass der Hof von einer für ihn unüberwindbaren Mauer umgeben war. Oft hatte er mit den anderen Situationen erlebt, die seinen ganzen Mut erfordert hatten. Die gefährlich gewesen waren. Aber nie hatte er diese Art von Beklemmung gespürt, die jetzt über ihn hereinbrach und ein Ohnmachtsgefühl in ihm auslöste, welches er bereits einmal in jener schicksalhaften Nacht erleben musste. Heinz hatte Todesangst.

Pauls Gesicht verzog sich zu einer brutalen Grimasse. »Ich schwöre dir, Judenschwein … du wirst es uns sagen. Wenn du das überhaupt noch kannst, wenn wir mit dir fertig sind.«

Schrader legte die reche Faust in die Handinnenfläche der Linken und ließ seine Knöchel knacken.

»Schlagt die Sau tot!«

Wie in Zeitlupe wandte sich Heinz ab und überkreuzte die Unterarme vor seinem Kopf. Er fragte sich, wie lange es dauern würde, bis er ohnmächtig würde, bis er nichts mehr spürte. Wie damals. Bei Vater. Er hatte beobachtet, wie die Gestapomänner auf ihn eingeschlagen hatten. Nachts waren sie gekommen und hatten ihn aus der Wohnung gezerrt. Immer wieder hatten sie mit ihren Gewehrkolben auf ihn eingeschlagen und doch hatte er trotz der fürchterlichen Schläge immer wieder versucht, sich taumelnd zu erheben. Er stolperte, fiel zur Seite und stand erneut auf. So als würden seine Gliedmaßen ihm nicht gehorchen wollen. Es hatte so erschreckend lang gedauert, bis er sich nicht mehr gerührt hatte. Vater hatte gekämpft. Nicht gegen die Gestapomänner. Das war Heinz später klar geworden. Vater hatte gegen sich selbst gekämpft. Er hatte so lange am Leben bleiben wollen, bis es seiner Frau und seinem Sohn gelungen war zu entkommen. Doch Mutter hatte es nicht ausgehalten. Schreiend, so unmenschlich laut, dass er sich davor gefürchtet hatte, war sie auf die Männer zugestürmt.

Der eine Mann hatte ihr den Gewehrkolben mit einer kurzen, fast ansatzlosen Bewegung ins Gesicht geschlagen.

Augenblicklich war der Schrei erstorben. Mutter war langsam zu Boden gesackt. Der Mann hatte sein Gewehr mit beiden Händen erfasst und einige Male damit auf ihren Kopf eingeschlagen. Die Schreie und die dumpfen Geräusche würde er nie in seinem Leben vergessen.

Heinz war rückwärts tiefer unter den alten Anhänger gerobbt, unter dem er sich versteckt hielt. Einige Zeit hatte er so ausgeharrt. Hatte nicht zu atmen gewagt. Die Gestapomänner waren ins Haus gegangen. Nur einer hatte rauchend davor gewartet. Er hatte laute Schreie gehört. Wüste Beschimpfungen. Befehle. Das hohe Gras vor ihm hatte ihm die Sicht genommen. Er hatte Vater und Mutter nicht sehen können, aber er hatte gewusst, dass sie dort, wenige Meter von ihm entfernt, lagen. Plötzlich hatte Heinz eine Hand auf seiner Schulter gespürt. Starr vor Angst, hatte er etwas gebraucht, bis er die Kraft gefunden hatte, zur Seite zu blicken. Da war dieser Junge gewesen. Er hatte eine Narbe neben seinem rechten Auge, die wie eine Mondsichel aussah und die, wie er später erfuhr, das Ergebnis eines Granatenangriffes war. Er hatte einen Zeigefinger an die Lippen gelegt. Eine Zeit lang hatten sie die Szene vor sich beobachtet. Dann hatte er Heinz ein Handzeichen gegeben. Rückwärts waren sie aus ihrem Versteck gekrochen.

Es hatte Wochen gedauert, bis Heinz wieder hatte sprechen können. Seitdem stotterte er. Karl hatte ihn mitgenommen und versteckt. Karls Eltern waren ebenfalls tot und seit er 13 Jahre alt war, schlug er sich allein durch und tat sich mit anderen Gleichgesinnten zusammen. Karl hatte in Essen eine Tante, die Heinz und Karl aufgenommen hatte.

Nochmals blinzelte Heinz zwischen seinen Armen hindurch. Er wartete auf den ersten Schlag, als eine gewaltige Detonation die Stille zerriss. Instinktiv zuckte er zusammen, kauerte sich in gehockter Stellung, während seine Hände sich automatisch schützend über seinen Kopf legten. Als er die verkrampften Lider seiner Augen hob, sah er die Hitlerjungen, die sich bäuchlings auf den Boden geschmissen hatten. Und als er über sie hinwegblickte, sah er vermummte Gestalten mit Holzlatten bewaffnet auf den Hof zustürmen. Blitzschnell sprangen die HJler auf, drehten sich um, rannten an Heinz vorbei und kletterten die Mauer hoch. Wenige Augenblicke später waren sie verschwunden. Die Vermummten kamen vor ihm zum Stehen. Sie schoben ihre Halstücher runter und Karl trat zu Heinz. Einen Moment lang sahen sich die beiden Jungen an. Dann nahm Karl Heinz in den Arm und drückte dessen Gesicht an seine Brust. Er ließ ihn weinen. So lange, wie es brauchte.

*

Meistens hörte man von herannahenden Feindflugzeugen zunächst im Radio. Der alte Balzer fand nur selten vor Mitternacht in den Schlaf und so hörte er regelmäßig die Nachrichten. Die Radiostationen berichteten davon, von wo aus die Alliierten in den deutschen Luftraum eingedrungen waren und in welche Richtung sie sich bewegten. Im Westen des Landes gab es fast nur zwei Zielgebiete. Köln und das Ruhrgebiet. Vereinzelt wurden auch Angriffe aufs Sauerland geflogen. Die Bomben galten den zahlreichen Staumauern, welche die Ruhr und andere Industrieflüsse speisten. Bisher blieben die großen Seen jedoch von Wirkungstreffern verschont. Wie immer waren alle im Haus in Straßensachen ins Bett gegangen. Auch Egon und Annemarie schliefen angezogen. Nur ihre Schuhe standen vor dem Bett. Die Koffer mit den wichtigsten Dingen, wie Ausweise, etwas Geld, Wechselkleidung und einigen Nahrungsmittel, waren gepackt.

Balzer hatte erwähnt, dass die Alliierten nicht nur die Waffenproduktion des Reiches zerstören wollten. Sie flogen die Nachtangriffe, um die Bevölkerung mürbe zu machen. »Moral Bombing«, nannten das die Briten wohl. Wenn man über Wochen nicht in den Schlaf kam oder aus dem Tiefschlaf gerissen wurde, sank die Moral, was das Regime schwächte, und die Arbeitsleistung, was wiederum Auswirkungen auf die Rüstungsindustrie hatte. Außerdem schürten die Briten mit ihren Brandbomben zusätzlich Angst, weil die psychologische Wirkung in der Nacht durch die zahlreichen Flammenherde, die kilometerweit zu sehen waren, erheblich verstärkt wurde. Thermitbomben, die unter der Bezeichnung Stabbrandbomben bekannt waren, wurden bei jedem Angriff zu Tausenden abgeworfen. Sie hatten an der Spitze einen Stahlklotz, der die Durchschlagskraft erhöhte und durch die diese Bomben in Dächer und manchmal mehrere Geschosse tief eindrangen, bevor sie explodierten. Am meisten aber fürchteten die Menschen die Phosphorbomben. Sie waren besonders heimtückisch konstruiert und mit großen Mengen von bis zu 50 Litern und mehr an verschiedensten brennbaren Ölen und klebrigen Harzen gefüllt. Eingearbeitet waren gläserne Amphoren, die mit Phosphor gefüllt waren. Beim Aufprall wurden die Glasbehälter zerstört, der Phosphor reagierte mit Sauerstoff und entzündete den schwer löschbaren, dickflüssigen Inhalt, der in den alten Fachwerkhäusern genug Nahrung fand.

Manche Angriffe erfolgten in zwei Wellen. Die ersten Fliegerstaffeln legten einen Sprengbombenteppich, der die Dächer zerstörte, die zweite Welle warf wahllos Brandbomben in das riesige Häusermeer, um die Gebäude von innen heraus zu vernichten und ganze Stadtteile zu entstellen. Teilweise waren die Feuerbrünste so gewaltig, dass sie nicht gelöscht werden konnten. Die gierigen Flammen sogen jeden Sauerstoff auf, sodass die Feuerwehren nicht mal in die Nähe der Brandherde gelangen konnten, ohne sich selbst zu gefährden.

»Sie kommen über die Niederlande rein«, weckte Balzer Egon. Dieser tat verschlafen, hatte jedoch nur geruht. »Große, feindliche Verbände«, fügte er hinzu. Und tatsächlich erklang 15 Minuten später die erste Alarmsirene. Mutter erschien schlaftrunken. Die viele Arbeit der letzten Wochen hatte sie schneller altern lassen. »Komm, mein Kind.« Vorsichtig hob sie Annemarie an, die mit geschlossenen Augen ihre Arme um Mutters Hals schlang.

»Donnert es gleich wieder?«, murmelte Annemarie.

Viele Male hatte Mutter mit Annemarie das richtige Verhalten bei einem Angriff geübt. Wie man unter einem Tisch Schutz suchte und wie man in den Luftschutzkellern die Arme über den Kopf legte. Und wenn die Bomben näher kamen, hatte sie ihr erzählt, dass es sich um ein schweres Gewitter handeln würde.

»Ja mein Schatz. Vielleicht donnert es gleich.« Und zu Egon und Balzer: »Bringt ihr beiden die Koffer nach unten.« Wortlos nahm Balzer das Gepäck und folgte hinkend. Egon setzte sich auf und zog seinen Koffer unter dem Bett hervor. Kurz öffnete er ihn und betrachtete die Flugblätter darin, als befürchtete er, man könnte sie unbemerkt entnommen haben. Dann schlüpfte er in seine Schuhe, band sie zu und machte sich auf den Weg. Die Sirenen in der näheren Umgebung sprangen an, und als er vor das Haus trat, liefen die Anwohner bereits hektisch über die Straße. Nicht jedes Haus hatte einen geeigneten Keller, sodass die Menschen sich auf die umliegenden Häuser verteilten. Ein junger Bursche, der hier mit einem Koffer umherlief, fiel keinem auf. Trotzdem achtete er sorgfältig darauf, niemanden anzuschauen, damit sich später keiner an ihn erinnerte. In der Ferne, aus Richtung der Innenstadt, war ein Donnern zu vernehmen und erste Brandherde erhellten den Horizont. Bald würde der Nachthimmel blutrot wirken. Egon verlangsamte seine Schritte und sah sich verstohlen um. Er musste noch etwas warten. Noch immer strömten Anwohner aus ihren Häusern.

»Christbäume!«, schrie jemand hinter ihm.

Egon drehte sich und sah in die Richtung, in die der wie angewurzelt stehende Mann zeigte, dem das Entsetzen ins Gesicht gemeißelt schien. Egon sah die unzähligen Lichter, in rot, blau, dazu einige in silbern, pyramidenförmig übereinander, die in der Luft zu stehen schienen. Es waren Leuchtfeuer, an Fallschirmen aus leichter Seide abgeworfen, die am Nachthimmel wie die Kerzen eines Weihnachtsbaumes niederschwebten und die den folgenden Bombern die Abwurfstelle anzeigen sollten. Egon spürte Beklemmung. Sie waren ungewöhnlich nah. Näher als sonst. Schon vernahm er ein dumpfes Dröhnen und kurz darauf die ersten Detonationen, deren Schockwellen die Erde kilometerweit bis zu ihm hin vibrieren ließen. Die Menschen beeilten sich. Egon hatte sich in einen dunklen Hauseingang zurückgezogen. Die Einschläge kamen näher. So nah, dass ihm mulmig wurde und er sich zusammenreißen musste. Die meisten Hauseingangstüren standen offen, um im Ernstfall Evakuierungs- und Rettungsmaßnahmen durchführen zu können. Langsam setzte er sich in Bewegung, hielt sich dicht an den Häuserwänden. Es war stockdunkel, trotzdem fühlte er sich wie auf dem Präsentierteller. Am nächsten Eingang blieb er stehen. Hektisch sah er sich in alle Richtungen um. Dann nahm er die drei Stufen auf einmal und trat in den Hausflur, kniete sich hin und öffnete den Koffer. Er griff beherzt hinein und legte einen Stoß Flugblätter auf den Treppenabsatz. Schnell verließ er das Gebäude, bemüht, so unauffällig wie möglich zu wirken. Er tauchte ein in den Strom der Schutz suchenden Menschen, ließ sich mitreißen und trat an der nächsten offenen Tür zur Seite. Erneut verschwand er in das Dunkel des Flures, legte die Blätter aus und ging so schnell, wie er eingetreten war. Mehrere Male wiederholte er seine Aktion, bis der Koffer beinahe leer war. Noch ein Haus und er hatte sein Ziel erreicht und sämtliche Zettel verteilt. Wieder trat Egon aus zur Seite. Die Straße war nun deutlich leerer. Die meisten Menschen hatten bereits in einem der Keller Unterschlupf gefunden. Egons Anspannung wuchs. Er blieb stehen, drehte sich rasch in alle Richtungen, vergewisserte sich, dass ihn niemand beobachtete oder auf ihn zukam, und drückte anschließend die angelehnte Eingangstür auf. Erneut kniete er sich hin, öffnete den Koffer und griff hinein. Seine Finger umschlossen das Papier, als ihn plötzlich ein Lichtstrahl von hinten erfasste.

»Du! Junge«, rief der Mann mit dunkler Stimme.

Egons Eingeweide zogen sich zusammen. Jeder von ihnen hatte sich insgeheim ausgemalt, wie es sein würde, wenn man sie erwischte. Sie hatten nie darüber geredet, aber daran gedacht hatten alle. Und jeder hatte gedanklich unzählige Situationen durchgespielt, wie er reagieren würde. Aber jetzt, wo der gleißend helle Strahl der Taschenlampe den schmalen Hausflur ausleuchtete, jedes winzige Detail im Schein des künstlichen Lichtes hervorgehoben wurde, war Egon unfähig zu einer Handlung. Wie erstarrt verharrte er in seiner Position. Dann vernahm er die Schritte des Mannes. Sie wirkten entschlossen und zielgerichtet. Langsam, wie in Zeitlupe, schloss Egon den Deckel seines Koffers. Wenige Wimpernschläge später stand der Mann neben ihm. Er legte seine Hand auf Egons Schulter. Sie war spürbar groß und kräftig. Langsam drehte sich Egon zu dem Fremden. Noch immer geblendet durch die Lampe, sah er nur seine große Silhouette. Mit einer Bewegung seines Handgelenkes richtete er das Licht in eine andere Richtung.

»Junge, komm! Deine Sachen sind nicht so wichtig.«

Der Mann drückte den Deckel des Koffers gänzlich zu und verriegelte das Schnappschloss. »Sieh zu, dass du in die Keller kommst!«, sagte er, hob den Koffer an und drückte ihn gegen Egons Oberkörper. »Nun mach schon, Junge! Sind verdammt nah, die Christbäume.«

Wortlos erhob sich Egon. Der Mann nickte ihm freundlich zu und machte eine Handbewegung, mit der er signalisierte, Egon möge sich sputen. Dieser nickte kurz, drehte sich um und lief, den Koffer noch immer fest gegen seinen Körper gepresst, hinaus auf die dunkle Straße.

*

Gernot Schrader war außer sich. »Erklären Sie mir das! Erklären Sie mir das, Herr Kommissar«, brüllte er mit hochrotem Kopf, während er mit der flachen Hand auf das sichergestellte Flugblatt auf seinem Schreibtisch schlug.

Stahlschmied bevorzugte es, zunächst nichts zu sagen und abzuwarten.

»Seit dem Spätsommer findet man beinahe jeden Tag irgendwelche Schmierereien an Häuserwänden, Plakate werden in meinem Stadtteil aufgehängt, die uns und den Führer verhöhnen und zum Widerstand aufrufen. Jeden Tag, Stahlschmied!«

Schrader stand kerzengerade hinter seinem Schreibtisch und stützte sich mit durchgestreckten Armen auf seine Fäuste.

»Was hat die Polizei dagegen getan? Ich frage Sie? Was haben Sie dagegen getan?«

Schrader verschränkte die Arme hinter dem Rücken und begann, auf und ab zu laufen.

»Und als ob das an sich schon nicht skandalös genug wäre …«, er stoppte mittig seines Schreibtisches, »verteilt man in einer beispiellosen Dreistigkeit Flugblätter mit kriminellen, staatsfeindlichen Parolen in ganzen Straßenzügen.«

»Bei allem Respekt, Herr Ortsgruppenführer. Und allem Verständnis. So einfach, wie Sie sich das vorstellen, ist es nicht.«

»Ich will von Ihnen keine Unverschämtheiten hören! Was glauben Sie eigentlich, mit wem Sie es zu tun haben?«

Stahlschmied blickte zur Decke und betrachtete die Stuckarbeiten, als ginge ihn das alles nichts an.

»Ich bin gespannt, was Ihr Vorgesetzter … was Düsseldorf dazu sagen wird, wenn sie meine Beschwerde auf dem Tisch liegen haben.« Schraders Gesicht hatte eine violette Farbe angenommen.

Langsam senkte der Gestapomann seinen Kopf und blickte den Ortsgruppenleiter mit jenem Blick an, der von seinen Gegnern gefürchtet war. Auch Schrader entging die Gefährlichkeit in Stahlschmieds Augen nicht. Die Eiseskälte, die dieser Mann ausstrahlte, beeindruckte auch ihn. Schrader versuchte, sich das nicht anmerken zu lassen, doch Stahlschmied hatte seine Unsicherheit bereits zur Kenntnis genommen.

»Nur zu«, kam es von dem Gestapomann, als würde ihn das alles nicht interessieren. Ohne zu fragen, zündete er sich eine Zigarette an und pustete den Rauch in die Höhe. »Wenn Sie meinen, dass Sie dieses Wagnis kurz vor den für Sie so wichtigen Entscheidungen hinsichtlich der Wahl zum Kreisleiter …« Stahlschmied machte eine ablehnende Handbewegung. »Gern teile ich Düsseldorf mit, dass ein Ortsgruppenleiter und ein … Kriminalassistent eigenmächtig an der Gestapo vorbei das Nest einer offenbar äußerst gewaltbereiten Widerstandsbewegung ausgehoben haben. Und das mit – sagen wir mal – überschaubarem Erfolg.« Stahlschmied nahm einen tiefen Zug.

Dieses Mal machte er sich nicht die Mühe, den Rauch von seinem Gesprächspartner fernzuhalten. »Eine stümperhaft und dilettantisch ausgeführte Aktion, die möglicherweise zu dieser Problematik maßgeblich beigetragen hat. Oder haben Sie die Täter mittlerweile identifiziert?« Er gab dem Ortsgruppenleiter einige Sekunden, erwartete jedoch nicht wirklich eine Antwort. »Nebenbei …« Der Kriminalkommissar zuckte mit den Schultern, »wen wollen Sie dann so kurz vor einer möglichen Wahl mit Ihren Interessen beauftragen? Ihren übereifrigen Müller? Glauben Sie allen Ernstes, dass er auch nur den geringsten Überblick über die Strukturen unserer politischen Gegner besitzt? Von welchen Erfahrungen dürften wir bei ihm hinsichtlich gewinnbringender Vernehmungstechniken ausgehen?« Stahlschmied beugte sich vor und drückte die Zigarette in dem Aschenbecher auf dem Schreibtisch aus, obwohl sie erst zur Hälfte aufgeraucht war. Gelassen lehnte er sich wieder zurück. »Beschweren Sie sich. Sie würden mir damit sogar einen Dienst erweisen. Indem ich nochmals auf die katastrophale Personalsituation hinweisen kann.«

Gernot Schraders Kaumuskeln pulsierten. Einige Augenblicke lang lag sein Blick wortlos auf dem Gestapobeamten, der diesem Anstarren standhielt und nicht mal mit der Wimper zuckte. »Was schlagen Sie vor?«, knurrte Schrader schließlich.

»Wir haben die Flugblätter analysiert. Es handelt sich nicht um Tinte. Die Farbe wurde aus Pflanzen gewonnen. Unsere Fachleute sind der Auffassung, dass es sich um Ligusterbeeren handelt. Brombeeren. Irgend so ein Kraut. Darüber hinaus ist das Papier nicht einheitlich. Es sind verschiedene Arten. Teilweise Verpackungsmaterial. Die Buchstaben selbst wurden mittels einfachster Drucktechnik aufgetragen. Der Struktur nach dürfte es sich um einen Kartoffel- oder Korkstempel handeln.«

Schrader schmiss sich in seinen Bürostuhl. »Was soll mir das sagen?«

Stahlschmied überkreuzte die Beine und legte beide Hände übereinander gefaltet auf sein Knie. »Das bedeutet, dass die Täter aller Wahrscheinlichkeit nach unmittelbar aus Ihrem Bezirk stammen. Sie sind nur unzureichend strukturiert und verfügen offenbar über keine Unterstützung von außerhalb. Ihre finanziellen Mittel sind äußerst beschränkt.«

»Haben Sie eine Vermutung?«, fragte Schrader.

Stahlschmied zuckte mit den Schultern. »In Betracht kommen viele. Wir haben mit dem unerträglichen Umstand zu kämpfen, dass sich vermehrt geflohene Zwangsarbeiter im Untergrund zu bolschewistischen Horden zu organisieren scheinen und sich darüber hinaus mit deutschen Straftätern verbünden. Wir sind mit einem großen Besen durch die Stadt und können behaupten, fast judenfrei zu sein. Nicht auszuschließen, dass sich einige von ihnen noch verstecken. Aber die Parolen passen inhaltlich nicht dazu. Ich denke, wir haben es hier mit Widerstandshandlungen unangepasster Jugendlicher zu tun.«

»Wenn Sie bereits Ihre Gegner kennen, dann darf ich wohl zu Recht erwarten, dass Sie das Problem lösen.«

»Es ist anders, als Sie sich das möglicherweise vorstellen, Herr Ortsgruppenleiter.«

»Dann klären Sie mich gefälligst auf.«

»Man bezeichnet diese Gruppen allgemeinhin als Edelweißpiraten. Einige von ihnen tragen eine Anstecknadel mit einem Edelweiß am Revers. Eine gewisse Symbolnostalgie aus den Zeiten der verbotenen, bündischen Jugendbewegung.«

»Sie meinen so etwas wie die Wandervögel?«, hakte Schrader nach, der einst selbst dieser Bewegung angehört hatte.

Stahlschmied nickte. »Die heutigen Bewegungen entstammen dieser Tradition. In Düsseldorf gab es Anfang bis Mitte der 30er eine besonders radikal auftretende Gruppe, die sich die Kittelbachpiraten nannten. Daher leitet sich der Sammelbegriff Edelweißpiraten ab. Aber es ist nur eine Verallgemeinerung unterschiedlichster Gruppen.« Stahlschmied lehnte sich zurück und legte beide Arme auf die Lehnen des Sessels.

»Das Problem für die Ermittlungsbehörden ist, dass es unzählige, eigenständige Gruppierungen gibt. In Essen sind es die Fahrtenstenze und Navajos. Neuerdings nennen sich offenbar einige Ruhrpiraten. In Köln heißen sie darüber hinaus Nerother. Es gibt noch viele weitere Namen. Sie stehen alle in lockerer Verbindung, sind aber nicht organisiert und in der Regel ohne politisch oppositionelle Interessen. Unangepasste, wenn Sie so wollen. Daneben haben wir eine kleine Anzahl dieser Swing-Jugendlichen, die sich amerikanisch ausrichten.«

»Dann gehen Sie da raus und verhaften Sie dieses Pack!«

»Wir sind ihnen dicht auf den Fersen. Seien Sie versichert, wir kriegen diese Kriminellen. Es geht jedoch schneller, wenn ich auf Ihre Unterstützung zurückgreifen darf.«

Schrader blickte sein Gegenüber mit zusammengepressten Lippen an. »Die da wäre?«

»Wir werten gerade alle Unterlagen der HJ-Führung über Pflichtdienstverweigerer aus. Ich möchte Sie bitten, die Blockwarte aufzufordern, detaillierte Berichte über alle ihnen bekannten auffälligen Jugendlichen zu fertigen und uns umgehend zukommen zu lassen. Darüber hinaus wäre es wünschenswert, wenn der HJ-Streifendienst im näheren Umfeld Erkundigungen bei den Anwohnern tätigen könnte.«

Schrader machte sich Notizen. »Sonst noch was?«

»Ja. Wir sollten eine Belohnung ausloben. Für Hinweise, die zur Ergreifung dieser Verbrecher führen.«

Stahlschmied erhob sich, trat einen Schritt vor und reichte dem Ortsgruppenleiter die Hand. »Wir müssen unsere Augen durch die Bevölkerung potenzieren. Reduzieren Sie die Lebensmittellieferungen. Erzählen Sie, dass die Waren durch diese Jugendbanden gestohlen wurden. Sie werden sehen, es ist nur eine Frage von kurzer Zeit, bis wir dieses Gesindel zu fassen bekommen. Sieg Heil, Herr Ortsgruppenleiter!«

*

Erika schlug die Kapuze über den Kopf, während ihr der zunehmend auffrischende Wind ins Gesicht fuhr. Sie lief durch die menschenleeren Straßen, eng an den grauen Fassaden vorbei. Sie fürchtete sich vor der Dunkelheit. Früher, vor dem Krieg, hatte ihr Vater gesagt, konnte jede Frau auch zur Nachtzeit unbehelligt durch die Straßen gehen. Natürlich hatte das keine anständige Dame getan, sofern sie etwas auf sich gehalten hatte. Doch jetzt, in diesen düsteren Zeiten, schlichen immer mehr zwielichtige Gestalten durch die Gassen. Erika hatte einen Grund, dieses Wagnis auf sich zu nehmen. Als sie sich entschlossen hatte, das Haus zu verlassen, war es kurz vor Mitternacht gewesen. Wie immer hatte Vater lange gebraucht, um einzuschlafen. Zum Abend hin wogen die Sorgen besonders schwer, und oft hatte sie ihn durch die Tür ihrer kleinen Kammer hindurch spätabends leise weinen gehört. Sie hatte sich ihren Mantel über ihr Nachthemd übergeworfen und war aus dem Fenster zum rückwärtigen Teil des Hauses geklettert. Der Gedanke an ihr Vorhaben beschwor ein Kribbeln oberhalb ihres Magens, wie sie es sonst nur vor einem Wettkampf oder einer Prüfung verspürt hatte. Irgendwoher erklang Musik. Zunächst leise. Mit jedem Schritt wurde sie lauter. Sie kam aus einem der Keller. Der Klang der Geige wirkte melancholisch, wehklagend und einen Moment verweilte sie. Erika genoss die Traurigkeit, welche das Instrument in ihr weckte und obwohl die Töne ihr Tränen in die Augen trieben und sie an Mutter denken musste, waren sie zugleich auf eine seltsame Weise tröstend. Als das Lied endete, setzte sie ihren Weg fort, die Flugblätter unter ihrem Mantel eng an ihren Körper gepresst. Vor ihr erstreckte sich die Straße, die schon nach wenigen Metern von der Dunkelheit verschluckt wurde. Obwohl sie bemüht war, leise zu gehen, hallten ihre Absätze auf dem Kopfsteinpflaster. Immer wieder machte sie eine Pause und lauschte in die Stille. Plötzlich verspürte sie Gänsehaut. Sie merkte, wie sich die unzähligen Härchen auf ihren Armen aufstellten, wie ihr ein Schauer über ihren Rücken lief. Ihr war, als würde man sie beobachten, als würde jeden Augenblick jemand von hinten nach ihr greifen. Ihr Atem beschleunigte sich, ihr Blut rauschte in den Ohren und sie spürte das Pochen ihres Herzens in ihrem Hals. Erika nahm all ihren Mut zusammen und drehte sich um. Doch da war niemand. Die Straße war menschenleer. Um Selbstbeherrschung ringend, redete sie auf sich ein. Sie öffnete den obersten Knopf ihres Mantels, weil sie das Gefühl hatte, keine Luft zu bekommen. Mehrere Male atmete sie tief ein und aus, dann straffte sie energisch ihre Schultern und ging weiter. Ein schwarzer Schatten huschte über die Straße und verschwand mit einem hohen Fiepen in einem der Häuser. Erika schluckte mit trockener Kehle. Die Nacht hatte ihre eigenen Geräusche. Düster. Unheimlich. Bedrohlich. Eine fremde Welt, in der andere Wesen regierten.

Sie bog in eine Seitenstraße. Sofort am ersten Haus nahm sie die Stufen und drückte sich fest mit dem Rücken gegen die Tür. Sie verharrte einige Minuten, versuchte vergeblich, ihren rasenden Herzschlag zu beruhigen. Eigentlich war es ganz einfach: den Gehweg entlang laufen, sich umdrehen, vergewissern, dass sie niemand sah und einige der Blätter unter den Türen hindurchschieben. Wenige Minuten nur und die Sache war erledigt. Nochmals holte sie ein, zweimal tief Luft, dann trat sie hervor. Durch die eng stehenden Häuser in dieser schmalen Straße wirkte alles noch dunkler. Erika sah nicht viel, doch es hatte den Vorteil, dass man auch sie nur schemenhaft sah. Unwahrscheinlich, dass jemand, der zufällig aus seiner Stube blickte, sie später detailliert beschreiben könnte.

Wenige Sekunden nur und sie hatte das erste Blatt unter die Tür des nächsten Hauses geschoben. Es waren nicht viele Blätter, die sie bei sich trug. Ihre selbst gebastelte Druckerpresse war nicht sehr effizient. Der Kork hatte die Pflanzenfarbe nur schlecht aufgenommen und die Trocknungszeit eines jeden Papiers war lang gewesen.

Mit schnellen Schritten, das Gewicht auf den Zehenspitzen, huschte Erika von Haus zu Haus. Schon nach wenigen Minuten, die ihr wie eine Ewigkeit vorgekommen waren, hatte sie das Ende der Häuserreihe erreicht. Sie hatte noch wenige Blätter unter ihrem Mantel. Kurz überlegte sie. Erika beschloss, die restlichen Zettel einen Straßenzug weiter zu verteilen. Sie bog nach links und lief entlang eines kleinen Brachgeländes, auf dem sich früher eine Pferdeweide befunden hatte. Tiere grasten dort schon lange nicht mehr und die alten Stallungen verfielen zusehends. Das Gras auf der Koppel war kniehoch und niedrige Büsche überwucherten bereits weite Teile des Geländes. Die ersten Suchscheinwerfer waren in der Ferne über Gelsenkirchen zu erkennen. Sehr wahrscheinlich würde die erste Sirene schon bald die Stille der Nacht zerreißen. Erika beeilte sich. Sie wollte unter allen Umständen rechtzeitig zu Hause sein, bevor Vater durch den Fliegeralarm geweckt wurde und ihr Verschwinden bemerkte. Die kurze Wegstrecke an der alten Koppel vorbei wurde nur durch das kalte Licht des Mondes erhellt. Erika beschleunigte ihre Schritte und begann dann zu laufen. So allein, ohne ihre Freunde, fühlte sie sich ängstlich und hilflos.

»Wen haben wir denn da?«

Erikas Herzschlag schien einen Moment auszusetzen. Wie aus dem Nichts war jemand vor ihr aufgetaucht. Starr vor Entsetzen war sie nicht zur geringsten Handlung fähig, sondern fixierte ihn mit offenem Mund.

»Hallo, Erika«, sagte Paul Schrader mit einem süffisanten Grinsen.

»Paul?«, stotterte Erika. »Du … du hast mich erschreckt.«

»So allein? Um diese Uhrzeit?«

Noch immer war Erika nicht in der Lage, ruhig zu atmen. »Ich … konnte nicht schlafen.«

Pauls Grinsen war wie in Stein gemeißelt. »Und dann hast du dir gedacht, du gehst etwas an die frische Luft?«

»Ja. Ich muss jetzt auch wieder nach Hause.« Erika versuchte, an Paul vorbeizukommen, doch dieser machte jede ihrer Bewegungen mit und versperrte ihr den Weg.

»Frische Luft schnappen? In dieser finsteren Gegend?« Kaum merklich schüttelte er den Kopf. »Erika. Hat dein Vater dir nicht beigebracht, dass man nicht lügt?«

»Ich muss jetzt nach Hause.« Dieses Mal gelang es ihr, an ihm vorbeizukommen. Doch Paul erfasste sofort ihren Oberarm, den sie eng an ihren Körper gepresst hielt. »Wo willst du denn so schnell hin? Das ist doch die falsche Richtung.« Rüde hielt er sie zurück und zog sie an sich. Erika wollte sich losreißen, doch Paul hielt sie fest.

»Du versteckst doch was!« Er blickte sie überheblich an. »Na sag schon? Was hast du da unter deinem Mantel?«

Erika verstärkte ihre Bemühungen, sich aus seinem Griff zu lösen. »Nun lass mich schon los! Was ist das für ein Benehmen, Paul Schrader?«

Paul stieß sie weg, um sogleich mit ausgestrecktem Arm auf sie zuzugehen. Sein Gesicht zeigte Verärgerung. »Benehmen? Du Flittchen erzählst mir was von Benehmen? Treibst dich mit diesem Pack rum!«

Erika fuhr herum und rannte los. Doch nach wenigen Schritten hatte Paul sie eingeholt. Er packte ihren Kragen und riss sie brutal zurück. Sie stürzte, während er ihren Stoff hielt. Der Mantel riss und die restlichen Flugblätter fielen auf den Boden. Mit fassungslosem Ausdruck sah er auf die Blätter und wieder auf die junge Frau vor sich. Wie in Zeitlupe hob er einen der Zettel auf, seine Augen flogen ungläubig über den Text. Langsam stand Erika auf. Es war vorbei, fuhr es ihr durch den Sinn. Paul senkte den Arm und sah Erika verachtend an. »Nicht schlafen konntest du also?« Sein Gesicht wandelte sich zu einer wutverzerrten Fratze. Mit dem Handrücken schlug er ihr ins Gesicht.

»Bitte! Nicht«, flehte sie, während sie schützend die Arme vor ihren Kopf hob.

»Dafür kommst du ins KZ!« Es klang wie ein Versprechen. »Und mit dir dieses ganze kriminelle Gesocks.«

Erika stand zitternd vor ihm. Ihre Hände rafften den Stoff zusammen und versuchten, den zerrissenen Mantel um ihren Körper zu schlingen. Pauls Augen hafteten auf Erika. Plötzlich veränderte sich sein Ausdruck. Er sah sie noch immer aggressiv an. Doch auf eine andere Weise. Eine Art, die Erika nicht zu deuten wusste.

»Was hast du noch unter deinem Mantel?«

Ohne auf eine Antwort zu warten, trat er näher und zerrte ihr das Kleidungsstück vom Leib. Nur wenig hatte sie ihm entgegenzusetzen. Als wäre jegliche Form von Kraft aus ihr gewichen, war sie unfähig zu irgendeiner Art von Gegenwehr.

Seine Augen wanderten etwas tiefer, betrachteten die prallen und festen Brüste, die sich unter dem dünnen Nachthemd abzeichneten. Unvermittelt schnellte seine Hand empor und er fasste ihr an ihre rechte Brust. Instinktiv wollte sie ihn ohrfeigen, doch bevor ihre Hand sein Gesicht erreichte, bekam er ihr Handgelenk zu fassen. Mit der anderen Hand schlug er ihr ins Gesicht. Er fasst sie an den Haaren und zog sie brutal ein Stück auf das alte Brachgelände. Sie stürzten und Paul lag über ihr.

»Lass mich in Ruhe, Paul!« Verzweifelt versuchte sie, den schweren Burschen von sich herunterzubekommen. Doch Paul erfasste sie an beiden Handgelenken und drückte ihre Arme auf den Boden. Noch fester presste er sich an sie. Erika spürte, wie er mit seinem Becken gegen sie drängte, fühlte seine Erektion an ihrem Oberschenkel. Pauls Gesicht näherte sich Erikas Mund. Angewidert riss sie ihren Kopf zur Seite. Erneut fasste er ihr fest ins Haar.

»Hör mir genau zu, du Schlampe!«, zischte er gefährlich. »Ich weiß, was dein Freund ist. Dieser Heinz. Ein dreckiger Jude ist er.«

Erika sah ihn entsetzt an.

»Ein Jude. Ich hab ihn gesehen. Ich habe seinen beschnittenen Schwanz gesehen. Ich schwör dir, wehrst du dich hier weiter, werde ich ihn der Gestapo melden und mit ihm deine ganzen Freunde. Und deinen Alten. Ich bring euch alle ins KZ.«

Erikas Gegenwehr fiel in sich zusammen. Sie fühlte seine gierigen Finger, die ihr Nachthemd zu Seite schoben und sich unter ihre Unterhose schoben. Sie fühlte, wie er den Stoff, der ihre Scham bedeckte, gewaltsam nach unten zog. Paul hob sich etwas an, nestelte an seiner Hose und presste sich dann wieder fest gegen sie. Der Schmerz, den sie verspürte, als er in sie eindrang, ließ ihr Tränen in die Augen schießen. Starr richtete sie ihren Blick geradeaus. Bei jedem seiner ruckartigen Stöße war es ihr, als drang ein stumpfer Gegenstand bis zu ihren Eingeweiden. Pauls Gesicht lag an ihrem Hals. Er keuchte und sie roch seinen Schweiß. Immer schneller bewegte er sich in ihr, bis er plötzlich dumpf zu grunzen begann, aus dem Takt kam und für einen Moment spannungslos auf ihr liegen blieb. Nur sein Brustkorb hob und senkte sich. Nach einer Weile drehte er sich von ihr runter und erhob sich langsam. Erika sah ihn nicht an. Seine Worte drangen nur dumpf zu ihr. »Kein Sterbenswort. Sonst sorge ich dafür, dass man euch alle an die Wand stellt.«

Eine Weile noch blieb sie liegen. Irgendwann ertönten die ersten Sirenen. Mechanisch setzte sie sich auf. Paul war fort. Geistesabwesend griff sie nach ihrer Unterhose und wischte sich kurz das Blut und das, was Paul in ihr gelassen hatte, weg. Erika erhob sich. Langsam ordnete sie die Reste ihres zerrissenen Mantels und warf ihn sich über.

Wankend, als wäre sie betrunken, lief sie nach Hause.

*

Die Frühschicht war mörderisch gewesen. Egon streifte sich mit seinem Schweißmesser die dicke Kohleschicht von der Haut. Es war kein richtiges Schweißmesser, weil der Besitz von Waffen und allen Gegenständen, die man dazu verwenden konnte, verboten war, wenn man mit den Zwangsarbeitern zusammenarbeitete. Egons war aus Rotbuchenholz und die Spitze abgerundet, aber es erfüllte seinen Zweck. Er fragte sich, wie lange er es noch unter diesen Bedingungen aushalten würde.

Den Zechen gelang es immer weniger, ihre Bergleute vor der Einberufung zur Wehrmacht zu schützen. Gleichzeitig forderten der Krieg und insbesondere die Rüstungsindustrie immer mehr Kohle. Egons Zwangsarbeiter-Kumpel waren entweder Westarbeiter oder kamen aus dem Osten. Die Westarbeiter kamen oft aus Italien oder Kroatien. Also von Verbündeten, wie man Egon gesagt hatte. Aber gerade die Italiener machten oft Scherereien und zeichneten sich eher durch Arbeitsbummelei aus. Außerdem waren sie hinter jedem deutschen Rock her, hieß es. Auch Franzosen, Belgier und Holländer waren auf den Zechen beschäftigt. Die waren anfangs sogar freiwillig ins Ruhrgebiet gekommen. Sie standen einem Bergmann aus Deutschland hinsichtlich ihrer Qualifikation und ihrer Arbeitskraft kaum in etwas nach. Aber sie waren teuer. Und nachdem der Krieg sich mehr und mehr auch in das westliche Europa ausbreitete, hatte ihre Zahl kontinuierlich abgenommen. Seitdem karrte man vermehrt Polen und Ukrainer an. Das waren Gefangene aus den besetzten Gebieten, und abgesehen davon, dass sie nur gering qualifiziert waren, war ihre Arbeitsleistung eher schlecht. Zwei von ihnen brachten es nicht auf die Kohlemenge, die ein deutscher Bergmann förderte. Egon wunderte sich nicht darüber. Sie waren oft unterernährt und ihre Verpflegung war miserabel. Sie mussten in Baracken leben, die sie nur zu bestimmten Zeiten und mit strengen Auflagen verlassen durften. Und sie mussten ein violettes »P« deutlich sichtbar auf ihrer Kleidung tragen. Fast jeder drangsalierte sie, wo es nur ging. Man konnte behaupten, dass ihre Bezahlung Prügel war. Sogar kleinste Vergehen wurden rigoros bestraft. Wem jemandem mangelnde Arbeitsdisziplin unterstellte wurde, wurde er für sechs Wochen in ein Arbeitserziehungslager der Gestapo geschickt, wo er richtig hart rangenommen wurde. Seit seiner Erfahrung in der Kortumstraße zweifelte Egon nicht daran, dass hart auch hart bedeutete. Diese Erziehungsmaßnahme diente offenbar auch der Abschreckung, weil nicht wenige abhauten. Egon war mit den Ostarbeitern in einem Bereich eingeteilt, wo sie große Bruchstücke kriechend aus dem Flöz schleppen mussten. So groß und schwer, dass sie sich behelfsmäßig Seile um die Hüften banden, um die großen Brocken herausziehen zu können.

Die engen Röhren, in die sie kriechen mussten, waren teils nicht gesichert. Mehr als einmal hatte einer von ihnen Platzangst bekommen und war, um Luft ringend, panisch aus dem Tunnel gekrochen. Doch die Aufseher kannten keine Gnade und prügelten teils auf sie ein, um sie wieder zur Arbeit zu bewegen. Egons Aufgabe war es, die Bruchstücke mit einer Spitzhacke zu zerkleinern und in die Loren zu verfrachten. Im Grunde genommen war das nicht schwerer, als wenn er mit der Spitzhacke selbst Kohle aus der Wand holte. Doch die Bewetterung war hier mies, man konnte kaum atmen und es war eng. Es fühlte sich so an, als ob man seinen eigenen heißen Atem immer und immer wieder einatmete. Außerdem waren die Pausen nur kurz. Den Ostarbeitern gab man einmal täglich Kohlsuppe, die nach Essig stank, und wenn einer von ihnen mal musste, dann hatten sie dafür lediglich alte Eimer und keinen richtigen Abort. Da erging es Egon schon besser. Hatte er doch seine Mahlzeiten von zu Hause dabei. Außerdem waren seine Pausen großzügiger und man prügelte ihn nicht. Das führte natürlich bei einigen Arbeitern dazu, dass sie die deutschen Bergleute nicht mochten. Manche aber waren ihm wohlgesonnen. Wussten sie doch, dass ein deutscher Kumpel nur mit ihnen schuften musste, wenn er was ausgefressen hatte. Es war ihnen im Grunde genommen egal, worum es sich handelte. Allein die Tatsache, dass sie sich gegen ihren Steiger oder Vorarbeiter aufgelehnt hatten, war Grund genug, sie zu mögen.

Vor Kurzem war Mackie Messer da gewesen und hatte nochmals eindringlich auf Egon eingeredet. Egon hatte gewusst, dass er es aufrichtig gemeint hatte und trotzdem hatte er so etwas wie Wut empfunden. Sahen sie denn alle nicht, was vor sich ging?

Nach der Dusche ging Egon nackt in die Weißkaue und ließ seine Kleidung von der Decke herab. Er hatte das tiefe

Bedürfnis, sich erst einmal hinzulegen und war sich sicher, dass er den Aufschlag auf sein Kopfkissen nicht mehr mitbekommen würde. Er zog sich an, strich sich sein nasses Haar nach hinten, nahm seinen Henkelmann und lief Richtung Ausgang, als plötzlich Fritz auf ihn zugelaufen kam. Tiefe Besorgnis war in seinen Zügen abzulesen.

»Fritz! Ist was ... was ist passiert?«

»Etwas Schreckliches, Egon. Du musst sofort mitkommen!«

*

Kurt Baumeister lugte verstohlen durch einen Spalt des schweren Vorhanges auf die Straße. Fritz und Egon waren durchgeschwitzt und völlig erschöpft. Beinahe den gesamten Weg von der Zeche bis nach Essen-Freisenbruch waren sie gerannt. Fritz stützte sich mit beiden Händen auf die Knie ab, als er schwer atmend zum Fenster sah und Baumeister mit einem Kopfnicken signalisierte, dass alles in Ordnung war. Der Ingenieur verschwand und wenige Sekunden später hörten sie, wie er das Schloss der Haustür öffnete.

»Schnell!« Baumeister zog die beiden an den Schultern ins Haus. Hektisch sah er sich nach allen Seiten um, bevor er ebenfalls eintrat und die Tür hinter sich verschloss. Zur Sicherheit spähte er durch ein Loch der gerissenen Milchglasscheibe der Eingangstür.

Die beiden Jungs blieben im Flur stehen. Baumeister drängte sich an ihnen vorbei, nahm ungelenk zwei Stufen auf einmal und winkte sie in die Stube.

»Setzt euch!«, forderte er sie auf, während er einen Krug und zwei Gläser auf den Tisch stellte.

»Was ist passiert?« Egon sah abwechselnd zu Erikas Vater und zu seinem Freund.

»Du hast ihm noch nichts gesagt?« Baumeister füllte beide Gläser mit Wasser. Egon und Fritz leerten sie in einem Zug. Fritz schüttelte den Kopf, während er den Rest der Flüssigkeit hinunterschluckte.

Baumeister setzte sich und rieb sich mit beiden Händen über das Gesicht. Dunkle Schatten lagen auf seinen Zügen.

»Nun redet schon!«, forderte Egon resolut.

Baumeister griff nach dem Krug und schenkte beiden nach. Sein Gesicht sah deutlich älter aus. Dieses Mal blieben die Gläser unberührt.

»Es geht um …« Baumeister atmete tief aus.

»Erika ist überfallen worden, Egon«, setzte Fritz das fort, was Baumeister nicht aussprechen konnte.

Egons Augen weiteten sich ungläubig. »Überfallen? Von wem?«

Eine Woge an Gefühlen übermannte Baumeister. Um Fassung ringend nahm er ein Stofftaschentuch, schob es unter seine Brille und tupfte sich die Augenwinkel ab.

Wieder war es Fritz, der sprach. »Dieser Schrader hat sie erwischt, Egon. Er hat sie *dabei* erwischt, Egon.«

Egon stützte seine Stirn mit der Hand. »Mein Gott!«

Baumeister und Fritz warteten einen Augenblick.

»Wir waren in der vergangenen Nacht unterwegs. Als Erika nicht am Treffpunkt aufgetaucht war, ist Karl losgezogen, um sie zu suchen. Er kam nicht wieder, also bin ich zunächst nach Hause gegangen.«

»Wo ist Erika? Hat die Gestapo …?«

»Erika ist in Sicherheit. Berthold und Dirk verstecken sie«, unterbrach ihn Fritz. »Sie ist gestern Nacht noch zu ihnen.«

Tief atmete Egon aus.

»Jedenfalls …«, fuhr Fritz fort, »nach der Schicht ist Jupp bei mir aufgeschlagen. Hat mir erzählt, dass Karl bei ihm vor der Tür gestanden und ihm alles erklärt hat. Wir sind dann zu

Erika, weil wir es nicht glauben konnten. Na ja, Herr Baumeister hat's dann bestätigt.«

Egon stützte den Kopf mit beiden Händen und fasste sich mit den Fingern ins Haar. »Verdammt! Was machen wir jetzt?« Hilflos sah er auf.

»Es kommt noch schlimmer, Egon. Heinz. Heinz ist Jude. Und Schrader weiß es.«

Egon blickte seinen Freund beinahe regungslos an. »Ich habe es vermutet, Fritz. Wo ist Heinz?«

Baumeister hatte seine Fassung wiedererlangt. Wenn er auch angeschlagen wirkte. »Er ist bei der Paulusgemeinde in der Innenstadt. Ich habe Jupp eine Adresse gegeben. Ich verfüge über einige Kontakte. Dort ist er vorerst sicher. Aber mehr darf ich euch nicht sagen.«

Egons Lippen wurden zu einem blassen, blutleeren Strich. »Sie wird das nicht schaffen, Fritz. Du weißt, was sie mit uns gemacht haben. Das hält sie niemals durch.«

»Ihr müsst verschwinden«, kam es von Baumeister. »Ich bitte euch. Nehmt Erika mit.«

Egon schüttelte den Kopf. Bisher war die Polizei nicht auf der Zeche gewesen, um sie zu suchen. »Wir sollten nichts überstürzen. Wo ist Karl? Lasst uns mit Karl sprechen.«

»Er kommt sicher gleich«, antwortete Fritz.

Baumeister sah die beiden an. Beinahe blickte er so, als würde er vermeiden wollen, zu antworten.

»Was ist mit Karl? Reden Sie schon!«, forderte Egon.

»Karl war hier. Ich konnte ihn nicht beruhigen …«

Egon sprang auf. »Wo ist Karl?«

Baumeister senkte den Kopf. »Ich weiß es nicht. Doch ich befürchte Schlimmes.«

*

Nachdem Erika nach Hause gekommen war, hatte sie sich in den Garten gesetzt und mit dem kalten Brunnenwasser immer und immer wieder gesäubert. Mechanisch, ohne hinzusehen. Längst waren die Spuren, das Blut und alles andere fortgewaschen. Doch war sie unfähig gewesen aufzuhören. Dreck haftete immer noch an ihr, er würde nicht weggehen. Das Schlimmste aber war, dass sich diese Gewalt, die ihr widerfahren war, in Scham wandelte und drei unmissverständliche Worte in ihrem Innersten formte: Du bist schuld.

Ihr Vater war an sie herangetreten. Sie hatte ihn nicht kommen hören und starrte ihn nur an. Wortlos blickte er in ihre Augen. Auf ihre geschwollene Lippe und auf die blutverschmierten Lappen, die auf dem Boden zwischen ihren Beinen lagen. Er hatte mit zitternder Hand versucht, ihren Kopf zu streicheln. Eine liebevolle Berührung nur, in gut gemeinter Absicht und die trotzdem so bedrohlich auf sie gewirkt hatte, dass sie mit angstverzerrte Miene nach dieser väterlichen Hand geschlagen hatte. Durch ihre Tränen hatte sie den ungeheuren Schmerz in seinem Gesicht erkannt, doch sosehr sie sich gewünscht hatte, ihm Trost spenden zu können, so unfähig hatte sie sich gefühlt, ihn zu berühren.

Plötzlich hatte Vater aufgesehen, seinen Blick vorbei an seine Tochter geführt. Gleichgültig war sie seinen Augen gefolgt.

Karl hatte dort gestanden. Schockiert, fassungslos hatte er eine Hand gehoben und sie sich vor seinen Mund gehalten, als hatte er einen Schrei des Entsetzens unterdrücken wollen.

Erika hatte keine Vorstellung davon, wie lange sie so in dem alten Garten hinter dem Haus ihres Vaters ausgeharrt hatten. Vater war es gewesen, der die Stille durchbrochen und mit leiser, beinahe flüsternder Stimme gesagt hatte, dass er nach einem Arzt schicken werde. Doch Erika hatte gewusst, kein Arzt dieser Welt besaß die Fähigkeit und die Medizin, um diese Wunden, die ihr zugefügt worden waren, zu heilen. Schließlich war sie aufgestanden. Hatte tief eingeatmet und ihren Rücken durchgedrückt. Mit versteinertem Ausdruck war sie an Karl herangetreten.

»Er hat die Flugblätter. Schrader hat sie«, hatte Erika mit fester Stimme gesagt. »Und er sagt, dass Heinz Jude ist. Ihr müsst abhauen!«

Karl hatte nicht geantwortet. Er hatte sie mit einer Intensität, mit einer Entschlossenheit angesehen, wie sie es nie zuvor bei ihm beobachtet hatte. Ein Ausdruck, der ihr unmissverständlich gesagt hatte, dass er einen Entschluss gefasst hatte. »Geh zu Berthold. Und Dirk. Wir treffen uns dort.«

»Was hast du vor?«

Ohne etwas zu sagen, hatte er sich umgedreht. Ihr Vater hatte ihm hinterhergerufen. »Warte!«

Tatsächlich war er stehen geblieben, ohne sich umzusehen.

»Was immer du vorhast, Karl ... überdenke es. Ich bitte dich. Inständig. Gott wird ihn seiner gerechten Strafe zuführen.«

Verächtlich hatte er ausgeschnauft, sich jedoch weiterhin nicht umgedreht. »Wie heißt es noch in deinem Buch, alter Mann? Auge um Auge ...«, hatte er voller Bitterkeit gesagt. Dann war er gegangen.

»Auge um Auge«, hatte es in ihr nachgehallt.

Und je mehr sie darüber nachgedacht hatte, desto mehr war in ihr eine Überzeugung gewachsen. Ein Gott, der ihren Glauben in einer solchen Tat auf die Probe stellte, war kein gütiger Gott. Er war unbarmherzig, grausam. War ihr Leben denn nicht schon Opfer genug?

Vorbei an ihrem Vater war sie ins Haus gegangen. Hin zu ihrer kleinen Kammer. Sie hatte sich umgezogen, die Kleidung, die sie getragen hatte, und die sie nie wieder tragen würde, auf einen Haufen geworfen. Sie hatte ihren kleinen

Koffer unter dem Bett hervorgeholt, einige Anziehsachen und ein Foto der Mutter hineingelegt.

»Ich gehe zu Bert und Dirk«, hatte sie zu ihrem Vater gesagt, der ihr still ins Haus gefolgt war und der mit geröteten Augen um Beherrschung gezittert hatte. »Wo das ist, kann ich dir nicht sagen. Um dich zu schützen, sollten sie kommen.«

Kurz war sie vor ihm stehen geblieben. Wie jede junge Frau hatte auch Erika sich irgendwann die Frage gestellt, wie es sein würde, an dem Tag, an dem sie die elterliche Obhut verlassen und den Schritt hinaus in das Erwachsenenleben, in die Selbstständigkeit machen würde. Würde sie durch die Freude, die Neugier auf das aufregende Leben getragen werden? Oder würde sie unsicher, voller Wehmut nach hinten blicken? Ihren Vater so zu sehen, ihn mit seiner Angst um sein Kind in seiner Einsamkeit zurücklassen zu müssen, nicht zu wissen, welchem Schicksal er sich würde stellen müssen, einem Schicksal, welches sie zu verantworten hatte, war etwas, was sie beinahe nicht hatte ertragen können. Wie sehr hatte sie sich in diesem Moment gewünscht, ihn zu umarmen. Ihm zu sagen, er solle sich nicht sorgen, da alles gut werden würde. Doch das, was Paul Schrader ihr angetan hatte, hatte diese Umarmung nicht zugelassen.

»Pass auf dich auf, mein Kind«, hatte Vater beinahe flüsternd in einem Ton gesagt, der ihre Seele zutiefst berührt hatte. Ein Ton, der nach Abschied geklungen hatte. Nach einem Lebewohl. Nicht nach einem Wiedersehen.

Als sie sich auf dem Weg gemacht hatte, war sie entschlossen und frei jeglicher Angst. Es gab nichts, was man ihr hätte antun können. In gleichmäßigem Rhythmus, einen Fuß vor den anderen setzend, den Schmerz in ihrem Leib ignorierend, war sie weitergelaufen. Und mit jedem Schritt, den sie tat, wuchs ihre Überzeugung.

»Der Herr ist mein Hirte; mir wird nichts mangeln. Und ob ich schon wanderte im finsteren Tal, fürchte ich kein Unglück; denn du bist bei mir, dein Stecken und Stab trösten mich«, murmelte sie vor sich hin. Verächtlich schnaubte sie aus. Gott hatte sie verlassen. Er hatte sich von den Menschen abgewandt. Erika würde gehen. Und ihre Reise würde erst dort enden, wo sie Frieden fand.

*

Egon und Fritz waren zurück nach Essen-Kray geeilt. An der Einmündung Riddershofstraße Ecke Krayer Straße, fanden sie an einer Hauswand endlich das erhoffte Kreidezeichen, das ihnen verriet, wo sich die anderen versteckt hielten.

Das Brachgelände gehörte zur Zeche Königin Elisabeth und zog sich von der östlichen Innenstadt bis hin nach Essen-Kray. Dirk kannte das Gelände noch von seinem Vater. Die ganze Familie war damals auf Königin Elisabeth beschäftigt gewesen und Dirks Onkel Albert, dem das Mehrfamilienhaus auf der Hubertstraße gehört hatte und in dem die gesamte Familie wohnte, war bei dem schweren Seilfahrtunglück auf Schacht Hubert 3 vor 16 Jahren ums Leben gekommen. 1928 war der Teil der Zeche aufgegeben worden und seitdem verwilderte der Bereich und die Hallen standen leer. Nahezu alle Gebäude der geschlossenen Häuserzeilen verfügten über Hinterhöfe, die man über rückwärtig gelegene Zugänge erreichte und die an die alten Brachgelände angrenzten. Hier hatten sie sich eine durchaus ansehnliche Bretterbude aus Resten eines alten Bauwagens gezimmert, die, dicht umgeben von Brombeerhecken und Birken, nur zu finden war, wenn man von ihr wusste.

Fritz hob eine der Gehwegplatten an, die Dirk ihnen gezeigt hatte und unter der sich ein Schlüssel zum Haus befand. Sie schlichen sich geräuschlos durch den Hausflur, überquerten den Hof und überwanden eine hüfthohe Mauer aus alten Rotziegeln, die mit Zement ausgebessert worden war.

Dann folgten sie dem schmalen Trampelpfad, der sich scheinbar willkürlich durch das Gelände schlängelte, bis sie an ihre provisorische Behausung kamen. Plötzlich trat Jupp aus einem Gebüsch. Egon erschrak. »Blauer! Bist du irre?«

»Tut mir leid, Egon. Hab Schmiere gestanden.«

»Was ist mit Heinz?«

»Er ist sicher, Egon. Hab ihn selbst hingebracht.«

Erleichtert atmete Egon aus.

»Sind die anderen in der Bude?«, fragte Fritz.

Jupp nickte in die entsprechende Richtung.

»Egon! Fritz.« Berthold und Dirk sprangen auf, als die beiden den Verschlag betraten. Auf ihren Gesichtern spiegelte sich Erleichterung.

Egon sah sich um. »Wo ist Erika? Ich dachte, sie ist hier?«

»Sie ist oben bei meiner Tante. Aber lang kann sie dort nicht bleiben. Wir müssen sie verstecken.«

»Verstehe. Hat Karl sich gemeldet?«

Bert schüttelte den Kopf. »Bisher nicht. Wird schon noch kommen.«

Egon biss sich auf die Unterlippe, während er wieder zu Fritz sah. Dieses Mal sorgenvoll. »Hier stimmt etwas nicht!«, sagte er nach einer Weile. »Wir müssen ihn suchen. Ich bin mir nicht sicher, aber … ich glaube, dass er in höchster Gefahr schwebt.«

*

Volkmar Beckstein umfasste die Walther P.38 mit festem Griff. Er hatte das linke Auge geschlossen. Mit dem rechten sah er über seinen ausgestreckten Arm hin zu Kimme und Korn, bis beide zu einem Punkt verschmolzen und einen durchgehenden Balken bildeten. Sein Blick wechselte und seine Pupillen stellten nun den Hintergrund scharf. Er konzentrierte sich auf die verrostete Konserve, die in ungefähr 25 Schritten Entfernung auf einem Baumstumpf stand. Volkmar hielt die Luft an und zog den Abzug langsam nach hinten. Er hatte gelernt, ihn gleichmäßig nach hinten zu bewegen und nicht ruckartig, da man dann Gefahr lief, zu verreißen. Obwohl er mit der Schussabgabe rechnete, war er doch von dem so früh einsetzenden Knall und dem kräftigen Rückschlag überrascht. Das war eindeutig etwas anderes als eine Kleinkaliberpistole. Weniger als einen Wimpernschlag später wurde die Dose nach hinten katapultiert und fiel mit einem Poltern einige Meter weiter zu Boden.

»Guter Schuss!«, kam es anerkennend von Paul Schrader.

»Das Teil ist was Ordentliches«, bestätigte Volkmar und wog die schwere Pistole in seiner Hand. Dann zielte er erneut.

»Kannste glauben … Die geht auf 40 Meter durch jeden Helm.«

Schrader kramte in seiner Tasche.

»Sieh mal hier!«

Beckstein nahm die Waffe herunter und trat näher heran. Interessiert betrachtete er die Patronen, die Schrader ihm zeigte.

»Ist was Besonderes. Das Projektil wurde durch einen Bleikopf ersetzt. Siehst du die Kreuzkerbung?«

Schrader drehte die Patrone und zeigte auf die Stelle.

»Wenn die trifft, pilzt die Kugel auf. Von vorne hast du nur ein kleines Loch. Aber hinten an der Austrittsstelle … Reißt riesige Löcher, sag ich dir.«

»Wo kriegt man so was denn her?«

»Musst die richtigen Leute kennen.« Schrader verstaute die Patronen wieder in seiner Tasche. »Genug jetzt«, sagte er und nahm Volkmar die Waffe aus der Hand, die er ebenfalls verschwinden ließ.

»Noch mal, Beckstein. Muss keiner wissen.«
Dieser machte eine Bewegung, als schließe er seinen Mund mit einem Schlüssel ab.
»Dieser Gestapokerl ... wie heißt er noch? Stahl...«, fragte Volkmar.
»Stahlschmied. Ja. Der war bei meinem Vater. Hat gesagt, dass er sich sicher ist, dass es einige von den Navajos sind.«
Beckstein verschränkte die Arme vor der Brust. »Hat er Namen genannt?«
Schrader schüttelte den Kopf. »Aber mein Gefühl sagt mir, dass wir mit unserer Vermutung richtig liegen. Passt zumindest alles wie Arsch auf Eimer.«
Volkmar machte ein nachdenkliches Gesicht. »Wenn wir diese Baumeister ans Messer liefern, ich meine, wegen dem Juden ... Meinst du, das würde reichen? Immerhin könnte sie ja behaupten, nicht gewusst zu haben, dass er Jude ist.«
Schrader grinste über beide Ohren. »Ja, könnte sie. Aber ich weiß da noch ein bisschen mehr.«
»Mach's nicht so spannend, Paul! Sag schon.«
Pauls Grinsen blieb bestehen. Es wirkte gehässig. »Sind uns nähergekommen.«
Volkmar Beckstein lächelte süffisant. »So, so ... Und was ist dabei rausgekommen?«
»Nicht nur raus! Auch rein.« Schrader machte eine obszöne Geste.
»Nein!« Beckstein blickte seinen Kameraden fast perplex mit offen stehendem Mund an. »Du erzählst hier Stuss!«
Schrader zuckte mit den Schultern. »Jedenfalls hab ich sie in der Hand. Glaub mir, sie wird singen wie eine Nachtigall.« Schrader schulterte seine Tasche. »Mach dir keine Gedanken. Wir werden sie alle ans Messer liefern. Da sei dir sicher.«

*

In den vergangenen Tagen waren die allnächtlichen Bomberangriffe ausgeblieben. Es war bereits Oktober und die letzten Wochen waren außergewöhnlich trocken. Einige Bauern beklagten die Trockenheit. Doch nachts sanken die Temperaturen und die feuchtkalte Luft drang durch die Kleidung. Es herrschte abnehmender Mond und Karl sah aus seinem Gebüsch heraus kaum die Hand vor Augen. Einerseits gab es ihm Schutz, anderseits bargen die schlechten Sichtverhältnisse Risiken. Dass sein Plan nicht aufging. Das alte Steigerhaus war von Gernot Schrader aufwendig saniert worden und glich mittlerweile mehr einer kleinen Stadtvilla, die sich deutlich von denen Häusern des Viertels abhob. Sogar hier, an ihrem privaten Wohnsitz, prangte eine Hakenkreuzfahne. Die Familie hielt sich offenbar an die Verdunklungsanweisung, denn seit Stunden hatte er keinen Lichtschein im Haus wahrgenommen. Vielleicht war auch niemand zu Hause. Karl grübelte aus seinem Versteck heraus. War es nicht besser, von seinem Vorhaben abzusehen? Diesen Schrader zu einem späteren Zeitpunkt seiner gerechten Strafe zuzuführen? Schnell verwarf er seine Gedanken. Man hatte Erika erwischt. Sie waren aufgeflogen. Und schon bald würde man sie gnadenlos suchen. Es gab keinen Ausweg. Sie mussten untertauchen. Doch vorher sollten Paul und seine gesamte Familie für das büßen, was sie Erika angetan hatten. Büßen, stellvertretend für all die Nazis, die es ihnen verwehren wollten, so zu leben, wie sie es für erstrebenswert erachteten. Büßen für die Verfolgungen, die Demütigungen, die Bestrafungen. Karl wusste, er musste jetzt handeln. Eine zweite Chance bot sich ihm wahrscheinlich nicht mehr so schnell. Langsam kniete er sich hin und öffnete seinen Rucksack. Zwei Brandsätze hatte er darin. Zwei Flaschen mit Benzin, in deren Hälse er Leinentücher stopfen und die er anzünden würde. Er würde dieses Haus in Schutt und Asche legen. Und wenn es nach ihm ginge, mitsamt seiner Bewohner. Zu sehr hatte ihn das Erlebte in den vergangenen Kriegsjahren abstumpfen lassen. Unvorstellbares hatte er gesehen und miterlebt. Wie jeder Einzelne von ihnen. Es war Krieg. Er befand sich im Krieg. Und im Krieg starben nun mal Menschen. Und manchmal, da war er sich sicher, war der Tod des einen ein Segen für den anderen.

Vorsichtig zog Karl den ersten Korken aus dem Flaschenhals. Behutsam schüttete er etwas von der brennbaren Flüssigkeit über den Stofffetzen, den er anschließend fest in den Hals des Gefäßes drückte. Er stellte den Brandsatz hin und ging bei der nächsten Flasche in gleicher Weise vor. Karl legte sich sein Piratenhalstuch um den Mund und verknotete es hinter seinem Kopf. Er griff in seine Tasche und fühlte das Zündholzbriefchen. Es war so weit. Er bog die Zweige des alten Rhododendronstrauches auseinander, hinter dem er seit Stunden ausgeharrt hatte, und trat hervor. Kurz hielt er inne, blickte sich vorsichtig in alle Richtungen um. Dann drehte er sich, hob die beiden Flaschen an, als er plötzlich in der Bewegung verharrte.

Von rechts hatte er etwas wahrgenommen. Vorsichtig zog er sich zurück, beobachtete die Straße aus der Deckung seines Strauches. Er war sich nicht sicher. In dieser Dunkelheit spielten einem die eigenen Augen so manchen Streich. Insbesondere wenn einem das Herz bis zum Halse schlug.

Intensiv starrte er in eine Richtung, blinzelte einige Male, um schärfer sehen zu können. Karls Nervosität stieg mit jeder Sekunde. Hatte Schrader ihn entdeckt und ihn mit seinen Vasallen umzingelt? »Verdammt!«, zischte er zu sich. »Wenn ich doch nur mehr erkennen könnte!« Mit einem Mal, so als hätte jemand anders diesen eben geflüsterten Satz zu ihm gesprochen, beruhigte er sich. Seit einigen Stunden hielt er sich versteckt. Er konnte nur wenige Meter weit sehen. Und das bedeutete, dass man auch ihn nicht sah. Er wartete noch einen Augenblick, bis er sich absolut sicher war, dann trat er aus dem Gebüsch. Erneut holte er die beiden Flaschen aus seinem Versteck, zog die Streichhölzer hervor und rieb das erste Zündholz an der Reibefläche.

*

Sie hatten sich aufgeteilt. Erika, Egon und Jupp waren zu Karls Adresse aufgebrochen, Berthold und Dirk hatten sich aufgemacht, an jedem ihrer konspirativen Briefkästen ein Notzeichen anzubringen in der Hoffnung, Karl würde es lesen. Eigentlich hatten sie beschlossen, Erika bei Bertholds Tante zu lassen. Denn vielleicht suchte man bereits nach ihr und wenn man sie schnappte, war sie verloren. Doch Erika hatte darauf bestanden, sie zu begleiten. Fritz war auf dem Weg zum Haus des Ortsgruppenleiters. Zunächst waren die anderen dagegen gewesen, dass er allein dorthin wollte. Doch hatte er gesagt, dass er so weniger auffallen würde und seine zurechtgelegte Ausrede bei einer Kontrolle glaubhafter wäre. Fritz würde behaupten, im Volksgarten eine Schlingenfalle aufgestellt zu haben. Er hatte sich dafür extra ein Kaninchenfell und Fallenmaterial an den Gürtel gebunden.

Möglicherweise würde er sich dafür maximal eine saftige Ohrfeige einfangen, wenn man ihn kontrollierte, mehr wahrscheinlich nicht. Außerdem ging er nicht davon aus, dass Karl dort war. Was sollte er auch schon machen, so allein? Wenn er Schrader abfangen wollte, dann sicher nicht direkt vor seinem Haus. So viel Wut konnte man gar nicht im Bauch haben. Oder doch? Karl lief durch ein paar Seitenwege der Grimbergstraße hin zum Krayer Volksgarten. Früher hatten sie sich hier oft getroffen, aber seit Schrader Ortsgruppenleiter geworden war, hatten die Polizei und insbesondere die HJ-Streife den Park regelmäßig durchkämmt. Schraders Haus befand sich nicht weit vom Volksgarten entfernt und offenbar kehrte er vor seiner eigenen Tür deutlich gründlicher. Es war stockdunkel und Fritz hatte Schwierigkeiten, sich zu orientieren. Bis zur Ottostraße war es nicht weit, doch erahnte er den Weg vor sich mehr, als dass er ihn sah. Kurz blickte er nach oben. Weiter hinten, im Bereich der Innenstadt, tasteten wie in jeder Nacht vereinzelte Suchscheinwerfer den Himmel nach den ersten Aufklärungsfliegern ab. Fritz holte seine russische Dynamotaschenlampe hervor, die er auf dem Schwarzmarkt erstanden hatte. Mehrmals betätigte er den Handhebel, dann leuchtete die Birne auf. Der gelbe Lichtschein streute und war nicht stark, aber hier, in der Schwärze der Nacht, hellte er einen großen Bereich ausreichend aus. Natürlich konnte man ihn mit der Handlampe kilometerweit sehen und am liebsten hätte er sie wieder ausgeschaltet, aber auch die Streifen würden sich nicht ohne Lichtquelle bewegen. Fünf Minuten später löschte er das Licht. Es waren nur noch wenige Meter bis zur Ottostraße. Zunächst wartete Fritz ab und beobachtete die Gegend zu allen Seiten hin, auch wenn er ohne Licht nicht viel sah. Die am nächsten gelegenen Häuser rechts von ihm waren allenfalls zu erahnen. Geduckt wie ein Dieb lief er mit schnellen Schritten den Gehweg entlang, bereit, jederzeit in das Buschwerk rechts neben sich zu springen. Immer wieder verharrte er in der Hocke, lauschte in die Umgebung. Der Wind frischte auf und das Rauschen der Bäume und Sträucher nahm zu. Im Nu war er in unmittelbarer Nähe des ersten Hauses. Fritz fühlte sich unwohl. Wenn er weiterlief, wuchs die Gefahr, dass man ihn entdeckte, falls jemand eines der Häuser verließ. Immer wieder sah er sich um, suchte nach einem Versteck. Plötzlich sah er etwas. Eine Bewegung. Nicht weit von ihm. Sofort sprang Fritz zur

Seite und presste sich hinter einen Baumstamm. Sein Herz schlug ihm bis zum Hals. Der Stamm war recht schmal und wenn jemand näher kam, würde er ihn zwangsläufig bemerken. Langsam rutschte er mit dem Rücken die raue Rinde hinab, ging in die Hocke und drehte sich vorsichtig. Angestrengt spähte er in die Richtung. Irgendetwas auf der anderen Straßenseite hatte ihn alarmiert. Eine Zeit lang beobachtete er den Bereich. Doch es tat sich nichts und allmählich wuchs in ihm der Gedanke, dass dort nichts gewesen war. Der Wind ließ die Sträucher nach wie vor tanzen. Er kam in Böen und ließ alles sich abrupt bewegen. Nein. Hier war nichts. Fritz entschloss sich zurückzugehen. Vielleicht hatten die anderen etwas erreicht. Er erhob sich und sah sich nochmals um, als eine winzige Flamme für einen Augenblick die Straße erhellte. Fritz rannte los. Direkt darauf zu.

*

Der Wind traf ihn seitlich, als würde er ihm mahnend auf die Finger hauen wollen. Karl warf das Hölzchen weg und entnahm ein weiteres. Doch auch diese Flamme kam über ein kurzes Aufleuchten nicht hinaus. »Verdammt!«, fluchte er. Er stellte die Flasche auf den Boden und entzündete das dritte Streichholz. Dieses Mal formte er mit beiden Händen eine schützende Wand. Langsam führte er die Flamme an seinen Brandsatz und sofort entzündete sich die Lunte. Karl hob die Flasche an, holte aus, als plötzlich jemand von rechts auf ihn zuschoss und seinen Wurfarm blockierte.

»Hör auf!«, brüllte ihn Fritz an.

»Lass mich los!« Karl versuchte, sich loszureißen. Die Flasche kippte und brennendes Benzin ergoss sich über Fritz' Arm. Reflexartig ließ Karl die Flasche los, die auf dem Kopfsteinpflaster zerbarst. Sofort war die Gegend in helles Licht getaucht. Fritz schlug wie wild auf seinen brennenden Ärmel. Schon war Karl bei ihm. Er hatte seine Jacke ausgezogen und drückte sie gegen die Flammen. Anschließend bewegte er sich in Richtung seines Versteckes.

»Ich werde die Bude von diesen Schweinen abfackeln!«

»Was soll das, Karl? Hör auf!« Fritz setzte hinterher und hielt ihn fest.

Wieder wollte sich Karl losreißen. »Lass mich in Ruhe! Ich werde dieses Schwein …«

Fritz' Haken kam ansatzlos und traf seinen Freund seitlich am Brustkorb. Karl sackte zusammen, Fritz fing ihn auf.

Von irgendwoher vernahmen sie Lärm. Kurz darauf brüllte jemand: »Was ist da los?«

Fritz legte sich Karls Arm über die Schulter und gemeinsam rannten sie Richtung Volksgarten. Fritz griff nach seiner Lampe. Wie wild betätigten seine Finger den Dynamohebel, während sein anderer Arm noch immer seinen Kameraden stützte. Irgendwann forderten ihre Lungen eine Pause. Erschöpft ließen sie sich in einem Gebüsch nieder. Unendlich lange dauerte es, bis sich ihre Atmung beruhigt hatte und sie kurz die Luft anhalten konnten, um nach möglichen Verfolgern zu lauschen. Noch hörten sie nichts. Es würde einige Zeit brauchen, bis die Polizei da war. Viel Zeit blieb trotzdem nicht. Fritz drehte sich zu Karl, der noch immer entkräftet auf dem Boden lag.

»Bist du geisteskrank geworden?« Wutentbrannt starrte er Karl an, obwohl dieser sein Gesicht in der Dunkelheit nicht sah.

»Ich schwöre dir, ich bring dieses Schwein um!« Karls Stimme ließ keinen Zweifel daran, dass er es ernst meinte.

»Du machst alles nur noch schlimmer!«

»Schlimmer? Es ist vorbei, Fritz! Hast du das noch nicht kapiert?«

»Du musst auch an die anderen denken. Die Nazis wissen nur von Erika. Wir werden sie verstecken. Aber das, was du vorhast, ist ... Wahnsinn!«

»Wahnsinn? Nach all dem, was dieser Mistkerl ihr angetan hat?«

Fritz stutzte. »Was genau meinst du mit ... angetan?«, fragte er, während er sich mit schmerzverzerrtem Gesicht den verbrannten Handrücken abtastete.

»Du weißt es nicht?«

Fritz erkannte schemenhaft, dass sich Karl erhoben hatte.

»Du ... ihr ... habt keinen blassen Schimmer?«

»Nein«, kam es verzögert von Fritz. Er hörte Karl tief ausatmen.

»Er hat sie geschändet, Fritz. Nachdem er sie erwischt hatte.«

»Oh, mein Gott!«

»Ich hab sie gesehen, Fritz. Das Blut an ihren Beinen. Und wie sie mich angesehen hat ... glaub mir, das vergesse ich nicht. Nie im Leben.« Nochmals atmete Karl wie unter einer schweren Last aus. »Sie hat es euch nicht gesagt ...«

Fritz war wie vor den Kopf gestoßen. Unfähig, etwas zu sagen, stand er da.

»Ich wollte euch nicht damit reinziehen, verstehst du, Fritz? Aber er ist zu weit gegangen. Ich werde es ihm mit barer Münze heimzahlen.«

Sie hörten Stimmen. Jemand rief nach der Polizei.

»Wir müssen abhauen, Karl«, sagte Fritz, während er seine Lampe einschaltete.

Karl hielt ihn fest. »Sag es niemandem, hörst du?«

Fritz kniff die Lippen zusammen. Dann nickte er kurz. »Wir müssen los, Karl. Die anderen machen sich Sorgen.«

*

»Er hätte längst zurück sein müssen.« Egon sah die anderen ernst an.

»Meinst du, sie haben Fritz geschnappt?«, fragte Erika, wobei sie an ihrem Daumennagel knabberte.

Egon schüttelte den Kopf. »Glaub ich nicht. Fritz ist kein Dummkopf. Der lässt sich nicht so leicht kriegen.«

»Und wenn Erika doch recht hat?« Berthold sah unsicher zu ihr rüber.

Egon antwortete nicht. Woher sollte er auch wissen, was mit Fritz war? Es konnte ganz lapidare Gründe geben. Bestenfalls hatte er Karl gefunden und die beiden sprachen sich aus. Vielleicht hatte er einen neuen Hinweis entdeckt, dem er nachging. Es konnte unzählige Gründe geben. Aber er musste sich eingestehen, dass er unsicher war und begann, sich zu sorgen.

»Egon?«

Irritiert sah er auf. Erika hatte ihn aus seinen Grübeleien gerissen. »Gut«, sagte Egon schließlich. »Es muss ja nicht unbedingt das Schlimmste passiert sein. Vielleicht hat er sich einfach irgendwo den Knöchel verstaucht. Machen wir uns auf und suchen nach ihm.«

*

Sie hatten erneut beschlossen, sich aufzuteilen. Dirk und Bert hatten sich in Richtung Volksgarten aufgemacht. Egon, Jupp und Erika gingen zum Braunen Haus im Kamblickweg. Sie hatten keine Hinweise, ob Karl tatsächlich zur Parteizentrale gehen würde, selbst wenn er in der Vergangenheit einige Male erwähnt hatte, dass man den Laden anzünden sollte. Und irgendwo mussten sie ja mit ihrer Suche beginnen. Die Straßen wirkten wie ausgestorben. Hier, in der unmittelbaren Nähe zum Braunen Haus und zum nahe gelegenen

Polizeirevier, mussten sie mit einer verstärkten Streifentätigkeit der Schupos rechnen. Insbesondere weil ihre Aktionen der vergangenen Wochen für viel Unruhe gesorgt hatten. Dementsprechend vorsichtig bewegten sie sich. Durch die engen Häuserschluchten hörte man jeden Tritt und jedes Wort und man wusste nicht, wer hinter den abgedunkelten Fenstern lauschte.

»Habt ihr das gehört?« Jupp blieb wie angewurzelt stehen und horchte angespannt in die Nacht.

Egon runzelte die Stirn, spitzte aber automatisch ebenfalls die Ohren. »Was denn?«

Der Blaue antwortete nicht sofort, sondern hörte weiter mit leicht schief geneigtem Kopf in die Richtung, aus der er meinte, etwas gehört zu haben. Dann entspannte er sich. »Nichts. Ich dachte …« Jupp winkte ab. »Mittlerweile höre ich schon Flöhe husten.«

»Dann solltest du dir mal die Kupferbürste anständig waschen! Die sitzen wahrscheinlich hinter deinen Löffeln«, feixte Egon und fuhr seinem Freund durchs Haar.

Nach weiteren Minuten näherten sie sich der Straße Kamblickweg und Egon flüsterte: »Bleibt ihr hier. Ich gehe mal ein Auge werfen. Allein falle ich weniger auf.«

Eng an die Häuser gepresst, jede dunkle Ecke ausnutzend, näherte sich Egon. Immer wieder machte er eine Pause und vergewisserte sich, dass niemand kam. Plötzlich hörte er Schritte. Egon verschwand in einem Hauseingang und wartete zunächst ab. Die Geräusche kamen etwas näher, um sich kurz darauf zu entfernen. Vorsichtig schlich er sich etwas weiter heran, bis er die Straße einsehen konnte. Die Dunkelheit verschluckte Details schon nach wenigen Metern, trotzdem erkannte Egon einen Mann, der auf Höhe des Braunen Hauses stand und zum gegenüberliegenden Rathaus blickte. Es bestand kein Zweifel. Egon trat den Rückzug an.

»Und?«, fragte Jupp ungeduldig, als er wieder zurück war.

Egon zog die Mundwinkel nach unten und schüttelte den Kopf, während er abwechselnd Erika und Jupp ansah.

»Da steht ein Polizist vor dem Haus, soweit ich das erkennen konnte. Aber wer sollte es sonst sein? Ich glaube, die bewachen den Schuppen.«

»Dann brauchen wir hier nicht weiter nach Karl zu suchen«, entgegnete Erika.

»Und nun?«, fragte Jupp.

Egon überlegte einen Moment. »Vielleicht sollten wir zum Bunker an der Kiwittstraße gehen? Möglicherweise weiß dort jemand, wo Karl ist.« Die drei drehten sich um und liefen die Straße zurück, als Jupp wie angewurzelt stehen blieb. Beinahe wäre Egon gegen ihn geprallt. Noch bevor er Jupp fragen konnte, sah er es auch. Mittig auf der Straße stand ein Kerl. Und an der Kleidung und der Art, wie er dastand, breitbeinig mit hinter dem Rücken verschränkten Armen, war zu erkennen, um wen es sich handelte. Eines war ihnen klar. Wo ein HJler war, da waren noch weitere. Augenblicklich trat ein zweiter dazu. Egon fuhr herum. Hinter ihnen standen ebenfalls zwei. Als wäre der Blickkontakt ein Startsignal, gingen die Hitlerjungen langsam auf sie zu. Erikas Augen weiteten sich. »Jupp! Egon! Was sollen wir tun?«

Fieberhaft überlegte Egon. Plötzlich fasste er Erika am Ärmel und zog sich zu sich, während er zu laufen begann. »Los! Weg hier.«

Gemeinsam rannten sie auf die beiden Burschen vor ihnen zu, die sofort anfingen, nach links und rechts zu tänzeln, um sie aufzuhalten. Hinter ihnen vernahmen sie die schnellen Schritte der anderen beiden.

Egon, Jupp und Erika fächerten auseinander und schlugen Haken. Doch der eine HJler konzentrierte sich auf

Erika. Beinahe war es ihr gelungen, an ihm vorbeizukommen, als er sie am Kragen erwischte. Egon und Jupp stoppten aus vollem Lauf und drehten sich um. Erika stand dem Kerl gegenüber. Wie gelähmt sah sie ihn an. Ohne nachzudenken, stürmten die beiden Freunde zurück. Doch bevor sie Erika erreichten, waren die anderen drei Hitlerjungen bei ihnen. Wie wild schlugen sie auf Jupp und Egon ein. Die beiden hielten sich tapfer, aber Jupp war deutlich schmächtiger als Egon, dessen Körper von der harten Arbeit unter Tage zäh und kräftig war. Er konnte einige Wirkungstreffer erzielen, doch musste er auch einiges einstecken. Lange würde er nicht mehr durchhalten. Es gelang ihm, einen kurzen Blick zur Seite zu werfen. Jupp wehrte sich aus Leibeskräften, doch war er seinem Gegner unterlegen. Ein Schlag traf Egons Solarplexus. Reflexartig blockierte seine Atmung und sein Körper krümmte sich. Unfähig zu weiterer Gegenwehr, riss er einen Arm hoch, drehte sich von seinen Widersachern und versuchte verzweifelt, seinen Kopf zu schützen. Einer fasste ihn an seiner Kleidung und zog ihn weiter auf die Straße, weg von der schützenden Hauswand. Schon kamen die Fausthiebe von allen Seiten. Gezielt versuchten die Hitlerjungen, seine empfindlichen Stellen zu treffen. Es war keine normale Prügelei. Sie wollten verletzen, größtmöglichen Schaden anrichten.

Aus dem Augenwinkel sah Egon plötzlich eine Bewegung. Binnen Sekundenbruchteilen wurde einer seiner Gegner förmlich von ihm wegkatapultiert. Auch die Fausthiebe des anderen hörten schlagartig auf. Egon richtete sich auf und ein Gefühl unendlicher Erleichterung, euphorischer Freude erfasste ihn. Wie aus dem Nichts waren Fritz und Karl aufgetaucht. Fritz hatte einem der Hitlerjungen einen fürchterlichen Schwinger verpasst. Der Bursche lag benommen auf dem Boden. Auch bei Jupp hatte sich das Blatt gewendet. Gemeinsam mit Karl prügelte er auf seinen Gegner ein. Fritz hatte sich bereits gedreht und wandte sich Egons zweitem Angreifer zu. Sofort katapultierte sich Egon nach vorn. Seine Faust traf die Nieren des HJlers so, wie es ihm Fritz mal gezeigt hatte. Direkt darauf fiel er in sich zusammen.

Dann vernahmen sie schnelle Schritte. Jupps Widersacher hatte die Beine in die Hand genommen und rannte davon. Schon rappelten sich die anderen beiden auf und schleppten sich ebenfalls in die Richtung des Flüchtenden.

Ein plötzlicher Schrei durchschnitt die eingetretene Stille, die nur durch das schwere Atmen der Freunde unterbrochen wurde.

Alle fuhren herum. Der vierte HJler zog Erika brutal an den Haaren und zerrte so an ihr, dass sie zu Boden fiel. »Verpisst euch, oder ich breche ihr den Hals!«, schrie er mit sich überschlagender Stimme. Doch in Fritz' Augen lag eine entsetzliche Wut. Ein Ausdruck, der jedem klarmachte, dass nichts und niemand ihn aufhalten würde.

Erikas Peiniger überlegte noch einen Moment, zog nochmals fester an ihren Locken, die den Schmerz mit einem Ausruf bestätigte. Doch dann ließ er sie abrupt los, drehte sich um und rannte davon.

Sofort waren Karl und Egon bei ihr. »Das war Schrader, dieses Schwein!«, kam es wütend von Karl.

Egon sah Erika an. Sie zitterte vor Angst. »Bring sie weg, Karl. Ich kümmere mich um Jupp.« Kurz sah er in dessen Richtung. Jupp hatte schwer was abbekommen. »Fritz kommt mit dem allein klar.«

Karls Kaumuskeln pulsierten.

»Du musst jetzt für Erika da sein, Karl.« Nochmals schien Karl zu überlegen. Dann hatten ihn Egons Worte offenbar erreicht.

Er nickte. »Komm, Erika«, sagte er und half ihr hoch. Dann rannten sie davon.

*

Von einer unbändigen Wut getrieben rannte Fritz Schrader hinterher. Dieser war so schnell, dass es Fritz nicht gelang, zu ihm aufzuschließen. Die harte körperliche Arbeit auf Bonifacius hatte seinen Körper stark gemacht, sodass er nicht so leicht ermüdete. Doch war er nicht an das Laufen gewöhnt und schon bald geriet sein Atem aus dem Rhythmus. Anders als Paul Schrader, dessen regelmäßiges Training bei der Hitlerjugend ihm eine gute Kondition beschert hatte, die sich jetzt auszahlte. Mit jedem Meter Wegstrecke vergrößerte sich der Abstand zwischen den beiden. Hinzu kam, dass die Gassen so dunkel waren, dass man Hindernisse erst spät erkannte. Die unzähligen Löcher in der Straße bargen zusätzliche Risiken. Schon bald sah er seinen Gegner nur noch schemenhaft. Würden nicht Schraders Absätze durch die Nacht hallen und seine Richtung verraten, Fritz hätte ihn wahrscheinlich verloren. Die Jagd ging über die Ottostraße, hin zur Leither Straße. Fritz' Lungen brannten und er fühlte, wie sämtliche Kraft mit jedem Meter aus Beinen und Armen zu fließen schien. Mechanisch setzte er einen Fuß vor den anderen, trat bereits mit der ganzen Sohle auf und atmete wie eine alte Lok. In der Ferne sah er noch gerade so, wie Paul nach links in den Blittersdorfweg abbog. Er hatte gut und gern 30 Meter Vorsprung. Fritz war mit seinen Kräften am Ende. Verzweifelt bäumte er sich nochmals auf, mobilisierte die letzten Reserven, obwohl er wusste, er würde Paul nicht mehr einholen. Fritz verlangsamte seinen Lauf, bog schwer atmend ums Eck und blieb schließlich stehen. Er stützte sich mit beiden Händen auf seinen Oberschenkeln ab, während ein zäher Speichelfaden sich aus seinem offen stehenden Mund löste und zu Boden tropfte. Außer Atem richtete er sich auf und verharrte augenblicklich, den Blick geradeaus gerichtet. Vielleicht zehn Meter weiter lag Paul Schrader auf dem Boden und hielt sich, nach Luft ringend, mit beiden Händen den rechten Knöchel. Eine Weile starrten die beiden jungen Männer sich an. Schrader robbte etwas nach hinten, lehnte sich mit schmerzverzerrtem Gesicht an eine Hauswand. Fritz betrachtete ihn. Selbst jetzt noch wirkte Schrader überheblich. In seinem Blick lag jener verblendete Stolz, der alle fanatischen Nazis einte. Fritz machte einen Schritt auf Schrader zu. Dieser sah ihn nur an. Fritz hatte es nicht eilig. Er genoss seine Überlegenheit nicht. Die Zeit, die er nun besaß, dieser Blickkontakt, war ein Bestandteil seiner Rache. Wenn er mit ihm fertig war, würde er ihn zu den anderen schleifen. Er würde ihn zwingen, Erika in die Augen zu sehen. Schrader stand auf. Offenbar wollte er nicht weiter auf dem Boden liegen bleiben. Fritz war nun nur noch wenige Meter entfernt. Auf einmal begann Schrader süffisant zu grinsen. Dieser überhebliche, diabolische Ausdruck setzte sich in Fritz' Eingeweide fest und formte in ihm das Verlangen, sämtliche Arroganz und Boshaftigkeit aus Paul herauszuprügeln.

Sofort hallte ein lauter Knall durch die Nacht. Fritz blieb stehen. Ein glühendes Etwas fraß sich in seinen Körper und hinterließ einen bleibenden, unsagbaren Schmerz, hinderte ihn zu atmen. Ungläubig starrte er auf die Waffe, die Paul Schrader in seinen Händen hielt und deren Lauf noch immer auf ihn zeigte. Fritz' Verstand weigerte sich, die Situation zu begreifen. Er versuchte, den nächsten Schritt zu tun, doch seine Beine gehorchten ihm nicht. Dieses Brennen in seinem Bauch strahlte in alle Richtungen aus und als Fritz langsam an sich herunterblickte, stellte er fest, dass er beide Hände dagegen presste. Plötzlich wurde ihm kalt. Eisig kalt. Er nahm die Wärme wahr, die über seine Finger rann. Müdigkeit übermannte ihn. Langsam ging er in die Knie, verblieb einige Zeit in dieser Position und kippte dann zur Seite. Er fror schrecklich und drehte sich auf den Rücken. Fritz sah in den Nachthimmel. Betrachtete die schmale Mondsichel, die immer wieder durch die schnell vorbeiziehenden, dunklen Wolken verdeckt wurde. Der Schmerz ließ nach und Müdigkeit übermannte ihn. Seine Gedanken waren nun wie in Watte gehüllt. Eine angenehme Gleichgültigkeit erfasste ihn, und etwas schien sich nach und nach wie ein Tuch auf seine Augen zu legen und schränkte sein Sichtfeld ein. Nochmals nahm er einen tiefen Atemzug. Dann glitt Fritz ins Dunkel.

*

Heinrich Stahlschmied sah mit typisch harten Zügen starr geradeaus durch die Windschutzscheibe seines Ford Taunus Typ G93A. Stahlschmied mochte das Fahrzeug nicht. Es war nicht standesgemäß und die Bevölkerung nannte es auch noch »Buckeltaunus«. Ein Pkw der unteren Mittelklasse mit wenig Leistung. Er hatte nichts von der Eleganz seines Vorgängers, des Ford Eifel. Der 93er, wie er ihn nur nannte, war eine Konfiszierung und hatte ursprünglich einem jüdischen Geschäftsmann gehört. Nach dessen Festnahme und Deportation war der Wagen in das Eigentum der Geheimen Staatspolizei übergegangen. Der Krieg verschlang nahezu alle beschlagnahmten Vermögenswerte und es war mittlerweile gang und gäbe bei den Ermittlungsbehörden, sich jüdischen Besitz einzuverleiben, um überhaupt handlungsfähig zu bleiben. Da musste man nehmen, was kam.

Horst Müller hatte ihn telefonisch geweckt. Von der Erregung, die bei dem Kriminalassistenten herauszuhören gewesen war, während er sein Anliegen geschildert hatte, war bei

Stahlschmied nichts zu spüren. Offenbar hatte man einen Brandanschlag auf das Privathaus des Ortsgruppenführers Gernot Schrader verübt. Müller hatte einen, wie Stahlschmied fand, gewissen Interpretationsspielraum hinsichtlich der Ernsthaftigkeit gelassen. Zeugen hatten von einer lautstarken Auseinandersetzung zweier junger Männer auf der Straße berichtet, die im Anschluss gemeinsam geflüchtet waren. Eine solche Tatausführung wäre eher untypisch. Vielleicht der plumpe Versuch von Betrunkenen. Dass es sich um einen Brandsatz gehandelt hatte, stand offenbar zweifelsfrei fest. Eine mit Benzin gefüllte Flasche. Eine zweite hatte man unweit in einem Gebüsch gefunden.

Zehn Minuten später hatte er bereits in seinem Wagen gesessen. Stahlschmied war relativ entspannt. Er wusste, Schrader würde dagegen im Dreieck springen. Der politische Druck auf die Gestapo würde sich augenblicklich erhöhen und Stahlschmied würde als verantwortlicher Offizier einiges an Säbelrasseln veranstalten müssen, um die Führung einigermaßen bei Laune zu halten. Etwas, was er nicht als großes Problem betrachtete. Letztendlich würde es ablaufen wie immer. Fand man die Täter nicht, würde man sich des ein oder anderen unliebsamen Bauernopfers bedienen. Ihm mangelte es nicht an Möglichkeiten, jedem ein Geständnis abzuringen. Darüber hinaus war so ein Vorfall eine hervorragende Gelegenheit, sich einiger Unruhestifter zu entledigen. Trotzdem musste er Vorsicht walten lassen. Er war Ermittlungsführer und es wäre gefährlich, wenn nicht sogar töricht, das Problem nicht ernst zu nehmen. Er wusste, er musste bei einem so aufbrausenden Kerl wie Schrader äußerst behutsam vorgehen. Doch Stahlschmied war jemand, der selbst im Zustand des absoluten Chaos die notwendige Konzentration aufbrachte, die ihn davor schützte, Fehler zu machen. Hatte er sich erst einmal in seine Aufgabe verbissen, glich sein Eifer einem eisernen Griff, aus dem es für seine Gegenspieler kein Entrinnen gab.

In der letzten Zeit war er selten in den nordöstlichen Teil der Stadt gekommen. Essen-Kray war bisher weitestgehend von den alliierten Angriffen verschont geblieben. Der Krieg war auch hier zu sehen, jedoch nicht in dieser Deutlichkeit wie im innerstädtischen Bereich, wie Stahlschmied fand. Er bog von der Rodenseelstraße nach rechts auf die Ottostraße ab. Schon von Weitem sah er die ausgeleuchtete und abgesperrte Straße. Stahlschmied fuhr langsam auf den Tatort zu. Ein junger Wachtmeister hob das Flatterband so weit an, dass er darunter durchfahren konnte. Stahlschmied nahm seinen Hut vom Beifahrersitz und setzte ihn auf, während er ausstieg. Müller kam ihm entgegen.

»Sieg Heil!«, kam es zackig vom Kriminalassistenten. Stahlschmied antwortete wie immer mit einem kurzen Hitlergruß, während er die Fahrzeugtür zuschmiss.

»Wo ist der Ortsgruppenleiter?«, fragte der Gestapooffizier, während er auf einen eingekreideten Bereich zuschritt.

»Hat bereits seinen ersten Wutausbruch hinter sich«, kam es recht unbedarft von Müller, wie Stahlschmied fand. Er ignorierte diesen Fauxpas.

»Derzeit ist er drinnen bei seiner Gattin und beruhigt sie«, fuhr Müller fort.

Stahlschmied blieb an der markierten stehen. Das Kopfsteinpflaster zeigte Rußanhaftungen. Deutlich waren Glassplitter aus Grünglas zu sehen.

»Die andere Flasche stand dort hinten in dem Rhododendron.« Müller zeigte auf einen Strauch. »Im Hals ein mit Benzin getränkter Lappen.«

»Ihre Vermutung?« Erstmals sah Stahlschmied den Kriminalassistenten an.

»Offenbar ein politisch motivierter Anschlag. Die Täter

haben abgewartet, bis die Anwohner schliefen. Um sicherzugehen, dass das Feuer vorher nicht entdeckt wird. Man wollte größtmöglichen Schaden ... Personenschaden anrichten. Wenn Sie mich fragen? Das war ein geplanter Mordversuch.«

Stahlschmied sah seinen Kollegen der Kriminalpolizei regungslos an.

»Ist der Herr Kriminalkommissar anderer Ansicht?«

Stahlschmied verschränkte die Arme hinter dem Rücken und drehte sich, wobei er jedes Detail des Tatorts blitzschnell aufnahm.

»Ein Täter«, sagte er schließlich.

»Der Zeuge sprach zweifelsfrei von zwei Personen, die er sah. Zwei offenbar jüngere Männer.«

Stahlschmied verharrte in der Bewegung und fixierte Müller. »Ein Brandsatz vor dem Zielobjekt und eines im Gebüsch?«, fragte er schließlich. »Das wäre Blödsinn. Die Täter werden wohl kaum ihren ersten Versuch abwarten und dann in aller Ruhe die zweite Brandbombe aus ihrem Versteck holen, das so dunkel ist wie die tiefste Stelle in einem Bärenarsch.«

Stahlschmied trat an Müller heran. »In dem von Ihnen vermuteten Fall ... würde man nicht beide Brandsätze gleichzeitig entzünden, auf das Zielobjekt werfen und so lautlos und vor allen Dingen so schnell wie möglich verschwinden?«

»In der Tat liegt das nahe ...«, bejahte Müller zögerlich.

»Der eigentliche Täter war allein. Zunächst. Spüren Sie das?« Stahlschmied hob einen Finger und zog eine Braue hoch. »Der Wind!« Selbstsicher nickte er. »Der Täter hatte Schwierigkeiten gehabt, die Stoffflunte anzuzünden. Er ist zurück ins Gebüsch, weil es dort geschützter ist. Außerdem sieht man den Zündversuch kilometerweit. Auf der Straße glich seine Position die auf einem Präsentierteller.«

Der Gestapomann trat an den eingekreideten Bereich und

bückte sich. Ohne Müller anzusehen, winkte er ihn zu sich heran. »Sehen Sie mal. Es war viel schweres Öl in dem Benzin.« Er zeigte auf verschiedenste Bereiche, in denen deutlich Tropfen des Treibstoffs zu sehen waren, wie sie im Schein der Lampen in allen Regenbogenfarben schimmerten.

»Die einzelnen Lachen befinden sich in einem Abstand von bis zu drei Metern. Schätzungsweise. Wenn mir die Flasche versehentlich aus der Hand rutscht, spritzt es auch. Aber es sind kleinere Tropfen in den entfernteren Bereichen. Die Hauptlache befindet sich im dem Bereich, wo die Flasche aufschlägt.«

Beeindruckt lauschte Müller den Ausführungen des Gestapobeamten.

»Ich sage Ihnen, was passiert ist. Der Täter hat in dem Buschwerk zunächst ausgeharrt. Nachdem der Wind auffrischte, hat er einen der Brandsätze dort entzündet. Er ist auf die Straße, um sein Attentat auszuführen. Und jetzt«, Stahlschmied zeigte auf Müller, »kommt Ihr zweiter Mann ins Spiel. Er wollte die Tat verhindern. Die beiden rangelten lautstark miteinander. Wahrscheinlich kam es sogar zu einem Handgemenge. Der Täter drehte sich mit der Flasche und das Benzin schwappte heraus. Dann fiel sie ihm aus der Hand und entzündete sich.«

Plötzlich kam ein Wachtmeister aus Schraders Haus auf die beiden Sicherungspolizisten zugerannt. Unsicher blieb er vor den beiden Männern stehen.

»Es hat eine Schießerei gegeben. Unweit von hier. Im Blittersdorfweg. Der Blockwart hat soeben den Ortsgruppenleiter in Kenntnis gesetzt. Sein Sohn … also der vom Ortsgruppenleiter, ist wohl verletzt worden.«

✻

Paul Schrader saß auf den Treppenstufen eines Hauseingangs. Zwei ältere Damen kümmerten sich um ihn. Er hielt seinen Fuß in eine Emailleschale. Eine der Frauen kühlte seinen Knöchel mit einem feuchten Lappen. Gernot Schrader sprang aus dem Wagen und rannte zu seinem Jungen. Stahlschmied war froh darüber, dass sie seine Gattin davon überzeugen konnten, zu Hause zu bleiben. Ein hysterisches Weib war das Letzte, was er hier gebrauchen konnte. Während Stahlschmied um Geduld ringend in einigem Abstand neben den Schraders stand, war Müller zum Tatort geeilt. Der Ortsgruppenleiter behandelte seinen Sohn wie ein kleines Kind, was diesem erkennbar unangenehm war. Mühsam rang sich der Bursche ein gequältes Lächeln ab. Sein Blick traf auf den des Gestapooffiziers. Auf Stahlschmied wirkte er wie jemand, der einen Pakt mit dem Teufel geschlossen hatte. Stahlschmied trat vor und legte Gernot Schrader eine Hand auf die Schulter. »Kümmern Sie sich um Ihren Sohn. Ich schau mir das erst einmal an und bin dann gleich wieder bei Ihnen.« Zunächst wusste er nicht, ob Schrader ihn gehört hatte. Schließlich nickte dieser, ohne den Gestapomann anzusehen.

Müller befragte gerade einen Mann, während einige uniformierte Polizisten Schaulustige zur Seite zu drängten. Auf dem Gehweg lag der leblose Körper eines jungen Mannes. Müller trat heran und reichte Stahlschmied eine Kennkarte. »Fritz Gärtner«, sagte er knapp.

Der Gestapobeamte kniete sich hin und betrachtete den Leichnam. Kurz hob er Fritz' rechte Hand an und bemerkte die frischen Verbrennungen. Wortlos nahm er die Kennkarte, sah kurz auf das Lichtbild des Ausweises und verglich es mit dem Toten vor ihm. »Sieh an ...« murmelte er.

»Sie kennen ihn?«

»War vor Kurzem noch bei uns zu Gast. Zeugen?«

»Ein Beamter, der vor der Parteizentrale Wache gestanden hatte, hatte den Schuss gehört und war relativ schnell hier. Täterhinweise kann er jedoch nicht geben.«

»Und wer ist das?«

Stahlschmied sah an dem Kriminalassistenten vorbei und nickte in Richtung eines Mannes, der zu ihnen sah. Müller winkte und der Mann trat etwas zu pflichtbewusst wirkend auf die beiden zu.

»Sie sind ...?« Stahlschmied zog eine Braue hoch, während er sich erhob.

»Hans-Peter Schläger. Ich bin hier der zuständige Blockwart.«

»Dann erzählen Sie mal ...«

Der Blockwart durchkämmte mit den Fingern sein Haar. »Ich war zu Hause und habe am Rundfunkempfänger gesessen. Wollte mich informieren, ob feindliche Verbände in den Luftraum des Reiches eingedrungen sind. Auf der Straße habe ich Streitigkeiten gehört. Ich habe den Empfänger leiser gedreht und aus dem Fenster geschaut, konnte jedoch aus meiner Position nichts sehen.« Schläger hustete.

Stahlschmied wartete ungeduldig, bis der Anfall vorbei war. »Haben Sie hören können, worum es ging?«

»Nein. Ich habe dann meine Lampe genommen und meinen Holzknüppel. Sie wissen ja ... Man weiß ja nie ...« Schläger machte eine Pause. Er wartete auf eine Art Bestätigung seiner Aussage. Als diese ausblieb, fuhr er fort. »Als ich auf die Straße trat, war niemand mehr zu sehen. Hab aber noch Stimmen gehört.« Er hob die Hand und zeigte in eine Richtung. Dabei rutschte ihm der Ärmel nach unten und legte eine Tätowierung frei. Ein unscharfes Kreuz auf einem Hügel, welches durch die dichte Behaarung schlecht zu erkennen war. »Kurz darauf gab es einen Knall. Mir war sofort klar, dass da jemand geschossen haben muss.«

»Von woher kam der Schuss?« Stahlschmieds Miene war wie immer ausdruckslos.

»Na, aus Richtung der Stimmen. Ich bin dorthin. Wäre fast mit denen zusammengeknallt.«

»Mit wem?«

»Mit diesem Burschen und dem Mädchen. Die sind mir entgegengerannt.«

»Schon mal gesehen?« Stahlschmied beförderte ein in Leder eingeschlagenes Notizbuch aus seiner Außentasche und schlug es auf. Er entnahm einen Bleistift aus einer Öse und fuhr aus Gewohnheit mit der Zunge kurz über die Spitze.

»Das Mädchen kenne ich nicht. Aber diesen Kerl, mit dem sie unterwegs war.«

»Und? Wie heißt der Bursche?«

»Karl. Nachnamen weiß ich nicht. Aber ich kenn den, weil der immer mit diesen … wie nennen die sich doch gleich? Ruhrpiraten? Auf jeden Fall ist der einer von denen. Da lass ich mir nichts vormachen.«

Stahlschmied nickte nachdenklich, während er etwas aufschrieb. »Sind Sie auf die beiden vor oder nach dem Schuss getroffen?«

»Nach dem Schuss, Herr Kommissar. Und die beiden hatten es mächtig eilig.«

»Sie meinen, dass die beiden Flüchtigen etwas mit der Sache hier …«, Stahlschmied nickte kurz in Richtung des Toten, »zu tun haben?«

»Ich fresse einen Besen, wenn das nicht so ist.«

»Vielleicht sind sie nur abgehauen, weil sie Angst hatten? Wie kommen Sie drauf, Herr Schläger?«

»Weil sonst niemand in der Nähe war. Und um diese Zeit hört man Schritte kilometerweit. Außerdem hat der Sohn des geschätzten Herrn Ortsgruppenleiters mich darauf aufmerksam gemacht.«

»Was hat er gesagt?«

»Dass Erika, ich vermute, so heißt das Mädchen wohl, und ihr Freund, also dieser Karl, den Jungen erschossen haben.«

Stahlschmied klappte sein Notizbuch mit einem lauten Geräusch zusammen. »Danke. Halten Sie sich bereit. Sie werden im Anschluss zur Dienststelle gebracht. Ich benötige Ihre Aussage.« Stahlschmied hob im Gehen die Hand und signalisierte Müller, ihm zu folgen. »Ich werde mir diesen Rotzlümmel vom Ortsgruppenleiter vornehmen. Ich möchte, dass Sie seinen Vater ablenken, haben Sie verstanden?« Eine rhetorische Frage. Stahlschmied sah Müller nicht an. »Fragen Sie ihn irgendeinen Scheiß, aber sorgen Sie dafür, dass er mich nicht stört.«

Müller trat an Gernot Schrader heran, wechselte kurz einige Worte mit ihm. Anschließend gingen beide ein Stück die Straße hinunter.

Stahlschmied schritt auf Paul zu. »Lassen Sie uns allein!«, sagte er scharf zu den Frauen, die noch immer an dem Knöchel des Jungen hantierten.

Er wartete einen Augenblick, bis er sich sicher war, dass das folgende Gespräch niemand mitbekam.

»Mein Name ist Stahlschmied. Geheime Staatspolizei.« Wieder beförderte er seinen Notizblock hervor. »Du heißt Paul, habe ich recht?«

Paul nickte nur.

»Ich habe gehört, dass du Karriere bei der Hitlerjugend machst.«

Wieder nickte Paul kaum merklich.

»Pläne? Ich meine … da tun sich Perspektiven auf. Vielleicht die Gebietsführerschule?«

Paul antwortete nicht. Stahlschmied zog die Mundwinkel nach unten und nickte anerkennend.

»Das Reich braucht tüchtige Führungskräfte.« Der Gestapomann machte eine Handbewegung. Paul rutschte zur Seite, sodass er sich neben ihn setzen konnte. »Warum hast du den Kerl erschossen, Paul?«

Paul entglitten die Gesichtszüge. Stahlschmied sah beinahe gelassen geradeaus. Er musste ihn nicht ansehen, um seine Reaktion zu kennen.

»Ich habe ihn nicht …«

»Lüg mich nicht an!« Blitzschnell hatte Stahlschmied den Kopf zur Seite gerissen. Sein Blick traf Paul wie eine Ohrfeige und die Schärfe in seiner Stimme war Warnung genug. »Du riechst auf einem Meter Entfernung nach Schießpulver. Merk dir eins, Junge! Wenn ich nur ansatzweise das Gefühl habe, dass du mich anlügst, werde ich dich demontieren, hast du das verstanden? Und es interessiert mich einen feuchten Dreck, wer dein Vater ist.«

Paul schluckte. Er war unfähig, etwas zu erwidern.

»Es wird deinen alten Herren nicht begeistern, wenn die Parteigenossen erfahren, dass sein Sohn ein Mörder ist. Es dürfte seiner Karriere nicht sonderlich dienlich sein. Ich frage dich also nur noch ein einziges Mal: Warum hast du diesen Burschen erschossen?«

Stahlschmied bedachte Paul Schrader mit einem Ausdruck, der keinen Zweifel daran ließ, dass er jede noch so kleine Lüge erkennen würde.

Paul Schrader griff langsam in seine Innentasche und holte ein zusammengefaltetes Blatt hervor. Mit zittrigen Händen reichte er es dem Gestapomann, der es auseinanderfaltete und den Inhalt regungslos betrachtete. »Woher hast du das?«

Paul sah beschämt zu Boden. »Von Erika.«

»Erika?«

Paul hob den Kopf. »Erika Baumeister. Hab sie erwischt, wie sie es nachts verteilt hat.«

»Warum hast du es nicht gemeldet?«

»Ich wollte sie selber überführen«, kam es nach einer Weile. Paul zog den Kopf etwas ein, so als erwartete er gehörige Schelte. Stattdessen nickte Stahlschmied fast verständnisvoll.

Paul sah auf. »Sehen Sie meine Nase?« Es war überflüssig, trotzdem zeigte er darauf.

»Ich kenne die Geschichte, Junge.«

»Wir waren hinter den Ruhrpiraten her. Erika war früher bei den Swingern. Nach der Schlägerei ist sie zu den Piraten gewechselt. Ich wusste, dass ich über sie an die anderen komme. Aber ich wollte mir sicher sein, verstehen Sie?« Er musterte Stahlschmied aus den Augenwinkeln. »Nicht blöd dastehen.«

»Ich verstehe dich.« Sämtliche Schärfe war aus den Zügen des Gestapomannes gewichen.

»Das mit dem Flugblatt … ich habe es erst einmal nicht gemeldet, weil ich sie damit festnageln wollte. Um mehr rauszukriegen.«

»Und heute bist du zufällig auf die Truppe gestoßen?«

»Ja. Wir waren beim Heimatabend. Der Volkmar Beckstein, der Dieter Bürger und ich. Auf dem Nachhauseweg haben wir zufällig einige von denen getroffen.«

»Wer waren die?«

Schrader zuckte mit den Schultern. »Also ich kenn nur die Erika. Aber der Volkmar kannte wohl die anderen. Einer soll Egon heißen. Und der andere … kann mich nicht mehr erinnern. Müssen Sie Volkmar fragen.«

»Eins verstehe ich nicht, Paul. Warum sind deine Kameraden nicht bei dir?«

Paul sah beschämt zu Boden. Es war ihm unangenehm. »Da kamen noch welche. Wie die Ratten aus den Löchern. Von allen Seiten. Die waren in der Überzahl.«

»Ihr habt also Fersengeld gegeben?«

»Die waren doppelt so viele!«

»Wer weiß von dieser Sache hier? Ich meine von dem Schuss.«

Paul schüttelte den Kopf. »Niemand.«

»Keiner deiner Kameraden hat also etwas gesehen?«

Wieder schüttelte Paul den Kopf.

Stahlschmied klappte das Notizbuch zusammen und verstaute es wieder in seinem Mantel. Anschließend beförderte er ein Päckchen Zigaretten und ein Sturmfeuerzeug aus der Außentasche. Es roch nach Benzin, als er die Flamme entzündete. Der Polizist nahm einen tiefen Zug, hielt die Luft kurz an und atmete dann eine große Wolke hellen Rauches aus.

»Ich sag dir jetzt mal was, Paul.« Stahlschmied pustete auf die Spitze seiner Zigarette und betrachtete die Glut.

»Du hast eine Verräterin bei einem schweren, staatsgefährdenden Verbrechen ertappt. Du hast es nicht gemeldet und wichtige Beweismittel unterdrückt.«

»Ich wollte doch nur … Ich hab mich doch verletzt. Ich musste mich doch wehren!«

Stahlschmied hob die Hand und Paul verstummte.

»Du musst lernen, Junge, dass man Fehler nicht immer durch ehrenhafte Absichten ungeschehen machen kann. Tatsache ist, dass dein Verhalten nicht nur falsch war. Um die Ecke liegt ein erschossener Junge. Das wird Fragen aufwerfen. Fragen, die so kurz vor der Wahl deines Vaters zum Kreisleiter zum denkbar ungünstigsten Zeitpunkt kommen dürften. Und die mögliche Konkurrenten hervorragend aufmunitionieren würden.«

Stahlschmied sah Paul Schrader in die Augen. »Wir können es also drehen und wenden, wie wir wollen. In letzter Konsequenz wird dein Verhalten erhebliche Auswirkungen für dich und deinen Vater haben. Und das sicher nicht zum Positiven.«

Paul strich sich mit beiden Händen über das Gesicht.

»Hat dein Vater es dir erzählt? Das mit dem Brandanschlag auf euer Haus?«

Paul riss den Kopf herum, als hätte der Gestapomann ihn aus einem Tagtraum gerissen.

»Der tote Junge hat frische Verbrennungen an der Hand«, setzte er nach.

»Möglicherweise hat er etwas mit dem Anschlag zu tun. Dir ist klar, was das bedeutet?«

Paul sah Stahlschmied mit aufgerissenen Augen an. Dieser nickte ernst. »Wenn diese Tat hätte verhindert werden können, hättest du dich zuvor an die Polizei gewandt…« Der Kommissar nahm den letzten Zug und schnippte den Stummel auf die Straße.

»Was soll ich nur machen?«, flüsterte Paul, während er langsam den Kopf schüttelte.

»Hör zu, Junge!« Stahlschmied blickte sich in alle Richtungen um und winkte Paul mit einem Finger näher an sich ran. Er sprach nun deutlich leiser. »In meinen Augen hast du genau richtig gehandelt. Wie ein aufrechter deutscher Soldat. Man muss diesem Abschaum die Stirn bieten. Du hast Mut.« Nochmals sah sich der Gestapomann verschwörerisch um. »Pass genau auf! Dieser Fritz war ein Informant.«

»Ein Informant?«, fragte Paul ungläubig.

»Dummkopf! Unterbrich mich nicht.«

Instinktiv duckte sich Paul etwas unter Stahlschmieds verärgertem Ausdruck.

»Er war ein Informant von dir. Dieser Fritz hat dich auf die Fährte von dieser Erika gebracht. Du hast ihr das Flugblatt abgenommen. Fritz und du, ihr wolltet euch heute Abend treffen, um weitere Informationen auszutauschen, die du im Anschluss selbstverständlich den Behörden mitgeteilt hättest. Doch Fritz hatte herausgefunden, dass Karl und Erika heute Nacht etwas planten. Er hat sie dabei ertappt, wie sie einen Anschlag auf das Haus deines Vaters verüben wollten.«

Pauls Gesichtsausdruck ließ erkennen, dass er die Absicht des Gestapomannes erahnte, jedoch noch nicht vollends verstand. Stahlschmied gab ihm einige Augenblicke, über das Gesagte nachzudenken.

»Fritz hat Karl im letzten Moment daran hindern können. Dabei hat er sich die Hand verbrannt. Anschließend floh Fritz, da Karl und Erika hinter ihm her waren. Nur verständlich. Mussten sie doch davon ausgehen, dass er sie verraten würde.« Wieder sah Stahlschmied sich um. Müller sprach noch immer mit dem Ortsgruppenleiter, der allmählich ungeduldig zu werden schien.

»Fritz ist also abgehauen, weil Karl eine Pistole hatte. Die beiden hinter ihm her. Fritz trifft auf dich. Ihr werdet von Karl mit der Waffe bedroht. Gemeinsam gebt ihr Fersengeld. Du stürzt, verdrehst dir den Knöchel und Karl holt euch ein. Er richtet die Waffe auf euch. Fritz springt dazwischen und wird tödlich getroffen. Karl und Erika hauen ab und treffen dabei auf den Blockwart, der zumindest Karl wiedererkannt hat.«

Stahlschmied blickte Paul eindringlich an.

»Könnte es so gewesen sein, Paul?«

Erleichterung spiegelte sich auf dessen Gesicht ab. »Wo Sie es sagen ... Ich glaube, so war es.«

Kameradschaftlich schlug der Kommissar dem jungen Mann auf die Schulter. »Dein Vater wird stolz auf dich sein, Junge. Noch eins! Wo ist die Waffe? Es wäre fatal, wenn man sie finden würde.«

Paul nickte in eine Richtung. »Hab sie dort hinten in ein Gebüsch geschmissen.«

Stahlschmied nickte zufrieden. »Kannst du laufen?«

»Denke schon.«

»Gut. Ich hole meinen Wagen und wir fahren zur Dienststelle. Dort gibst du deine Aussage zu Protokoll. Mach dir keine Sorgen. Wir werden das Kind schon schaukeln. Aber ich kann dir nur den guten Rat geben, dich danach nie wieder an dieses Gespräch zu erinnern.«

※

Ohne Vorwarnung flog die Tür auf. Egon schreckte hoch, doch noch ehe er die Situation begreifen konnte, packten ihn starke Arme, rissen ihn aus dem Bett und drückten ihn zu Boden. Irgendjemand presste sein Knie in seinen Nacken. Egons sah nichts, hörte nur Mutter und Annemarie schreien. Rüde Befehle wurden gebrüllt und binnen weniger Sekunden stellte sich eine gespenstische Stille ein. Ein paar schwere Stiefel näherten sich und blieben dicht an seinem Kopf stehen. Ruckartig wurde er hochgehoben. Die Arme auf dem Rücken verdreht, fasste ihn jemand ans Kinn und richtete seinen Blick auf den Mann aus, der sich vor ihm aufgebaut hatte.

Erneut wurde Egon von diesem Schauer erfasst, den er bereits schon einmal verspürt hatte, als er das erste Mal in diese eiskalten und stahlblauen Augen gesehen hatte. Dieser Mann hätte kein Problem damit, ihm die Eingeweide herauszureißen, um das zu bekommen, was er wollte.

»Du bist festgenommen. Wegen Verdacht auf bündische Umtriebe, wehrkraftsersetzendes Verhalten, Hochverrat, Beteiligung an einem Mord …«

Stahlschmied zog die Mundwinkel nach unten und zuckte kurz mit den Schultern.

»Und so weiter, und so weiter …« Der Gestapomann hatte die Hände auf dem Rücken verschränkt und sah sich abfällig um.

Egons Blick wanderte an ihm vorbei, hin in die Wohnküche. Mutter stand im Raum, Annemarie eng an sie gepresst. Dieses angsterfüllte Gesicht seiner kleinen Schwester schmerzte ihn. Plötzlich schleiften zwei weitere Polizisten Balzer aus seiner Kammer. Offensichtlich war er geschlagen worden. Sein Oberkörper wirkte gekrümmt und er rang nach Luft.

Stahlschmied wandte sich wieder Egon zu. Noch immer hielt man seinen Kopf fest.

»Beihilfe zum Mord an Fritz Gärtner«, flüsterte er beinahe.

Augenblicklich hatte Egon das Gefühl, seine Beine würden versagen. Sämtliche Spannung war schlagartig aus seinem Körper gewichen. Das konnte nicht sein, fuhr es ihm durchs Hirn.

Stahlschmied kam näher an ihn heran. »Du wusstest es noch nicht?« Er trat zur Seite und wie auf einen stillen Befehl hin wurde Egon in die Wohnstube gestoßen.

Annemarie riss sich aus der Umarmung ihrer Mutter, stürzte ihm entgegen und klammerte sich an sein Bein. »Egon! Was wollen die Männer von uns?«

Egon war wie vor den Kopf geschlagen. »Ganz ruhig, Liebchen. Alles wird gut«, tröstete er sie schwach. »Alles wird gut«, wiederholte er mechanisch.

Stahlschmied folgte ihm in den Raum. »Wird es das?« Er hob einen Arm und schnippte mit den Fingern. Sofort begannen seine Schergen die Wohnung zu durchsuchen. Ein Mann blieb mit einer auf sie gerichteten Maschinenpistole stehen. Schränke wurden aufgerissen und der Inhalt auf den Boden geschmissen.

Plötzlich erhob Balzer die Stimme. »Sie brauchen nicht zu suchen. Der Junge hat nichts damit zu tun. Ich sag es Ihnen.«

Die Gestapobeamten verharrten. Stahlschmied trat an Balzer heran. Dieser wartete nicht auf eine Aufforderung fortzufahren. »Im Koffer!« Balzer nickte zum Bett, in dem Egon

vor Kurzem noch gelegen hatte. Stahlschmied drehte sich und sah in die Kammer. Sofort eilte einer der Beamten hin und zog einen Koffer hervor.
»Ich sag's Ihnen gleich. Da sind Flugblätter drin. Von mir.«
Das Öffnen von Schnallen war zu hören. Wenige Sekunden später eilte einer der Männer mit einem Flugblatt zu Stahlschmied. Kurz blickte er darauf, dann sah er zu Balzer. Stolz hielt er dem Blick des Gestapomannes stand.
»Wir werden sehen«, antwortete Stahlschmied mehr zu sich selbst. Dann hob er eine Hand. Augenblicklich wurde es dunkel. Man hatte Egon eine Kapuze über den Kopf gestülpt.

*

Das Wachsen und Werden von Verbrechern und Verbrecherstämmlingen lässt sich (…) von der Wurzel her (…) auf erbpflegerischem Wege verhindern. In der rassehygienischen Verbrechensbekämpfung liegt die große Zukunftsaufgabe der Kriminalbiologie.«
(Dr. Robert Ritter, Leiter der rassenhygienischen und bevölkerungsbiologischen Forschungsstelle im Reichsgesundheitsamt und Leiter des Kriminalbiologischen Instituts der Sicherheitspolizei)

Egon hatte vermutet, dass man ihn zur Kortumstraße bringen würde. Zu seiner Überraschung ging es auf einem Lkw mit weiteren Festgenommenen zum Bahnhof. Es waren nur männliche Jugendliche, von denen Egon niemanden kannte. Sie wurden in einen Waggon gepfercht, der offenbar für Gefangenentransporte umgebaut worden war. Die Fenster waren vergittert und an den schmalen Holzbänken hatte man

Metallösen eingelassen, an denen die Handschellen befestigt wurden. Der Zug hielt einige Male und es stiegen weitere Gefangene hinzu, sodass es schnell eng und stickig wurde. Trotzdem verblieben die Wachen im Waggon und unterbanden jeden Versuch einer Unterhaltung mit Drohungen. Dicht an dicht gedrängt erreichten sie gegen Abend ihren Zielbahnhof. Dort standen bereits Angehörige der Totenkopfwachkompanie mit Hunden, die sie im Eilschritt zu einigen Lkw trieben, die mit laufenden Motoren auf sie warteten. Egon konnte das Bahnhofsschild ablesen: Göttingen. Nach einer gut einstündigen Fahrt hielten die Laster und sie mussten aussteigen.

Wieder ging es im Laufschritt durch einen Torbogen auf einen gepflasterten Hinterhof, wo sie von Wachen und weiteren Personen empfangen wurden. Man forderte sie auf, sich in einer Reihe hinzustellen. Egon stand in der zweiten von insgesamt drei Reihen. Er sah sich um und schätzte, dass sie sicher zwei Dutzend junge Männer waren. Jedem war eine ungeheure Angst ins Gesicht geschrieben. Eine Zeit lang passierte nichts. Dann lief einer der Wachen mit einem Buch vor ihnen her und rief einzeln ihre Namen auf. Jeder Aufgerufene hatte sich auf die andere Seite zu stellen. Nach dem Appell mussten sie ungefähr eine Stunde stillstehen, bis ein Mann aus einem der Gebäude trat und auf sie zuschritt. Dieser verschränkte die Arme hinter dem Rücken und schritt in ausreichendem Abstand vor den Reihen auf und ab.

»Mein Name ist Kriminalrat Karl Dieter. SS-Sturmbannführer und Lagerkommandant. Sie befinden sich im Jugendschutzlager Moringen. Die Gründe für Ihre Überstellung finden sich in der Regel in einem Urteil des Vormundschaftsgerichtes hinsichtlich einer vorläufigen oder endgültigen Führsorgeentziehung, einer Verurteilung aufgrund eines staatsabträglichen Verhaltens oder weil das Reichsministerium des Innern einem Antrag auf Schutzhaft gefolgt ist, welche die originär für Ihren Wohnort zuständige Dienststelle der Geheimen Staatspolizei angeregt hat.«

Der Lagerkommandant trat etwas näher heran. Sofort waren Wachmänner an seiner Seite. Er verweilte vor einigen der Gefangenen und sah ihnen streng in die Augen.

»Schlussendlich bedeutet das, dass man getrost davon ausgehen darf, dass niemand von Ihnen grundlos und vor allen Dingen unschuldig hier ist.«

Kurz starrte der Kriminalrat auf die Reihen vor sich, als wartete er auf Widerspruch.

»Dieses Jugendschutzlager wird nach SS-mäßigen und militärischen Gesichtspunkten geführt. Jeder noch so kleine Verstoß gegen die Regeln wird drakonisch bestraft. Ich weise darauf hin, dass die Wachkompanie der Schutzstaffel befugt ist, bei jedem Fluchtversuch von der Schusswaffe Gebrauch zu machen und dass dieser Schießbefehl konsequent zur Anwendung kommt. Darüber hinaus erwarte ich, dass der gesamte Lagerbetrieb bei Tag und bei Nacht wie ein Uhrwerk minutiös im Takt bleibt. Ich kann also alle Lagerzöglinge aufs Eindringlichste zu Sauberkeit, Ordnung, Pünktlichkeit und insbesondere zu Disziplin ermahnen.«

Plötzlich flog eine Tür auf und vier Wachmänner zerrten einen Jungen, kaum älter als 14 Jahre, auf den Hof. Man hatte ihm die Hände auf den Rücken gefesselt. Ein Schemel wurde platziert und die Männer drückten den Oberkörper des Jungen gewaltsam auf die Sitzfläche. Er hob seinen Kopf und starrte angsterfüllt in Richtung der Neuankömmlinge.

Dieter trat wieder einige Schritte zurück und stellte sich breitbeinig vor den Neuankömmlingen auf. »Das Vergehen dieses jungen Mannes findet sich in der Tatsache, dass er beim Austeilen der Essensrationen eine Scheibe Brot gestohlen hatte. Es soll Ihnen exemplarisch als Warnung dienen, sollten Sie der Auffassung sein, die Anstaltsregeln infrage stellen zu können.«

Einer der Wachmänner trat hinter den Jungen und zog ihm ruckartig seine Hose runter. Er trat einen Schritt zur Seite und hob eine dünne Gerte. Das Geräusch, welches entstand, als die Peitsche die Luft zerschnitt, traf Egon beinahe körperlich. Es knallte, als das Schlagwerkzeug auf die Haut des Jungen traf. Sein Gesicht verwandelte sich zu einer schmerzverzerrten Fratze. Er presste die Lippen zusammen und begann mit hochrotem Kopf Luft zu pumpen. Rotz drang aus seiner Nase und formte eine Blase, die sich mit jedem Ausatmen bildete und beim Einatmen wieder verschwand. Schon raste der nächst Hieb herab. Dieses Mal schrie der Knabe aus Leibeskräften. Ein markerschütternder Laut, der den Neuen durch sämtliche Glieder fuhr. Mit jedem weiteren Schlag schrie er mehr, bis der Wachmann nach dem zehnten Hieb endlich die Gerte sinken ließ. Sofort wurde der arme Kerl unter den Armen erfasst, hochgehoben und vom Platz geschleift. Unfähig zu gehen, hing ihm die Hose noch immer in den Kniekehlen und gab einen Blick auf das mit blutigen Striemen übersäte Gesäß frei.

»Zu Ihrer Linken sehen Sie Ihre Erzieher, die für Sie zuständig sind«, fuhr der Kommandant fort, als hätte diese entwürdigende und brutale Prozedur soeben nicht stattgefunden. »Sie werden Sie im Anschluss der ärztlichen Untersuchung zu den zugewiesenen Baracken führen. Ich betone, dass diese Jugendschutzeinrichtung die letzte Chance zur Rückkehr in die nationalsozialistische Volksgemeinschaft darstellt.« Karl Dieter drehte sich auf dem Absatz um und verschwand augenblicklich im Haus.

Die Tür war noch nicht vollends ins Schloss gefallen, als die Erzieher begannen, Namen aufzurufen.

Egon befand sich in einer Gruppe bestehend aus fünf Jungen. Sie wurden in einen Sanitärraum gebracht, wo sie sich nackt ausziehen und duschen mussten. Im Anschluss wurden ihnen die Haare geschoren. Weiter ging es zu einem Raum, wo sie Anstaltskleidung aus einfachem Drilling ausgehändigt bekamen. Einen blauen und einen grauen Anzug. Dazu ein Paar Holzschuhe. Permanent trieb man sie zur Eile an und wenn es den Aufsehern nicht schnell genug ging, hagelte es Schläge. Im Anschluss brache man sie in eine Schreibstube. Hier wurden ihre Personalien erneut aufgenommen. Jeder bekam eine Nummer. Der Beamte hinter der Schreibmaschine sagte ihnen, dass ab jetzt diese Nummer ihr Name sei und sie sich diese genau einprägen sollten. Dann wurden sie auf einen langen Flur geführt, wo sie sich aufstellen mussten. Nach einiger Zeit öffnete sich eine Tür und eine Nummer wurde aufgerufen. Egon brauchte einen Moment, bis er realisiert hatte, dass es sich dabei um seine Nummer handelte. Er erhob sich. Kaum stand er, erhielt er von einem der begleitenden Wachmänner einen kräftigen Stoß in den Rücken. Kriminalbiologisches Institut, Leitender Lagerarzt Dr. med. Otto Wolter-Pecksen, las Egon von einem Schild neben dem Eingang ab. Die Tür wurde geschlossen. Zwei Männer in einem weißen Kittel befanden sich im Raum. Der hinterm Schreibtisch studierte eine Akte.

»Name!«, kam es befehlsmäßig von dem Mann, ohne dass er aufsah.

»Egon Siepmann«, fügte er verzögert hinzu.

Erst jetzt hob der Mann hinter dem Schreibtisch den Kopf.

»Gemäß des Runderlasses des Reichsministeriums des Inneren aus dem Jahr 1941 hat das Reichskriminalpolizeiamt auf Antrag der für Ihren Gau zuständigen Geheimen Staatspolizei dem Antrag auf Einweisung in eine Jugendfürsorgeanstalt letztinstanzlich stattgegeben.«

Der Lagerarzt blätterte in der vor ihm liegenden Akte.

»Oppositionelles und wehrkraftzersetzendes Verhalten, Verweigerung des Dienstes in der Hitlerjugend. Entlassung durch ein HJ-Ehrengericht … Unter Berücksichtigung der zerrütteten familiären Verhältnisse ist hier die Feststellung einer erheblichen Verwahrlosung zu treffen und die vorläufige Fürsorgeentziehung zum Schutze der Volksgemeinschaft unabdingbar.«

Der Mediziner legte die Dokumente zur Seite.

»Block ST«, sagte er und griff zur nächsten Akte.

※

Die Baracken befanden sich am Ende des Geländes, abseits des anderen Lagerbereichs. Mit Egon wurde ein weiterer Insasse dem Block ST zugewiesen.

Der Erzieher hieß Alexander Brehm. Er stellte Egon den Blockführer Albert Basten vor. »Er hat hier das Sagen.« Egon sah an seiner Kleidung, dass auch er Häftling war. Schnell jedoch machte Basten klar, dass er keiner von ihnen war. Er forderte Egon und die vier anderen Jungen, mit denen er zur ärztlichen Begutachtung gebracht worden war, auf, ihre Habseligkeiten zu nehmen und ihm zu folgen. Im Tagesraum, zumindest nannte ihn Basten so, hatten sie ihre Kleidung bis auf das Unterhemd und die Unterhose abzulegen. Die beiden Anzüge mussten sie ordentlich gefaltet in ein Regalfach ablegen, für das sie ab sofort verantwortlich waren. Anschließend hatten sie die Arme hochzuheben und sich zu drehen, wobei Basten nachschaute, ob sie etwas versteckt hielten. Mit weiterhin erhobenen Händen betraten sie den Schlafraum der Baracke. Es war ein länglicher Raum, der durchgehend mit zweistöckigen Etagenbetten ausgestattet war. Die Insassen sprangen auf und nahmen Haltung an. Als Matratzen dienten Strohsäcke. Albert zeigte auf eine Ecke, wo einige dieser Säcke übereinandergestapelt lagen. »Jeder einen Sack! Wird's bald?« Ohne auf die beiden zu warten, ging er los. Wieder zeigte er mit seinem Finger auf ein freies Bett. »Du da!«, kam es. Und an Egon gewandt: »Und du Nichtsnutz hier.«

Egon legte seinen Strohsack auf die zugewiesene Stelle.

»Hinlegen und Schnauze halten. Ich will nichts hören! Kein einziges Wort.«

Ohne den Neuen eines Blickes zu würdigen, ging der Blockwart aus der Baracke. Augenblicklich erlosch das Licht.

»Pst«, machte Egon in Richtung seines linken Bettnachbarn. »Kumpel! Hörst du?«

Er bekam keine Antwort. Egon wandte sich nach rechts. »Hey! Du. Auf ein Wort.«

Plötzlich wurde die Beleuchtung eingeschaltet. Brehm, in Begleitung von Albert Basten und zwei Wachen, betrat die Baracke und ging direkt auf Egon zu.

»Aufstehen!«, bellte Brehm. Egon war es nicht gewohnt, dass jemand so mit ihm sprach, sodass sofort Trotz in ihm aufstieg. Langsam richtete er sich auf. Offensichtlich zu langsam für die Wachen. Unvermittelt prügelten sie auf ihn ein. Schützend hielt Egon seine Arme über den Kopf. »Raus! Raus! Raus!«, schrie Basten.

Es war mittlerweile stockdunkel und es hatte zu regnen begonnen. Nur die Flutlichter auf den Wachtürmen erhellten das Gelände. Am Ende des Hofes lagen Holzstämme. Die Wachen zwangen ihn, den Stapel zum anderen Ende des Hofes zu verlagern. Und das im Laufschritt. Das Holz wog schwer und war nass. Als Egon vor Erschöpfung langsamer wurde, stellte ihm einer der Wachen ein Bein. Unter fortwährenden Beschimpfungen und Schlägen mit einer dicken Lederknute hatte er seine Arbeit zu vollenden. Nachdem er völlig außer Atem und bis auf die Haut durchnässt den letzten Stamm auf dem Stapel gelegt hatte, zwang man ihn, das gesamte Holz an den ursprünglichen Ort zurückzutragen.

Mitten in der Nacht kehrte Egon am Ende seiner Kräfte in die Baracke zurück. Er fror entsetzlich in dem unbeheizten Bau und gerade als er etwas zur Ruhe gekommen war, wurde die Tür erneut geöffnet und eine Trillerpfeife ertönte. Befehle wurden gebrüllt. Die Häftlinge sprangen von ihren Lagern und nahmen Haltung an. Alexander Brehm schritt die Reihe ab. Anschließend ging es im Laufschritt zum Morgenappell auf den Hof. Egon war erstaunt darüber, wie viele im ST-Block einsaßen. Nachdem die Vollzähligkeit festgestellt worden war, mussten sich die Gefangenen mit kaltem Wasser auf dem Hof waschen. Danach ging es zurück in die Baracke, wo sie sich anzuziehen hatten. Anschließend gab es Frühstück. Jeder bekam zwei Scheiben trockenes Brot, etwas Marmelade und einen Klecks Margarine, dazu ungesüßten dünnen Tee. Die ausgemergelten Jungs schlangen das Essen gierig hinunter.

Nach dem kargen Mahl ging es im Laufschritt zu bereitstehenden Lkw. Den Weg dorthin säumten bewaffnete Wachen. Wer nicht schnell genug lief, wurde mit Stockhieben zur Eile getrieben. Die Luft war kalt, nass und Egon fror entsetzlich. Er trug – wie die anderen – keine Socken, und die Holzschuhe boten keinen Schutz vor der Witterung. Sie scheuerten schon nach kurzer Zeit die Füße bis auf das rohe Fleisch wund. Die Anstaltskleidung war dünn und noch immer klamm von der vergangenen Nacht. Die Ladepritsche des Wagens war ungeschützt und der kalte Fahrtwind kühlte ihn schnell aus, sodass er nach der Fahrt zitternd vom Laster sprang.

Wieder ging es im Laufschritt auf ein großes Firmengelände. Es sah aus wie eine Zeche und Schilder wiesen es als ehemaliges Kalibergwerk aus. Sogar einen Förderturm sah Egon. »Heeresmunitionsanstalt Volpriehausen«, las er auf einem Schild. Links und rechts standen SS-Wachmänner. Sie hielten Gewehre mit aufgesetztem Bajonett in Richtung der Gefangenen. Auf dem Werksgelände mussten sie sich aufstellen. Nach und nach kamen immer mehr Häftlinge an. Die wenigsten stammten aus der Jugendarrestanstalt Moringen. Die meisten waren anscheinend Zwangsarbeiter aus Polen, aber auch aus Frankreich und aus Russland. Sogar Italienisch hörte er. Nach einiger Zeit des Wartens wurden sie weiter in eine Halle getrieben. Sie ähnelte einer Weißkaue. Überhaupt wirkte alles wie in einer Zeche. Nur dass sich der allgegenwärtige Kohlestaub nicht fand. Sie bekamen Arbeitskleidung gereicht und zogen sich um. Anschließend mussten sie sich in eine Reihe stellen und erhielten nacheinander eine Nummernmarke und eine Lampe. Es war nicht das Geleucht, das Egon aus der Zeche kannte, es war ihr aber ähnlich. Und so verwunderte es ihn nicht, dass sie danach zu einem Förderkorb gebracht wurden. Egon wurde auf »Wittekind«, die erste von insgesamt zwei Sohlen, in 545 Metern Tiefe gefahren. Es handelte sich um eine Doppelschachtanlage, die zweite Sohle lag auf über 900 Metern. Zunächst musste er seine Häftlingsnummer nennen und die Marke abgeben. Wieder hatten sie sich aufzustellen. Es folgte eine kurze Arbeitseinteilung. Egon gehörte zum größten Teil der Gruppe an, die zum Arbeitsraum abkommandiert wurden. Statt mit der Schmalspurbahn zu fahren, mussten sie die gesamte Strecke im Eilschritt hinter dem Zug herlaufen. Dort angekommen hatten sie die Kisten zu entladen, die auf den Waggons gestapelt waren. Es waren schwere Munitionskisten. Man konnte sie nur zu zweit tragen. Egons Partner war schmächtig und ausgemergelt und so trug er den größten Teil der Last. Schon nach kurzer Zeit waren sie durchschwitzt. Egon fühlte sich körperlich matt und er glaubte zu fiebern. Als er dem Blockwart sagte, dass er erkrankt sei, erhielt er Prügel und wurde als Drückeberger und faules Schwein beschimpft. Einige Male mussten sie Pulverkisten in Arbeitsräume bringen. Dort befanden sich fast nur russische Zwangsarbeiterinnen, die das Schwarzpulver in Granaten füllten. Es handelte sich um die leichte Infanteriegranate 10, wie Egon erfuhr. Die Granatkisten wurden im Anschluss durch Egon und die anderen in Lagerkammern gebracht, die man in den Salzstock gesprengt hatte. Die gesamte Produktion fand unter Tage statt, um die teils mehrere hundert Tonnen umfassenden Pulver und Munitionsbestände vor Fliegerbombenangriffen zu schützen.

Egon wurde mit dem ST-Block jeden Tag zu diesen Arbeiten eingeteilt. Wer nicht in der Munitionsanstalt eingesetzt wurde, arbeitete im Straßenbau an der Reichsautobahn. Die Schichten dauerten in der Regel zwölf Stunden, sieben Tage die Woche, und es gab nur eine kurze Pause. Sie bekamen eine Schwerstarbeiterzulage, die neben der üblichen Essensration, die aus einer Scheibe Brot und einem Viertelliter dünner Suppe bestand, eine Doppelscheibe Kommissbrot, etwas Margarine und hin und wieder ein Stück Blutwurst beinhaltete. Trotzdem war die Nahrungsmenge zu gering und Egon nahm wie alle anderen mehr und mehr ab. Regelmäßig mussten sie nach der Arbeit einen Drill auf dem Hof über sich ergehen lassen. Der Strafsport diente als Disziplinarmaßnahme, weil irgendjemand aus dem ST-Block gegen eine Regel verstoßen hatte. Schnell merkte Egon, dass dies nur ein Vorwand war. Es war ein militärischer Drill, der jeden an die Grenzen der physischen Leistungsfähigkeit führte und dem nicht alle standhielten. Diejenigen, die umkippten und trotz heftigster Prügel nicht aufstanden, mussten von den anderen getragen werden. Einmal traten die Wachen auf einen erschöpft zusammengebrochenen Burschen derart ein, dass er regungslos liegen blieb. Egon war einer derjenigen, die ihn tragen mussten. Als sie den Jungen hochhoben, sackte der Kopf nach vorn und mehrere Zähne fielen Egon mit einem Schwall aus Blut und Speichel ins Gesicht. Den Jungen hatte er danach nie mehr wiedergesehen.

Allmählich begann sein Köper die typischen Zeichen einer Mangelernährung zu zeigen. Das Gesicht war eingefallen, unter den fahlen Augen lagen tiefe Schatten. Die Rippen und Beckenknochen standen heraus und nahezu täglich blutete sein Zahnfleisch.

Bald schon hatte Egon keine Vorstellung mehr davon, wie lange er in Moringen einsaß. Der erste Schnee war gefallen. Es waren nasse und schwere Flocken, die nicht liegen blieben und schmolzen, kaum dass sie den Boden berührt hatten. Und die den Hof in einen kalten und matschigen Sumpf verwandelten. Ihre Zehen fühlten sich in den Holzschuhen schon nach kurzer Zeit taub und gefühllos an. Noch immer kannte Egon den genauen Grund seiner Inhaftierung nicht. Antworten darauf erhielt er ebenso wenig wie Antworten auf die Frage, wie lange er würde einsitzen müssen. Man hatte ihm gestattet, seiner Mutter einen Brief zu schicken. Vergeblich hatte er auf eine Antwort gewartet. Egon war sich sicher, dass seine Post nicht weitergeleitet wurde. Gedanken an Selbstmord und Flucht gingen ihm durch den Kopf. Doch eine Flucht wäre aussichtslos. Das gesamte Gelände war durch einen hohen Stacheldrahtzaun eingefriedet. 130 Wachen patrouillierten Tag und Nacht mit Hunden über das Gelände.

Mit der Zeit lernte Egon das System im Lager besser kennen. Es existierte so etwas wie ein Strafkatalog mit insgesamt 51 aufgeführten Regelverstößen, die sanktioniert wurden. Unmöglich, sich alle zu merken. Hinzukam, dass sie willkürlich ausgelegt werden konnten. Es war nahezu unmöglich, sich regelkonform zu verhalten, wenn einer der zwölf Erzieher oder die Blockwarte einen auf dem Kieker hatten.

Egons Block, der eigentlich Stapo-Block hieß, war von den anderen Blöcken getrennt. Darin befanden sich alle Regimegegner, die von der Gestapo in Schutzhaft genommen worden waren. Zu seinem Leid erfuhr er, dass der Stapo-Block neben dem S-Block, in dem sich die sogenannten Abartigen befanden, den schlechtesten Stand hatte. Nur wer im E-Block einsaß und als erziehungsfähig galt, hatte eine vage Chance, zur Wehrmacht entlassen zu werden. Zur Wehrmacht! Wer hätte das gedacht, dass dieser paradoxe Gedanke mal zu einer erstrebenswerten Option für ihn wurde.

Die einzige Flucht, die es für ihn gab, waren die wenigen Stunden des Schlafes. Egon träumte von Mutter, von Annemarie. Von den anderen. Von Karl. Und von Fritz. Vom Felsensee und einmal sogar von Berthold, der ein Kaninchen über einem Lagerfeuer grillte.

Jedes Mal, wenn ihn Fritz in seinen Träumen besuchte, begleitete ihn den ganzen Tag über eine Schwermut, die ihn oftmals mehr belastete als diese unmenschliche Arbeit.

Eines Morgens, als sie in Volpriehausen angekommen waren und sich vor dem Fahrstuhl aufgestellt hatten, wurde er von einer Wache angesprochen. »Du!«

Egons Herz blieb beinahe stehen. Sofort suchte sein Verstand nach einem Fehlverhalten, was er begangen haben könnte.

»Mitkommen!«, sagte die Wache.

✼

Man hatte ihm gesagt, dass der Sprengmeister jemanden brauchte, der ihn unterstützte. Nachdem sich das metallene Gitter klappernd geschlossen hatte, fuhren sie mit dem Fahrstuhl tief in den Berg. Das Flöz Hildesglück lag auf über 900 Metern. Als sie aus dem Förderkorb traten, schlug Egon eine warme Luft entgegen. Aber es war kein mattes Wetter hier unten. Es war anders, als er es kannte. Es war auf eine merkwürdige Art trocken. Und es fand sich hier auch kein Staub, der die Schächte in den Zechen mit einem Nebel füllte, den man auf der Zunge schmeckte und der sich auf die Lunge legte. Man konnte hier unten fast frei atmen. Trotz der hohen Temperaturen.

»Das ist hier unten kilometerlang. Wenn es knarzt, dann bewegt sich der Berg über dir. Also mach dir nicht in die Hose«, sagte der Mann.

»Ich bin Hauer«, erwiderte Egon mit einem gewissen Stolz.

»Hauer? Na, das werden wir ja sehen.«

Auch in diesem Stollen befand sich eine Schmalspurbahn. Der Sprengmeister wies Egon an, die Ausrüstung aufzuladen. Dieses Mal durfte er auf einem der Ladewaggons mitfahren. Erneut faszinierte ihn die helle Umgebung, die nichts von der drückenden Enge, der Beklemmung hatte, die ein Kohlenflöz ausstrahlte. Egon schätzte, dass sie ungefähr eine Viertelstunde lang gefahren waren. Es war ein herrliches Gefühl. Nur 15 Minuten vielleicht. Doch empfand er das erste Mal seit langer Zeit, kein Gefangener zu sein. Trotz des SS-Mannes, der sie begleitete. Als ihre Fahrt endete, mussten sie eine längere Strecke laufen. Das Gewicht der Ausrüstung brachte Egon schon bald an seine Grenzen, doch er biss die Zähne zusammen. Vom Hauptgang gingen viele Abzweigungen ab. In einigen Nebengängen erkannte Egon große Stahltore.

»Beweg dich!«, raunzte die Wache Egon an.

»Nun mach mal halblang«, funkelte der Sprengmeister in Richtung des SS-Mannes.

»Pass du auf. Aber das Tempo bestimm ich.«

Egon versuchte, sich die Genugtuung nicht ansehen zu lassen. Bewusst vermied er Blickkontakt. Trotzdem war ihm klar, dass ihm die Wache höchstwahrscheinlich bei nächstbester Gelegenheit das Leben schwer machen würde. Diese Nazischergen waren verdammt nachtragend. Zu Egons Verwunderung legte der Sprengmeister nach und wies die Wache an, zu warten. Der Mann übte heftigsten Protest, doch als ihm gesagt wurde, dass eine weitere Begleitung aus Sicherheitsgründen nicht möglich war und die Sprengung dann nicht durchgeführt werden könnte, was möglicherweise einige Vorgesetzte verärgern würde, gab der Mann nach. Das Flöz endete in einer Sackgasse, weitab der vielen Lagerräume, an denen sie vorbeigekommen waren. Sie betraten einen schmalen Stollen, den man mit einer Firstsicherung aus Fichtenholz ausgekleidet hatte. So niedrig und eng, dass sie nur hintereinander gehen konnten und ihre Köpfe einziehen mussten. Egon erhielt den Auftrag, Löcher für die Sprengladungen in die Stirnwand zu bohren.

Er befestigte die Bohrstütze, die den pneumatischen Bohrhammer trug, und richtete ihn aus. Der Bohrer wog schwer. Ohne die Stütze hätte er ihn nicht halten können. Vielleicht erschien ihm die Arbeit auch nur so schwer, weil sein Körper keine Kraft mehr hatte. Als der Bohrer seine Arbeit aufnahm, war das Flöz in einen ohrenbetäubenden Lärm getaucht. Automatisch öffnete Egon weit den Mund. Auf Bonifacius hatte man ihm erklärt, dass man so den extremen Krach besser aushalten konnte. Er war erstaunt darüber, wie hart der Fels war, der das orangefarbene Salz einschloss. Kein Vergleich zu den Kohleflözen, wo das schwarze Gold in großen Stücken aus der Wand brach. Der Bohrstaub drang in seine Nase und in die Schleimhäute der Augen und brannte wie Säure. Egon versuchte möglichst flach zu atmen, doch das ätzende Material schien sich durch seine Lungen fressen zu wollen. Mit geschlossenen Lidern und angehaltenem Atem trieb er den Bohrer in das Mineral, lugte hin und wieder durch schmale Schlitze, ob er noch gerade bohrte. Nach jeder Bohrung musste er zurücktreten, damit der Sprengmeister die Röhren begutachten konnte. Anschließend setzte Egon die Stütze um und positionierte den Bohrer im Bereich der aufgemalten Markierungen.

»Räum die Sachen weg und bring sie zur Bahn«, ordnete der Sprengmeister nach einiger Zeit an. »Und dann kommst du wieder.« Egon tat, was ihm aufgetragen worden war. Als er zurückkehrte, breitete der Mann bereits die Ladungen aus, an denen er die Zünddrähte befestigte. Längliche Dynamitstangen. Ohne Aufforderung half Egon ihm. Der Sprengmeister bedachte ihn mit einem strengen Blick, aber als er sah, dass Egon offensichtlich wusste, was er tat, ließ er ihn unter seiner kritischen Beobachtung gewähren.

»Wofür sind die Sprengungen?«, fragte Egon.

Wieder wurde er mit einem abschätzigen Blick bedacht. Dann aber entspannten sich die Züge des Mannes.

»Munitionskammern. Die gesamte Produktion und Lagerung soll hier runter. Wegen den Bomberangriffen.«

Egon machte einen erstaunten Gesichtsausdruck. »Ist ein schöner Beruf, den Sie da haben.« Der Sprengmeister lächelte. Gemeinsam versenkten sie die Ladungen in die Bohrungen und verschlossen sie sorgfältig, damit der Ladungsdruck sich in das Gestein entlud. Egon nahm die Zündspule und folgte dem Mann, bis er ihn mit einer Handbewegung anwies, stehen zu bleiben. Er befestigte den Zünddraht in der Zündanlage. Anschließend betätigte er eine Sirene, wartete einige Minuten und wiederholte den Vorgang. Egon wusste, dass jetzt alle den Bereich verließen. Jeder würde seine Nummernmarke nehmen und das

Flöz verlassen. Der Personalverantwortliche würde seinerseits mit einem Sirenenton antworten, wenn alle Nummernmarken der Leute, die sich im unmittelbaren Gefahrenbereich befanden, am Nagelbrett abgeholt worden waren. Erst wenn dieser Signalton abgegeben wurde, konnte die Sprengung erfolgen.

Der Sprengmeister gab ein letztes Signal ab. Wenige Augenblicke später erhielt er die akustische Bestätigung. Schnell drehte er an der Kurbel und drückte den Sprengknopf nach unten. Die Detonation ließ den ganzen Berg erzittern. Egon hatte es einige Male auf der ersten Sohle, gut 400 Meter über ihnen, gespürt. Hier hatte er das Gefühl, das Hangende würde unter gewaltigem Getöse über ihnen zusammenbrechen. Binnen weniger Wimpernschläge riss die Druckwelle an ihrer Kleidung. Urplötzlich kehrte Ruhe ein und der Sturm, der noch soeben durch den Stollen gedrängt hatte, verwandelte sich in ein laues Lüftchen.

»Wir warten jetzt ein paar Minuten«, sagte er zu Egon.

»Können wir denn da schon hin?«, fragte Egon. »Man sieht doch bestimmt noch nichts.«

»Das ist ein Salzbergwerk. Und der Stein drum herum ist … was soll ich sagen? Steinhart.« Lauthals begann er zu lachen. »Das staubt nicht so dolle«, fügte er hinzu, nachdem er sich beruhigt hatte. Schweigend vergingen einige Minuten.

»Was hast du ausgefressen, Junge?«, fragte er nach einer Weile.

Egon kniff die Augen zusammen und legte den Kopf mit zusammengepressten Lippen leicht schief, antwortete jedoch nicht.

Der Alte nickte. »Verstehe. Hast Schiss.« Er drehte sich um und ging los.

Gemeinsam inspizierten sie die Sprengstelle. Egon war

beeindruckt, wie präzise das Ergebnis war. Penibel prüfte der Sprengmeister das Gestein. »Sieht gut aus. Die Herren Ingenieure sehen sich das noch an, aber ich denke, wir können den Schutt wegräumen lassen.«

Plötzlich sackten Egon die Beine weg. In einem Reflex griff der Alte nach ihm und erwischte ihn am Arm. »Na, Junge! Wer wird denn gleich schlappmachen?«

Vorsichtig half er Egon sich zu setzen und gegen die Wand zu lehnen.

»Bist ja nur Haut und Knochen. Hab schon gemerkt, dass die euch nicht viel geben.«

Der Sprengmeister öffnete seine Umhängetasche und setzte sich zu Egon.

»Hier!«, sagte er knapp. »Iss mal was.«

Egon öffnete die Augen. Der Alte hielt ihm eine dicke Stulle hin. Der Duft von Butter und Wurst strömte Egon in die Nase. Einen Augenblick sah er den Mann ungläubig an. Als dieser zustimmend nickte, griff Egon zu. Hastig biss er in das Brot. Seit Langem hatte er nicht mehr so ein Geschmackserlebnis verspürt. Immer und immer wieder biss er hinein, bis er seinen Mund nicht mehr schließen konnte.

»Langsam, Junge, Nicht, dass du mir hier noch erstickst.«

Im Nu hatte er das Essen verschlungen.

»Hast du auch einen Namen, Junge?«

Wie aus einer Trance gerissen, stoppte Egon und sah den Mann an. »Egon. Egon Siepmann.«

»Gut, Egon. Ich bin der Wilfried. Wilfried Grothe. Hast gute Arbeit geleistet.« Er schlug sich auf die Oberschenkel und erhob sich. »Das war's für heute, Egon Siepmann«, sagte er, während er sich den Staub von der Hose klopfte. »Wird Zeit, dass wir zurückkehren.«

*

Die vergangene Nacht war die Hölle gewesen. Einer aus dem Stapo-Block hatte von der SS mächtig was verpasst gekriegt. Als alle schliefen, waren sie in die Baracke gestürmt, hatten ihn aus dem Bett gezerrt und ihn rausgeschleppt. Die Augen des Jungen waren dermaßen zugeschwollen, dass er nichts mehr hatte sehen können. Worum es gegangen war, wusste niemand. Nach der Arbeit hatten sie bei Minusgraden im Hof antreten müssen. Alle hatten entsetzlich gefroren. Es wurde karge Kost angeordnet und im Anschluss Strafsport. Egon hatte sich vor lauter Erschöpfung übergeben müssen. Ein säuerlicher, grüner Brei aus Galle und Verdauungssäften. Wie er diesen Drill letztlich überstanden hatte, wusste er nicht mehr. Nachdem sie endlich in die Schlafräume zurückkehren durften, hatte man mitten in der Nacht einen Stubendurchgang gemacht. Alle hatten sich aufzustellen. Die Matratzen wurden von den Betten geschmissen und das Stroh herausgerissen. Anschließend wurden die Latrinen inspiziert und für verdreckt erklärt, obwohl sie zuvor gereinigt worden waren. Basten, dieses Schwein, hatte grinsend zugesehen, als sie den Abort schrubben mussten. Sie hatten wüste Beschimpfungen über sich ergehen lassen müssen und einem der Jungs wurde unterstellt, dass er frech und provozierend geschaut habe. Er war schmächtig und von kranker Blässe und obwohl er nichts gemacht hatte, wurde er abgeführt und mit drei Tagen Bunkerarrest bestraft. So kam es, dass sie nahezu keinen Schlaf bekommen hatten. Mit den Kräften völlig am Ende, wurden sie zur Munitionsanstalt gebracht. Mechanisch, selbst in Gedanken zu keiner Gegenwehr mehr fähig, stellte Egon sich in die Schlange der Wartenden. Allein schon das Stehen war ein unsagbarer Kraftakt und die Vermutung, Moringen möglicherweise nicht zu überleben, wandelte sich allmählich in eine Überzeugung.

Als Egon an der Reihe war, seine Gefangenennummer

nannte, um seine Arbeitseinteilung zu erfahren, schaute der Mann hinter dem Tresen kurz hoch.

»Heißt du Egon?«

Sofort zogen sich sämtliche Eingeweide zusammen. Voller Furcht sah er den Mann an, der ihn misstrauisch fixierte.

»Ich hab dich was gefragt!«

Egon nickte und stammelte ein ängstliches »Ja«.

»Tritt zur Seite. Warte da!« Der Mann nickte zu einer Stelle. »Du fährst heute runter zu Hildesglück.«

Egon verstand zunächst nicht. Dann aber fiel ihm ein, dass es da unten jede Menge Geröll gab, welches weggeräumt werden musste. Er fragte sich, wie er die kommenden Strapazen durchhalten sollte. Er war mittlerweile so schwach, dass ihm auf der Ladefläche des Lkw mehrfach schwarz vor Augen geworden war. Dicht an dicht hatten sie da gesessen, sonst wäre er wahrscheinlich zur Seite gekippt. Eigentlich war es ganz einfach, kam es ihm in den Sinn. Wenn er türmte, erschossen sie ihn. Er musste nur loslaufen und nicht stehen bleiben, wenn sie ihn riefen. Es war ganz einfach.

Egon sah sich nach allen Seiten um. Dann kam ihm eine Idee. Ein Gedanke, der binnen Sekunden zu einem Entschluss reifte. In Abständen von ungefähr zehn Metern standen SS-Männer. Die Gewehre mit den aufgesetzten Bajonetten auf die Gefangenen gerichtet. Er musste hinlaufen und ein Gewehr packen. Es festhalten und es ihm entreißen wollen, dachte er. Er kann nicht anders, als dich erschießen. Egons Herz begann zu rasen. Er spürte es bis zum Hals schlagen. Eine Woge an Adrenalin flutete durch seine Adern und auf eine seltsame Weise verspürte er keine Angst. Es war eine freudige Erregung. Ihn erfasste beinahe so etwas wie ein Glücksgefühl. Es war ganz einfach. Egon machte den ersten Schritt. Der SS-Mann drehte sich von ihm weg und sah in die entgegengesetzte Richtung. Der richtige Zeitpunkt, um nah genug an ihn ranzukommen. Egon beschleunigte, drängte einen Mann zur Seite, der etwas neben der Reihe stand. Vielleicht noch fünf Meter. Der Soldat drehte sich nun langsam wieder auf ihn zu. Egons Blick wurde zu einem Tunnel. Er sah nur noch diesen Mann. Seine Arme hoben sich und er öffnete die Hände. Die SS-Wache richtete sich in seine Richtung aus. Egons Augen erfassten den Lauf mit der darüber aufgesetzten, beidseitig geschliffenen Schneide. Zwei, vielleicht drei Armlängen trennten ihn davon. Als Egon wieder den Kopf hob, trafen seine Augen die der Wache. Der Mann hatte ihn wahrgenommen. Die Waffe folgte dem Blick des Mannes und wandte sich dem ausgemergelten Jungen zu, der zielstrebig noch vorn schritt. Egons Muskeln spannten sich. Sein Atem ging stoßweise. Seine Wahrnehmung entschleunigte sich. Wie in Zeitlupe schien die Wache das Gewehr zu heben, auf ihn ausrichten zu wollen, als plötzlich etwas Egons Vorwärtsbewegung stoppte, ihn jemand am Oberarm ergriff und kraftvoll nach hinten zog.

»Da bist du ja, Junge!«

Egon wurde herumgerissen.

»Hab dich schon gesucht.«

Ungläubig sah er in Wilfrieds Gesicht.

※

Wilfried hatte nichts gesagt, aber Egon war klar, dass der alte Sprengmeister gewusst hatte, dass er ihm wahrscheinlich das Leben gerettet hatte. Auch wenn Egon darüber im ersten Moment verärgert gewesen war. Wilfried hatte Egon einen Sack in die Hände gedrückt. Er war leicht, aber das interessierte die Wachmänner nicht. Sie waren übellaunig. Die Temperaturen auf Hildesglück lagen bei weit über 30 Grad und in ihren Uniformen schwitzten sie, dass ihnen die Haare am Kopf klebten. Außerdem durften sie hier unten bei all der Munition und Schießpulver keine Schusswaffen mitführen. Umgeben von Menschen, die nichts mehr zu verlieren hatten und welche die Wachen als Feinde sahen, dazu bewaffnet mit Werkzeugen, ein sicher ungutes Gefühl. Aus diesem Grund rotteten sie sich zusammen, sodass es viele Bereiche gab, die nicht so streng kontrolliert wurden. Als sie mit der Schmalspurbahn durch den Stollen fuhren, bemerkte Egon ein reges Treiben. Unzählige Zwangsarbeiter trieben mit Spitzhacken und Schaufeln neue Abzweigungen in den Fels. Räumten mit Spaten und oft mit bloßen Händen Geröll beiseite. Sprinkleranlagen wurden verlängert, Leitungen gelegt und auch das Schienensystem wurde ausgebaut. Egon begleitete Wilfried bei der Inspizierung neu angelegter Sprengtunnel. Er hatte eine große Karte mit, welche einen detaillierten Grundriss des Berginnern zeigte. Schon bald hatte der Sprengmeister das Vertrauen der beiden Begleitwachen gewonnen, die froh waren, als er ihnen mitteilte, dass er sie nicht brauchte. Was sollte auch passieren? Ein großer, kräftiger Kerl und ein unbewaffneter, ausgemergelter Jüngling. Nachdem die Wachen außer Sicht waren, suchten sie einen ruhigeren Ort auf, um eine Pause einzulegen. Wilfried reichte Egon wie selbstverständlich etwas zu essen. Egon war sich nicht sicher, ob der alte Mann wusste, was dies für ihn bedeutete, doch lächelte dieser dabei und es wirkte so, als täte er es gern.

In den folgenden Wochen holte Wilfried Egon immer wieder mal zu sich. Jedes Mal versorgte er ihn mit Lebensmitteln. Den SS-Wachen war es mittlerweile bekannt, dass der alte Sprengmeister regelmäßig nach dem Burschen aus Moringen fragte. Sie nahmen wohl an, dass der Häftling aus seinem Berufsleben über einige Erfahrung verfügte, die sich der alte Grothe zunutze machte. Die Zuneigung, die Egon Wilfried gegenüber empfand, war nicht in Worte zu fassen. Doch es hatte lange gedauert, bis er den Mut aufgebracht hatte, ihn zu fragen, warum er das alles für ihn tat.

»Dich kann man halt gebrauchen«, hatte er geantwortet. »Muss mich nicht immer auf andere einstellen, die sich dann noch dumm anstellen. Außerdem hilft es mir mehr, wenn du was im Bauch hast. Sonst kann ich den ganzen Kram auch selbst tragen.«

Egon konnte die Argumentation nachvollziehen, obwohl sie ihn auf irgendeine Art enttäuschte. Verletzte. Trotzdem hatte er das Gefühl, dass es nur ein Teil der Wahrheit war.

Grothe erklärte ihm, dass ab 1939 zwischen den beiden Schächten das Fertigungsgebiet mit zwölf Werksgebäuden zur Munitionsproduktion entstanden war. Ab dem Frühjahr 1940 begann man hier mit der Herstellung von Kartuschen für 7,5 Zentimeter Infanteriegranaten.

Die Untertageanlage war ursprünglich nur für die Lagerung der Munition geplant. Grothe war von Anfang an dabei gewesen. Er und seine Kollegen hatten über 200 Munitionskammern ins Gestein gesprengt. Die kleineren Kammern hatten eine Größe von 10 mal 18 Metern und nahmen bis zu 50 Tonnen Munition auf, die Großen maßen 18 mal 22 Meter. In ihnen konnte man fast 100 Tonnen lagern. Ursprünglich waren die Kammern für eine Lagerkapazität von 13.000 Tonnen konzipiert, doch hatte Berlin beschlossen, das Werk auf bis zu 30.000 auszubauen. Außerdem sollte die gesamte Produktion von den Werksgebäuden auf die beiden Schächte Hildesglück und Wittekind ausgelagert werden.

»Wegen der Bomberangriffe«, hatte Wilfried hinzugefügt.

Es war nicht so, dass die Lebensmittel, die Egon erhielt, ihn an Gewicht zunehmen ließen. Doch retteten sie ihm höchstwahrscheinlich das Leben. Und auch die Tatsache, dass er nicht ständig bis zur völligen körperlichen Erschöpfung arbeiten musste, trug dazu bei, dass er noch nicht vor die Hunde gegangen war.

An diesem Tag hatte Grothe erneut nach Egon verlangt. Gemeinsam waren sie tief in einen noch auszubauenden Teil des Flözes vorgedrungen. Wachen begleiteten die beiden schon lange nicht mehr. Einige grüßten ihn sogar.

Egon trug wie immer die Ausrüstung. An bestimmten Punkten, die Grothe in seiner Karte vermerkte, überprüfte er die Beschaffenheit des Steins. Fels mit hohem Salzanteil musste bei der Berechnung der Sprengstoffmenge anders bewertet werden.

Die Detonation war gewaltig. Der gesamte Berg zitterte und reflexartig zog Egon den Kopf ein, als böte das einen Schutz, wenn Millionen Tonnen Gestein über ihm zusammenbrachen. Die Stempel zitterten. Feinster Staub und kleine Steinchen rieselten auf sie herab. Das ohrenbetäubende Grollen, welches sich mit einer gewaltigen Druckwelle durch den Stollen bewegte, ebbte nur allmählich ab. Wie bei einem schweren Gewitter. Und auch der Berg beruhigte sich nur langsam. Dann erlosch das Licht. Plötzlich flackerte ein Glühdraht auf und augenblicklich erhellte Wilfrieds Lampe den Stollen.

»Was, um Gottes willen, war das?«, fragte Egon ungläubig.

»Schwarzpulver«, sagte Wilfried und ließ seine Karte fallen. Das Entsetzen war ihm ins Gesicht geschrieben.

»Komm, Junge! Lass alles liegen.«

Gemeinsam rannten sie Richtung Füllort, der alte Sprengmeister mit der Lampe voran. Die Luft wurde stickiger und es kratzte beim Atmen im Hals.

»Riechst du das?«, fragte Wilfried. »Das ist verbranntes Pulver.«

Egon kannte den Geruch. Er legte sich bitter schmeckend auf die Zunge. Mit jedem Meter, den sie vorankamen, nahm der Gestank zu. Mit einem Mal hörten sie in der Ferne Stimmen. Rufe und hektische Schreie. Ein Lichtschein erhellte den Stollen vor ihnen. Staub und Rauch erfüllte die Luft und schränkte zunehmend ihre Sicht ein.

Dann sahen sie, was passiert war. Vor dem Eingang einer der Munitionskammern türmte sich ein Berg von Felsbrocken. Dahinter war der unruhige Schein offenen Feuers zu erkennen. Einige Tote, teils bis zur Unkenntlichkeit entstellt, lagen davor. Es roch entsetzlich nach verbranntem Fleisch.

Andere Zwangsarbeiter rannten mit Verletzten, die schreckliche Wunden und Verbrennungen aufwiesen, in Richtung der Förderkörbe. Ein Brand unter Tage war der Albtraum eines jeden Bergmanns. Die Gefahr schlagenden Wetters war hier unten auszuschließen, da aus dem Gestein kein Methan diffundierte. Doch bedeutete Feuer Kohlenmonoxid. Sie mussten raus, sonst würden sie ersticken.

Alle Personen rannten Richtung Füllort. Wenige Wachen, die den Mut aufgebracht hatten, zu bleiben, trieben einige der Zwangsarbeiter unter heftigen Prügeln an, aus einem Feuerhunt Wasser zu holen. Trotzdem vermochten ihre Anweisungen das Chaos nicht zu mildern.

»Was ist passiert?«, brüllte Wilfried einen der SS-Männer an.

»Ich weiß es nicht! Irgendwas muss beim Entladen passiert sein.«

»Wo bleibt die Grubenwehr?«

»Keine Ahnung!«

Wilfried drehte sich. Offenbar suchte er etwas. Dann schien er gefunden zu haben, wonach er Ausschau gehalten hatte. Mit großen Schritten rannte er zum Telefon, nahm den Hörer und bediente die Kurbel. Während er gegen den Lärm des Stollens in die Sprechmuschel schrie, sah Egon auf den völlig zerstörten Eingang der Munitionskammer. Die Wachen wirkten zunehmend ängstlicher. Plötzlich nahm Egon etwas wahr. Rufe. Schreie. Aus der Kammer. Eindeutig.

»Da sind noch welche drin!«, schrie er aus Leibeskräften in Richtung der SS- Männer.

Immer mehr der Zwangsarbeiter ließen Eimer und Spaten fallen und flohen unter den Schlägen der SS hindurch in Richtung Füllort. Als die Wachen merkten, dass sie die Kontrolle über die Situation verloren, rannten sie schließlich ebenfalls davon. Wilfried erschien neben Egon.

»Da sind noch Leute in der Kammer! Die verbrennen bei lebendigem Leib«, schrie Egon.

Angespannt sah der Sprengmeister auf die Munitionskammer. »Die Feuerwehr ist auf dem Weg.«

Hektisch schüttelte Egon den Kopf. »Die kommen zu spät! Bis die unten sind!«

Wilfried fasste Egon an die Schulter. »Du kannst nichts machen, Junge! Du weißt nicht, was da noch drin ist. Das kann hier gleich alles in die Luft fliegen.«

Energisch löste sich Egon aus dem Griff, wobei er den Sprengmeister ernst ansah. »Und wenn schon. Ich gehe sowieso drauf. Ein Hauer lässt niemanden im Berg!« Egon riss sich los und rannte näher an die Unglücksstelle. Die Helligkeit drang mehr in Bodenhöhe heraus und so schmiss er sich auf den Bauch. Qualm kam ihm entgegen und löste einen Hustenreflex aus. »Hallo! Ist noch jemand am Leben?«, schrie er aus voller Brust.

Jemand antwortete. Es war mehr ein Husten und Röcheln, doch als Egon erneut rief, hörte er ein deutliches »Ja«.

»Siehst du was?« Egon drehte sich um. Wilfried stand über ihm gebeugt.

»Nein«, antwortete er, und als einer erneuter Hustenreiz abgeklungen war: »Doch! Da ist was.«

Egon sah eine Bewegung. Nicht weit von ihm. Der Spalt zwischen den Gesteinsbrocken war zu schmal. Er kam nicht hindurch. Egon sprang auf und sah sich hektisch um. »Wir müssen die Felsen wegstemmen!«

Wilfrieds Gesicht zeigte höchste Anspannung. Doch Egon sah es ihm an. Der Sprengmeister würde nicht gehen. Plötzlich flackerte es. Die Stollenbeleuchtung hatte sich wieder eingeschaltet.

»Da!« Egon zeigte auf einen Bereich, an dem Holzbalken zur Flözsicherung aufgestapelt worden waren. Ein kräftiger Mann war durchaus in der Lage, sie allein zu tragen. Und der alte Sprengmeister war kräftig. Seine starken Hände nahmen einen der hölzernen Stützen und mit großen Schritten kam er auf Egon zu.

»Hier!«, rief dieser und zeigte in Bodenhöhe auf eine bestimmte Stelle. »Wir müssen den Spalt vergrößern. Dann pass ich durch.«

Wilfried Grothe bedachte ihn einen Sekundenbruchteil. Ihm schien klar, dass keine noch so guten Worte Egon von seinem Plan abbringen würden. Dann rammte er das Holz an die gezeigte Stelltte. Kräftig drückte er mit seinen 100 Kilogramm Körpergewicht gegen den Balken. Egon hatte sich wieder auf den Bauch gelegt. »Er bewegt sich! Der Stein bewegt sich.«

Hektisch robbte er etwas vor. »Noch etwas!«

Grothe mobilisierte all seine Kräfte. Mit einem tiefen Gebrüll warf er sich gegen seinen hölzernen Hebel.

Egon robbte vor. »Es passt!«

»Beeil dich!«, rief Grothe angestrengt. »Ich kann es nicht lange halten!«

Egon zwängte sich durch den Spalt. Die Kammer war voller Rauch. »Hallo!«, schrie er erneut. Links von ihm hörte er wieder ein Röcheln. Mit schnellen Bewegungen eilte er dem Geräusch nach. Der Mann lag auf dem Rücken. Es war ein SS-Mann. Mit angsterfülltem Gesicht sah er zu Egon. Streckte seine Hand Hilfe suchend nach ihm aus. Für einen winzigen Augenblick trafen sich ihre Blicke. Und Egon sah etwas in den Augen des Mannes. Er sah, dass dieser SS-Mann wusste, dass sein Leben von einem Häftling abhing. Einen Lidschlag lang überlegte Egon. Dann fasste er zu, packte ihn am Arm und es gelang ihm, ihn zu dem schmalen Spalt zu ziehen. Auf einmal hörte er von der anderen Seite Rufe. Die Grubenwehr war eingetroffen. Jemand schob ein Seil durch den Spalt. »Halt dich fest!«, brüllte Egon gegen das immer heftiger werdende Geräusch der lodernden Flammen. Der Sauerstoff in ihrem Verlies war fast aufgebraucht und der Rauch breitete sich nun auch schnell in Bodenhöhe aus. Die Männer auf der anderen Seite zogen den Verletzten aus der Kammer. Sofort danach erschien erneut ein Seil. Jemand hatte das Ende zu einer Schlinge geformt, damit es besser zu fassen war. Egon wollte es gerade ergreifen, als er ein schwaches »Hilfe« hörte.

»Egon!«, hörte er Wilfried rufen. »Nimm das Seil! Du musst raus.«

»Moment noch! Da ist noch jemand.«

Wie in einem Albtraum schälte sich plötzlich etwas aus dem Rauch. Eine Hand, die verzweifelt in seine Richtung griff. Egons Augen tränten und er sah nur wie durch einen Schleier. Der Qualm drängte in seine Lungen und er begann schrecklich zu husten. Ein Husten, das ihm signalisierte, dass er jetzt auch um sein eigenes Leben rang. Immer mehr schränkte das aufgenommene Kohlenmonoxid seine Sauerstoffaufnahme ein. Trübte seine Sinne und machte ihn zunehmend orientierungslos. Egon nahm nicht mehr richtig wahr, wie seine linke Hand nach der des Verletzten griff. Wie die Finger der anderen Hand nach der Schlinge des Rettungsseils griffen. Sein Bewusstsein sank in einen angenehmen Zustand. Müdigkeit erfasste ihn und dann war da nichts mehr.

※

Der Zug hielt mit quietschenden Bremsen. Egon blickte durch die milchige Scheibe auf den Bahnsteig. Es war trocken, doch eine graue Wolkendecke hatte sich tief über das Ruhrgebiet gelegt. Er ließ den anderen Fahrgästen den Vorrang. Es würde lange dauern, bis sich wieder so etwas wie Selbstwertgefühl bei ihm entwickeln würde. Wenn er überhaupt jemals wieder dazu fähig sein würde. In den letzten Monaten hatte er verinnerlicht, ein würdeloses Nichts ohne Rechte zu sein. Ständig sah er sich ängstlich um und jede Bewegung, die er tat, wirkte, als wäre er unter Zeitdruck. Und so stellte er sich an, trat einen Schritt zurück, wenn ein anderer Passagier nur leicht in den schmalen Gang drängte und senkte seinen Blick, wenn ihn jemand ansah. Eine zum Instinkt gewordene Handlung. Egon ging die zwei Trittstufen des Waggons hinunter und betrat den Bahnsteig. Er hatte kein Gepäck. Das, was er besaß, trug er auf der Haut. Es waren nicht einmal seine Sachen. Stücke aus der Kleiderkammer, die ihm viel zu groß von seinen schmalen Schultern hingen. Doch selbst wenn es seine eigene Kleidung gewesen wäre, sie hätte ihm nicht gepasst. Egon blieb auf dem Bahnsteig stehen. Die Leute liefen um ihn herum, ohne ihn wahrzunehmen. Niemand nahm mehr Notiz von Fremden. Die Menschen liefen gebückt, die Blicke zu Boden gerichtet, mit ihren Gedanken gefangen in unsagbarer Trauer über den Krieg, den Verlust geliebter Menschen und der verzweifelten Hoffnung, am Leben zu bleiben.

Egon sah sich um. Der Zug hatte in Gelsenkirchen seinen letzten Stopp. Die Gleise nach Essen waren zu beschädigt, wie man ihm gesagt hatte. Er blickte über die Silhouette der Stadt. Schon von Weitem waren die immensen Zerstörungen zu erkennen. So sah kein Land aus, das einen Krieg gewann, ging es ihn durch den Sinn. Der Schaffner blies in seine Pfeife und gab dem Zugführer ein Handzeichen. Dieser betätigte das Signalhorn der Lokomotive und sofort drang weißer, dichter Rauch aus dem Schlot. Der Schaffner sprang auf den letzten Wagen und schloss die Tür. Die Schubstange setzte sich unter zischenden Geräuschen in Bewegung und die stählernen Räder rollten polternd zunächst langsam, dann immer schneller werdend über die Schienen.

Egon hatte in dem Abteil neben einem alten Mann Platz genommen. Sein faltiges Gesicht hatte gegerbtem Leder geähnelt. Sein Bart war grau und an den Spitzen gelbstichig und wenn er sprach, zeigte er seinen zahnlosen Kiefer. Der Mann war recht redselig, dankbar dafür, dass ihm jemand zuhörte. Nichts Selbstverständliches in diesen Zeiten, und als er bemerkte, dass Egon ihm weiter, wenn auch schweigend, seine Aufmerksamkeit schenkte, lächelte er.

Am 5. März hatte es begonnen. Riesige Verbände der Royal Air Force und weitere britische Verbündete hatten das Ruhrgebiet angegriffen. Ein Bombardement unvorstellbaren Ausmaßes hatte der Mann geschildert. Die Essener Innenstadt gab es nicht mehr, murmelte er in Gedanken versunken. Dann hatten sich seine Augen wieder etwas geklärt und er hatte gesagt: »Der Krieg wird nicht mehr lange dauern, mein Junge.« Obwohl es die umherstehenden und sitzenden Menschen mitbekommen hatten, was er da gesagt hatte, hatte niemand einen Einwand erhoben oder den Alten gemaßregelt.

Das Signalhorn des Zuges riss ihn aus seinen Gedanken.

Egon war sehr erschöpft. Er ließ sich auf eine Bank nieder, sah dem Zug nach und holte einen Kanten alten Brotes aus seiner Manteltasche. Das Gefühl von Freiheit war so anders. Er spürte kein Glücksgefühl. Nichts dergleichen. Eine unbeschreibliche Leere war in ihm. Mehr war da nicht. Während er geistesabwesend das Brot kaute, zog seine andere Hand den Umschlag aus dem Mantel. »Wchrkreis Bezirk Düsseldorf. Wehrkreis VI«, las er erneut ab. Und als er das Schreiben betrachtete, kamen die Erinnerungen der letzten Tage erneut in ihm hoch.

Als Egon die Augen aufgeschlagen hatte, hatte er auf eine weiß getünchte Zimmerdecke geblickt. Er hatte sich aufgerichtet und gesehen, dass er auf einem Krankenbett gelegen hatte. Als er die dünne Leinendecke weggenommen hatte, mit der er zugedeckt gewesen war, hatte er bemerkt, dass er lediglich ein Krankenhemd am Leib trug. Unterarme und die Waden waren bandagiert gewesen und auf den Handrücken hatte er Verbrennungen erkannt, auf die man eine dicke Salbe aufgetragen hatte. Als er sich mit der Hand über den Kopf fuhr, bemerkte er, dass man ihn kahlrasiert hatte. Eine bemerkenswert füllige Krankenschwester tauchte unvermittelt in seinem Sichtbereich auf.

»Wie geht es Ihnen?«, fragte sie und griff nach seinem Handgelenk. »Puls ist in Ordnung. Ich werde dem Herrn Doktor Bescheid geben.«

Kurz darauf kam der Arzt. Wolter-Pecksen, jener Mediziner, der ihn bei seiner Ankunft untersucht und dem Stapo-Block zugeteilt hatte. Der Anblick des Doktors schüchterte ihn ein. War ihm doch klar, dass er sich noch immer in Moringen befand. Wortlos drückte der Arzt sein Stethoskop auf Egons Rücken und forderte von ihm tiefe Atemzüge. Unterbrochen von heftigen Hustenattacken gelang es ihm nur mit Mühe und Unterbrechungen, den Anweisungen zu folgen.

Einige Tage lag er nun auf der Krankenstation. Zu seinem Erstaunen behandelte man ihn recht gut. Sogar ausreichend

Essen gab man ihm. Trotzdem hatte er nicht das Gefühl, sich zu erholen. Sein geschwächter Körper war immer wieder in einen unruhigen Schlaf mit wirren Träumen gesunken, die so verstörend real gewesen waren, dass sie ihn auch nach dem Aufwachen noch eine Zeit begleiteten. Dann brachte ihm die Krankenschwester einen Häftlingsanzug. Man forderte ihn auf, sich anzukleiden, bevor man ihn zum Verwaltungstrakt führte. Dort wartete er, bewacht von zwei SS-Männern, vor einer großen Bürotür. Egon fühlte sich unwohl in seiner Haut. War ihm doch nicht klar, was das alles zu bedeuten hatte. Er redete sich ein, dass es nicht so schlimm sein konnte. Bestrafungen hatte er im Lager zu Genüge mitbekommen und die hatten ganz anders ausgesehen. Dafür hatte er nie zum Verwaltungsbüro gemusst. Trotzdem erfasste ihn eine große innere Unruhe.

Irgendwann öffnete sich die Tür und man rief ihn herein. Hinter einem großen Schreibtisch saß der Lagerkommandant Karl Dieter und sah ihn ernst an. Zu seiner Rechten hatte der Leitende Lagerarzt Dr. med. Otto Wolter-Pecksen Platz genommen, zu seiner Linken Alexander Brehm als zuständiger Erzieher seiner Baracke.

Egon trat näher heran und blieb vor den Offizieren stehen. Sein Mund war trocken und er verspürte eine lähmende Anspannung.

»Man hat uns von deinem tadellosen Verhalten bei dem Unglück in Volpriehausen unterrichtet. Du hast zwei Männern das Leben gerettet und das, zumindest wird es so geschildert, unter Einsatz deines eigenen Lebens«, begann der Lagerkommandant.

Egon erwiderte nichts.

»Wer waren die Männer?«, setzte Dieter nach.

Unsicher wanderten Egons Augen über die Gesichter der Männer, die ihn ernst anstarrten, bevor er zu einer Antwort ansetzte. »Ich weiß nicht, Herr Kommandant. Kannte die Männer nicht.«

Dieter und Wolter-Pecksen wechselten einen flüchtigen Blick. »Beschreib die Männer!«, forderte ihn der Arzt schließlich auf.

»Ich kann sie nicht beschreiben, meine Herren«, sagte Egon verlegen. »Einer war ein SS-Mann und der andere …«

Dieter unterbrach Egon mit einer Handbewegung. »Du willst also damit sagen, dass du einen verletzten Mann der Schutzstaffel erkannt hast, der hilflos in dieser brennenden Kammer voller Schießpulver gelegen hatte?«

Ego nickte unsicher.

»Der Sprengmeister und die eingesetzten Kräfte der Grubenwehr haben uns geschildert, dass die Kammer jederzeit hätte in die Luft fliegen können. Warum bist du trotzdem rein und hast den Wachmann herausgeholt?«

Egons Haltung straffte sich. »Ein deutscher Hauer lässt niemandem im Berg zurück«, antwortete er mit vollster Überzeugung. Dieter notierte alles. Als er die Akte zuschlug, konnte Egon erkennen, dass sein Name auf dem Pappdeckel stand. Im Anschluss führte man Egon wieder nach draußen. Zu seinem Erstaunen wurde er in den E-Block gebracht. Aufgrund seiner Verletzungen musste er fortan nur leichte Tätigkeiten ausführen. Er teilte das Essen aus und kümmerte sich um die Reinhaltung der Baracke.

Nach einigen Tagen wurde er erneut zum Lagerkommandanten geführt. Karl Dieter schilderte ihm, dass das Ermittlungsverfahren im Flöz Hildesglück nun abgeschlossen sei. Die Zeugenaussagen hatten Egons untadliges Verhalten bestätigt, auch der verletzte SS-Mann hatte zu seinen Gunsten ausgesagt. Der Sprengmeister war voll des Lobes über Egons Arbeit und auch in der Lagerhaft hatte er sich nichts zuschulden kommen lassen. Nach erneuter Sichtung seiner Personalakte war man zu dem Ergebnis gekommen, dass die Verfehlungen, die zu der Anordnung der Schutzhaft geführt hatten, die Inhaftierung ohne jeden Zweifel nicht nur gerechtfertigt, sondern unabdingbar gemacht hätten, dies aber in der Summe der Verfehlungen und nicht in der Bewertung des Einzelfalls. Man war zu dem Ergebnis gekommen, dass die Maßnahmen im Lager Moringen zu dem gewünschten Erziehungserfolg geführt hatten und Egon auf gutem Wege sei, sich wieder als Mitglied in die nationalsozialistische Volksgemeinschaft einzufügen. Aus diesem Grund hatten die Beisitzenden der einberufenen Ermittlungskommission einstimmig beschlossen, Egon Siepmann die Gelegenheit zu geben, seine vaterländische Treue in der Wehrmacht unter Beweis zu stellen.

Noch immer empfand er etwas Fremdartiges, als er auf den Brief schaute. Der Lagerkommandant hatte ihm das Schriftstück wortlos hingehalten, als wäre es ein Angebot, für das er Dank verdiente. Für einen Sekundenbruchteil war Egons alte Einstellung wieder nach oben gekommen und sein unbändiger Stolz hatte sich gemeldet. Und für einen winzigen Moment war er geneigt gewesen, sich umzudrehen und dieses Angebot abzulehnen. Wohl wissend, dass er damit sein eigenes Todesurteil besiegelt hätte. Trotzdem hatte er eine Hand gehoben, als hätte eine fremde Macht sie geführt. Er war ein Stück vorgetreten und hatte das Schriftstück mit kraftlosen Fingern ergriffen. Die letzten Sätze des Lagerkommandanten hatten sein Schicksal besiegelt: »Du meldest dich in zwei Tagen beim zuständigen Wehrkreis VI in Gelsenkirchen in der ehemaligen Amtsverwaltung und lässt dich als Freiwilliger registrieren. Ich muss dir an dieser Stelle die bedauerliche Nachricht übermitteln, dass euer Wohnhaus während eines Luftangriffes vor einigen Tagen einen schweren Treffer erhalten hat. Deine Mutter ist dabei ums Leben gekommen.«

Die emotionslos vorgetragene Nachricht traf Egon völlig unvorbereitet. Es war, als hätte eine stählerne Faust sein Herz umfasst. Fassungslos sah er die Männer vor sich an.

»Du hast eine Schwester, wie ich erfuhr. Annemarie? Eine Freundin der Familie hat sie offenbar aufgenommen. Sie steht unter der Fürsorge des Jugendamtes. Du solltest dich also auf deine Pflichten als Soldat besinnen, damit du nach deiner Rückkehr für deine Schwester sorgen kannst.«

Es gab keinen Zweifel, dass in dieser Aussage eine Botschaft gelegen hatte. Er steckte das Dokument zurück in die Tasche. Er wischte sich die Tränen aus den Augen und erhob sich schwerfällig. Tief holte er Luft. Dann ging er los.

*

Es war später Nachmittag, als Egon sich der Grenze zu Essen-Kray näherte. Es sah beinahe alles so aus, wie er es in Erinnerung hatte. Einige Gebäude der Rotthauser Straße hatten etwas abbekommen, aber die Schäden hielten sich in Grenzen. Auch die Seitenstraßen wirkten so wie in früheren Tagen. Wie konnte das, was der Lagerkommandant und der alte im Zug ihm gesagt hatten, zutreffen, wenn der Stadtteil doch weitestgehend von der Zerstörung der Bomben verschont geblieben war? Mit jedem weiteren Schritt erfasste Egon eine Art innere Unruhe, die sich nach und nach zu einer Angst manifestierte. Eine Angst, die seine Beine lähmte, als befände er sich auf dem Weg zu seiner eigenen Hinrichtungsstätte.

Er wollte nicht zu dem Ort, der einst sein Zuhause gewesen war. Einen Ort, den es nicht mehr gab. Er hatte Furcht vor der Gewissheit. Eine Gewissheit, die seinen Gefühlen die Hoffnung nahm, es könnte vielleicht nicht wahr sein. Als er in die Straße einbog, in seine Straße einbog, lag sie beinahe friedlich da. Es war ruhig. Es ging ein leichter Wind, der den vertrauten Geruch der nahen Zeche über das Viertel trug. Schon von Weitem sah er, dass eine Lücke am Ende der Straße in der Häuserreihe klaffte. Eine einzige Lücke. Egon hatte keine Möglichkeit sich dagegen zu wehren, dass seine Füße ihn in langsamen Schritten an die Stelle trugen, die einst sein Zuhause gewesen war. Verkohlte Balken ragten aus einem Berg von rußgeschwärzten Ziegeln und im hinteren Bereich, dort, wo Mutter einst die Wäsche im Hof aufgehängt hatte, lagen große Teile des Daches. Trotzdem sah Egon nach oben. Hin zu der Stelle, wo sich einst das Fenster seiner Dachkammer befunden hatte. Die Kammer, in der er jeden Abend mit Annemarie eng aneinander gekuschelt über Vater gesprochen hatte. Egon ging in die Hocke und fuhr sich mit beiden Händen über sein Gesicht. Was war aus all den anderen geworden? Aus dem alten Wolfram Gaßner und seiner Frau? Dem kriegsversehrten Hartmut? Sein Blick glitt zur Seite. Die Ruine des alten Gebäudes, das zu Beginn der ersten Luftangriffe einen Treffer erhalten hatte, stand fast unverändert da. Die Fenster der Fassade blickten ihn geradezu verhöhnend an. Egon erhob sich. Langsam, beinahe andächtig, lief er durch den Schutt, als wandelte er auf dem Boden einer heiligen Stätte. Alles, was er jemals besessen hatte, alle Erinnerungen, sein gesamtes Leben lag hier in Form von Asche unter seinen Füßen. Vergeblich suchten seine Augen nach etwas Vertrautem. Er wünschte es sich so sehr, etwas zu finden, das ihm etwas Trost spenden würde. Mittig sah er ein Loch. Egon trat heran und schaute nach unten in das Kellergewölbe. Auf dem Boden befand sich ein Krater. Er war nicht sonderlich tief und auch der Durchmesser war nicht sehr groß. Doch das geschmolzene Gestein zeugte von der enormen Hitze der Stabbrandbombe, die mit zerstörerischer Wucht durch das Dach und die Geschossdecken gedrungen war, um ihre Tod bringende

Fracht tief im Inneren des Hauses zu entladen. Wer auch immer sich in einem Haus befand, welches von einer solchen Waffe getroffen wurde, hatte nicht den Hauch einer Chance. Bilder kamen in ihm hoch. Szenen aus der Vergangenheit. Von Brandopfern. Egon sah die Frau, die mit schrecklichen Verbrennungen nach ihren Kindern gesucht hatte. Damals, als er Erika aus den Trümmern befreit hatte. Und in seinem Geist formte sich die Frage nach dem Tod seiner Mutter. Wie viel sie erlitten hatte, bis ihr Herz aufgehört hatte zu schlagen. War es schlimm gewesen? Welche unsagbaren Schmerzen hatte sie aushalten müssen? Und woran hatte sie gedacht, als sie starb? Egon nahm einen tiefen Atemzug und riss sich aus diesen quälenden Gedanken. Es war an der Zeit loszulassen. Dies war nicht mehr sein Zuhause. Wie auch er nicht mehr derselbe Egon Siepmann war, der hier einst gelebt hatte. Er schlug den Kragen hoch und trat aus der Ruine. Dann lief er die Straße zurück, ohne sich umzudrehen.

*

Es klopfte. Kurz darauf nochmals. »Ja! Ich komme, verflucht noch mal.« Mit vorwurfsvollem Gesicht öffnete Gertrud Schiller die Tür. »Was willst du? Scher dich zum Teufel! Wir haben nichts …« Wie erstarrt verharrte sie mit offen stehendem Mund. Langsam hob sie ihre Hand und legte sie gegen die Lippen.

»Wo ist Annemarie?«

»Egon … Ich … Oh, mein Gott!«

»Wo ist sie?«

Gertrud streifte ihre Hände verlegen an ihrem Kleid ab. So, wie Egons Mutter es immer getan hatte. So, wie es wahrscheinlich alle älteren Frauen taten, wenn sie um Worte rangen. Sie öffnete die Tür noch ein Stück.

»Komm erst einmal herein, mein Junge.«

Egon tat einige Schritte in die kleine Wohnung. Nichts hatte sich verändert. Doch die Vertrautheit gab es nicht mehr.

»Setz dich, Egon.« Sie schob einen Stuhl vom Tisch und bat ihn mit einer Handbewegung, Platz zu nehmen.

»Möchtest du etwas essen?« Ohne auf eine Antwort zu warten, stand sie hektisch auf und eilte zur Küche. Hastig legte sie auf einen Teller Brot und etwas Hartkäse. Sie stellte ihn vor Egon hin und schenkte ihm anschließend eine Tasse Milch ein.

Regungslos sah Egon sie an.

»Nun iss, mein Junge. Du musst zu Kräften kommen.«

Egon achtete nicht auf die Mahlzeit. »Wo ist Annemarie?«

»Sie ist mit Margot unterwegs.«

»Wann sind sie zurück?«

Gertrud Schiller strich sich mit einer Hand über die Stirn. Einige Sekunden lang sagte sie nichts, suchte nach den richtigen Worten. »Du kannst sie nicht sehen, Egon.«

Ansatzlos knallte er seine Faust auf den Tisch. »Ich will sofort wissen, wo meine Schwester ist!«

Gertrud Schiller beugte sich vor und stützte beide Ellenbogen auf die Tischplatte. Sie legte die rechte Handfläche über die linke Faust. »Ich habe deiner Mutter ein Versprechen gegeben, Egon. Ich werde mich um Annemarie …«

»Annemarie ist meine Schwester! Ich bin derjenige …«

Resolut sprang Gertrud auf. »Und was willst du tun, Egon Siepmann? Sieh dich an. Du bist dem Tod näher als dem Leben. Hast nichts. Kein Dach über dem Kopf. Nichts zu essen und keinen einzigen Pfennig in den Taschen. Ich frage dich nochmals: Was willst du tun?«

Egons Kaumuskeln pulsierten und seine Augen betrachteten Gertrud mit einer Schärfe, die fliegenden Messern gleichkam.

Langsam setzte sich Gertrud wieder. »Sie wollten uns Annemarie wegnehmen, Egon. In ein Kinderheim wollten sie die Kleine stecken. Eine Waise, dessen einziger Angehöriger ein Bruder ist, den man als Verbrecher ins Gefängnis gesperrt hat. Als deine Mutter starb, musste ich ihr bei ihrem letzten Atemzug versprechen, für Annemarie da zu sein.«

Egon seufzte. Seine Wut verflog. Er hatte Gertrud Schiller nie leiden können. Doch er wusste, sie war stets für Mutter da gewesen.

Offenbar sah sie, dass Egons Züge weicher wurden. »Die Gestapo war hier, Egon. Heute Morgen. Sie hat uns erzählt, dass du kommen wirst. Und dass du eingezogen wirst. Wenn wir dir Annemarie geben würden, werden sie euch finden. Du kannst dich nicht mit einem kleinen Mädchen verstecken. Und dann?« Sie sah Egon an, erwartete aber keine Antwort. »Du kannst nicht für sie sorgen. Sieh das ein. Und ich hoffe, dass du weißt, dass ich … wir sie wie unsere eigene Tochter beschützen werden.«

Egon senkte den Kopf. Kaum merklich nickte er. »Kann ich sie zumindest …?«

Gertrud unterbrach ihn mit einem Kopfschütteln. »Sie hat lange gebraucht, um darüber hinwegzukommen, dass du nicht mehr da warst, Egon. Der Tod eurer Mutter ist etwas, was sie noch nicht begreift. Begreifen will. Sie weigert sich. Ich befürchte, dass es irgendwann in ihr hochkommt. Wer weiß, was dann ist. Du warst sechs Monate weg, Egon. Wenn sie dich sieht und sie dich erneut verliert …«

Egons Augen füllten sich mit Tränen. So sehr, dass er Gertrud nur noch verschwommen sah. Sie rannen in dicken Tropfen über seine Wangen. Gertrud legte eine Hand auf Egons Unterarm. Er ließ es zu.

»Immer mehr Heimkehrer und verwundete Soldaten sagen, dass der Krieg nicht mehr zu gewinnen ist, Egon. Alle Zeichen weisen darauf hin. Sieh dich um. Gehe mit offenen Augen durch die Straßen. All die Zerstörung. Das Leid. Keiner glaubt mehr diesen Durchhalteparolen.«

»Wie ist Mutter …?« Seine Stimme versagte.

Gertrud schüttelte entschlossen den Kopf, dass ihr das Haar ins Gesicht fiel. »Belaste dich nicht damit, mein Junge. Ihre letzten Gedanken galten ihren Kindern. Sie hatte immer daran geglaubt … sie hat gewusst, Egon, dass du ein guter Junge bist. Wahrlich. Das bist du. Auch ich weiß das. Halte sie so in Erinnerung, wie du sie gekannt hast. Trag sie in deinem Herzen.«

In ihm formte sich der beinahe unbändige Wunsch, seiner Trauer freien Lauf zu lassen. Sich diesem Gefühl des völligen Zusammenbruchs hinzugeben. Doch kämpfte er es beiseite.

»Balzer?«, kam es unterdrückt aus ihm raus. Sein Hals befand sich in einer imaginären Schlinge und er war kaum fähig, einen Satz zu formulieren. »Was ist mit ihm?«

»Wir wissen es nicht. Er wurde damals wie du weggebracht. Wir wussten nichts. Auch von dir nicht, Egon. Niemand hat uns etwas gesagt. Diese Monate voller Zweifel und Ungewissheit … Deine Mutter ist daran fast zugrunde gegangen.«

Egon wusste, was sie mit ihm gemacht hatten. Die letzten Monate in Moringen hatten ihm nur zu gut vor Augen geführt, was dieses System mit Verrätern tat. Egon fühlte eine schwere Last. Balzer hatte seine Schuld auf sich geladen. Eine Bürde, die Egon für den Rest seines Lebens mit sich tragen würde. Warum nur hatte er das getan? Egon erhob sich. Nochmals nickte er in Gedanken versunken. Dann klarte sich sein Blick. »Pass auf Annemarie auf. Wenn die Zeit gekommen ist, sag ihr, dass ich sie liebe.«

Gertrud lächelte. »Das weiß sie, Egon.«

Er nickte. »Und sag ihr, wenn der Krieg aus ist, komme ich zurück.«

Gertrud Schiller stand auf. Sie trat um den Tisch und legte ihm eine Hand auf die Wange. So, wie Mutter es immer getan hatte. »Das werde ich, Egon. Pass auf dich auf.«

*

Egon hatte im Freien übernachtet. Sein ausgemergelter Körper und seine Kleidung hatten ihn nur unzureichend vor den nächtlichen Temperaturen schützen können. Er war durchgefroren, hundemüde, und der Hunger, der ihn seit Monaten jede Minute begleitet hatte, war auch jetzt sein treuester Weggefährte. Gertrud hatte ihm beim Abschied etwas eingepackt. Nicht viel. Sie hatte selbst kaum etwas. Umso mehr war er ihr im Nachhinein dankbar dafür, dass sie sich um Annemarie kümmerte. Ein weiteres Maul zu stopfen, war schwer in diesen Zeiten. Sein junger Körper, der so sehr unter den Entbehrungen gelitten hatte, forderte ohne Unterlass. Und so war er, geweckt von der Kälte und seinem knurrenden Magen, vor Sonnenaufgang aufgebrochen.

Als er an Bonifacius vorbeikam, blieb er stehen und betrachtete die ihm so vertraute Zeche.

Die großen Seilscheiben drehten sich nach wie vor und auch der schwere Koksgeruch lag wie gewohnt in der Luft. Für die Zeche hatte sich nichts verändert. Alles lief seinen gewohnten Gang. Der große Malakowturm sah wie ein monumentaler Wächter auf das Gelände zu seinen Füßen herab auf die vielen Kumpel, die in ihrer Zahl wuselnden Ameisen gleichkamen. Mitglieder eines Kollektivs, in dem jeder Einzelne bedeutungslos war. Bedeutungslos, wie er es war. Erneut erfasste ihn Schwermut. Seit seinem ersten Tag war es ein Ort gewesen, den er immer nur mit Schinderei in Verbindung gebracht hatte. Den er verflucht und manchmal sogar gehasst hatte. Und jetzt stand er hier, nicht mehr dazugehörend, und verspürte so etwas wie Sehnsucht nach der Kameradschaft, dem rauen Ton und dem Gefühl, Teil dieser Gemeinschaft zu sein. Gleichzeitig war dieser Ort untrennbar mit dem Gedanken an Fritz verbunden. Ihm war, als wäre mit dem Verlust eines jeden Menschen, der ihm etwas bedeutet hatte, auch ein Stück von ihm selbst gestorben. Wie vieler Schicksalsschläge bedurfte es, um jemanden seelisch zu töten, ihn zu einer leeren Hülle werden zu lassen? Und was war der Grund? Waren es Zufälle oder gab es tatsächlich eine höhere Macht, die ihn auf die Probe stellte? Vielleicht war es keine Prüfung, die er zu bestehen hatte. Vielleicht war er nur ein Spielball eines pervertierenden, transzendenten Wesens, das Genugtuung bei all dem empfand, was diese Welt, was jeder Einzelne in dieser Zeit zu ertragen hatte. Egons Gedanken rotierten in seinem Kopf. War das der Grund gewesen, warum Balzer so gewesen war, wie er ihn gekannt hatte? Was mochte er an der Front alles erlebt haben? Wie viele Tode war er gestorben? War er letzten Endes nicht Täter, sondern Opfer?

Wieder drehten sich die Scheiben. Egon erinnerte sich an seine erste Seilfahrt und die Angst, die er gespürt hatte. An Mackie Messers Frauengeschichten. Daran, wie er Fritz kennengelernt hatte und wie dieser dem Dummkopf Ludger Köhler die Nase gerade gerückt hatte. Doch vor seinen Augen tauchten plötzlich auch Bilder auf, die er lange vergessen hatte. Bilder von schwer schuftenden Juden, die so unterernährt waren, dass er es damals nicht hatte verstehen können, wie sie überhaupt diese knochenharte Arbeit hatten verrichten können. Das Bild des ausgemergelten Arztes stand ihm vor Augen. Er sah dessen schmächtigen Körper und wie er Egons Brot unter seinem Hemd versteckt hatte, als hinge sein Leben davon ab. Egon hatte lange nicht mehr in einen Spiegel gesehen. Aber er ahnte, dass er mittlerweile diesem Mann ähnelte. Welche Veränderungen die letzten Monate doch mit sich gebracht hatten. Egon löste seine Finger aus dem Maschendraht. Viel Zeit blieb ihm nicht mehr, bis er zurück nach Gelsenkirchen musste, um sich letzten Endes doch ihrem Willen zu unterwerfen.

Der Bahnhof in Kray wirkte wie ausgestorben um diese Zeit. Egon lief an der Fassade entlang und betrachtete dieses vertraute Gebäude. Lächelnd blieb er an der Stelle stehen, wo sie mit Kreide ihre geheimen Zeichen aufgemalt hatten. Längst schon hatte das Wetter alle ihre Spuren beseitigt. Klampfe hatte sie entworfen. Indianersymbole waren es gewesen, hatte er erzählt. Egon hatte das nicht geglaubt. Er war sich sicher gewesen, dass Heinz diese Zeichen selbst erfunden hatte. Heinz Klemke, dieser zarte, stotternde Junge, der auch im Sommer nie seine Hosen auszogen hatte und der so herrliche Geschichten hatte erzählen können.

Egon hob einen Stein an und trat an die Mauer. Ruhrpiraten, ritzte er in die Fassade. Langsam trat er zurück und betrachtete diesen Namen, der ihm so viel bedeutet hatte. Wie naiv sie doch damals gewesen waren. Voller Hoffnungen und Illusionen. Das alles war vorbei. Kinder spielten Piraten. Doch in dieser Zeit war kein Platz für kindliche Träume. Egon ließ den Stein fallen.

Wie lange er gelaufen war, wusste er nicht. Immer wieder hatte er eine Pause eingelegt. Er musste mit seinen Kräften haushalten. Egon hatte in Leithe bei einem Bauern nachgefragt, ob er für ein bisschen Essen etwas für ihn erledigen könnte. Doch dieser hatte ihm mit seinem Hund gedroht und ihn vom Hof gejagt. Als er sich davonmachte, kam ihm die Bäuerin hinterhergelaufen. Sie sagte nichts, aber man sah ihrem Gesicht an, dass sie Mitleid mit ihm hatte. Schnell drückte sie ihm drei Äpfel in die Hand, die sie unter ihrer Schürze versteckt hatte. Sie waren nicht sonderlich groß, an einigen Stellen eingedrückt und braun, aber Egon schlang sie mitsamt des Gehäuses hinunter.

Gegen Mittag erreichte er sein Ziel. Lange hatte er auf dem Weg hierher darüber gegrübelt, was ihn erwarten würde. Was er sagen sollte. Und einige Male hatte er in Erwägung gezogen, umzukehren. Die Straße sah so aus, wie er sie in Erinnerung hatte. Das Haus wirkte auf den ersten Blick unauffällig. Die Fensterläden waren geschlossen. Aber Egon fiel auf, dass die Pflanzen in den Blumenkästen vertrocknet waren. Nie hätte Erika zugelassen, dass ihre Blumen eingingen. Er trat zur Tür. Sie war verschlossen. Er überlegte. Zögerte. Dann klopfte er mit der Faust gegen die Läden. Es tat sich nichts. Erneut klopfte er. Dieses Mal etwas energischer.

»Was machst du da?«, brüllte jemand.

Egon fuhr herum. Eine ältere Dame mit zerfurchtem Gesicht von Gegenüber hatte das Fenster aufgerissen und sah ihn misstrauisch an.

»Ich wollte zu Herrn Baumeister. Aber er ist nicht da. Wissen Sie, wann ich ihn erreichen kann?«

»Zum Baumeister willst du?« Kaum merklich schüttelte sie den Kopf. Ein Anflug von Unverständnis bildete sich auf ihren Zügen. »Da kommst du wohl zu spät, Junge. Der kommt nicht mehr wieder.«

»Er wohnt hier nicht mehr?« Egon war wie vor den Kopf geschlagen. Viele Menschen suchten sich eine neue Bleibe. Aber damit hatte er nicht gerechnet. »Können Sie mir sagen, wohin er gezogen ist?«

Wieder schüttelte die Frau den Kopf. »Ich hab nicht gesagt, dass er weggezogen ist«, sagte sie geringschätzend. »Aufgehängt hat er sich. Da oben! Vom Dachbalken haben sie ihn geschnitten«, schrie sie beinahe mit weit aufgerissenem, zahnlosem Mund. Die Frau nickte hoch zum Giebel. »Dieser arme Kerl. Bestimmt wegen diesem Miststück. Der Erika.«

Die Worte der Alten trafen Egon derart, dass er sich setzen musste. Langsam nahm er auf den Stufen des Hauses Platz. Er starrte irgendwo ins Nichts, als die Frau weitersprach.

»Erst hat er seine liebe Gattin verloren. Und dann musste er sich mit diesem Kind rumplagen. Was die für einen Umgang hatte!« Die Frau legte sich ein Kissen unter die Unterarme, während sie sich weiter aus dem Fenster beugte. Sie genoss die Möglichkeit zu tratschen. »Mit Kriminellen hat die sich rumgetrieben. Vor ein paar Monaten hat die Gestapo sie wohl abgeholt.«

Egons Kopf wog schwer. Mühsam hob er ihn und sah die Frau an.

»Jedenfalls hat er das offenbar nicht verkraftet. Der arme Mann.« Erneut richtete sie das Kissen.

Egon fuhr sich mit der Handfläche über seinen kurz geschorenen Kopf. Das Gehörte traf ihn und seine Beine drohten zu versagen. Mit schlurfenden Schritten überquerte er die schmale Straße. »Was ist aus ihr geworden?«

»Aus Erika? Na, weggebracht ham se die. In so eine Erziehungsanstalt. So ein Konzentrationslager für Kriminelle. Geschieht ihr recht. Schmoren soll sie da!«

Egon wandte sich ab.

»Warum willst du das alles überhaupt wissen? Biste vielleicht einer von ihren Kumpels?«, rief sie ihm nach, während er langsam die Straße entlangging. Doch Egon hörte sie nicht mehr.

In einer verlassenen Scheune am Stadtrand zu Wattenscheid hatte er Schutz gefunden. Egon hatte einen Igel erlegt, welcher sich am Abend durch ein Rascheln im Unterholz verraten hatte. Sorgfältig hatte er das Tier mit einer dicken und feuchten Schicht Lehm ummantelt und so ins Feuer gelegt. Nach einiger Zeit holte er sein Mahl aus der Glut und löste die hart gebrannte Erde, an welcher die Stacheln haften blieben. Er hatte die gekochten Eingeweide mit dem scharfkantigen Rand einer Konservendose entfernt, welche er in seiner Behausung gefunden hatte, und anschließend das wenige Muskelfleisch zu sich genommen. Die Dose hatte ihm als Gefäß gedient und er hatte einige Minzblätter gefunden, aus denen er sich einen Tee zubereitet hatte.

Die Nachrichten des Tages hatten ihn zutiefst aufgewühlt und so war er erst spät in der Nacht in einen unruhigen Schlaf gefallen, aus dem er bereits sehr früh wieder aufgewacht war. Das Dröhnen der Flugzeuge und das Trommeln der Bomben über der Innenstadt waren beängstigend. Riesige Verbände flogen über das Ruhrgebiet und obwohl er in seiner Unterkunft mehrere Kilometer weit von den Einschlagszielen entfernt war, beeindruckte ihn das Ausmaß. Aus der Ferne leuchtete der Himmel bis zum Sonnenaufgang in einem dunklen Orange. Es sah nahezu so aus wie der Blick in einen Hochofen. Die Flugabwehr hatte vergeblich versucht, sich gegen diesen Angriff zur Wehr zu setzen, und das Ausmaß hatte ihm die Worte des alten Mannes im Zug wieder vor Augen geführt. Jetzt verdunkelten riesige Rauchschwaden die Stadt und eine unheimliche Stille lag über dem Gebiet.

Egon machte sich auf. Immer wieder vernahm er die Detonationen von Blindgängern, die aus dem Stadtkern zu hören waren. Und kurz darauf sah er schwarze Rauchpilze, die in den Himmel wuchsen. Einige Male ertönten Fliegeralarme, obwohl sich kein Flugzeug näherte. Bei allen schienen die Nerven blank zu liegen, jeder war nervös, kriegsüberdrüssig. Schon bald kamen ihm Flüchtlingstrecks aus Richtung Innenstadt entgegen. Alte, Frauen und Kinder, die ihr weniges Hab und Gut auf Handkarren hinter sich herzogen, in Koffern trugen oder in großen Bettbezügen geschultert hatten. Teils waren sie verletzt und nur notdürftig verbunden.

Egon war tief berührt. Ein jedes Kindergesicht, welches ihn ängstlich und verstört anblickte, erinnerte ihn an Annemarie. Ein unbändiger Schmerz formte sich in ihm bei dem Gedanken, nicht für sie da sein zu können. Seine kleine Schwester war der einzige Grund, warum er am Leben bleiben wollte. Alles andere war ihm gleichgültig.

»Hallo, Egon!«

Egon fuhr herum. Karl stand hinter ihm. Wie aus dem Nichts war er aufgetaucht.

»Karl ...?« Die Überraschung lähmte ihn für einen Augenblick.

»Bist schmal geworden«, grinste Karl auf eine irgendwie wehmütige Art.

Egon lächelte zurück. Eine Zeit lang sahen sich die beiden wortlos an. Es lag eine seltsame, unerklärliche Distanz zwischen ihnen. Es war so viel passiert und jetzt, wo sie sich gegenüberstanden, rangen beide nach Worten.

»Wie hast du mich ...«

»Der Bahnhof«, unterbrach ihn Karl. »Dein Zeichen.«

»Woher wusstest du, dass ich das war?«

Karl zuckte mit den Schultern. »Ich wusste es nicht. Hab's vermutet.«

»Wie hast du mich gefunden?«

»Hab dich schon 'ne Weile beobachtet. Musste sichergehen ...«

Egon nickte. »Fritz ...« Er konnte nicht weitersprechen, so sehr übermannten ihn seine Gefühle.

Karls Lächeln erstarb. »Schrader, dieses Schwein. Sie haben es mir in die Schuhe geschoben. Und Erika.«

Karl lehnte sich an die Hauswand. Er wirkte erschöpft. Betroffen sah er zu Boden, während er weitersprach. »Die Gestapo hat alle verhaftet, Egon. Alle. Erika. Dirk. Bert, den Blauen ... und viele andere.« Er hob den Kopf und sah Egon mit feuchten Augen an. Augen, aus denen Wut funkelte. »Ich weiß nicht, was aus ihnen geworden ist. Es gibt keine Ruhrpiraten mehr, Egon.«

»Und Heinz? Was ist mit ihm, Karl?«

»Ich passe auf ihn auf, Egon. Da sei dir sicher.«

Wieder trat eine Pause ein.

»Wie geht es bei dir weiter?«, fragte Karl schließlich.

»Ich habe keine Wahl.«

»Man hat immer eine Wahl«, widersprach er Egon.

»Dieses Mal nicht, Karl. Mutter ist tot. Annemarie … wenn ich mich weigere … Sie haben mich in der Hand, verstehst du?«

Karl steckte die Hände in die Taschen und sah, noch immer an die Wand gelehnt, wieder nach unten. Lange schien er zu überlegen. Schließlich nickte er auf eine Art, von der Egon wusste, dass es ein Abschied war.

Egon legte seine Faust gegen die Brust. Dorthin, wo sein Herz schlug. »Mag sein, dass es keine Ruhrpiraten mehr gibt. Aber hier drinnen, Karl, werden sie auf ewig weiterleben.«

Karl trat näher an Egon heran. Seine Lippen wurden zu einem Strich. Er griff in seine Tasche, holte etwas heraus und hielt es ihm hin. Egon nahm es und betrachtete es. Es war ein schwarzes Tuch und obwohl Egon wusste, um was es sich handelte, erfasste er es an den Ecken, hielt es mit ausgestreckten Armen und sah auf die beiden Buchstaben. »RP« war dort aufgemalt.

»Leb wohl, Egon Siepmann.«

Noch einmal sah Egon auf die Narbe, die Karls Gesicht zierte. Die Narbe in Form eines Halbmondes, die er das erste Mal gesehen hatte, als der unbekannte Junge damals vor der Polizei geflohen war.

»Auf Wiedersehen, Karl.«

Während Egon das Piratentuch in der Hand hielt, sah er seinem Freund nach, der langsam die Straße entlanglief.

Noch einmal blieb Karl stehen und drehte sich um. Er hob den Arm und winkte. »Bleib am Leben, Egon Siepmann!«, rief er, dann wandte er sich ab.

Egon sah ihm nach, bis er verschwand. »Das werde ich Karl«, murmelte er. »Das werde ich.«

ENDE

*Weitere Krimis finden Sie auf den
folgenden Seiten und im Internet:*

WWW.GMEINER-SPANNUNG.DE

MIKE STEINHAUSEN
Fliegenschmaus
....
978-3-8392-2053-5 (Paperback)
978-3-8392-5349-6 (pdf)
978-3-8392-5348-9 (epub)

KEINE WAHL Eine junge Frau ist auf der Flucht vor ihren Killern. Dabei rennt sie vor das Auto des Ex-Bullen Robert Kettner. Als dieser sie in ein Krankenhaus gebracht hat und in Sicherheit glaubt, wenden sich die Killer direkt an ihn: Entweder er liefert ihnen die junge Fraus aus oder seine Exfrau wird ermordet. Kettner muss sich entscheiden und greift zu unkonventionellen Mitteln. Doch dann sieht er sich in einem Netz aus Intrigen verstrickt. Und alle Fäden laufen in einem Institut zusammen, das an einer künstlichen DNA forscht.

WWW.GMEINER-VERLAG.DE
Wir machen's spannend

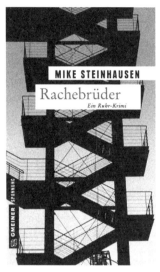

MIKE STEINHAUSEN
Rachebrüder
. . . .
978-3-8392-1759-7 (Paperback)
978-3-8392-4781-5 (pdf)
978-3-8392-4780-8 (epub)

OFFENE RECHNUNG Annabelle Cüppers bittet den Ex-Polizisten Robert Kettner, von allen nur Steiger genannt, um Hilfe. Sie vermisst ihren Vater, der seit einer Woche spurlos verschwunden ist. Zunächst lehnt Steiger den Auftrag ab, doch als Manfred Cüppers tot aufgefunden wird und seine Tochter nicht an einen Suizid glaubt, schaltet sich Steiger ein. Dabei übertreffen die Ausmaße des Verbrechens sogar Steigers Vorstellungskraft.

MIKE STEINHAUSEN
Schlagwetter
....
978-3-8392-1617-0 (Paperback)
978-3-8392-4521-7 (pdf)
978-3-8392-4520-0 (epub)

TIEF IM WESTEN Im Essener Norden fallen Sperlinge tot vom Himmel. Kurz darauf sackt eine Straße ein. Während die Behörden eine Schlagwetterexplosion vermuten, gerät der Ex-Bulle Robert Kettner nach einer zufälligen Begegnung ins Visier russischer Agenten. Unter Mordverdacht stehend, gejagt vom Feind und der Polizei, führen ihn seine Ermittlungen auf die Spur eines perfiden Plans: Ein Attentat auf die Zeche Zollverein.

Das Neueste aus der Gmeiner-Bibliothek

Unser Lesermagazin

Bestellen Sie das kostenlose Krimi-Journal in Ihrer Buchhandlung oder unter www.gmeiner-verlag.de

Informieren Sie sich ...

www ... auf unserer Homepage:
www.gmeiner-verlag.de

@ ... über unseren Newsletter:
Melden Sie sich für unseren Newsletter an unter www.gmeiner-verlag.de/newsletter

f ... werden Sie Fan auf Facebook:
www.facebook.com/gmeiner.verlag

Mitmachen und gewinnen!

Schicken Sie uns Ihre Meinung zu unseren Büchern per Mail an gewinnspiel@gmeiner-verlag.de und nehmen Sie automatisch an unserem Jahresgewinnspiel mit »mörderisch guten« Preisen teil!

WWW.GMEINER-VERLAG
Wir machen's spann